中國文化史叢書

中國俗文學史

下　册

鄭振鐸著

主編者
王雲五
傅緯平

臺灣商務印書館發行

目錄

下冊

中國俗文學史

下册

第七章　宋金的『雜劇』詞

一

宋、金的『雜劇』詞及『院本』，其目錄近千種（見周密武林舊事及陶宗儀輟耕錄），向來總以爲是戲曲之祖，王國維的曲錄也全部收入（曲錄卷一）。但這種雜劇詞及院本性質極爲複雜，恰和被稱爲『雜』劇的意義相當，和流行於元代的北劇所謂『雜劇』者，是毫不相涉的。以今語釋之，或可算是『雜耍』同流之物吧。

在『雜劇』詞中大約以『大曲』爲最多，實際上恐怕最大多數是歌詞，而不是什麼有戲劇性的東西。在其間可分爲：

（1）六么	（2）瀛府	（3）梁州	（4）伊州
（5）新水	（6）薄媚	（7）大明樂	（8）降黃龍
（9）胡渭州	（10）逍遙樂	（11）石州	（12）大聖樂
（13）中和樂	（14）萬年歡	（15）熙州	（16）道人歡
（17）長壽仙	（18）法曲	（19）劍器	（20）延壽樂
（21）賀皇恩	（22）採蓮	（23）寶金枝	（24）嘉慶樂
（25）萬年歡	（26）慶雲樂	（27）相遇樂	（28）泛清波
（29）彩雲歸			

這些都是以曲調爲雜劇名目的。此外，最多的，有所謂

『爨』

的，有所謂

孤　酸

卦鋪兒，

等名目，又有所謂『單調』『搭雙手』、『三入舍』、『四國朝』一類的東西。

今將武林舊事所載宋官本雜劇段數全目附載於下：

爭曲六幺一本　扯攔六幺一本　教聲六幺一本　鞭帽六幺一本

衣籠六幺一本　廚子六幺一本　孤奪旦六幺一本　王子高六幺一本

崔護六幺一本　骰子六幺一本　照道六幺一本　鶯鶯六幺一本

大宴六幺一本　驢精六幺一本　女生外向六幺一本　墓道六幺一本

三偌墓道六幺一本　雙攔哮六幺一本　趕厥夾六幺一本　羹揚六幺一本

右『六幺』凡二十本。按六幺即綠腰。王國維云：『宋史樂志教坊十八曲中，中呂調，南呂調，仙呂調，均有綠腰曲』。

索拜瀛府一本　厚熟瀛府一本　哭骰子瀛府一本　醉院君瀛府一本

懊骨頭瀛府一本　賭錢望瀛府一本

右『瀛府』凡六本，瀛曲亦為曲名。『宋史樂志教坊部，正宮、南呂宮中均有瀛州曲』。

四僧梁州一本　三索梁州一本　詩曲梁州一本　頭錢梁州一本

食店梁州一本　法事饅頭梁州一本　四哮梁州一本

右『梁州』凡七本，王國維云：『梁州亦作「伊州」』。

領伊州一本　鐵指甲伊州一本　鬧五伯伊州一本　裴少俊伊州一本

食店伊州一本

右『伊州』凡五本。『伊州』亦爲曲名，見宋史樂志。

桶擔新水一本　雙哮新水一本　燒花新水一本

右『新水』凡三本。亦曲名。宋史樂志教坊部雙調中「新水調」曲。王國維云：『新水或即「新水調」之略也』。

簡帖薄媚一本　請客薄媚一本　錯取薄媚一本　傳神薄媚一本

九妝薄媚一本　本事現薄媚一本　打調薄媚一本　拜褥薄媚一本

鄭生遇龍女薄媚一本

右『薄媚』凡九本。『宋史樂志教坊部道調宮、南呂宮中，均有薄媚曲』。

土地大明樂一本　打毬大明樂一本　三爺老大明樂一本

右『大明樂』凡三本。宋史樂志教坊部，大石調中有『大明樂』。

列女降黃龍一本　雙旦降黃龍一本　柳玼上官降黃龍一本　入寺降黃龍一本

偷標降黃龍一本

右『降黃龍』凡五本。按『降黃龍』亦爲曲名。王國維云：黃鐘宮曲名，宋志無考。

趕厥胡渭州一本　單番將胡渭州一本　銀器胡渭州一本　看燈胡渭州一本

右『胡渭州』凡四本，亦爲曲名，見宋史樂志教坊部。

打地鋪逍遙樂一本　病鄭逍遙樂一本　灑湎逍遙樂一本

右『逍遙樂』凡三本，詞曲調名曲入『雙調』。王國維云：宋志無考。

單打石州一本　和尚那石州一本　趕厥石州一本

右『石州』凡三本，亦曲名，見宋史樂志教坊部越調中。

塑金剛大聖樂一本　單打大聖樂一本　柳毅大聖樂一本

右『大聖樂』凡三本。按宋史樂志，道調宮中有『大聖樂』大曲。

霸王中和樂一本　馬頭中和樂一本　大打調中和樂一本　封涉中和樂一本

右『中和樂』凡四本。按宋史樂志，黃鐘宮中有『中和樂』大曲。

喝貼萬年歡一本　託合萬年歡一本

右『萬年歡』凡二本。按宋史樂志，中呂宮中，有『萬年歡』大曲。

迓鼓兒熙州一本　駱駝熙州一本　二郎熙州一本

右『熙州』凡三本。宋史樂志大曲中，無『熙州』之名。王國維引洪邁容齋隨筆卷十四云：『今世所傳大曲，皆出於唐，而以州名者五：伊、涼、熙、石、渭也』。是『熙州』亦大曲名。

大打調道人歡一本　會子道人歡一本　雙拍道人歡一本　越娘道人歡一本

右「道人歡」凡四本。按宋史樂志，中呂調中有「道人歡」大曲。

打勘長壽仙一本　偌賣旦長壽仙一本　分頭子長壽仙一本

右「長壽仙」凡三本。按宋史樂志，般涉調中有「長壽仙」大曲。

棊盤法曲一本　孤和法曲一本　藏瓶兒法曲一本　車兒法曲一本

右「法曲」凡四本。按宋史樂志有法曲部。王國維云：「詞源（卷下）謂大曲片數（即遍數）與法曲相上下，則二者略相似也」。

病爺老劍器一本　霸王劍器一本

右「劍器」凡二本。按宋史樂志，中呂宮、黃鐘宮中均有「劍器」大曲。

黃傑進延壽樂一本　義養娘延壽樂一本

右「延壽樂」凡二本。按宋史樂志仙呂宮中有「延壽樂」大曲。

扯籃兒賀皇恩一本　催妝賀皇恩一本

右「賀皇恩」凡二本。按宋史樂志林鐘商中有「賀皇恩」大曲。

唐輔採蓮一本　雙哮採蓮一本　病和採蓮一本

右「採蓮」凡三本。按宋史樂志雙調中有「採蓮」大曲。

諸宮調霸王一本　諸宮調卦册兒一本

右「諸宮調」凡二本。按「諸宮調」爲宋以來的一種敍事歌曲，以諸宮調塡曲，而間雜以敍事的散文。實爲唐代變文以後最重要的韻文、散文合組的重要文體。詳見下章。

相如文君一本　崔智韜艾虎兒一本　王宗道休妻一本　李勉負心一本

右四本，僅以人名及故事爲題，而不著其曲名。疑脫。關漢卿謝天香雜劇云：『鄭六遇妖狐，崔韜逢雌虎大曲內盡是寒儒』。則原有崔韜的大曲，流行於世。又董解元西廂記云：『也不是崔韜逢雌虎，也不是鄭子遇妖狐』，則演崔韜事者並有諸宮調了。不知此四本是諸宮調抑是大曲？

四鄭舞楊花一本

右『舞楊花』一本。按宋詞中有『舞楊花』調名。

四偌皇州一本

右『皇州』一本。王國維云：『原脫「滿」字。按『滿皇州』爲宋詞調名。

檻偌寶金枝一本

右『寶金枝』凡一本。按宋史樂志，仙呂宮中有『寶金枝』大曲。

浮漚傳永成雙一本

按『永成雙』疑爲宋詞調名。

浮漚暮雲歸一本

右『暮雲歸』一本。按宋詞調中有『暮雲歸』。

老孤嘉慶樂一本

右『嘉慶樂』凡一本。按宋史樂志小石調中有『嘉慶樂』大曲。

爾相宜萬年芳一本

按『萬年芳』疑爲宋詞調名。

進筆慶雲樂一本

右『慶雲樂』凡一本。按宋史樂志歇拍調中有『慶雲樂』大曲。

裴航相遇樂一本

右『相遇樂』凡一本。按宋史樂志歇拍調中有『君臣相遇樂』大曲。

能知他泛清波一本　三釣魚泛清波一本

右『泛清波』凡二本。按宋史樂志林鐘商中，有『泛清波』大曲。

五柳菊花新一本

右『菊花新』一本。按『菊花新』爲宋詞調名。

夢巫山彩雲歸一本　青陽觀碑彩雲歸一本

右『彩雲歸』凡二本。按宋史樂志仙呂調中有『彩雲歸』大曲。

四季夾竹桃花一本

右『夾竹桃』一本。按宋詞中有『夾竹桃』調名。

禾打千秋樂一本

右「千秋樂」一本。秋一作春。按宋史樂志黃鍾羽中有「千春樂」大曲。

牛五郎罷金征一本

右「罷金征」一本。王國維云：「征當作鉦」。宋史樂志，南呂調中有「罷金鉦」大曲。

新水爨一本	三十拍爨一本	天下太平爨一本	百花爨一本
三十六拍爨一本	四子打三教爨一本	孝經借衣爨一本	大孝經孫爨一本
喜朝天爨一本	說月爨一本	風花雪月爨一本	醉青樓爨一本
宴瑤池爨一本	錢手拍爨一本（原注云：小字太平歌）。		詩書禮樂爨一本
醉花陰爨一本	錢爨一本	鶻鶻爨一本	借聽爨一本
大徹底錯爨一本	黃河賦爨一本	睡爨一本	門兒爨一本
上借門兒爨一本	抹紫粉爨一本	夜半樂爨一本	火發爨一本
借彩爨一本	燒餅爨一本	調燕爨一本	棹孤舟爨一本
木蘭花爨一本	月當廳爨一本	醉還醒爨一本	鬧夾棒爨一本
撲胡蝶爨一本	鬧八妝爨一本	鍾馗爨一本	銅博爨一本
戀雙雙爨一本	惱子爨一本	像生爨一本	金蓮子爨一本

右「爨」凡四十三本。陶宗儀輟耕錄云：「院本……又謂之五花爨弄。或曰：宋徽宗見爨國人來朝，衣裝鞵履巾裹傅粉墨，舉動如此，使優人效之以為戲」。周密武林舊事（卷一）云：「雜劇吳師賢已下，做君聖臣賢爨，斷送萬歲聲」。

按做君聖臣賢爨只在天基聖節（正月五日）的宴樂時第四盞間演奏之。似也只是『雜耍』或『大曲』之流的東西。下文當再加以闡釋。

思鄉早行孤一本	睡孤一本	迓鼓孤一本	論禪孤一本
諱藥孤一本	大暮故孤一本	小暮故孤一本	老姑遣妲一本（姑一作孤）
孤慘一本	雙孤慘一本	三孤慘一本	四孤醉留客一本
四孤夜宴一本	四孤好一本	四孤披頭一本	四孤擂一本
病孤三鄉題一本			

右『孤』凡十七本。按輟耕錄云：『院本五人；一曰裝孤』。太和正音譜云：『孤，當場裝官者』。疑『孤』即男角之總稱，若元劇中之『正末』，明戲文中之『生』。凡此諸本，似皆以『孤』爲主的雜耍。所謂『睡孤』、『論禪孤』、『諱藥孤』，似皆以『孤』裝作可笑之事，發滑稽之言者。又『雙孤』、『三孤』及『四孤』云云，則似當場有『雙孤』乃至『四孤』出場，若今日雜耍場上之『對口相聲』或『雙簧』一類的東西吧。

王魁三鄉題一本　　強偌三鄉題一本

按『三鄉題』似爲曲調名。

文武問命一本　　兩同心卦鋪兒一本　　一井金卦鋪兒一本

滿皇州卦鋪兒一本（按『滿皇州』爲宋詞調名）。　　變猫卦鋪兒一本

白苧卦鋪兒一本（按『白苧』爲宋詞調名）。　　探春卦鋪兒一本（按『探春』爲宋詞調名）。

慶時豐卦鋪兒一本（按『慶時豐』爲金、元曲調名）。

三孝卦鋪兒一本

右『卦鋪兒』凡八本。

三孝揭榜一本　三孝上小樓一本（按『上小樓』爲金、元曲調名）。

三孝文字兒一本　三孝好女兒一本（按『好女兒』爲宋詞調名）。

三孝一檐脚一本　襤孝合房一本　襤孝店休妲一本　襤孝貢酸一本

秀才下酸擂一本　急慢酸一本　眼藥酸一本　食藥酸一本

右『酸』凡五本。少室山人筆叢云：『元人以秀才爲細酸。倩女離魂首摺末扮細酸爲王文舉是也』。蓋述秀才們的事以爲笑樂者。與上文之『孤』相類。

風流藥一本　黃元兒一本　論淡一本　醫淡一本

醫馬一本　調笑驢兒一本　雌虎一本（原注云：崔智韜）。

解熊一本　鶻打兔變二郎一本（按『鶻打兔』爲金、元曲名）。

二郎神變二郎神一本（按『二郎神』爲宋詞調名）。　毁廟一本

入廟霸王兒一本　單調霸王兒一本　單調宿一本　單背影一本

單頂戴一本　單唐突一本　單折洗一本　單兜一本

單搭手一本　雙厥送一本　雙厥投拜一本　雙打毬一本

雙頂戴一本　雙圓子一本　雙索帽一本　雙三教一本
雙虞候一本　雙養娘一本　雙快一本　雙捉一本
雙禁師一本　雙羅羅啄木兒一本　賴房錢啄木兒一本　圍城啄木兒一本

按『啄木兒』爲金、元曲調名。

大雙頭蓮一本　小雙頭蓮一本

按『雙頭蓮』爲宋詞調名。

大雙慘一本　小雙慘一本　小雙孛一本　雙排軍一本
醉排軍一本　雙賣妲一本　三入舍一本　三出舍一本
三笑月中行一本（按『月中行』爲宋詞調名）。
三登樂院公狗兒一本（按『三登樂』爲宋詞調名）。
三教安公子一本（按『安公子』爲宋詞調名）。　三社爭賽一本
三頂戴一本　三偌一貫驢一本　三盲一偌一本　三教鬧著棋一本
三借竊貨兒一本　三獻身一本　三教化一本　三京下書一本

按三京下書亦見武林舊事卷一『天基聖節』所演雜劇名目中。

三短鬮一本　打三教庵宇一本　普天樂打三教一本（按『普天樂』爲宋詞調名）。
滿皇州打三教一本（按『滿皇州』爲宋詞調名）。　領三教一本

三姐醉還醒一本（按『醉還醒』爲宋詞調名）。
三姐黃鶯兒一本　　賣衣黃鶯兒一本
　按『黃鶯兒』爲宋詞調名。
大四小將一本　　四小將一本　　四國朝一本（按『四國朝』爲金、元曲調名）。
四脫空一本　　四教化一本　　泥孤一本

以上凡二百八十本。但在武林舊事卷一『天基聖節』所演雜劇中，我們又可得到三本未見於上文的雜劇名目。

君聖臣賢爨一本　　楊飯一本　　四偌少年游一本

這裏所謂『雜劇』，其實只是『雜耍』而已。並非眞正的戲曲，若元代所謂『雜劇』者。陶宗儀說得最明白：

唐有傳奇，宋有戲曲唱諢詞說，金有院本、雜劇、諸宮調。院本、雜劇，其實一也。國朝，院本雜劇始釐而二之（輟耕錄卷二十五）。

這是說，金之院本雜劇，原只是一個東西。但到了元代，卻成了截然不同的二物了。蓋『雜劇』的名目雖同，而雜劇的本質卻全異了。在金代，雜劇便是所謂『院本』，所謂『五花爨弄』，其內容是極爲複雜的。但在元代，這一種東西卻別名之爲『院本』，而『雜劇』之名卻用來專指『戲曲』的一個體裁了（卽所謂『北劇』）。周密所謂『官本雜劇段數』，便是宋代的雜劇（卽院本），其性質和金代的雜劇、院本是沒有兩樣的。

陶宗儀輟耕錄（卷二十五）云：

院本則五人。一曰副淨，古謂之參軍；一曰副末，古謂蒼鶻，鶻能擊禽鳥，末可打副淨，故云；一曰引戲；一曰求泥，一曰裝孤。又謂之五花爨弄。

這裏是五個腳色。但五個腳色或未必完全出場。仍只是『弄人』的滑稽講唱之流亞，並不是眞正的戲曲。

最早的雛形的『雜劇』，當卽爲唐代的『參軍戲』。趙璘因話錄（卷一）云：

肅宗宴於宮中，女優有弄假官戲。其綠衣秉簡者，謂之參軍椿。

樂府雜錄云：『開元中，黃幡綽、張野狐弄參軍……開元中，有李仙鶴善此戲，明皇特授韶州同正參軍，以食其祿。是以陸鴻漸撰詞，言韶州參軍，蓋由此也」。

范攄雲溪友議（卷九）裏也有一則關於參軍戲的事：

元稹廉問浙東，有俳優周季南、季崇及妻劉採春，自淮甸而來，善弄陸參軍，歌聲徹雲。

這裏所謂『歌聲徹雲』，很可注意。大約參軍戲裏歌唱的成分是很多的。又因話錄有所謂『女優』弄假官戲，可見參軍、蒼頭二色也可以由『女優』來裝扮。

今所知的參軍戲，大抵只有參軍、蒼頭二色（詳見王國維宋元戲曲史第一章）。但到了宋、金的雜劇、院本便變成了五個脚色了。

宋史樂志教坊部敍述『每春秋聖節三大宴』的節目單其第十及第十五均爲雜劇。周密武林舊事（卷一）也記載『理宗朝禁中壽筵樂次』，頗爲詳盡。凡分『上壽』、『初坐』、『再坐』的三大禮節。『上壽』凡行酒十三盞，『初坐』凡行酒十盞，『再坐』凡行酒二十盞。『雜劇』的演出，只是在行酒一盞間，和笙、笛、觱篥、琵琶、嵇琴等的吹彈佔着同樣的時間。可見其演唱並不佔有多少的時候。在那一張『天基聖節排當樂次』裏述及『雜劇』的有：

初坐第四盞……吳師賢已下，上進小雜劇。

雜劇吳師賢已下做君聖臣賢爨，斷送萬歲聲。

第五盞……雜劇周朝清已下，做三京下書，斷送遶池遊。

再坐第四盞……雜劇何晏喜已下，做楊飯斷送四時歡。

第六盞……雜劇時和已下做四偌少年遊，斷送賀時豐。

其下又有『祇應人』的全部名單。『雜劇色』是和『簫色』、『箏色』、『琵琶色』、『嵇琴色』、『筀色』、『笛色』等並列的。『雜管』爲周德清、陸恩顯二人。『雜劇色』則有十五人：

吳師賢　趙恩　王太一　朱旺（豬兒頭）　時和

金寶　俞慶　何晏喜　陸壽　沈定　吳國賢

王壽　趙甯　胡寧　鄭喜

這十五人，連第二次上場的周德清共十六人，分爲四班，至少每班有四個人。可惜不曾提到脚色的如何分配。但在同書的第四卷，記錄『乾淳教坊樂部』一則裏，卻有了更詳盡的敍述。

在那一則裏，把「雜劇色」的名單全開列了出來：

雜劇色

德壽宮

劉景長 使臣	王　喜 保義郎頭，名都管使臣。又名公謹，號玩隱老人。	茆山重 節芽頭	
蓋門貴	蓋門慶 末	侯　諒 侯大頭次末	張　順
曹　辛	宋　興 燕子頭	李泉現 引兼舞三台	

衙前

龔士英 使臣都管	劉恩深 都管	陳嘉祥 節級	吳興祐 德壽宮引兼舞三台
吳　斌	金彥昇 管幹教頭	王　青	孫子貴 引
潘浪賢 引兼末部頭	王賜恩 引	胡慶全 蠟燭頭	周　泰 次
郭名顯 引	宋　定 次德壽宮蚌蛤頭	劉　信 副部頭	成　貴 副

陳煙息副大口　王侯喜副　孫子昌副末節級　焦金色

楊名高末　宋昌榮副慬喜頭

前教坊

伊朝新　王道昌

前鈞容直

仵穀豐五味粥　李外喜

和顧

劉慶次劉衮　梁師孟　朱和次貼衙前鱔魚頭　甯貴甯鑽

蔣甯次貼衙前利市頭　司進絲瓜兒　郝成次衙前小鍬　高門興

高門顯羔兒頭　高明燈搭兒　劉貴　段世昌段子貴

司政仙鶴兒　張舜朝　趙民歡　龔安節

嚴父訓　宋朝清　宋昌榮二名守衙前　周旺丈八頭

下　曥　　　宋　吉　　　伊　俊　　　汪　泰

王原全（次貼衙前）　王　景　　　鄭　喬　　　王來宣

張　顯（守闕祗應黑俏）　焦　喜（焦梅頭）

以上共六十六人。每人姓名下所註的有『別名』，有『綽號』，最多仍是指明所演的腳色。像『頭』指的便是『戲頭』，『引』便是『引戲』，『次』便是『次淨』，『副』便是『副末』。所謂『次末』，所謂『末』，當也便是『副末』。至於所謂『侯大頭』、『絲瓜兒』、『五味粥』、『燈搭兒』之類便是『綽號』了。

在下文，周氏接着寫『雜劇三甲』的『名錄』。大約『三甲』便是最好的幾個雜劇班吧。每『甲』裏的名色都註了出來，除『甲』首不註明有何任務外，其餘的腳色左右不過是：

（一）戲頭　（二）引戲　（三）次淨　（四）副末

等四個腳色而已。而次淨在一『甲』裏又可多至三人，像劉景長的『一甲』。

『雜劇三甲』

劉景長一甲八人

戲頭　李泉現　引戲　吳興佑

次淨　茆山重、侯諒、周泰　副末　王　喜

裝旦　孫子貴

蓋門慶進香一甲五人

戲頭　孫子貴　引戲　吳興佑

次淨　侯　諒　副末　王　喜

內中祗應一甲五人

戲頭　孫子貴　引戲　潘浪賢

次淨　劉　衮　副末　劉　信

潘浪賢一甲五人

戲頭　孫子貴　引戲　郭名顯

次淨　周泰　副末　成貴

所謂「一甲」疑卽是「一班」之稱謂。每班最多者不過八人，普通的只有五人。大約當是以五人爲定數。和陶宗儀的話合起來看，雖脚色名目略有不同，而其組織是很相同的。惟最可注意的是，劉景長一甲裏有「裝旦」的一脚色，卻是很新鮮的發見。可見「雜劇」裏是有「女角」的。又各「甲」人名，相同的很多，可見演唱「雜劇」的最有聲望的人才並不怎樣多。在上文所提及的王宮宴樂的「祗應人」裏，「笛色」多至四十八人，雜劇卻只有十五六人而已。「內中上教博士」有王喜、劉景長、曹友聞、朱邦直、孫福、胡永年（各支銀一十兩）等六人。大約是「內中」教師的班頭。其雜劇的教師則爲王喜、侯諒、吳興福、吳興佑、劉景長、張順等人。

二

在雜劇的脚色方面論之，每一組雜劇演唱時，定數當爲五人。其中戲頭、引戲、次淨、副末的四「色」是確定的。（陶宗儀輟耕錄有副淨而無次淨，似卽同一脚色。又無戲頭而有求（求當作末）

泥，當亦相同。惟多出一『裝孤』而已。在武林舊事裏，卻間有『裝旦』的一色出現）。

吳自牧夢粱錄（卷二十）云：『散樂傳學教坊十三部，唯以雜劇爲正色。……其諸部諸色，分服紫、緋、綠三色寬衫，兩下各垂黃義襴。雜劇部皆諢裹，餘皆幞頭帽子』。這些話很可注意。雜劇色的衣服原是紫、緋或綠色的寬衫，但頭部卻是諢裹，與其他諸色不同。所謂『諢裹』，當是種種滑稽的或擬仿的或像生的裝扮的意思。

吳自牧又謂：『且謂雜劇中末泥爲長，每一場四人或五人。……末泥色主張，引戲色分付，副淨色發喬，副末色打諢，或添一人，名曰裝孤。先吹曲破斷送，謂之把色』。這把雜劇色的分別說得很明白了。

至於雜劇的演出的情形，夢粱錄（卷二十）的記載也較爲詳細：

先做尋常熟事一段，名曰豔段。次做正雜劇，通名兩段。大抵全以故事，務在滑稽唱念，應對通徧。此本是鑒戒，又隱於諫諍，故從便跣露，謂之無過蟲耳。若欲駕前承應，亦無責罰。一時取聖顏笑。凡有諫諍，或諫官陳事，上不從，則此輩妝做故事，隱其情而諫之，於上顏亦無怒也。又有雜扮，或曰雜班，又名經元子，又謂之拔和，卽雜劇之後散段也。頃在汴京時，村落野夫，罕得入城，遂撰此端。多是借裝爲山東、河北村叟，以資笑端。

在同書（卷三）敍述『宰執親王南班百官入內上壽賜宴』的一則裏，描寫雜劇演唱的情形頗詳：

> 諸雜劇色皆諢裹，各服本色紫、緋、綠寬衫，義襴鍍金帶。自殿陛對立，直至樂棚。每遇供舞戲，則排立七手，舉左右盾，動足應拍，一齊羣舞，謂之按曲子。……第四盞進御酒，宰臣百官各送酒，歌舞並同前。教樂所伶人，以龍笛腰鼓發諢子。參軍色執竹竿拂子，奏俳語口號，祝君壽。新劇色打和畢，且謂：奏罷今年新口號，樂聲驚裂一天雲。參軍色再致語，勾合大曲舞。……第五盞進御酒……樂部起三台舞。參軍色執竿奏數語，勾雜劇入場，一場兩段。是時教樂所雜劇色何雁喜、王見喜、金寶、趙道明、王吉等，俱御前人員，謂之無過央。……第七盞……宰臣酒，慢曲子；百官酒，舞三台。參軍色作語，勾雜劇入場。

大致『雜劇』是分為兩段的，第一段為豔段，次為正雜劇。豔段為尋常熟事；正雜劇則內容不同。大抵全為故事。這一種雛形的故事的演唱，似還未脫歌舞隊的拘束，故雜劇色每兼舞『三台』，次段又做『大曲舞』（即正雜劇）。但觀『務在滑稽唱念，應對通徧』之語，似於歌舞之外，又雜有對白（念）。當『變文』流行已久，且已脫胎而成為平話、諸宮調、說經之流的時候，歌舞班之雜入滑稽的道白是很自然的事。我們可以說，宋、金雜劇是連合了古代王家的『弄臣』與歌舞班而為一的。

其內容當然並不純粹。我們一考察周密武林舊事所載的二百八十本『官本雜劇段數』，便可以知道，所謂『雜劇』，還是所謂『雜歌舞戲』的總稱。其中最大多數的雜劇當然是純正所謂『大曲舞』者是。

大曲舞是用『大曲』的調子，以歌舞表演出一件故事，或滑稽的裝扮的。

在那二百八十本的『雜劇』裏，用大曲來歌唱者已有：六幺二十本、瀛府六本、梁州七本、伊州五本、新水四本、薄媚九本、大明樂三本、胡渭州四本、石州三本、大聖樂三本、中和樂四本、萬年歡二本、道人歡四本、長壽仙三本、劍器二本、延壽樂二本、賀皇恩二本、採蓮三本、寶金枝一本、嘉慶樂一本、慶雲樂一本、君臣相遇樂一本、泛清波一本、採雲歸二本、千春樂一本、罷金鉦一本，計凡九十五本，共用大曲二十六調。按宋史樂志教坊部凡十八調，四十大曲，『雜劇』已用過半。又降黃龍（五本）、熙州（三本）二調，雖不見於宋史，而灼然可知其亦爲大曲，則共用大曲二十八（共一百零三本）。

這二十八大曲的歌詞的形式是怎樣的呢？

觀那一百零三本的名目，其題材當是很複雜的；有的顯然知其爲敍述故事的，有的則知其爲嘲笑、滑稽之作；有的則是粉飾太平的頌揚之作。像鶯鶯六幺，當是以「六幺」的一個大曲來敍述鶯鶯、張生之故事的；像鄭生遇龍女薄媚則是以薄媚大曲來歌咏鄭生遇龍女之故事的。像哭骰子瀛州等，則顯然是開玩笑的滑稽曲。

可惜在那目錄裏面的東西已一本俱不能得到了。但其歌詞（卽雜劇詞），我們卻很有幸的能够在曾慥的樂府雅詞（卷上）（詞學叢書本）裏找到了一個例子：

薄媚西子詞　　董穎

排遍第八

怒潮卷雪，巍岫布雲，越襟吳帶如斯，有客經游，月伴風隨。値盛世觀此江山美，合放懷何事卻興悲？不爲回頭舊谷天涯，爲想前君事。越王嫁禍獻西施吳卽中深機。闔廬死，有遺誓勾踐必誅夷。吳未干戈出境倉卒越兵投怒夫差。鼎沸鯨鯢，越遭勁敵。可憐無計脫重圍歸路茫然，城郭邱墟，飄泊稽山裏，旅魂暗逐戰塵飛天日慘無輝。

排遍第九

自笑平生，英氣凌雲，凜然萬里宣威。那知此際，熊虎塗窮，來伴麋鹿卑棲。既甘臣妾，猶不許，何爲計？爭若都燔寶器，盡誅吾妻子，徑將死戰決雌雄。天意恐憐之。　偶聞太宰正擅權，貪賂市恩私。因將寶玩獻誠，雖脫霜戈，石室囚繫憂嗟又經時。恨不如巢燕自由歸。殘月朦朧，寒雨瀟瀟有血都成淚。備嘗嶮厄返邦畿，冤憤刻肝脾。

第十擷

種陳謀，謂吳兵正熾，越勇難施。破吳策，惟妖姬。有傾城妙麗，名稱一作字西子歲方笄。算夫差惑此，須致顛危。范蠡微行，珠貝爲香餌，苧蘿不釣釣深閨，吞餌果殊姿。素飢纖弱，不勝羅綺。鸞鏡畔，粉面淡勻，梨花一朵瓊壺裏，嫣然意態嬌春，寸眸剪水斜鬟鬆翠，人無雙，宜名動君王，繡履容易，來登玉陛。

入破第一

穿湘裙，搖漢珮，步步香風起。斂雙蛾，論時事，蘭心巧會君意。殊珍異寶，猶自朝臣未與，妾何人被此隆恩！雖令効死奉嚴旨。隱約龍姿忻悅，重重甘言說，辭俊雅，質娉婷，天教汝衆美兼備。聞吳重色，憑汝和親，應爲靖邊陲，將別金門，俄揮粉淚靚粧洗。

第二虛催

飛雲駛香車，故國難回睇。芳心漸搖，迤邐吳都繁麗。忠臣子胥，預知道爲邦祟，諫言先啓，願勿容其至。周亡褒姒，商傾妲己。吳王卻嫌胥逆耳，纔經眼，便深恩愛，東風暗綻嬌蘂，綵鸞翻妬伊。得取次于飛共戲，金屋看承，他宮盡廢。

第三袞徧

華宴夕，燈搖醉粉，菡萏籠蟾桂。揚翠袖，含風舞，輕妙處，驚鴻態，分明是瑤臺瓊榭，閬苑蓬壺景，盡移此地。花繞仙步，鶯隨管吹。寶帳煖，留春百和，馥郁融鴛被。銀漏永，楚雲濃，三竿日猶褪霞衣。宿醒輕腕嗅宮花，雙帶繫合同心時，波下比目，深憐到底。

第四催拍

耳盈絲竹，眼遙珠翠，迷樂事，宮闈內。爭知漸國勢陵夷，姦臣獻佞，轉恣奢淫。天譴歲屢饑，從此萬姓離心解體。越遣使陰窺虛實，蚤夜營邊備。兵未動，子胥存，雖堪伐，尚畏忠義。斯人既戮，又是嚴兵卷土赴黃池，觀釁種蠡方云可矣。

第五袞徧

機有神，征鼙一鼓，萬馬襟喉地。庭喋血，誅留守。憐屈服，斂兵還。危如此，當除禍本，重結人心。爭奈竟荒迷，戰骨方埋，靈旗又指。勢連敗，柔荑攜泣，不忍相拋棄。身在兮心先死，宵奔兮兵已前圍。謀窮計盡，淚鶴啼猿，聞處分外悲。丹穴縱近，誰容再歸！

第六歇拍

哀誠屢吐，甬東分賜，垂暮日置荒隅。心知愧，寶鍔紅委，鸞存鳳去，辜負恩憐，情不似虞姬。尚望論功，榮還故里。降令曰：吳之赦汝，越與吳何異！吳正怨越方疑，從公論合去妖□類。蛾眉宛轉，竟殞鮫綃。香骨委塵泥，渺渺姑蘇，荒蕪鹿戲。

第七煞袞

王公子，青春更才美，風流慕連理。耶溪一日，悠悠回首凝思。雲鬟鬢，玉珮霞裾，依約露妍姿。送目驚喜，俄迂玉趾。同仙騎洞府歸去，簾櫳窈窕戲魚水。正一點犀通，遽別恨何已！媚魄千載，教人屬意，況當時金殿裏！

自排遍第八至第七煞袞，共十遍；敍的是西施亡吳的故事，而以王生遇西子事為結。這裏把有功的西子，使之『蛾眉宛轉，竟殞鮫綃』，未免殘忍，和清初徐坦菴的浮西施的結局有些相同。明梁辰魚的浣紗記卻使西施得到更圓滿的結果。

大曲在實際上尚不止十遍。唐時大曲已有排遍、入破、徹（樂府詩集卷七十九）。而排遍、入破又各有數遍。徹則爲入破之末一遍。王灼碧鷄漫志（卷三）謂『凡大曲有散序、靸、排遍、攧、正攧、入破、虛催、實催、衮遍、歇拍、煞衮，始成一曲，謂之大遍』。則大曲往往是多至『數十解』的。但宋人卻多不用其全。像董穎薄媚實際上只用到了：

（一）排遍第八、第九。

（二）攧。

（三）入破第一。

（四）第二虛催。

（五）第三衮遍。

（六）第四催拍。

（七）第五袞遍。
（八）第六歇拍。
（九）第七煞袞。

和王灼所說，大致不殊，而廢去『散序』、『靸』等不用，『排遍』也只從『第八』起。可見這種敍事歌曲原可由作者自己的編排沒有固定的『遍』或『解』數的。但在宋詞曲裏，這種體裁已是最冗長的了，故用來敍述故事，極爲相宜。

今所用的尙有曾布水調歌頭（王明清玉照新志卷二）及史浩採蓮（鄮峯眞隱漫錄卷四十五）等。

王國維宋元戲曲史（第四章）云：『現存大曲，皆爲敍事體，而非代言體。卽有故事，要亦爲歌舞戲之一種，未足以當戲曲之名也』。這話很對。我們猜想所謂『雜劇詞』大抵都只是這種式樣的體裁而已，『未足以當戲曲之名也』。這一百零三本的以大曲組成的『雜劇詞』旣然如此，其他恐怕也不會相殊很遠（詳後）。那裏面也許雜有『念白』（雜劇詞原是唱念卽講唱並用的），恐怕也仍是敍述體而已。（像變文、鼓子詞及諸宮調同樣的東西）。

最早的雜劇詞，或當爲宋崇文總目（卷一）所著錄的：

周優人曲辭二卷。原注云：周吏部侍郎趙上交，翰林學士李昉，諫議大夫劉陶，司勳郎中馮古纂錄燕優人曲辭。

旣名爲曲辭，當是歌曲。『大曲』之作爲優人歌唱之資，恐怕其淵源當在宋之前。

宋史樂志云：『眞宗不喜鄭聲。而或爲雜劇詞，未嘗宣布於外』。這位皇帝自作的雜劇詞，當是大曲一類的東西吧。

吳自牧夢粱錄（卷二十）云：『向者汴京教坊大使孟角毬會做雜劇本子。葛守誠撰四十大曲，丁仙現捷才知音』。這三個都是伶人。孟角毬所做的雜劇本子和葛守誠所撰的四十大曲，當是同一的東西無疑。

三

在二百八十本的『官本雜劇段數』裏，有四本是『法曲』。按張炎詞源（卷下）謂大曲片數（即遍數）與法曲相上下，則二者的體裁當是很相近的。

其中又有二本是『諸宮調』。按『諸宮調』的性質，純是代言體的敍事歌曲（講唱的）。其和大曲不同者僅在大曲是以同一宮調的曲子數遍歌唱一個故事的，而諸宮調所用的曲子，則不拘拘在於同一宮調中的，她可以使用好幾個宮調裏的曲子來組成一套敍事歌曲。（詳見下章）。

其以宋詞調來歌唱的，有逍遙樂四本、滿皇州三本、醉還醒二本、黃鶯兒二本、舜楊花一本、暮雲歸一本、菊花新一本、夾竹桃一本、醉花陰一本、夜半樂一本、木蘭花一本、月當廳一本、撲蝴蝶一本、白苧一本、探春一本、好女子一本、二郎神一本、雙頭蓮二本、月中行一本、三登樂一本、安公子一本、普天樂一本，共三十本。又其所用歌調，不見於宋詞而見於金、元曲調的，有啄木兒三本、整乾坤一本、棹孤舟一本、慶時豐一本、上小梯一本、鶻打兔一本、四國朝一本，共凡九本。此當是當時的俗曲而爲雜劇詞作者所引用的。其他尚有可知其爲當時的俗曲而不見於後來曲調者，像萬年芳、三鄉題等尙有不少。又例以崔智韜艾虎兒之爲大曲，則其他單標故事名目而無曲調名者，尙亦多半爲大曲可知。

總之，這二百八十本的　劇詞，其爲敍事歌曲者至少在一百五十本以上。其他當也是這一類的歌曲。

用宋詞調或俗曲歌唱的，其唱法與大曲當略有不同；似是像歐陽修採桑子的詠西湖，凡用十一段採桑子來描寫西湖景色，而上加一引。又似像趙德璘的詠鶯鶯故事的蝶戀花鼓子詞，或像宋人詞話裏的刎頸鴛鴦會（以醋葫蘆小令詠其故事）都是以十遍或十遍以上的同一詞調或曲調來歌詠一個故事的。

『爨』在這二百八十本裏佔了四十三本；又以『孤』名者凡十七本，『酸』名者凡五本。『爨』卽『五花爨弄』，也卽『院本』或雜劇詞的別名。陶宗儀輟耕錄敍說『爨』的性質頗詳（見上文）。其以『爨』爲名者，當係表示其爲院本或雜劇詞，像今日所見的金瓶梅詞話；王仙客無雙傳奇之標出『詞話』及『傳奇』之名目來無異。（陶氏以『爨』始於宋徽宗，則大誤。我們上文已把其來歷說得很爲明白）。

『孤』、『酸』之標出，則似也像元劇風雨還年末、中秋切膾旦之標出脚色『末』或『旦』出來相同，都祇是表明性質或題材的內容的，無甚深意。

又，宋代流行的雜耍，有所謂『三教』的。東京夢華錄（卷十）云：『十二月，卽有貧者三教人，爲一火，裝婦人神鬼，敲鑼擊鼓，巡門乞錢，俗號爲打夜胡』。而在二百八十本的雜劇詞裏，有所謂門子打三教爨、雙三教、三教安公子、三教鬧着棋、打三教菴宇、普天樂打三教、滿皇州打三教、領三教等，當卽其類。

又有所謂『訝鼓』者。續墨客揮犀（卷七）云：『王子醇初平熙河，邊陲寧靜。講武之暇，因教軍士爲訝鼓戲。數年間遂盛行於世』。朱子語類（卷一百三十九）云：『如舞訝鼓，其間男子婦人僧道雜色，無所不有，但都是假的』。在上面雜劇詞目錄裏，也有迓鼓兒熙州、迓鼓孤。武林舊事（卷二）記舞隊，名色甚多，中有四國朝、撲蝴蝶二種，似卽目錄中之四國朝及撲蝴蝶爨二種。

又，周密齊東野語（卷十）云：『州郡遇聖節賜宴，率命猥妓數十，羣舞於庭，作天下太平字，殊爲不經。而唐王建宮詞云：每過舞頭分兩向，太平萬歲字當中。則此事由來久矣』。今目錄中有天下太平爨及百花爨，當卽其類，所謂『花舞』、『字舞』者是。

從上面的許多話看來，我們可以大膽的斷定說，所謂宋代的『雜劇』，乃是歌舞戲一類的東西；其歌辭則被稱爲『雜劇詞』。這種歌舞戲，是以四人或五人組成之的。他們演唱故事，但往往以『滑稽唱念應對通遍』爲尙；也有不演故事而全爲嘲戲或像天下太平爨之全爲頌揚王室之歌舞的。他們的裝扮，衣衫和其他祇應樂人，若笙色、琵琶色、笛色等人物無多大的區別，其區別惟在頭部。他色人皆『幞頭帽子』，而他們雜劇部卻諢裹，卽以不同的裹巾或帽子來擬仿古人。他們的臉部並傅以粉墨。但他們並不在演戲曲。他們所歌舞的雖是故事，他們雖也扮作古人，但他們的歌詞卻是敍述的，並不是代言的。其所以扮作古人者，極似今日之『化裝灘簧』一類的東西，取其悅人而已。其本身全未脫離歌舞戲的階段，並不曾踏上正式的『戲曲』的道路。（雖其『末泥』、『副淨』諸色曾爲後來戲曲所採用）。他們是否兼用說白，像『諸宮調』那樣的講唱着，今已不可知。但夢粱錄既說其爲『念唱』的，則似兼有念白，至少戲頭或參軍色『執竹竿拂子，奏俳語口號，頌君壽』的時候，是有念詞的；這念詞便是『致語』或勾隊詞。（像我們今日所見『勾小兒隊』致語之類的東西。）

這樣的說明，當是很明白的吧。所可慽的是，在那二百八十餘本的敍事歌曲裏，必有不少的絕妙好辭（董穎的薄媚便是很不壞的敍事曲），而我們現在卻一本也見不到了！這是很大的一種損失！

四

離開周密的鈔錄宋代『官本雜劇段數』不到一百年，陶宗儀又鈔錄了一份更爲繁賾的『院本』或新劇名目（見輟耕錄卷二十）。所著錄的院本名目凡七百十三本，較周密所著錄的多出四百三十三本。其中相同的名目很少。可見在這不到一百年間，雜劇詞亡失得實在太多，太快了。但其名目不甚同，也還有一個緣故，卽周密所錄爲南宋卽流行於南方的東西，而陶宗儀所著錄的卻是北方的東西，從金到元（甚至可上溯到北宋）都有。

那六百九十本的『院本』，可謂洋洋大觀，無所不包。雖然現在已是一本不存，但就其名目上，也可以使我們更明白『雜劇』或『院本』的性質。

在宋、金的時代，雜劇和院本便是一個東西。到了元代，院本便專指的是敍事體的歌舞戲了。『雜劇』的名稱則給了成爲眞正的『戲曲』的北劇。故陶宗儀說：『國朝院本、雜劇始釐而二之』。有一個最好的例證在着。官門子弟錯立身戲文（見永樂大典卷之一萬三千九百九十一，今有翻印本）裏有一段話：

（末白）你會甚雜劇？

（生唱）〔鬼三台〕我做朱砂糖浮漚記、關大王大刀會，做管寧割席破體兒，相府院扮張飛，三脫槊扮尉遲敬德，做陳驢兒風雪包體別，吃推勘柳成錯背要扮宰相做伊尹扮湯，學子弟做羅帥末泥。

（末白）不嫁做新劇的，只嫁個做院本的。

（生唱）〔調笑令〕我這爨體不番離，格樣全學賈校尉。趍搶咀臉天生會，偏宜扶土搽灰。打一聲哨土響半日，一會兒牙牙小來胡爲。

（末白）你會做甚院本？

（生唱）〔聖藥王〕更做四不知、雙鬬醫，更做風流浪子兩相宜，黃魯直打得底，馬明王村里會佳期，更做搬運太湖石。

當時把雜劇和院本當作截然不同之物；雖有的伶人兼擅之，但其性質決不可混合。

在這戲文裏主角延壽馬（生）所唱舉的院本名目有：

（一）四不知　　（二）雙鬬醫（二本或是一本）

（三）風流才子兩相宜　　（四）黃魯直

（五）馬明王　　（六）搬運太湖石

「雜劇官本段數」有兩相宜萬年芳一本，疑卽延壽馬所舉的「風流才子兩相宜」。又雙鬬醫、馬明王、太湖石三本均見於陶氏著錄的六百九十本的院本名目中。

王國維氏定陶氏著錄之「院本」爲金代之作。這是不可靠的。不能以六百九十本裏間有金人之作，便全部定爲金代的東西。最可能的解釋是這六百九十本的院本，其時代是很久的；其中當有北宋的東西，也有金代的東西，而以元代的作品爲最多。陶宗儀云：「偶得院本名目，用載於此，以資博識者之一覽』。他並沒有說明那名目是金代的東西。

『院本』的解釋是怎樣的呢？太和正音譜云：『行院之本也』。元刊張千替殺妻雜劇云：『你是良人良人宅眷，不是小末小末行院』。王國維氏據此，謂『行院者，大抵金、元人謂倡伎所居，其所演唱之本，卽謂之院本云爾』。這話也大錯。張千替殺妻雜劇明說『小末小末行院』，則是歌舞班而非倡伎可知。我們讀了永樂大典本宦門子弟錯立身戲文，和明刊本藍彩和雜劇，等之後，便知所謂『行院』是什麼性質的東西。以今語釋之，蓋卽『遊行歌舞班』之謂也。以其『衝州撞府』，到處遊行着，故謂之『行院』。行院所用的演唱的本子，便謂之院本（詳見著者的行院考）。到了元代，行院所演唱的以雜劇、戲文爲多，而『院本』之名，則仍沿襲舊習，專用以指宋、金的『歌舞戲』。

劉東生嬌紅記說及『院本』的地方凡三：

（一）『院本上開，下雜劇上』（世界文庫本頁五）。

（二）『院本黃丸兒院本上』（同上本頁二十六）。

（三）『申綸引院本師婆旦上』（同上本頁二十八）。

這可知院本是隨意可插入雜劇中的;黃丸兒是說醫生的院本;師婆旦是寫女巫的院本。

今轉鈔陶氏所錄的院本名目於下,而略加以說明。有許多不可解的,只好不加什麼解釋了。

和曲院本

月明法曲	鄆王法曲	燒香法曲	送使法曲(通行本「使」作「香」)
上墳伊州	燒花新水	熙州駱駝	列良贏府
病鄭逍遙樂	四皓逍遙樂	賀貼萬年歡	揖廛降黃電(按「電」應作「龍」)
列女降黃電(按「電」應作「龍」)			

右和曲院本凡十三本,(但通行本輟耕錄另有四酸逍遙樂一本,合爲十四本)和宋官本雜劇重出者有五本。(以。爲號)。王國維云:『其所著曲名,皆大曲、法曲,則和曲殊大曲法曲之總名也』。按和曲或可解作和唱之曲。

上皇院本

壺春堂	太湖石	金明池	戀鰲山
六變妝	萬歲山	打花陣	賞花燈
錯入內	悶相思	探花街	斷上皇
打毬會	春從天上來		

右上皇院本凡十四本。王國維云:『上皇者謂徽宗也』。則此十四本皆敘宋徽宗事矣。

題目院本

柳絮風　紅索冷　墻外道　共粉淚
楊柳枝　蔡消閑　方偷眼　呆太守
畫堂前　夢周公　梅花底　三笑圖
脫布衫　呆秀才　隔年期　賀方回
王安石　斷三行　競尋芳　雙打梨花院

右題目院本凡二十本。王國維解釋『題目』二字，最精確。王氏云：『按題目，卽唐以來合生之別名。高承事物紀原（卷九）合生條言唐書武平一傳平一上書，比來妖伎胡人於御座之前，或言妃主清貌，或列王公名質，詠歌舞踏，名曰合生。始自王公，稍及閭巷。卽合生之原，起於唐中宋時也。今人亦謂之唱題目云云。此云題目，卽唱題目之略也』。

可知所謂題目院本者皆是以詠歌舞踏來形容人之面貌體質的。

霸王院本

悲怨霸王　范增霸王　草馬霸王　散楚霸王
三官霸王　補塑霸王

右霸王院本凡六本。王國維云：『疑演項羽之事』（宋元戲曲史）。又云：『悉意霸王卽調名』（曲錄）。此二說相矛盾。按以『演項羽事』一說爲當。

諸雜大小院本

喬托孤（曲錄「托」作「記」）　旦判孤　計筭孤

雙判孤　百戲孤　哨聒孤　燒棗孤

孝經孤　菜園孤　貨郎孤（以上「孤」凡十本。其主演的，當爲「裝孤」色者）。

合房酸　麻皮酸　花酒酸　狗皮酸

還魂酸　別離酸　三纏酸（曲錄「三」作「王」，疑誤）。

謁食酸　三棵酸　哭貧酸　插撥酸（以上「酸」本凡十一本）。

酸孤旦（按此本似以酸、孤、旦三色同時出場）。　毛詩旦

老孤遣旦　纏三旦　禾哨旦　哮賞旦

貧富旦（以上「旦」本凡七本。武林舊事雜劇色有「裝旦」的名目）。

書櫃兒　紙襴兒　蔡奴兒　剁手兒

喜牌兒　卦册兒　繡箧兒　粥碗兒

倡娘兒　卦鋪兒　師婆兒　教學兒

雞鴨兒　黃丸兒　稜角兒　田牛兒

小九兒（曲錄「九」作「丸」）　醜奴兒　病襄王

馬明王　鬧學堂　鬧浴堂　寬布衫

泥布衫　趕湯瓶　紙湯瓶　鬧棋亭（曲錄，「棋」「作」旗，疑誤）。

夫容亭（曲錄作芙蓉亭）　壞食店　鬧酒店
壞粥店　莊周夢　花酒夢　蝴蝶夢
三出舍　三入舍　瑤池會　八仙會
蟠桃會　洗兒會　藏鬮會　打五臟
蘭昌宮　廣寒宮　鬧結親　倦成親
強風惜（曲錄『惜』作『情』）　大論情　三園子
紅娘子　太平還鄉　衣錦還鄉　四論藝
殿前四藝　競敲門　都子撞門　呆大郎
四酸擂　問前程　十樣錦　長慶館
癩將軍　兩相同　競花枝　五變妝
洪福無疆　白牡丹　赤壁鏖兵　勞相思
金壇謁宿　調奴漸（『奴』應從曲錄作『双』爲是）。
官吏不和　鬧巡鋪　判不由已　大勸力
同官不睦　鬧平康　趕門不上　賣花容
同官賀授　無鬼論　四酸諱偕　鬧棚闌
雙藥盤街　鬧文林　四國來朝（當即四國朝）

雙捉壻　酒色財氣　豎作媒　風流藥院
監法童　漁樵閑話　鬬鵪鶉　杜甫遊春
夗央簡　四酸提猴　滿朝歡　月夜聞箏
鼓角將　鬧夫容城（曲錄作「芙蓉城」）　雙鬧豎
張生煑海　睔徐饅頭（曲錄無「徐」字，疑此字衍）。
文房四寶　謝神天　陳橋兵變　雙揭牓
朦啞質庫（曲錄「朦」作「矇」）　雙福神　院公狗兒
告和來　佛印燒猪　酸賣倈　琴劍書箱
花前飲　五鬼聽琴　白雲菴　迓鼓二郎
壞道場　獨腳五郎　賣花聲　進奉伊州
錯上坟　鑿五方　打五鋪　拷梅香
四道姑　隔簾聽　硬竹蔡（曲錄「竹」作「行」）
義養娘　啫師姨　論秋蟬　劉盼盼
墻頭馬　刺董卓　鋸周朴（曲錄「朴」作「村」）
四柏板　大論淡　摔龍舟　擊梧桐
渰藍橋　入桃園　雙防送　海常春（曲錄「常」作「棠」）

香藥車　四方和　九頭頂　鬭元宵（曲錄「鬭」作「鬧」）
趕村禾（曲錄「村」作「材」）　眼藥孤　兩同心
更漏子　陰陽孤　提頭巾　三索債
防送哨　偖賣旦　是耶酸　怕水酸
回回梨花院　晉宣成道記

右諸雜大小院本凡一百八十九本，與宋官本雜劇重出者僅五本耳。

院幺

海棠軒　海棠園　海棠怨　海棠院
晉李三（曲錄「三」作「王」）　慶七夕　再相逢
風流壻　王子端捲簾記　紫雲迷四季　張與孟楊妃
女狀元春桃記　粉墻梨花院　妮女梨花院　龐方溫道德經
大江東注　吳彥臯　不抽開　不掀簾
紅梨花　玎璫天賜暗姻緣

右院幺凡二十一本。「院幺」之名未詳。或是均以「六幺」大曲來歌唱的吧。

諸雜院爨

鬧夾棒六幺　鬧夾棒法曲　望瀛法曲　分拐法曲

送宣道人歡　逍遙樂打馬鋪　撦綵延壽樂　諱老長壽仙
夜半樂打明星　歡呼萬里　山水日月　集賢賓打三鼓
打白雪歌　地水火風　夜深深三磕胞　佳景堪遊
十四十五郎（曲錄無「十四」二字）　喜遷鶯剷草鞋
太公家教　棊棋書畫　滕王閙閣入妝（曲錄「入」作「八」）
春夏秋冬　風花雪月　上小樓兗頭子　噴水朝僧
打注論語　恨秋風鬼點偌　詩書禮樂　論語謁食
下角瓶大豎淡　再遊恩地　累受恩深　送虀湯放火子
播鼓孝經　香茶酒果　船子和尚四不犯　徐演黃河
單兜望梅花　皇都好景　四偌大提猴　雙聲疊韻
上皇四軸畫　三偌一卜　調猿卦鋪　倬刀饅頭
河轉迓鼓　背箱伊州　酒樓伊州　簑衣百家詩
埋頭百家詩　偷酒牡丹香　雪詩打樊噲　抹麪長壽仙
四偌賣諢　四偌新雨　松竹龜鶴　王母祝壽
四偌抹紫粉　四偌劈馬樁　截紅鬧浴堂　和燕歸梁
蘇武和番　虀湯六幺　河湯舅舅（曲錄「湯」作「陽」）

偌請都子　雙女頗飯（曲錄「頗」作「賴」）　一貫質庫兒
私媒質庫兒　清朝無事　豐稔太平　一入有慶
四海氏和　金皇聖德　皇家萬歲　背鼓千字文
變電千字文（曲錄「電」作「龍」）　摔盒千字文　錯打千字文
木驢千字文　埋頭千字文　講來年好　講聖州序
講樂章集　講道德經　神農大說藥　食店提猴
入參腦子爨　斷朱溫爨　變二郎爨　講百果爨
講百花爨　講蒙求爨　講百禽爨　講心字爨
變柳七爨　三跳澗爨　打王樞密爨　水酒梅花爨
調猿香字爨　三分食爨　煎布衫爨　賴布衫爨
雙揲紙爨　謁金門爨　跳布袋爨　文房四寶爨
開山五花爨

右諸院爨一百七本。與宋官本雜劇同者僅一本。「爨」卽院本之別名，見上文。

衝撞引首

打三十　打謝樂　打八哥　錯打了
錯取鬼（曲錄「鬼」作「兒」）　說狄青　憨郭郎

技頭巾　小鬧擱
小陽唐　歇貼韵
小驚睡　大分界
唐韻六貼　我來也
鑊鍋釜竈　代元保
山梨柿子　打淡的
胡椒雖小　蔡伯喈
三打步　穿百倬
四坐山　撮頭帶
四門兒　說古人
黃風蕩蕩　貪狼觀
拖下來　啞伴哥
生死鼓　搗練子
淨瓶兒　賣官衣
鬪鼓笛　柳青娘
身邊有藝　調劉滾

驚哥猫兒　大陽唐
三般尿　大驚睡
小分界　雙雁兒
情知本分　喬捉蛇
母子御頭　菁笛兒（曲錄「笛」作「苗」）
一日一箇　村城詩
遮截架解　窄磚兒
盤榛子　四魚名
天下樂　四帕水（曲錄「帕」作「怕」）
山麻稭　喬道場
通一毋　串邦了（曲錄「了」作「子」）
劉千劉義　歡會旗
三羣頭　酒槽兒
苗青根白　調笑令
論句兒　請車兒
霸工草（曲錄「工」作「王」）

雞古典　左必來　香供養　合五百

妳妳嗔　一借一與　己己巳　舞秦始皇

學像生　支道饅頭　打調㧗　驢城白守

呆木大　定魂刀　說罰錢　年紀太小

打扇　盤蛇　相眼　告假

捉記　照淡　朦啞　投河

署通　調賊　多筆　僉押

扯狀　羅打　記水　來楞（曲錄「來」作「求」）

燒奏　轉花枝　計頭兒　長嬌惓（曲錄「惓」作「憐」）

歇後語　蘆子語　廻且語　大支散

右衝撞引首凡一百九十本。所謂「衝撞引首」頗費解。按行院既以「衝州撞府」爲生，則「衝撞引首」云者，或可作「院本」的「引首」解。即所謂前半段的雜劇，也即所謂「豔段」吧。

拴搐艷段

襄陽會　驢軸不了　抛綉毬（曲錄無此一本）

鞭敲金鐙　門簾兒　天長地久　眼藥里（曲錄無此一本）

衙府則例　金含楞　天下太平（宋官本雜劇天下太平爨，當即一本）。

歸塞北　春夏秋冬　鬬百草　叫子蓋頭
大劉備　石榴花詩　啞漢書　說古棒
唱柱杖　日月山河　胡餅大　背摳地
屋裏藏　罵呂布　張天覺　打論語
十果頑　十般乞　還故里　劉今帶
四草蟲　四廚子　四妃艷　望長安
長安住　罵江南　風花雪月　錯寄書
睡起教柱　打薆來（曲錄作「打婆束」）　三文兩樸
大對景　小護鄉　少年遊　打靑提
千字文　酒家詩　三拖旦　睡馬杓
四生屬（曲錄「屬」作「厲」）　喬唱諢　桃李子
麥屯兒　大菜園　喬打聖　杏湯來
謝天地　十隻足（曲錄「足」作「脚」）　請生打納
建成　縛食　毬棒艷　破巢艷
開封艷　鞍子艷　打虎艷　四王艷
蝗蟲艷　撅子艷　七捉艷　修行艷

般調豔　棗兒豔　蠻子豔　快樂豔

慈烏豔　眼裏喬　訪戴　衆牛（曲錄「牛」作「半」）

陳桼　范蠡　扯休書　鞭塞（曲錄「塞」作「寨」）

金鈴　感吾智　諸宮調　杴杈埽竹

彫出板來　套靴　舌智　俯飯

釵髮多　襄陽府　仙哥兒

右拴搐豔段凡九十二本。「豔段」即「談段」。陶宗儀云：「又有談段，亦院本之意，但差簡耳。取其如火談易明而易滅也」。吳自牧云：「先做尋常熟事一般，名曰豔段。次做正雜劇」。是豔段即正雜劇之「得勝頭迴」或入話也。

打畧拴搐

星象名　果子名　草名　軍器名

神道名　燈火名　衣裳名　鐵器名

書集名　節令名　虀菜名　縣道名

州府名　相樸名　法器名　樂人名

草名　軍名　門名　魚名

菩薩名

以上二十一本，曲錄刪去不載。

賭撲名

賑天紅　落棋名　衰骰子　琴家弄

悶葫蘆　撮鱉

官職名

說駕頑　敲待制　上官赴任　押刺花赤

飛禽名

青鶻（原無鶻字，據曲錄補。）　老雅　斷料

鷺鷥鵰鶻

花名

石竹子　鬪狗　散水

喫食名

廚難偖　蘑茹來

佛名

成佛（曲錄『佛』下有『板』字）　爺娘佛

雜字兒

盤鼅　害字　劉三　一板子

酒下拴
　數酒　四子三元
唱尾聲
　孟姜女　遮蓋了　詩頭曲尾　虎皮袍
猜謎
　杜大伯　大黃
和尚家門
　禿醜生　窗下僧　坐化　唐三藏
先生家門
　入口鬼　則要胡孫　大燒餅　清閑眞道本
秀才家門
　大口賦　六十八頭　拂袖便去　紹運圖
　十二月　胡說話　風魔賦　寮丁賦（曲錄「寮」作「療」）
　椿著駱駝　看馬胡孫
列良家門
　說卦彔　田命賦（曲錄「田」作「由」）　混星圖

柳簸箕　二十八宿　春從天上來

禾下家門

萬民快樂　咬得響　莫延　九斗一石

共牛

大夫家門

三十六風　傷寒賦（曲錄無「賦」字）　合死漢

馬屁勃　安排鍬钁　二百六十骨節　撒五穀（曲錄無此本）

便癰賦

卒子家門

計兒線（曲錄「計」作「針」）　甲仗庫　軍鬧

陣敗

良頭家門

方頭賦　水雹吟（曲錄「雹」作「龍」）

邦老家門

腳言腳語　則是便是賊

都子家門（曲錄「子」作「下」）

後人收　桃李子　上一上

孤下家門

朕聞上古　刁待制包（曲錄「刁」作「刀」）　絹兒來

司吏家門

罷筆賦　事故榜（曲錄「事」作「是」）

件作家門

一遍生活

檝徠家門

受胎成氣

右打略拴搐凡一百十本。（曲錄作八十八種）所謂打略拴搐，其意義不可解。但這一百十本的內容卻比較的容易明瞭，即其所分別的各門類，也可使我們推測其性質。大約此種打略拴搐，只是市井戲謔之作，全以舌辨之機警及滑稽見勝，並不包含什麼故事（詳後）。

諸雜砌

摸石江　梅妃　浴佛　三教

姜武　救駕　趙娥娥　石婦吟

變猫　水母　玉環　走鸚哥

上料　瞎脚　易基　武則天
告子　拔蛇　鹿皮　新公太（曲錄『公太』作『太公』）
黃巢　恰來　蛇師　沒字碑
臥單（曲錄『單』作『草』）　衲襖。
封陟（曲錄『陟』作『碑』，疑卽官本雜劇之封陟中和樂）。
鋸周朴（曲錄『朴』作『村』）　史弘肇（曲錄『肇』作『肈』）
懸頭梁上

右諸雜砌凡三十本，和官本雜劇名目相同者一本。所謂『諸雜砌』，未詳其義。王國維云：『案蘆浦筆記：謂街市戲諺，有打砌打調之類。疑雜砌亦滑稽戲之流。然其目則頗多故事則又似與打砌無涉』。他又疑『雜砌』或卽『雜扮』之類。按『雜扮』亦卽『街市戲諺』之一種，疑卽是『切砌、打調之類』。所謂『諸雜砌』，當卽指諸種雜扮（詳後文）。

以上凡院本七百十三本（曲錄作六百九十本，此據元刊本輟耕錄增二本。曲錄不計『打略拴搐』裏的『星象名』、『果子名』等二十一本，大誤。今亦爲補入。故增多二十三本。）分爲：（一）和曲院本，（二）上皇院本，（三）題目院本，（四）霸王院本，（五）諸雜大小院本，（六）院么，

（七）諸雜院爨，（八）衝撞引首，（九）拴搐豔段，（十）打略拴搐，（十一）諸雜砌的十一類。粗視之，似若錯雜凌亂，不可究詰，其實其類別是犂然明白的。第一部爲『院本』；自和曲院本到諸雜院爨的七類俱可歸入此部。第二部爲『豔段』，卽院本的『前段』（相當於小說的『入話』）；衝撞引首及拴搐豔段二類可歸之。第三部爲『打略』（或雜砌、雜扮）卽院本的『後散段』（詳後），打略拴搐及諸雜砌二類可歸之。其分類的次第是井然不亂的。

在這七百十三本的『院本』裏，用大曲、法曲、詞曲調的名目爲名者仍不少；計大曲凡十六本，法曲凡七本，詞曲調凡三十七本，共凡六十本。其中想來還有爲失傳之詞曲調而爲我們所未知者在。但較之宋雜劇之過半數以大曲、法曲、詞曲調之名目爲名，則似情形不同矣。但我們知道，周密所著錄的是『官本雜劇段數』，是宮庭中的供奉、祇應的雜劇名目，故比較的整飭雅馴。而陶宗儀所著錄的則是『行院』所用的『院本』，故顯得凌亂、繁雜，無所不包，充分的表現出『行院』乃是『雜耍班』；『院本』名目乃是宋、金、元三代的許多雜玩意兒的俗曲本子的總目錄。

於正宗的『雜劇』或院本之外，那名目裏面最可注意的是，包括了許許多多的顯然不是演唱故事，而只背誦機警的或滑稽的市井所好的事物的名色以爲歡笑之資而已。像酒色財氣、漁樵問答、文房四寶、山水日月、地水火風、琴棋書畫、松竹龜鶴、春夏秋冬、風花雪月、詩書禮樂、香茶酒果等等的狀述，以至於蓑衣百家詩、埋頭百家詩、背鼓千字文、變龍千字文、摔盒千字文、錯打千字文、木驢千字文、埋頭千字文等等的文字游戲，以至於講來年好、講聖州序、講樂章序、講道德經、講蒙求爨、講心字爨、訂注論語、論語謁食、擂鼓孝經、唐韻六帖一類的談經說子，以至於神農大說藥、講百果爨、講百花爨、講百禽爨等等博徵草木蟲魚之名以炫其舌辨與歌唱的警敏，其情形蓋甚與近日之唱誦「寶卷」或說『相聲』的情形相類似。

在打略拴搐裏，尤洋洋大觀的集背誦名物，以炫博識的那一類俗曲本子的大全。有所謂星象名、果子名、草名、軍器名、神道名、燈火名、衣裳名、鐵器名、書籍名、節令名、虀菜名、縣道名、州府名、相撲名、法器名、門名、草名、軍名、魚名、菩薩名、樂人名等等；而賭撲名乃多至七種，官職名多至四種，飛禽名也多至四種，其他花名、喫食名、佛名也在二種以上。這樣的以無意義的名辭拼合來歌唱的盛行的風氣，頗令我們想到明代永樂時刊行的浩瀚無比的諸佛菩薩名曲經。像這樣的風氣，到今日也還在民間的俗曲本子裏佔着相當的勢力。

打略拴搐之名稱最費解。那一百十本的打略拴搐，內容也最爲繁雜。但如果細加分析，便可知道：除了背誦名物一類的俗曲子之外，又有所謂『唱尾聲』及『猜謎』的；這似都是仿擬當時瓦市裏流行的唱調和『商謎』的。但更可注意的是各種『家門』；計有：

（一）和尙家門（四本）（當是以和尙爲主角而施其嘲笑或機警的諷刺的）。

（二）先生家門（四本）（這當然是譏嘲道士先生們的曲本了）。

（三）秀才家門（十本）（這是和秀才們開玩笑的）。

（四）列良家門（六本）（所謂『列良』，當指的是占星、相一流人物）。

（五）禾下家門（五本）（疑指的是農夫們）。

（六）大夫家門（七本）（這當然指的是醫生們了；在雜劇或戲文裏，和醫生們開玩笑的話很不少）。

（七）卒子家門（四本）（以兵士們爲對象的）。

（八）良頭家門（二本）（『良頭』未詳）。
（九）邦老家門（二本）（『邦老』卽竊盜之別稱）。
（一〇）都下家門（三本）（『都下』未詳）。
（一一）孤下家門（三本）（『孤』卽『裝孤』吧。但這三本所謂『孤』，指的並不是官而是帝王）。
（一二）司吏家門（二本）（寫『吏』之生活的）。
（一三）仵作行家門（一本）（寫『仵作』生活的）。
（一四）橛徠家門（一本）（『橛徠』未詳）。

除『良頭』、『都下』、『橛徠』未詳外，其餘所敍的是官家、司吏、仵作、卒子，是秀才、竊盜、和尙、道士，是醫、卜、星相，是農夫，總之，是社會上形形色色的人物與其生活。

夢粱錄云：『又有雜扮，或曰雜班，又名經元子，又謂之拔和，卽雜劇之後散段也。頃在汴京時，村落野夫，罕得入城，遂撰此端。多是借裝爲山東、河北村叟以資笑端』。蘆浦筆記謂：街市戲謔，有打砌打調之類。所謂『打調』，當卽是『打。略。拴。搐。』的打・略也正是街市戲謔的俗曲本子。『雜砌』云云。便是『諸般打砌之意』。打砌和打調本是性質相同的東西，故編在一處。

『打略』（或打調）的性質，正是『借裝爲山東、河北村叟以資笑端』，不過借裝的範圍卻由村叟而更擴大到醫卜、星相，到和尙、道士，乃至到官家、秀才們身上了。也正合『雜扮』的眞正意義。

參考書目

一、周密：武林舊事。
二、吳自牧：夢粱錄。
三、陶宗儀：輟耕錄。
四、王國維：宋大曲考。
五、王國維：宋元戲曲史。

六、王國維：曲錄。
七、鄭振鐸：行院考。
八、曾慥：樂府雅詞。

第八章　鼓子詞與諸宮調

一

宋、金、元雜劇詞（或院本）的性質，我們旣已明瞭；惟有一點尙爲未解之謎：雜劇詞究竟有無念白（除了致語或俳語口號之外），如果有其念白或散文部分究竟佔多少的成分。如果每段均有念白，或念白是夾雜在歌舞之間的，則宋、金之雜劇不是什麽純粹的歌舞戲了（其內容當是複雜歧出）；不僅和弄人及歌舞有關，至少也應受到些『變文』的影響。可惜我們除了詠馮燕故事的水調歌頭，詠西子故事的薄媚等三數本之外，得不到別的更完整的例證，因之，我們這一個謎便不能有解決的希望。（元以後的院本，其受到金、元的戲曲的影響而略變其性質，是很顯明的）。

我們今日所知的最早受到『變文』的影響的，除說話人的講史小說以外，要算是流行於宋、金、元三代的鼓子詞與諸宮調了。鼓子詞僅見於宋，是小型的『變文』，是用流行於宋代的詞調來歌唱的；當爲士大夫受到『變文』影響之後的一種典雅的作品。但『變文』在民間卻更流行而成爲重要的一種新文體，卽所謂諸宮調者是。諸宮調是『變文』以後很浩瀚的有力之作。在歌唱一方面努力的採用當時流行的新歌曲而改易了『變文』的單調的歌唱，是取精用宏、氣魄極大的東西。說話人鈔襲了『變文』的講唱的方法而特別的着重於散文（卽講說）一部分。其和『變文』同樣的着重於韻文（卽歌唱）部分的，除了『寶卷』之外，便是這個新文體諸宮調了。

諸宮調爲比較的後起之秀，其歌唱部分的組織，顯然受有鼓子詞、唱賺、大曲以至『轉踏』等等的影響。惟其寫作的與發揮歌唱的威力的才能卻偉大得多了。

二

『鼓子詞』是一種敍事的講唱文；和『變文』相同，也是韻文、散文相間雜的組織成功的。惟其篇幅比『變文』縮小得多了。當是宴會的時候，供學士大夫們一宵之娛樂的。故文簡而事略；每篇大約只有十章的歌唱。趙德璘說崔鶯鶯的故事，『惜乎不被之以音律，故不能播之聲樂，形之管弦』。是鼓子詞乃是以『管弦』伴之歌唱的，和諸宮調之單用『弦索』（卽弦樂）伴唱者不同。在商調蝶戀花鼓子詞的開頭，趙氏說道『調曰商調，曲名蝶戀花。句句言情，篇篇見意。奉勞歌伴，先定格調，後聽蕪詞』。其後，每一段歌唱的開始，必先之以『奉勞歌伴，再和前聲』。是知鼓子詞的講唱者至少須以三人組成；一人是講說的，另一人是歌唱的。講唱者或兼操絃索，或兼吹笛，其他一人則專吹笛或操弦。今先將趙氏的蝶戀花鼓子詞錄載於下：

元微之崔鶯鶯商調蝶戀花詞

夫傳奇者，唐元微之所述也。以不載於本集而出於小說，或疑其非是。今觀其詞，自非大手筆孰能與於此！至今士大夫極談幽玄，訪奇述異，無不舉此以爲美話。至於娼優女子，皆能調說大畧。惜乎不被之以音律，故不能播之聲樂，形之管絃。好事君子，極飲肆歡之際，願欲一聽其說，或舉其末而忘其本，或紀其略而不終其篇。此吾曹之所共恨者也。今於暇日，詳觀其文，略其煩褻，分之爲十章。每章之下，屬之以詞。或全摭其文，或止取其意。又別爲一曲，載之傳前，先敍前篇之義。調曰商調，曲名蝶戀花。句句言情，篇篇見意。奉勞歌伴，先定格調，後聽蕪詞。

麗質仙娥生月殿，謫向人間，未免凡情亂。宋玉牆東流美盼，亂花深處曾相見。

密意濃歡方有便，不奈浮名旋遣輕分散。最恨多才情太淺，等閒不念離人怨。

傳曰：余所善張君，性溫茂，美丰儀，寓於蒲之普救寺。適有崔氏孀婦，將歸長安，路出於蒲，亦止玆寺。崔氏婦，鄭女也。張出於鄭，緒其親，乃異派之從母。是歲，丁文雅不善於軍，軍人因喪而擾，大掠蒲人。崔氏之家，財產甚厚，多奴僕，旅寓惶駭，不知所措。先是張與蒲將之黨有善，請吏護之，遂不及於難。鄭厚張之德甚，因飾饌以命張，中堂讌之。復謂張曰：姨之孤嫠未亡，提攜幼稚，不幸屬師徒大潰，實不保其身，弱子幼女，猶君之所生也，豈可比常恩哉！今俾以仁兄之禮相見，冀所以報恩也。乃命其子曰歡郎，可十餘歲，容甚溫美。次命女曰鶯鶯：出拜爾兄，爾兄活爾！久之，辭疾。鄭怒曰：張兄保爾之命，不然，爾且虜矣！能復遠嫌乎？又久之，乃至。常服睟容，不加新飾，垂鬟淺黛，雙臉斷紅而已。顏色豔異，光輝動人。張驚，為之禮。因坐鄭傍，凝睇怨絕，若不勝其體。張問其年幾，鄭曰：十七歲矣。張生稍以詞導之，不對。終席而罷。奉勞歌伴，再和前聲。

錦額重簾深幾許？繡履彎彎，未省離朱戶。強出嬌羞都不語，絳綃頻掩酥胸素。

黛淺愁紅妝淡佇，怨絕情凝，不肯聊回顧。媚臉未勻新淚汙，梅英猶帶春朝露。

張生自是惑之，願致其情，無由得也。崔之婢曰紅娘，生私為之禮者數四，乘間遂道其衷。翌日，復至，曰：郎之言，所不敢言，亦不敢泄。然而崔之族姻，君所詳也，何不因其媒而求娶焉？張曰：予始自孩提時，性不苟合。昨日一席間，幾不自持。數日來，行忘止，食忘飯，恐不能踰旦暮。若因媒氏而娶，納采問名，則三數月間，索我於枯魚之肆矣！婢曰：崔之貞順自保，雖所尊不可以非語犯之。然而善屬文，往往沉吟章句，怨慕者久之。君試為喻情詩以亂之，不然，無由得也。張大喜，立綴春詞二首以授之。奉勞歌伴，再和前聲。

懊惱嬌癡情未慣，不道看看，役得人腸斷。萬語千言都不管，蘭房跬步如天遠。

廢寢忘餐思想遍，賴有青鸞，不必憑魚雁。密寫香箋論繾綣，春詞一紙芳心亂。

是夕，紅娘復至，持綵牋而授張曰：崔所命也。題其篇云：明月三五夜。其詞曰：待月西廂下，迎風戶半開。拂牆花影動，疑是玉人來。奉勞歌伴，再和前聲。

庭院黃昏春雨霽，一縷深心，百種成牽繫。青翼驀然來報喜，魚牋微諭相容意。

待月西廂人不寐，簾影搖光，朱戶猶慵閉。花動拂牆紅萼墜，分明疑是情人至。

張亦微諭其旨。是夕，歲二月，旬又四日矣。崔之東牆有杏花一樹，攀援可踰。既望之夕，張因梯其樹而踰焉。達於西廂，則戶半開矣。無幾，紅娘復來。連曰：至矣！至矣！張生且喜且駭，謂必獲濟。及女至，則端服儼容，大數張曰：兄之恩，活我家厚矣！由是慈母以弱子幼女見依。奈何因不令之婢，致淫泆之詞。始以護人之亂為義，而終掠亂求之。是以亂易亂，其去幾何！誠欲寢其詞，則保人之姦不義；明之母則背人之惠不祥。將寄於婢妾，又恐不得發其眞誠。是用紀於短章，願自陳啟。猶懼兄之見難，是用鄙靡之詞，以求其必至。非禮之動，能不愧心！特願以禮自持，毋及於亂。言畢，翻然而逝。張自失者久之，復踰而出。由是絕望矣！奉勞歌伴，再和前聲。

屈指幽期惟恐悞，恰到春宵，明月當之五。紅影壓牆花密處，花陰便是桃源路。

不謂蘭城金石固，斂袂怡聲，恣把多才數。惆悵空回誰共語？只應化作朝雲去。

後數夕，張君臨軒獨寢，忽有人覺之。驚欻而起，則紅娘斂衾攜枕而至。撫張曰：至矣！至矣！睡何為哉？並枕重衾而去。張生拭目危坐久之，猶疑夢寐。俄而紅娘捧崔而至。則嬌羞融冶，力不能運支體。曩時之端莊，不復同矣。是夕，旬有八日，斜月晶熒，幽輝半牀。張生飄飄然且疑神仙之徒，不謂從人間至也。有頃，寺鐘鳴曉，紅娘促去。崔氏嬌啼宛轉，紅娘又捧而去。終夕無一言。張生辨色而興，自疑曰：豈其夢耶？所可明者，妝在臂，香在衣，淚光熒熒然猶瑩於茵席而已。奉勞歌伴，再和前聲。

數夕孤眠如度歲，將謂今生會合終無計。正是斷腸凝望際，雲心捧得嫦娥至。

玉圍花柔羞抆淚，端麗妖嬈，不與前時比。人去月斜疑夢寐，衣香猶在妝留臂。

是後又十餘日，杳不復知。張生賦會眞詩之十韻未畢，紅娘適至。因授之以貽崔氏。自是復容之，朝隱而出，暮隱而入，同安於曩所謂西廂者幾一月矣。張生將之長安，先以情喻之。崔氏宛無難詞，然愁怨之容動人矣！欲行之再夕，不復可見。而張生遂西。奉勞歌伴，再和前聲。

一夢行雲還暫阻，盡把深誠，綴作新詩句。幸有青鸞堪密付，良宵從此無虛度。

兩意相歡朝又暮，爭奈郎鞭，暫指長安路。最是動人愁怨處，離情盈抱終無語。

不數月，張生復游於蒲，舍於崔氏者又累月。張雅知崔氏善屬文，求索再三，終不可見。雖待張之意甚厚，然未嘗以詞繼之。異時，獨夜操琴，愁弄悽惻。張竊聽之，求之，則不復鼓矣。以是愈惑之。張生俄以文調及期，又當西去。臨去之夕，崔恭貌怡聲，徐謂張曰：『始亂之，今棄之，固其宜矣。愚不敢恨。必也君始之，君終之，君之惠也。則沒身之誓，其有終矣！又何必深憾於此行？然而君既不懌，無以奉甯。君嘗謂我善鼓琴，今且往矣。既達君此誠。因命拂琴，鼓霓裳羽衣序。不數聲，哀音怨亂，不復知其是曲也。左右皆欷歔。張亦遽止之。崔投琴擁面，泣下流漣。趣歸鄭所，遂不復至。奉勞歌伴，再和前聲。

碧沼鴛鴦交頸舞，正恁雙棲，又遣分飛去。灑翰贈言終不許，援琴請盡奴衷素。

曲未成聲先怨慕，忍淚凝情，強作霓裳序。彈到離愁悽咽處，絃腸俱斷梨花雨。

詰旦，張生遂行。明年，文戰不利，遂止於京。因貽書於崔，以廣其意。崔氏緘報之詞，粗載於此。曰：捧覽來問，撫愛過深。兒女之情，悲喜交集。兼惠花信一合，口脂五寸，致燿首膏脣之飾，雖荷多惠，誰復爲容！覩物增懷，但積悲歎耳。伏承便於京中就業，於進修之道，固在便安。但恨鄙陋之人，永以遐棄。命也如此，知復何言！自去秋以來，嘗忽忽如有所失。於諠譁之下，或勉爲笑語，閒宵自處，無不淚零。乃至夢寐之間，亦多敍感咽離憂之思。綢繆繾綣，暫尋常幽會未終，驚魂已斷。雖半衾如煖，而思之甚遙。一昨拜辭，倏如舊歲。長安行樂之地，觸緒牽情。何幸不忘幽微，眷念無斁！鄙薄之志，無以奉酬。至於終始之盟，則固不忒。鄙與中表相因，或同宴處。婢僕見誘，遂致私誠。兒女之情，不能自固。君子有援琴之挑，鄙人無投梭之拒。及薦枕席，義盛恩深。愚幼之情，永謂終託。豈期既見君子，不能以禮定情。致有自獻之羞，不復明侍巾櫛。沒身永恨，含歎何言！儻若仁人用心，俯遂幽劣，雖死之日，猶生之年。如或達士略情，捨小從大，以先配爲醜行，謂要盟之可欺，則當骨化形銷，丹忱不泯，因風委露，猶託清塵。存沒之誠，言盡於此！臨紙嗚咽，情不能申！千萬珍重！奉勞歌伴，再和前聲。

別後想思心目亂，不謂芳音忽寄南來雁。却寫花箋和淚卷，細書方寸教伊看。

獨寐良宵無計遣，夢裏依稀，暫若尋常見。幽會未終雲已斷，半衾如暖人猶遠。

玉環一枚，是兒嬰年所弄，寄先君子下體之佩。玉取其堅潔不渝，環取其終始不絕。兼欲綵絲一絇，文竹茶合碾子一枚。此數物不足見珍。意者欲君子如玉之潔，鄙志如環不解，淚痕在竹，愁緒縈絲。因物達誠，永以爲好耳。心邇身遐，拜會無期。幽憤所鍾，千里神合。千萬珍重，春風多厲，強飯爲佳。愼言自保，毋以鄙爲深念也。奉勞歌伴，再和前聲。

尺素重重封錦字，未盡幽閨，別後心中事。珮玉綵絲文竹器，願君一見知深意。

環玉長圓絲萬繫，竹上斕班，總是相思淚。物會見郎人永棄，心馳魂去心千里。

張之友聞之，莫不聳異。而張之志固絕之矣。歲餘，崔已委身於人，張亦有所娶。適經其所居，乃因其夫言於崔，以外兄見。夫已諾之，而崔終不爲出。張怨念之誠動於顏色。崔知之，潛賦一詩寄張曰：自從消瘦減容光，萬轉千迴懶下牀。不爲旁人羞不起，爲郎憔悴卻羞郎。竟不之見。復數日，張君將行，崔又賦一詩以謝絕之。詞曰：棄置今何道！當時且自親。還將舊來意，憐取眼前人。奉勞歌伴，再和前聲。

夢覺高唐雲雨散，十二巫峯，隔斷相思眼。不爲旁人移步懶，爲郎憔悴羞見郎。

青翼不來孤鳳怨，路失桃源，再會終無便。舊恨新愁無計遣，情深何似情俱淺。

逍遙子曰：樂天謂微之能道人意中語。僕於是益知樂天之言爲當也。何者？夫崔之才華婉美，詞彩豔麗，則於所載緘書詩章盡之矣。如其都愉淫冶之態，則不可得而見。及觀其文，飄飄然彷彿出於人目前。雖丹青摹寫其形狀，未知能如是工且至否。僕嘗採摭其意，撰成鼓子詞十一章，示余友何東白先生。先生曰：文則美矣！意猶有不盡者。胡不復爲一章於其後，具道張之與崔，既不能以理定其情，又不能合之於義。始相遇也，如是之篤；終相失也，如是之遽。必及於此則完矣。余應之曰：先生眞爲文者也。言必欲有終始箴戒而後已。大抵鄙靡之詞，止歌其事之可歌，不必如是之備。若夫聚散離合，亦人之常情，古今所共惜也。又況崔之始相得而終至相失，豈得已哉！如崔已他適，而張詭計以求見。崔知張之意，而潛賦詩而謝之，其情蓋有未能忘者矣！樂天曰：天長地久有時盡，此恨綿綿無盡期。豈獨在彼者耶？予因命此意，復成一曲，綴於傳末云：

鏡破人離何處問？路隔銀河，歲會知猶近。只道新來消瘦損，玉容不見空傳信。

棄擲前歡俱未忍，豈料盟言陡頓無憑準。地久天長終有盡，綿綿不似無窮恨。

這篇元微之崔鶯鶯商調蝶戀花詞，見於趙氏的侯鯖錄（卷五）。趙氏名令畤，字德麟，燕王德昭玄孫；爲安定郡王，所與游處多元祐勝流，蘇軾尤深識其才美。德麟以爲張生即元微之自況，所傳鶯鶯事蓋即微之自己所經歷的。（詳見侯鯖錄卷五辨傳奇鶯鶯事）。故逕題曰：『元微之崔鶯鶯商調蝶戀花詞』。全篇連首尾二曲凡十二章。散文部分即截取鶯鶯傳文爲之。

像這樣的『鼓子詞』，在宋人著作裏是僅見。但可知在當時是極流行的。淸平山堂話本裏有刎頸鴛鴦會（警世通言選入題作蔣淑貞刎頸鴛鴦會）一本，其格局正同。雖入『話本』之選，殆也是一篇鼓子詞吧。其韻文部分以十篇醋葫蘆小令組成之，其散文部分則爲流利的白話文的記事（當是用作講念的）。和趙德麟之引用鶯鶯傳原文，似沒有什麼兩樣。而其每入歌唱處，亦必曰：『奉勞歌伴』，也正和蝶戀花相同。

我們玄想這樣小型的敍事講唱文（鼓子詞），以當時流行的詞調來歌出，以管弦來配奏的，在當時，必定和說話人之講說『小說』，（短篇的話本，大都每次都可講畢。）是同樣受到聽衆之熱烈歡迎的。

三

尙有所謂『轉踏』者，也是敍事歌曲的一流，其性質正和鼓子詞不殊。不過其散文部分卻又轉變而成爲『詩句』了。如此的以『詩』和『詞調』相間成文，卻也頗足注意。

這也是詠歌故事的，連續的以同一的詞調若干首組成之。

爲什麽這種『轉踏』會把散文部分變成了『詩』句呢？

原來『轉踏』本是歌舞相兼的，隨歌隨舞，並不容有說白的間雜，故勢不得不易『散文』而爲另一種的韻文。也爲了是歌舞的東西，故上面必冠以『致語』，最後必有『放隊』。然其以『詩』『詞』相間而組成，猶未盡失『變文』的遺意。

『轉踏』又謂之『傳踏』，亦謂之『纏達』。（夢粱錄卷二十）。

其和鼓子詞不同者，卽每篇不僅敍述一事，而是連續的敍述性質相同的若干事的（每一曲敍一事）。今日所見的無名氏調笑轉踏，鄭彥能調笑集句，晁無咎調笑（均見曾慥樂府雅詞卷上）

是如此的。又有無名氏的九張機，也是『轉踏』之一，卻純然是抒情小歌曲而並無故事的了。

但亦有合若干首歌曲而僅詠一個故事，像鼓子詞一樣的。碧鷄漫志（卷三）謂石曼卿作拂霓轉踏，述開元、天寶遺事（今佚）。可見『轉踏』的格律是固定的，而其題材卻是千變萬殊的。將樂府雅詞的四篇，並鈔錄於下：

調笑集句

蓋聞行樂須及良辰，鍾情正在吾輩。飛觴舉白，目斷五山之暮雲；綴玉聯珠，韻勝池塘之春草。集古人之妙句，助今日之餘歡。

珠流璧合暗連文，月入千江體不分。此曲只應天上有，歌聲豈合世間聞！

巫山

巫山高高十二峯，雲想衣裳花想容。欲往從之不憚遠，丹峯碧障深重重。樓閣玲瓏五雲起，美人娟娟隔秋水。江天一望楚天長，滿懷明月人千里。

千里楚江水明月樓高愁獨倚。井梧宮殿生秋意，望斷巫山十二。雪肌花貌參差是，朱閣五雲仙子。

桃源

漁舟容易入春山，別有天地非人間。玉顏亭亭花下立，鬢亂釵橫特地寒。留君不住君須去，不知此地歸何處？春來偏是桃花水，流水落花空相誤。

相誤桃源路，萬里蒼蒼烟水暮。留君不住君須去，秋月春風閒度。桃花零亂如紅雨，人面不知何處！

洛浦

豔陽灼灼河洛神，態濃意遠淑且眞。入眼平生未曾有，緩步佯羞行玉塵。淩波不過橫塘路，風吹仙袂飄飄降。來如春夢不多時，天非花豔輕非霧。

非霧花無語，還似朝雲何處去。淩波不過橫塘路，燕燕鶯鶯飛舞。風吹仙袂飄飄降，擬倩遊絲惹住。

明妃

明妃初出漢宮時，靑春纔服正相宜。無端又被東風誤，故著尋常淡薄衣。上馬卽知無返日，寒山一帶傷心碧。人生憔悴生理難，好在氈城莫相憶。

相憶無消息，日斷遙天雲自白。寒山一帶傷心碧，風土蕭疎胡國。長安不見浮雲隔，縱使君來爭得！

班女

九重春色醉仙桃，春嬌滿眼睡紅綃。同輦隨君侍君側，雲鬢花顏金步搖。一霎秋風驚畫扇，庭院蒼苔紅葉遍。蘂珠宮裏舊承恩，回首何時復來見！

來見蕊宮殿，記得隨班迎鳳輦。餘花落盡蒼苔院，斜掩金鋪一片。千金買笑無方便，和淚盈盈嬌眼。

文君

錦城絲管月紛紛，金釵半醉坐添春。相如正應居客右，當軒下馬入錦裀。斜倚綠窗鸞鑑女，琴彈秋思明心素。心有靈犀一點通，感君綢繆逐君去。

君去逐鴛侶，斜倚綠窗鸞鑑女。琴彈秋思明心素，一寸還成千縷。錦城春色知何評？那似遠山眉嫵！

吳孃

素枝瓊樹一枝春，丹青難寫是精神。偷啼自搵殘粧粉，不忍重看舊寫眞。珮玉鳴鸞罷歌舞，錦瑟華年誰與度？暮雨瀟瀟郎不歸，含情欲說獨無處。

無處難輕訴，錦瑟華年誰與度？黃昏更下瀟瀟雨，況是青春將暮。花雖無語鶯能語，來道曾逢郎否？

琵琶

十三學得琵琶成，翡翠簾開雲母屏。暮雨朝來顏色故，夜半月高絃索鳴。江水江花豈終極，上下花間聲轉急。此恨綿綿無絕期，江州司馬青衫濕。

衫濕情何極！上下花間聲轉急。滿船明月蘆花白，秋水長天一色。芳年未老時難得，目斷遠空凝碧。

放隊

玉爐夜起沉香烟，喚起佳人舞繡筵。去似朝雲無處覓，游童陌上拾花鈿。

除了『致語』和『放隊』外，這篇『轉踏』凡八章，每章各詠一事：（一）巫山，（二）桃源，（三）

洛浦，（四）明妃，（五）班女，（六）文君，（七）吳孃，（八）琵琶。其題材的性質是相同的，故便合組成一篇了。『集古人之妙句，助今日之餘歡』，明言這是『當筵則歌』的東西。

調笑轉踏　　鄭彥能

良辰易失，信四者之難幷。佳客相逢，實一時之盛事。用陳妙曲，上助清歡。女伴相將，調笑入隊。

秦樓有女字羅敷，二十未滿十五餘。金鐶約腕攜籠去，攀枝折葉城南隅。使君春思如飛絮，五馬徘徊芳草路。東風吹鬢不可親，日晚蠶饑欲歸去。

歸去，攜籠女，南陌柔桑三月暮。使君春思如飛絮，五馬徘徊頻駐。蠶饑日晚空留顧，笑指秦樓歸去。

石城女子名莫愁，家住石城西渡頭。拾翠每尋芳草路，採蓮時過綠蘋洲。五陵豪客青樓上，醉倒金壺待清唱。風高江闊白浪飛，急催艇子操雙槳。

雙槳，小舟蕩，喚取莫愁迎疊浪。五陵豪客青樓上，不道風高江廣。千金難買傾城樣，那聽繞梁清唱。

繡戶朱簾翠幕張，主人置酒宴華堂。相如年少多才調，消得文君暗斷腸。斷腸初認琴心挑，幺絃暗寫相思調。從來萬曲不關心，此度傷心何草草！

草草，最年少，繡戶銀屏人窈窕。瑤琴暗寫相思調，一曲關心多少。臨邛客合成都道，共恨相逢不早。

緩緩流水武陵溪，洞裏春長日月遲。紅英滿地無人掃，此度劉郎去移迷。行行漸入清流淺，香風引到神仙館。瓊漿一飲覺身輕，玉砌雲房瑞烟暖。

烟暖武陵晚，洞裏春長花爛熳。紅英滿地溪流淺，漸聽雲中雞犬。劉郎迷路香風遠，誤到蓬萊仙館。

少年錦帶佩吳鈎，鐵馬追風塞草愁。憑仗匣中三尺劍，掃平驕虜取封侯。紅顏少婦桃花臉，笑倚銀屏施寶靨。明眸妙齒起相迎，青樓獨占陽春豔。

春豔桃花臉，笑倚銀屏施寶靨。良人少有平戎膽，歸路光生弓劍。青樓春永香幃掩，獨把韶華都占。

翠蓋銀鞍馮子都，尋芳調笑酒家徒。吳姬十五天桃色，巧笑春風當酒壚。玉壺絲絡臨朱戶，結就羅裙表情素。紅裙不惜裂香羅，區區私愛徒相慕。

相慕酒家女，巧笑明眸年十五。當壚春永尋芳去，門外落花飛絮。銀鞍白馬金吾子，多謝結裙情素。

樓上青帘映綠楊，江波千里對微茫。潮平越賈催船發，酒熟吳姬喚客嘗。吳姬綽約開金盞，的的嬌波流美盼。秋風一曲采菱歌，行雲不度人腸斷。

腸斷浙江岸，樓上青帘新酒軟。吳姬綽約開金盞，的的嬌波流盼。採菱歌罷行雲散，望斷儂家心眼。

花陰轉午漏頻移，寶鴨飄簾繡幕垂。眉山斂黛雲堆髻，醉倚春風不自持。偷眼劉郎年最少，雲情雨態知多少！花前月下惱人腸，不獨錢塘有蘇小。

蘇小最嬌妙，幾度樽前曾調笑。雲情雨態知多少？悔恨相逢不早。劉郎襟韻正年少，風月今宵偏好。

金翹斜嚲淡梳粧，綽約天葩自在芳。幾番欲奏陽關曲，淚濕春風眼尾長。落花飛絮青門道，濃愁不散連芳草。孤鸞乘鶴上蓬萊，應笑行雲空夢悄。

夢悄翠屏曉，帳裏薰爐殘蠟照。賞心樂事能多少？忍聽陽關聲調。明朝門外長安道，悵望王孫芳草。

綽約妍姿號太眞，飢膚冰雪怯輕塵。霞衣乍傘紅摇影，按出霓裳曲最新。舞斂斜彈烏雲髮，一點春心幽恨切。蓬萊雖說淚風輕，翻恨明皇此時節。

時節白銀闕，洞裏春情百和爇。蘭心底事多悲切？消盡一團冰雪。明皇恩愛雲山絕，誰道蓬萊安悅！

江上新晴暮靄飛，碧蘆江蓼夕陽微。富貴不牽漁父目，塵勞難染釣人衣。白鳥孤飛烟柳杪，採蓮越女淸歌妙。腕呈金釧棹鳴榔，驚起鴛鴦歸調笑。

調笑，楚江渺，粉面修眉花鬬好。擎荷折柳爭相調，驚起鴛鴦多少。漁歌齊唱催殘照，一葉歸舟輕小。

千里潮平小渡邊，帘歌白紵絮飛天。蘇蘇不怕梅風遠，空遣春心著意憐。燕釵玉股橫青髮，怨託琵琶恨難說。擬將幽恨訴新愁，新愁未盡絲聲切。

聲切，恨難說，千里潮平春淚闊。梅風不解相思結，忍送落花飛雪。多才一去芳音絕，更對珠簾新月。

放隊

新詞宛轉遞相傳，振袖傾鬟風露前。月落烏啼雲雨散，游童陌上拾花鈿。

這一篇比較調笑集句長，除了致語和放隊二段，還有十二章。其題材的性質和調笑集句是完全相同的，敍的也是女子的故事。

觀其『致語』『良辰易央信四者之難幷，佳客相逢實一時之盛』云云，則也是宴會時的歌曲。大約像『轉踏』一類的歌舞，比較的是小規模的，所以士大夫們家裏都可以供養得起；平常的賓朋宴會都能够使用得着。觀『女伴相將，調笑入隊』，則舞踏者似都是女子。

鄭彥能名僅。

晁無咎的調笑，其題材也無殊於前二者，皆是很豔麗的戀愛的故事。『上佐清歡，深慙薄伎』，這是替歌舞者說的。全篇只有七章，卻沒有『放隊』，不知何故。也許因其習見而去之；也許是脫落掉。

這裏所選的三篇轉踏都是用『調笑』這個曲調的。『轉踏』似是慣用調笑這一曲的。

調笑

蓋聞民俗殊方，聲音異好。洞庭九奏，謂踊躍於魚龍，子夜四時，亦欣愉於兒女。欲識風謠之變，請觀調笑之傳。上佐清歡，深慚薄伎。

西子

西子江頭自浣紗，見人不語入荷花。天然玉貌非朱粉，消得人看隘若耶。游冶誰家少年伴？三三五五垂楊岸。紫騮飛入亂紅深，見此踟躕但腸斷。

腸斷越江岸，越女江頭紗自浣。天然玉貌鉛紅淺，自弄芙蓉日晚。紫騮嘶去猶回盼，笑入荷花不見。

宋玉

楚人宋玉多微詞，出游白馬黃金羈。殷勤扣戶主人女，上客日高無乃飢？琴彈秋思明心素，女爲客歌無語。冠纓定掛翡翠釵，心亂誰知歲將暮！

將暮亂心素，上客風流名重楚。臨街下馬當窗戶，飯煮彫胡留住。瑤琴促軫傳深語，萬曲梁塵不顧。

大隄

妾家朱戶在橫塘，青雲作髻月爲璫。常伴大隄諸女士，誰令花豔獨驚郎。踏隄共唱襄陽樂，輞峩大艑帆初落。宜城酒熟持勸郎，郎今欲渡風波惡。

波惡倚江閣，大艑輞峩帆夜落。橫塘朱戶多行樂，大隄花容綽約。宜城春酒郎同酌，醉倒銀缸羅幕。

解珮

當年二女出江濱，容止光輝非世人。明璫戲解贈行客，意比驂鸞天漢津。恍如夢覺空江暮，雲雨無蹤珮何處？君非玉斧望歸來，流水桃花定相誤。

相誤空凝竚，鄭子江頭逢二女。霞衣曳玉非塵土，笑解明璫輕付。月從雲墮勞相慕，自有驂鸞仙侶。

回紋

竇家少婦美朱顏，藁砧何在山復山！多才況是天機巧，象牀玉手亂紅間。織成錦字縱橫說，萬語千言皆怨列。一絲一縷幾縈回，似妾思君腸寸結。

寸結肝腸切，織錦機邊音韻咽。玉琴塵暗薰爐歇，望盡牀頭秋月。刀裁錦斷詩可滅，恨似連環難絕。

唐兒

頭玉磽磽翠刷眉，杜郎生得好男兒。惟有東家嬌女識，骨重神寒天妙姿。銀鸞照彩馬絲尾，折花正值門前戲。儂笑書空意爲誰？分明唐字深心記。

心記好心事，玉刻容顏眉刷翠。杜郎生得眞男子，況是東家妖麗。眉尖春恨難憑寄，笑作空中唐字。

春草

劉郎初見小樊時，花面丫頭年未笄。千金欲置名春草，圖得身行步步隨。郎去蘇臺雲水國，青青滿地成輕擲。聞君車馬向江南，爲傳春草遙相憶。

相憶頓輕擲，春草佳名慚贈璧。長州茂苑吳王國，自有芊綿碧色。根生土長銅駝陌，縱欲隨君爭得！

這裏很可注意的是，唱詞與詩句的敍述和情調是完全相同的；唱詞只是詩句的重述而已。其間辭句且多重複者。又唱詞的頭二字，必和詩句的末二字必定是相同的。如晁氏調笑的最末一章，詩句之末爲『爲傳春草遙相憶』，而唱詞的第一句則爲『相憶頓輕擲』，『相憶』二字必要重複一次。

樂府雅詞又載有九張機二篇，也在『轉踏』中，但並不敍述故事，而是抒情的。其第二篇並缺『勾隊詞』及『放隊詞』。恐怕這種『勾隊』『放隊』的辭語是可以互相襲用的。又九張機二篇均只有唱詞而沒有『詩』。（僅第一篇開首有一詩，又未多二唱詞）。不知是原來如此的還是被刪去了的。也許原來這種歌舞的抒情曲或故事曲，其格律比較鬆懈，作者可以自由抒寫。或故事曲非有『詩』不可，而抒情曲則可以不用吧。但似以被刪去的話為更可靠。

九張機的二篇，均無作者姓名。

九張機　　無名氏

醉留客者，樂府之舊名，九張機者，才子之新調。憑戛玉之清歌，寫擲梭之春怨。章章寄恨，句句言情。恭對華筵，敢陳口號。

一擲梭心一縷絲，連連織就九張機；從來巧思知多少？苦恨春風久不歸！

一張機，織梭光景去如飛，蘭房夜永愁無寐，嘔嘔軋軋，織成春恨，留着待郎歸。

兩張機，月明人靜漏聲稀，千絲萬縷相縈繫，織成一段迴紋錦字，將去寄呈伊。

三張機，中心有朵耍花兒，嬌紅嫩綠春明媚，君須早折，一枝濃豔，莫待過芳菲。

四張機，鴛鴦織就欲雙飛，可憐未老頭先白，春波碧草曉寒深處，相對浴紅衣。
五張機，芳心密與巧心期，合歡樹上枝連理，雙頭花下兩同心處，一對化生兒。
六張機，雕花鋪錦半離披，蘭房別有留春計，爐添小篆日長一線，相對繡工遲。
七張機，春蠶吐盡一生絲，莫教容易裁羅綺，無端翦破仙鸞彩鳳，分作兩般衣。
八張機，纖纖玉手住無時，蜀江濯盡春波媚，香遺囊麝花房繡被，歸去意遲遲。
九張機，一心長在百花枝，而花共作紅堆被，都將春色藏頭裏面，不怕睡多時。
輕絲象牀玉手出新奇。千花萬草光凝碧，裁縫衣著春天歌舞，飛蝶語黃鸝。
春衣素絲，染就已堪悲。塵世昏汙無顏色，應同秋扇，從茲永棄，無復奉君時。
歌聲飛落畫梁塵，舞罷香風捲繡茵。更欲縷成機上恨，尊前忽有斷腸人。斂袂而歸，相將好去。

同前　　無名氏

一張機，採桑陌上試春衣，風晴日暖慵無力，桃花枝上啼鶯言語，不肯放人歸。
兩張機，行人立馬意遲遲，深心未忍輕分付，回頭一笑花間歸去，只恐被花知。
三張機，吳蠶已老燕雛飛，東風宴罷長洲苑，輕綃催趁館娃宮女，要換舞時衣。
四張機，咿啞聲裏暗顰眉，回梭織朵垂蓮子，盤花易綰愁心難整，脈脈亂如絲。
五張機，橫紋織就沈郎詩，中心一句無人會，不言愁恨不言憔悴，只恁寄相思。
六張機，行行都是耍花兒，花間更有雙蝴蝶，停梭一晌閒窗影裏，獨自看多時。

七張機，鴛鴦織就又遲疑，只恐被人輕裁剪，分飛兩處，一場離恨，何計再相隨。
八張機，回紋知是阿誰詩，織成一片淒涼意，行行讀遍，厭厭無語，不忍更尋思。
九張機，雙花雙葉又雙枝，薄情自古多離別，從頭到底，將心縈繫，穿過一條絲。

四

又有所謂『曲破』者，在宋代也流行一時。她也是一種舞曲，和『轉踏』有些相同。宋史樂志：『太宗洞曉音律，製曲破二十九』。其辭惜不傳。王國維云：『此在唐五代已有之，至宋時又藉以演故事』。其性質，實是『轉踏』一類的東西。我們從『曲破』的歌舞的情形，似可約略的證明出『轉踏』的歌舞的方法。惟『曲破』規模較大，已爲王家樂隊裏的東西，『轉踏』則比較的小規模，似沒有那末隆重的局面。

王國維氏在史浩的鄮峯眞隱漫錄（卷四十六）裏，找到了劍舞的一則。這是最可珍異的材料！雖然全篇有念白，有動作的指示，卻獨缺樂部所唱的曲子，不知何故。但全部『曲破』的歌舞的規則，我們卻可以完全看到了：

劍舞

二舞者對廳立裀上（下略），樂部唱劍器曲破，作舞一段了，

二舞者同唱霜天曉角。

「瑩瑩巨闕，左右凝霜雪。且向玉階掀舞，終當有用時節。唱徹，人盡說，寶此剛不折。內使奸雄落膽，外須遣豺狼滅」。

樂部唱曲子，作舞劍器曲破一段。舞罷，二人分立兩邊。別二人漢裝者出，對坐，桌上設酒桌?竹竿子念。

「伏以斷蛇大澤，逐鹿中原。佩赤帝之眞符，接蒼姬之正統。皇威既振，天命有歸。量勢雖盛於重瞳，度德難勝於隆準。鴻門設會，亞父輸謀，徒矜起舞之雄姿，厥有解紛之壯士。想當時之賈勇，激烈飛揚，宜後世之效顰，迴翔宛轉。雙鸞奏技，四座騰歡」。

樂部唱曲子，舞劍器曲破一段。一人左立者上裀舞，有欲刺右漢裝者之勢。又有一人舞進前翼蔽之。舞罷，兩舞者并退，漢裝者亦退。復有兩人唐裝者出，對坐。桌上設筆硯紙，舞者一人換婦人裝立裀上，竹竿子念。

「伏以雲鬟聳蒼璧，霧縠罩香肌。袖翻紫電以連軒，手握青蛇而的皪。花影下遊龍自躍，錦裀上蹌鳳來儀。逸態橫生，瑰姿譎起。領此入神之技，誠爲駭目之觀。巴女心驚，燕姬色沮。豈唯張長史草書大進，抑亦杜工部麗句新成。稱妙一時，流芳萬古。宜呈雅態，以洽濃歡」。

唱賺是具有偉大的體製的嶄新的創作。牠創出了幾種動人的新聲，牠更革了遲笨繁重的唐、宋大曲的音調。我們文學史裏知道在同一宮調裏任意選取了若干支曲子，來組成一個套數，第一次乃是由於『唱賺』者的創作。這個影響極大。由單調的以二段曲子組成的詞，由單調的以八支

或十支以上的同樣的曲調組成的大曲，反覆歌唱，聲貌全同，豈不會令聽者覺得厭倦麼？一個嶄新的新聲便在這個疲乏的空氣中產生出來。唱賺產生於何時，據宋人紀載約略可知。耐得翁都城紀勝說：

> 唱賺在京師，只有纏令纏達。有引子尾聲爲纏令。引子後只以兩腔遞且循環間用者爲纏達。中興後，張五牛大夫，因聽動鼓板中又有四太平令或賺鼓板（即今拍板大篩揚處是也），遂撰爲賺。賺者，悞賺之義也。令人正堪美聽，不覺已至尾聲。是不宜爲片序也。今又有覆賺又且變花前月下之情及鐵騎之類。凡賺最難，以其兼慢曲曲破大曲嘌唱耍令番曲叫聲諸家腔譜也。

吳自牧夢粱錄所敍唱賺的情形，與都城紀勝全同，惟載『今杭城老成能唱賺者如竇四官人、離七官人、周竹窗、東西兩陳九郎、包都事、香沈二郎、彫花楊一郎、招六郎、沈媽媽等』姓名。周密武林舊事也載唱賺者姓氏，自濮三郎、扇李二郎以下，凡二十二人。唱賺在南宋是成爲一門專業的。

唱賺有纏令纏達二體之分。纏令之體，有引子，有尾聲，正同上列的那種形式。惟上列賺詞當爲南宋後半期之作。（武林舊事卷同三及夢粱錄卷十九所載各社名，均有『遏雲社唱賺』云云，而事林廣記載此賺詞，其前恰爲遏雲要訣、遏雲致語，則此賺詞自當與遏雲社有關係。）初期的賺詞，究竟有沒有這樣的複雜，卻是一個疑問。看了：『賺者誤賺之意也。令人正堪美聽，不覺已至尾聲』的云云，我們總要覺得初期的賺詞，大約不會是很長的，或者祇要『有引子，有尾聲』便已足夠了罷。

樂部唱曲子，舞劍器曲破一段，非龍蛇蜿蜒曼舞之勢。兩人唐裝者起，二舞者一男一女對舞，給劍器曲破徹竹竿子念。

「項伯有功扶帝業，大娘馳譽滿文場，合茲二妙甚奇特，欲使嘉賓醻一觴。霍如羿射九日落，矯如羣帝驂龍翔，來如雷霆收震怒，罷如江海含晴光。歌無既終，相將好去」。

念了二舞者出隊。

今日『劍舞』已失傳，但在日本，猶得見之。嘗獲覩日本人的劍舞；是四人組成之的。二人持劍作擊刺狀，一人吹『尺八』，一人歌誦詞語。其來源似當較宋代的劍舞爲猶古。唱曲子的『樂部』，在日本的劍舞裏是沒有的。

五

另一種敍事歌曲，所謂『唱賺』的，似較『鼓子詞』、『轉踏』尤得市井的歡迎。

「唱賺」的詞文（賺詞），亡失已久，王國維氏始於事林廣記中發見之。其前且有唱賺規則。

現在錄之如下：

（遏雲要訣）。「夫唱賺一家，古謂之道賺，腔必眞，字必正，欲有墩亢掣拽之殊，字有脣喉齒舌之異，抑分輕清重濁之聲，必別合口半合口之字。更忌馬嚚鐙子，俗語鄉談。如對聖案，但唱樂道山居水居淸雅之詞，切不可以風情花柳豔冶之曲；如此，則爲瀆聖。社條不賽，筵會吉席上壽慶賀，不在此限。假如未唱之初，執拍當胸，不可高過鼻，須假鼓板村掇三拍，起引子，唱頭一句。又三拍至兩片結尾，三拍煞，入序尾三拍巾斗煞，入賺頭一字當一拍，第一片三拍，後做此。出賺三拍，出聲巾斗又三拍煞尾聲總十二拍；第一句三拍，第二句五拍，第三句三拍煞。此一定不踰之法」。

（遏雲致語）（筵會用）鷓鴣天

遏酒當歌酒滿斟，一觴一詠樂天眞。三盃五盞陶情性，對月臨風自賞心。環列處，總佳賓，歌聲嘹亮遏行雲。春風滿座知音者，一曲教君側耳聽。

圓社市語　中呂宮　圓裏圓

（紫蘇丸）相逢閑暇時，有閑的打喚瞞兒，呵喝囉聲嗽、道膁斷，俺嗏歡喜，纔下脚，須和美。試問伊家有甚夾氣，又管甚官塲側背算人間落花流水。

（縷縷金）把金銀錠打旋起，花星照臨我，怎彈避？近日間游戲，因到花市簾兒下，瞥見一個表兒圓，咱每便著意。

（好女兒）生得寶妝蹺，身分美，繡帶兒纏脚，更好肩背，畫眉兒入札，春山翠，帶着粉鉗兒，更綰個朝天髻。

〔大夫娘〕忙入步，又遲疑，又怕五角兒衝撞，我沒蹺踢綱兒盡是札，圓底都鬆例，要拋聲忒壯果難爲，眞個費腳力。

〔好孩兒〕供送飲三盃，先入氣道今宵打歇處，把人拍惜，怎知他水脈透不由得你。咱門只要表兒圓時，復兒一合兒美。

〔賺〕春游禁陌，流鶯往來穿梭戲，紫燕歸巢，葉底桃花綻蕊。賞芳菲，蹴鞦韆高而不遠，似踏火不沾地，見小池風擺，荷葉戲水，素秋天氣正翫月斜插花枝，賞登高信料沙羔美。最好當場落帽，陶潛菊繞籬。仲冬時，那孩兒忌酒怕風，帳幙中纏腳忒稔膩。講論處下梢團圓到底，怎不則劇。

〔越恁好〕勘腳并打二步步隨定伊，何曾見走衮。你於我，我與你，場場有踢，沒些拗背。兩個對壘天生不枉作一對腳頭，果然廝稱密密。

〔鶻打兔〕從今復一來一往，休要放脫些兒，又管甚攪閑底拽閑定白打賺廝，有千般解數，眞個難比。

〔尾聲〕五花叢裏英雄輩，倚玉偎香不暫離，做得個風流第一。

骨自有

這是歌詠蹴球之事的圓社，卽『蹴球』之社。其前有『致語』，是爲『筵會用』，而不是爲圓社用的。我們現在不知道賺詞裏有沒有散文的成分在內。但覆賺是很複雜的敍述『花前月下之情及鐵騎之類』，變而成爲長篇的敍事歌曲了。或正是諸宮調的雛形吧。

六

『諸宮調』是宋代『講唱文』裏最偉大的一種文體，不僅以篇幅的浩瀚著，且也以精密、嚴飭的結構著。她不是像『轉踏』、『唱賺』那樣的小規模的東西，她必需有最大的修養，最大的耐力去寫作的。她是『變文』的嫡系子孫，卻比『變文』更爲進步——至少在歌唱一方面。她是宋代許多講唱的文體裏的登峯造極的著作；她有了極崇高的成就；她有了最偉大的作品遺留下來——雖然不過寥寥的三部。她在宋、金、元三代的民間，有了極大的勢力。有專門的班子到各地講唱『諸宮調』；講唱的時間，不止一天兩天，也許要連續到半月至三、兩月，然而聽衆並不覺得疲倦。劉智遠諸宮調最後有：『曾想此本新編傳，好伏侍您聰明英賢』的話；董解元西廂記諸宮調的開頭有：『比前覽樂府不中聽，在諸宮調裏卻著數』云云，又有：『窮綴作，腌對付，怕曲兒捻到風流處，教普天下顛不刺的浪兒每許』的話；王伯成天寶遺事諸宮調的引裏也有：『俺將這美聲名傳萬古，巧才能播四方，歎行中自此編絕唱，教普天下知音盡心賞』的話。這都可看出其爲實際的講唱的本子。在元人石君寶〔一〕諸宮調風月紫雲亭一劇裏，對於講唱諸宮調的班子，有很重要的描寫：

〔點絳脣〕怎想俺這月館風亭，竹溪花徑，變得這般嘿光景！我每日撇嵌爲生，俺娘向諸宮調里尋爭競。

〔混江龍〕他那里問言多傷倖，孥得些家宅神長是不安寧。我勾欄里把戲得四五迴鐵騎，到家來却有六七場刀兵。我唱的是三國志，先饒十大曲；俺娘便五代史添續八陽經。爾覷波，比及撹斷那唱叫，先索打拍那精神。起末得便熱鬧，團掿得更滑熟，並无那脣甜句美；一剗地希嶮艱難，衠撲得些掂人髓，敲人腦，剝人皮，釘腿得回頭硬。娘呵，我看不的爾這般粗枝大叶，聽不的爾那里野調山聲。……

〔醉中天〕我唱道那雙漸臨川令，他便惱袋不嫌聽，搖起那馮員外，便望空里助采聲，把個蘇媽媽便是上古賢人般敬，我正唱到不肯上販茶船的少卿，向那岸邊相刁蹬，俺這虔婆道兀得不好拷末娘七代先靈。……

〔賞花時〕也難奈何俺那赤臂那吒般狠柳青，我唱的那七國里龐涓也沒這短命，則是個八怪洞里愛錢精。我若還更九番家斷併，他比的十惡罪尙尤輕。

這裏敍的是一位以唱『諸宮調』爲職業的女子韓楚蘭，和一位少年靈春馬的戀愛的故事。那個時候，使用『諸宮調』這個新文體所歌唱的題材是很廣泛的，已有所謂三國志、五代史、雙漸蘇卿、七國志等等的諸宮調了。其中除了雙漸蘇卿諸宮調以外，都是所謂『鐵騎兒』；在董西廂的開頭，

〔一〕據棟亭十二種本及暖紅室刊本錄鬼簿，石君寶和他的同時人戴善甫各著有諸宮調風月紫雲亭一本（戴氏所著，名宮調風月紫雲亭，無『諸』字）。今姑將此劇歸石君寶。

作者曾有過一段話道：

〔風吹荷葉〕打拍不知個高下，誰曾慣對人唱他說他好弱高低且按捺，話兒不是扑刀桿棒，長槍大馬。

〔尾〕曲兒甜，腔兒雅，裁剪就雪月風花，唱一本兒倚翠偷期話。

他也特別的提出他的『話兒不是扑刀捍棒，長槍大馬』，可見『扑刀捍棒，長槍大馬』的諸宮調，在當時是特別的流行的，在張協狀元戲文的開端，代替了通常的『家門始末』、『副末開場』等等的規律的，卻是由『末』色登場，先來唱一則張協諸宮調以爲引子，這可見『諸宮調』的勢力在南戲裏也是很大的。

在諸宮調風月紫雲亭劇裏又有一段話道：

〔要孩兒四煞〕楚蘭明道是做場養老小，俺娘則是個敲郎君置過活。他這幾年間衡儹下胡倫課，這條衝州撞府的紅塵路，是俺娘剪徑截商的白草坡，兩隻手衡勞模，恁逢着的瓦解，俺到處是鳴珂。

則他們也是『衝州撞府』的去『做場』，不專在一個地方賣藝的了。武林舊事，（卷十）載官本雜劇段數二百八十本，其中有諸宮調二本；則諸宮調在南宋的時代已和大曲、法曲諸『雜劇詞』

同爲『官本』，即御前供奉之具的了。（綴耕錄所載的『院本』名目裏，也有『諸宮調』一本。）諸宮調之興，在南宋之前。宋孟元老的東京夢華錄（卷五），載『崇、觀以來在京瓦肆伎藝』，中有『孔三傳耍秀才諸宮調』之語。又耐得翁都城紀勝記載臨安雜事，亦有：

諸宮調本京師孔三傳編撰傳奇靈怪八曲說唱

之語。在碧鷄漫志及夢粱錄裏，也並有類似的記載：

熙豐元祐間，兗州張山人以詼諧獨步京師，時出一兩解。澤州孔三傳者，首創諸宮調古傳，士大夫皆能誦之（王灼碧鷄漫志卷二）。

說唱諸宮調。昨汴京有孔三傳，編成傳奇靈怪，入曲說唱。今杭城有女流熊保保及後輩女童，皆效此說唱，亦精于上鼓板無二也（夢粱錄卷二十）。

是諸宮調之創始，當在熙豐、元祐間（公元一〇六八年至一〇九三年之間），而創作諸宮調者，則爲澤州孔三傳其人。孔三傳的生平，惜不可知。所可知者，他當爲汴京瓦肆中鬻技之一人，——既能在諸藝雜呈，萬流輻輳之『京都瓦肆中』占一席地，與小唱、小說、般雜劇、懸絲傀儡、說三分、賣五代史諸專家爭雄長，則其『新詞』必當有甚足動人之處。且既使『士大夫』皆能誦之，則其文辭必也甚爲精瑩可喜可知。又周密武林遺事（卷六）所載『諸色伎藝人』中有：

諸宮調傳奇

高郎婦　黃淑卿　王雙蓮　袁太道．（祕笈本，「太」作「本」）

是說唱諸宮調的藝人在南宋末年卻不爲少。可惜這些藝人的著作，今皆隻字不存，不能爲我們所取證。像宋代說話人之『話本』在今尙陸續被發見的好運，恐怕他們是不會有的。

然創作諸宮調的孔三傳的著作以及產生諸宮調的『宋都』，與乎繼續維持着故都的風氣而仍在說唱着諸宮調的臨安府的『諸宮調』之本子，今雖絕不可得見，但諸宮調的影響卻流播得很遠。經了北宋末年的大亂，一部分的說唱諸宮調的藝人，雖隨了貴族士人們遷徙到中國南部去，而其他一部分卻仍留居於北部；或遷徙西陲的邊疆上去。他們在異族所統治的地方，仍在說唱着，仍在散播他們的影響。這影響便發生結果於今存的兩大部諸宮調：董西廂與劉智遠的身上；這使諸宮調的本來面目，至今尙能爲我們所知。這使諸宮調的弘偉的體製至今更爲我們所認識。且卽在那個異族統治着的地方，又發生出別一個極偉大的影響出來。

在元代的前半葉彈唱「諸宮調」的風氣，似也未曾過去。王伯成的天寶遺事諸宮調當亦為供當時實際彈唱之資的一部著作罷。

我們知道諸宮調的祖禰是「變文」，但其母系卻是唐、宋詞與「大曲」等。他是承襲了「變文」的體製而引入了宋、金流行的「歌曲」的唱調的。姑截取「諸宮調」中的一二段以為例：

生辭夫人及聰，皆曰好行。夫人登車，生與鶯別。

〔大石調驀山溪〕離筵已散，再留戀應無計。煩惱的是鶯鶯，受苦的是清河君瑞。頭西下控着馬，東向馭坐車兒。辭了法聰，別了夫人，把罇俎收拾起。臨上馬還把征鞍倚，低語使紅娘更告一盞以為別禮。鶯鶯、君瑞彼此不勝愁。廝覷者總無言，未飲心先醉。

〔尾〕滿酌離杯長出口兒氣，比及道得個我兒將息，一盞酒裏白冷冷的滴彀半盞來淚。

夫人道：教郎上路，日色晚矣。鶯啼哭，又賦詩一首贈郎。詩曰：棄置今何道，當時且自親。還將舊來意，憐取眼前人。

（董西廂卷下）

天道二更已後，潛身私入莊中來別三娘。

〔仙呂調勝葫蘆〕月下劉郎走一似烟，口兒裏尚埋冤，只為牛驢尋不見。擔驚忍怕，捻足潛蹤，迤邐過桃園。辭了俺三娘入太原，文了面再團圓。抬腳不知深共淺，只被夫妻恩重，跳離陌案，脚一似線兒牽。

〔尾〕恰才撞到牛欄𠠇，侍朵閃應難朵閃，被一人抱住劉知遠。驚殺潛龍！抱者是誰？回首視之，乃妻三娘也。兒夫來何太晚，兼兄嫂持棒專待爾來。知遠具說因依。今夜與妻故來相別，不敢明白見你。（劉智遠諸宮調第二）。

她的散文部分是最流暢、最漂亮的口語文，和『變文』之往往以駢偶文堆砌而成者大爲不同。其韻文的部分，則棄去了『變文』的三言七言的成法，而別從唐、宋大曲，從賺詞，從唐、宋詞調，從宋、金、元三代流行的曲調裏，任意着採取着可用的資材和悅耳的新聲。諸宮調的作者們揮使音樂的能力都是很大的。所以，許多不同的歌曲，一到了他們的手上，便都成了融然的一片，極諧和，極貼伏，極愉快，好像頑鐵們進了洪爐一樣，經過了極高度的熱力融化了一下，便被鍊成繞指柔的純鋼了。

集合同一宮調的曲調若干支，組合成一個歌唱的單位，有引有尾（但也有無尾聲的），那便是所謂套數。諸宮調是充分的應用到套數的。我們如研究一下諸宮調所使用的數套，便可看出他們所用的套數，其性質是極爲複雜的，其組成法是有好幾種不同的；由那裏，可以充分的看出諸宮調作者們融冶力的弘偉，收容量的巨大。差不多自唐、宋詞調以下，凡宋教坊大曲，宋流行大曲，以至宋唱賺等等的不同的套數的組織，無不被網羅以盡。我們在那裏，開始看見那些不同的式套數的被混合，被割裂，被自由的任意的使用着。我們可以說，像諸宮調作家們那末具有果敢無前的驅遣前人的遺產以爲自己的便利之勇氣者，在中國文學史上似還不曾見到第二羣過！

綜觀諸宮調所用的套數，其方式大別之有左列的三種：

（甲）組織二個同樣的隻曲以成者；

（乙）組織二個或二個以上同樣的隻曲，並附以尾聲而成者；

（丙）組織數個不同樣的隻曲並附以尾聲者。

試以董西廂爲例。全書中，其組織套數之方式，可歸在甲類者共有五十三套（內有吳音子二曲，是支曲非套數，）姑舉二例：

【高平調】（木蘭花）從自齋時，等到日轉過，沒個人偢問。酩子裏忍餓，使晨等到合昏個，不曾湯個水米，便不餓損卑末

○果是咱飢變做渴，咽喉乾燥肚兒裏如火。開門見法本來參賀：恁那門親事議論的如何？

〔雙調〕〔惜奴嬌〕絕早侵晨，早與他忙梳裹，不尋思盧脾個眞。你試尋思秀才家，平生餓無那，空倚著門兒瞌睡。○去了紅娘會聖肯書幃裏坐？坐不定一地裏篤麼。覷著日頭兒暫時閒齋時過殺剎，你不成紅娘鄧我！

可歸在乙類者共有九十四套。茲舉一例：

〔仙呂調〕〔賞花時〕酒入愁腸悶轉多，百計千方沒奈何！都爲那人呵！知他你姐姐知我此情麼？眼底閑愁沒處著，多謝紅娘見察。我與你試評度，這一們親事，全在你成合。〔尾〕些兒禮物莫嫌薄，待成親後再有別酧賀。奴哥托付你方便之個！

可歸在丙類者較少，共有四十六套，茲舉一例：

〔中呂調〕〔棹孤舟纏令〕不以功名爲念，五經三史何曾想！爲鶯娘，近來妝就個𩬳浮涙。也囉！老夫人做事搊搜相，做個老人家說謊。白甚舖謀退羣賊，到今日方知是枉。

囉！一陌兒來直恁地難偎傍，死冤家無分同羅幌，也囉！待不思量，又早隔着窗兒望。贏得眼狂心痒痒，百千般悶和愁，盡總撮在眉尖上。也囉！

〔雙聲疊韻〕燭熒煌，夜未央，轉轉添惆悵。枕又閑，衾又涼，睡不著，如翻掌。謾歎息，謾悒怏，謾道不想恁不想，空贏得肚皮兒在勞攘。○淚汪汪，昨夜甚短，今夜甚長，挨幾時東方亮！情似癡，心似狂，還煩惱如何向？待漾下又瞻仰，道忘了是口強，難割捨我兒模樣！

〔迎仙客〕宜淡玉，稱梅妝，一個臉兒堪供養。做爲掙，百事搶，只少天衣，便是捻塑來的觀音像。○除夢裏曾到他行。燒盡獸爐百和香，鼠窺燈偎着矮牀。一個孽相的娥兒，遶定那燈兒來往。

〔尾〕淅零零的夜雨兒擊破窗，窗兒破處風吹著忒飄飄的響，不許愁人不斷腸！

七

諸宮調是說唱的東西，和『變文』，及宋代的『鼓子詞』、『話本』等的說唱的情形是同樣的。毛奇齡說：〔一〕

金章宗朝董解元不知何人，實作西廂搊彈調，則有白有曲，專以一人搊彈，幷念唱之。

這情形大有似於今日的說唱『彈詞』。就石君寶的諸宮調風月紫雲亭一劇所寫的說唱諸宮調的情形看來，也更有類於今日流行於北方落子館裏的大鼓書的歌唱似的。元人戲文張協狀元的開端，有一段由『末』說唱的諸宮調：

〔末白〕〔水調歌頭〕韶華催白髮，光景改朱容。人生浮世，渾如萍梗逐東西。陌上爭紅鬪紫，窗外鶯啼燕語，花落滿庭空。世態只如此，何用苦匆匆。但咱們雖宦裔，總皆通。彈絲品竹，那堪詠月與嘲風。苦會插科使砌，何吝搽灰抹土，歌笑滿堂中，一

〔一〕見西河詞話（毛西河全集本）

似長江千尺浪，別是一家風。（再白）暫息喧嘩，略停笑語，試看別樣門庭，教場格範，緋綠可仝聲。酧酢詞源諢砌聽，談論四座皆驚。渾不比乍生後學，謾自逞虛名。狀元張叶傳前回曾演，汝輩搬成。這番書會要奪魁名。占斷東甌盛事，諸宮調唱，出來因斷羅響。賢門雅靜，仔細說教聽。（唱）「鳳時春」張叶詩書遍歷，困故鄉功名未遂。欲占春圍登科舉，暫別爹娘獨自離鄉里。（白）看的世上萬般俱下品，思量惟有讀書高。若論張叶，家住四川成都府，兀誰不識此人！兀誰不敬重此人！眞個此人朝經暮史，晝覽夜習，口不絕吟，手不停披。正是：煉藥爐中無宿火，讀書窗下有殘燈。忽一日堂前啓覆爹媽：今年大比之年，你兒欲待上朝應舉，覓些盤費之資，前路支用。爹媽不聽這句話，萬事俱休，才聽此一句話，托地兩行淚下。孩兒道：十載學成文武藝，今年貨與帝王家。欲改換門閭，報答雙親，何須下淚。（唱）（小重山）前時一夢斷人腸，教我暗思量。平日不曾爲宦旅，憂患怎生當。（白）孩兒覆爹媽，自古道一更思，二更想，三更是夢。大凡情性不拘，夢幻非實。大底死生由命，富貴在天。何苦憂慮！爹娘見兒苦苦要去，不免與他數兩金銀以作盤纏，再三叮囑孩兒道：未晚先投宿，雞鳴始過關。逢橋須下馬，有渡莫爭先。孩兒領爹娘慈旨，目即辭去。（唱）（浪淘沙）迤里離鄉關，回首望家，白雲直下，把淚偷彈。極目荒郊無旅店，只聽得流水潺潺。（白）話休絮煩。那一日正行之次，自覺心兒里悶。在家春不知耕，秋不知收，眞個嬌妳妳也。每日詩書爲伴侶，筆硯作生涯。在路平地尚可，那堪頓着一座高山，名做五磯山。怎見得山高？巍巍侵碧漢，望望入青天。鴻鵠飛不過，猿狖怕扳緣。積積層層，奈人行鳥道，齁齁鮐鮐，爲藤柱須尖。人皆平地上，我獨出云登。雖然本赴瑤池宴，也教人道散神仙。野猿啼子，遠聞咽咽嗚嗚，落葉辭柯，近覩得撲撲簌簌。前無旅店，後無人家。（唱）（犯思園）刮地朔風柳絮飄，山高無旅店，景蕭條。蹬跧何處過今宵？思量只恁地路迢遙。（白）道猶未了，只見怪風淅淅，蘆葉飄飄，野鳥驚呼，山猿爭叫。只見一個猛獸，金睛閃爍，尤如兩顆銅鈴，錦體斑爛，好若半園霞綺，一副牙如排利刃，十八爪密布鋼鈎，跳出林浪之中，直奔草徑之上。唬得張叶三

> 魂不附體，七魄漸離身，介然倒地。霎時間只聽得鞋履響，脚步鳴。張叶擡頭一看，不是猛獸，是個人。如何打扮？虎皮磕腦虎皮袍，兩眼光輝志氣號使留卜金珠饒你命你還不肯不相饒。（末介唱）（遶池游）張叶拜啓念是讀書輩，往長安擬欲應舉。此少裏足路途里欲得支費望周全不須劫去。（白）強人不管它說，怒從心上起，惡向膽邊生，左手捽住張叶頭稍，右手扯住一把光霍霍冷搜搜鼠尾樣刀，番過刀背去，張叶左肪上劈，右肋上打。打得它大痛無聲，奪去查果金珠。那時張叶性分如何？慈鴉共喜鵲同枝，吉凶事全然未保。似恁唱說諸宮調，何如把此話文敷演，後行脚色，力齊鼓兒，饒個攛掇，末泥色饒個踏場。

這已很明白的指示諸宮調的說唱的情形。但到了元代的末葉，諸宮調是否仍在說唱，卻是一個疑問。錄鬼簿（卷下）有一段記載：

> 胡正臣，杭州人，與志甫、存甫及諸公交遊。董解元西廂記，自『吾皇德化』至于終篇，悉能歌之。

既誇說胡正臣的能歌董解元西廂記終篇，則可見當時能歌之者的不多。當公元一三三〇年，即錄鬼簿編著的那一年，諸宮調在實際上的說唱的運命或已經停止了罷。

明代有無說唱諸宮調的風氣，記載上不可考知。惟焦循劇說（卷二）曾引張元長筆談的一段很可怪的話：

> 董解元西廂記曾見之盧兵部許。一人援弦，數十人合座，分諸色目而遞歌之，謂之磨唱。盧氏盛歌舞。然一見後無繼者。趙長

白云：「一人自唱」，非也。

據張氏的所見，則董解元西廂記乃是一人援弦而多人遞歌之的了；易言之，諸宮調的說唱乃非一人的事業，而爲數十人的合力的了。但他這話極不可靠。在明代，諸宮調既已無人能解，則盧兵部偶發豪興，『自我作古』，創作出什麼『一人援弦，數十人分諸色目而遞歌之』的式樣來，那也是很有可能的事。惟諸宮調的本來的說唱面目則全非如此耳。在一種文體，久已失傳了之後，具有熱忱復古的人們，如果眞要企圖恢復『古狀』的話，往往會鬧出這樣的笑話來的。

八

在諸宮調的結構裏，最有趣的一點是，作者於緊要關頭，每喜故作驚人的筆調，像這一類的驚人的敍述，西廂記諸宮調裏最爲常見：

（尾）二歌（哥）不合盡說與，開口道不殼十句，把張君瑞送得來腌受氣。被幾句雜說閑言，送一段風流煩惱。道甚的來？

道甚的來？

這是店小二指教張君瑞到蒲東普救寺去遊玩的一節事；這樣的一引，全部崔、張故事，皆引出來了，故須如此的愼重其事的敍說着。

（大石調伊州滾）張生見了，五魂俏無主。道不曾見恁好女！普天之下，更選兩個應無。瞻狂心醉，使作得不顧危亡便胡做。一向癡迷，不道其間是誰住處。忒昏沈，忒龕昝，沒掂三，沒思慮，可來慕古。少年做事大抵多失心龕。手撩衣袂，大踏步走至根前欲推戶。腦背後個人來，你試尋思怎照顧？

（尾）凜凜地身材七尺五，一隻手把秀才捽住，吃搭搭地拖將柳陰裏去。眞所謂貪趂眼前人，不防身後患。捽住張生的，是誰？是誰？

這是寫張生見了鶯鶯，便欲隨鶯鶯入門；不料爲一人從背後拖住了。這人是誰呢？這正是一個緊要的關頭，不能不寫得如此骨突的。又在張生百無聊賴的，與長老在啜茶閒話時：

（尾）傾心地正說到投機處，聽啞的門開，瞬目覷是個女孩兒深深地道萬福。

這又是一個很突然的情景的轉變。在正與老僧閒話的時候，忽然的聽見啞的門開，看有一個女孩兒走了進來。底下便有無窮的事可以接着敍來的了。

又在後半部，敍鄭恆正迫着鶯鶯嫁他的時候，他說了許多的話，但忽然的又生了一個大變動，全出於意想之外：

（尾）言未訖，簾前忽聽得人應喏已，道鄭衙內且休胡說，兀的門外張郎來也。

鄭恆手足無所措，珙已至簾前。

總要在山窮水盡的當兒，方纔用幾句話一轉，便又柳暗花明似的現出別一個天地來。這當然是作者有意的買弄他的伎倆之處。但張珙雖回，鶯鶯卻已是許了鄭恆。鶯鶯心裏異常的難過，她特地去見張生。

（渠神令）……許了姑舅做親，擇下吉日良時。誰知今日見伊，尚兀子鰥居獨自，又沒個婦兒妻子！心上有如刀刺，假如活得又何爲枉惹萬人嗤！

鶯解裙帶擲於梁

（尾）譬如往日害相惠，爭如今夜懸自盡，也勝他時憔悴死！珙曰：生不同偕，死當一處。

他便也把皂條兒搭在梁間，豫備雙雙自弔。在這個危急存亡的當兒，有誰來解救呢？作者便迫法聰和尚說出『偕逃』之策來，用以變更了這個不能不情死的局面。

這些都是作者故弄驚人的手腕之處。像這樣驚人的關節，西廂記諸宮調裏，幾乎到處皆然。在鶯與張生唱和着詩時，張生正欲大踏步走到鶯鶯根前，卻被一人高聲喝道『怎敢戲弄人家宅眷』！這來的是誰？來的是誰？在鶯鶯被圍普救寺，正欲跳階自殺，卻見着有一人拍手大笑。衆人皆覷笑者是誰？是誰？在張生絕望，自殺已把皂條繫在樑間時，又有一人從後把他拖住，這人是誰？是誰？……

像這樣的筆調是舉之不盡的。劉知遠諸宮調也是這樣的：每在一個緊要的關目，即在每一個節目的終了處，便都有一種令人聽了不知究竟而又不能不聽下去的待續的口調在知遠走慕家莊沙佗村入舍第一之末，正敍着知遠目丈人丈母死後，被李洪義、洪信二人欺壓不堪。有一天洪義叫了知遠去。說是，『你身上穿着羅綺，不種田，不使牛，莊家裏怎放得住你』，說着，便『手持定荒桑棒，展臂一手捽定劉知遠衣服』。以下的事怎樣呢？這便要『且聽下回分解』了。

在知遠探三娘與洪義斷打第十一之末正敍着知遠的李洪義，洪信諸人圍住了斷打，不得脫身時，忽然來了兩個『殺人魔君』，舉起扁檐，闖入園中來，幫助知遠。這場斷殺的結果如何呢？這又要聽後文的鋪敍的了。

不僅在大關目處是如此，即在本文的中間，也往往故意要弄這些驚人的筆法。在李翁正欲將三娘嫁給知遠，說是只怕洪信兄弟生脾鰲時，恰來了一人向前訴說，道是：『大哥二哥來到也』。在李洪義等在暗地裏欲害知遠時，見一個大漢越牆而過，他便一棒攔腰打去，其人倒臥，方欲再下毒手時，不料其人說了一話，卻把洪義諕走了三魂。原來打倒的卻不是知遠！在李三娘進房取物時，知遠在窗外見她把頭髮披開在砧子上，舉斧欣下。諕殺了劉郎，要救也來不及！在知遠娶了岳司公女正在歡宴時，忽有兩個莊漢，從沙陀李家莊來，說是要找知遠說話！……像這些都頗可使我們注意。我們要明白『欲知後事如何，且聽下回分解』的散場的交待，果然是使諸宮調的作者們喜用這種要等『下文交待』的筆法的重要原因，但並不是唯一的原因。爲了要說唱的增加姿態，爲了要講述的加重語勢，這種的故意驚人的文筆，也有時時使用的必要。聽衆於此或特感興趣罷。諸宮調爲了是實際上的說唱的東西。故往往要儘量的採用着這種筆調，以避免單調的平鋪直敘的說唱。在實際的講壇上，平鋪直敘是最易令聽衆厭疲的。諸宮調作者們於此或有特殊的經驗罷。

九

前期的諸宮調，孔三傳諸人之所作者，今已不可得見。今所見的劉知遠諸宮調、西廂記諸宮調等作，如上所述，已滲透入不少南宋的唱賺的成分在內，顯然都是後期之作。茲先就見存的幾種，加以敍述。次更將諸種載籍中所著錄的或所提到的各諸宮調名目，一一加以討論。

西廂記諸宮調，董解元作。明時傳本至罕，故時人往往與王實甫西廂記雜劇相混。徐文長評本北西廂記卷首題記云：

齋本迺從董解元之原稿，無一字差訛。余購得兩册，都偷竊。今此本絕少，惜哉！本謂崔張劇是王實甫撰，而輟耕錄迺曰董解元。陶宗儀元人也，宜信之。然董又有別本西廂，迺彈唱詞也，非打本。豈陶亦從以彈唱爲打本也耶？不然，董何有二本？附記以俟知者。

是徐文長曾經見過董西廂的。不過他誤解了陶宗儀的話，故有此疑。陶氏的原文是：

金章宗時董解元所編西廂記，世代未遠，尙罕有人能解之者；況今雜劇中曲調之冗乎？（輟耕錄，雜劇曲名一條。）

他的意思，只是慨歎於董西廂世代未遠，已鮮人能解，並沒有說董解元所編的西廂記是雜劇。到了明萬曆以後，西廂記諸宮調方纔盛行於世。今所見的，至少有左列的幾種版本：

一、黃嘉惠刻本　萬曆間　二卷

二、屠赤永刻本　萬曆間　二卷
三、湯玉茗評本　萬曆間　二卷（？）
四、閔齊伋刊朱墨本　天啓崇禎間　四卷
五、閔遇五刊西廂六幻本　崇禎間　二卷
六、暖紅室刊本（即據閔齊伋本翻刻）　四卷

此外，尚有今時坊間之鉛印本一二種，妄施改削，不足據。

董解元的生世不可考。關漢卿所著雜劇有董解元醉走柳絲亭一本（今佚）說的便是他的事罷。陶宗儀說他是金章宗（公元一一九〇至一二〇八年）時人。鍾嗣成的錄鬼簿列他於『前輩已死名公，有樂府行於世者』之首，並於下注明『金章宗時人，以其創始，故列諸首』。涵虛子的太和正音譜也說他『仕於金，始製北曲』。毛西河詞話則謂他爲金章宗學士。大約董氏的生年，在金章宗時代的左右，是無可致疑的。但他是否仕金，是否曾爲『學士』，則是我們所不能知道的。他大約總是一位像孔三傳、袁本道似的人物，以製作並說唱諸宮調爲生涯的。太和正音譜說他『仕

於金』，恐怕是由錄鬼簿『金章宗時人』數字附會而來的。而毛西河的『爲金章宗學士』云云，則更是曲解『解元』二字與附會『仕於金』三字而生出來的解釋了。『解元』二字，在金元之間用得很濫，並不像明人之必以中舉首者爲『解元』。故西廂記劇裏屢稱張生爲張解元；關漢卿也被人稱爲『關解元』。彼時之稱人爲『解元』，蓋爲對讀書人之通稱或尊稱，猶今之稱人爲『先生』或宋時之稱說書者爲某『書生』，某『進士』，某『貢士』〔一〕未必被稱者的來歷便眞實的是『解元』、『進士』等等。〔二〕

〔一〕見武林舊事（卷六）諸色伎藝人條下『演史』一目裏。在同一目裏，並有『張解元』一名，可見宋時已有『解元』之稱。

〔二〕況周頤的蕙風詞話（卷三）云『金董解元西廂記，搊彈詞傳奇也。時論其品，如朱汗碧蹏，神采駿逸。董有哨遍詞云：太皞司春，春工著意……韶華早晴中歸去』。此詞連情發藻，妥帖易施，體格於樂章爲近。……董爲北曲初祖，而其所爲詞，於屯田有沆瀣之合。曲由詞出，淵源斯在。董詞僅見花草粹編，它書概未之載。粹編之所以可貴，以其多載昔賢不經見之作也』。不知『太皞司春』的一支哨遍，正在董氏西廂記諸宮調的開卷。況氏目未覩董西廂，故有這一大片議論。

西廂記諸宮調的文辭，凡見之者沒有一個不極口的讚賞。明胡應麟少室山房筆叢說：

西廂記雖出唐人鶯鶯傳，實本金董解元。董曲今尙行世，精工巧麗，備極才情，而字字本色，言言古意，當是古今傳奇鼻祖。金人一代文獻盡此矣。

黃嘉惠本引云『解元史失其名，時論其品，如朱汗碧蹏，神采駿逸』。清、焦循易餘籥錄則更以董曲與王實甫西廂相比較，而盡量的抑王揚董：

王實甫西廂記，全藍本于董解元。談者未見董書，遂極口稱道實甫耳。如長亭送別一折，董解元云：「莫道男兒心如鐵，君不見滿川紅葉，盡是離人眼中血』。實甫則云：『曉來誰染霜林醉，總是離人淚』。淚與霜林，不及血字之貫矣。又董云：『且休上馬，苦無多淚與君垂，此際情緒你爭知』！王云：『閣淚汪汪不敢垂，恐怕人知』。……兩相參玩，王之遜董遠矣。若董之寫景語，有云：『吸塞鴻啞啞的飛過暮雲重』。有云：『回頭孤城，依約青山擁』……前人比王實甫爲詞曲中思王、太白。實甫何可當，當用以擬董解元。

吳蘭修在他的校本西廂記劇〔一〕的卷首說道：『此記卽王實甫所本，有青出於藍之嘆。然其佳者，實甫莫能過之。漢卿以下無論矣。余尤愛其「愁何似？似一川煙草黃梅雨」二語，乃南唐人絕妙好

〔一〕吳氏桐花閣校本西廂記有清道光間刊本。

詞。王元美曲藻竟不之及。何也』？邵詠〔二〕在將董本與其王本對讀之後也說道：『覺元本字字參活，天然妙相。惜其妍媸互見，不及實甫竟體芳蘭耳』。他們雖沒有焦循那末沒口的歌頌，卻也給董西廂以很同情的批評。大約讀過董作的人，至少也總要是爲其妍新俊逸的辭采所沈醉的。

但董作的偉大，並不在區區的文辭的漂亮，其佈局的弘偉，抒寫的豪放，差不多都可以說是『已臻化境』。這是一部『盛水不漏』的完美的敍事歌曲，需要異常偉大的天才與苦作以完成之的。我們只要看他：把不到二千餘字的會眞記，把不到十頁的蝶戀花鼓子詞，放大到那末弘偉的一部『諸宮調』，便可想像得到，董氏的著作力的富健，誠是古今來所少有的。我們的文學史裏，很少偉大的敍事詩。唐五代的諸變文，是絕代的創作，宋金間的各諸宮調，也是足以一雪我們不會寫偉大的『史詩』或『敍事詩』之恥的。諸宮調今傳者絕少。劉智遠諸宮調僅傳殘帙，天寶遺事諸宮調，今始集其餘骸；則諸宮調之完整的一部書，僅此西廂記諸宮調耳。對於這樣的一部絕代的偉著，我們是抱着『讚嘆』以上的情懷以敍述着的。

〔二〕邵詠的話也見於桐華閣校本西廂記的卷首。

崔、張的故事，發端於唐元稹的會眞記；趙德麟的商調蝶戀花鼓子詞，亦敍崔、張事，但對於微之所述，無所闡發，其散文部分，且全襲微之會眞記本文。眞實的一部使崔、張的故事大改舊觀的卻是這部西廂記諸宮調。自從有了此作，崔、張的故事便永遠脫離了會眞記，而攀附上董解元的此編的了。董作是崔、張故事的改絃重張的張本，卻也便是崔、張故事的最後的定本。以後王實甫、李日華、陸天池諸人的所作，小小的所在雖間有更張，大關鍵卻是無法變更的。

十

我最初讀到的劉知遠傳，乃是向覺明先生的手鈔本，特地爲了我而鈔寄的。他還在卷首，題了一頁的『題記』：

述劉知遠事戲文殘文一册，現存四十二葉，藏俄京研究院亞洲博物館。一九〇七年至一九〇八年，俄國柯智洛夫探險隊攷察蒙古、青海，發掘張掖、黑水故城，獲西夏文甚夥。古文湮沈，至是復顯。此劉知遠事戲文，殘本四十二葉，卽黑水故城所得諸古書之一也。柯氏所得有時次者有乾祐二十年（南宋光宗紹熙元年西元後一一九〇年）刊觀彌勒上生兜率天經、金剛般若波羅密經大方廣佛華嚴普賢行願品，二十一年刊骨勒茂材之番漢合時掌中珠。又有平陽姬氏刊歷代美女圖版畫大都爲十二世紀左右之物。此劉知遠事戲文當亦與之同時也。

以上是向先生文中的一段。他推測劉知遠傳當爲十二世紀左右之物，這是對的，後來我在趙萬雲先生處，見到原書的影片，大有宋刻的規模。指爲宋版云云，當不會是相差很遠的。何況乾祐二十年恰是金章宗的明昌元年。相傳做西廂記諸宮調的董解元是金章宗時人，則劉知遠傳的出於同一時代，大是一個可注意的消息。或竟是金版流入西夏的罷。

再者，就風格而言，也大是董解元同時的出產。其所用的曲調，更與董解元所用者絕多相同；其中有許多是元劇及元散曲所已成爲『廣陵散』了的，例如：

醉落托　　繡帶兒

戀香衾　　整花冠

雙聲疊韻　　解紅

枕屏兒　　踏陣馬

等等皆是。這大約是很強的一個證據，除了版刻的式樣以外，證明牠並不是元代或其後的著作。

但向先生稱牠做『劉知遠事戲文』卻是錯了。就牠的體裁上看來，絕對不是戲文，而是西廂記諸宮調的一個同類。有了劉知遠諸宮調的發見，西廂記諸宮調便是『我道不寡』的了。

在元石君寶的諸宮調風月紫雲亭劇裏有道：

我唱的是三國志先饒十大曲俺娘便五代史續添八陽經。

又在董解元的西廂記諸宮調的開頭特地說明他自己的那部諸宮調：

話兒不是扑刀捍棒，長槍大馬。

大約這部劉知遠傳便是『五代史諸宮調』裏的一個別枝，便是『扑刀捍棒』云云的話兒的一類作品罷。

劉知遠諸宮調的原本，大約是有十二『則』，今僅殘存：

知遠走慕家莊沙陀村入舍第一

知遠別三娘太原投事第二

知遠充軍三娘剪髮生少主第三（僅殘存二頁）

知遠投三娘與洪義斷打第十一

君臣弟兄子母夫婦團圓第十二

等五『則』；在這五則中也尙有少許的殘缺，那卻無關緊要。但最可怪的是，爲什麼不缺佚了首尾，卻只缺失了第四到第十的七『則』。照常例，一部書的亡佚，如不全部失去，則便往往是亡失其前半或後半，很少是保存了首尾而反缺失了中間的一大部分，如劉知遠諸宮調般的。故我們頗懷疑，大概從俄京學士院攝來的底片本不是完全的罷。爲了圖省事只是攝取了前半部與後半部以爲示例，這也是在意想中的事。我們頗想直接的再從俄京攝一個全份來。或者，原書是完全不缺的罷！但也有可能原書竟是缺失其中部。我們看：宋版大唐三藏取經記〔一〕原是分着第一、第二、第三的三卷的，今乃存第一的後半，第三的全部，而亡失其第二的全部。這可見，中部亡佚的事，並不是沒有其例。

〔一〕上虞羅氏印吉金盦叢書本。

劉知遠諸宮調全部故事如何進展，爲了開頭的幾頁，並沒有像西廂記諸宮調或王伯成天寶遺事諸宮調那樣的具有『引』或『發端』，故我們無從曉得。劉知遠諸宮調的開頭，祇是寫着道：

（商調迴戈樂）悶向閑窗檢文典，曾披攬，把一十七代看，自古及今，都總有羅亂。共工當日征于不周，蚩尤播塵寰，湯伐桀，周武動兵，取了紂河山○併合吳越，七雄交戰，即漸興楚漢。到底高祖洪福果齊天，整整四百年間社稷。中腰有奸篡王莽立，昆陽一陣，光武盡除剪○末後三分舉戈鋋，不暫停閑。最傷感兩晉陳隋，長是有狼烟，大唐二十一朝帝主，僖宗聽讒言，朝失政。後興五代，飢饉煞艱難。

（尾）自從一個黃巢反，荒荒地五十餘年，交天下黎民受塗炭。如何見得五代史羅亂相持？古賢有詩云：

自從大駕去奔西，貴落深坑賤出泥。邑封盡封元亮牧，郡君却作庶人妻。

扶犂黑手番成笏，食肉朱脣強喫薺。只有一般憑不得，南山依舊與雲齊。

底下接着便開始敍述劉知遠故事的本文了：

（正宮應天長纏令）自從羅亂士馬舉，都不似、梁晉交馬多戰賭。豪家變得貧賤，窮漢却番作榮富。幸是宰相爲黎庶，百姓便做了台輔。話中只說應州路，一兄一弟，艱難將自老母，哥哥喚做劉知遠，兄弟知崇，同共相逐。知遠成人過的家，知崇八九歲正癡愚。

（甘草子）在鄉故在鄉故，上輩爲官，父親多雄武。名目號光挺，因失陣身亡歿。蓋爲新來壞了家緣，離故里，往南中趂熟，身上單寒，沒了盤費，直是悽楚。

（尾）兩朝天子子爭時不遇。知崇是隱跡河東聖明主，知遠是未發跡潛龍漢高祖。

五代史漢高祖者姓劉諱知遠，即位更名曰高其先沙陀人也。父曰光挺，失陣而卒。後散家產，與弟知崇，逐母趂熟于太原之地。有陽盤六堡村慕容大郎娶母爲後嫁，又生二子，乃彥超彥進。後長立弟兄不睦。知遠獨離莊舍投托于他所，奈別無盤費。

以下接着便敍知遠缺少盤費，途中受飢餓。一日，見一村莊，便走了進去，到牛七翁所開的酒館裏坐地。牛七翁給了他一頓飯吃。這時，忽走進一條惡漢，一方人只叫他做活太歲的，無端將七翁百般辱駡。此漢乃沙佗，小李村住，姓李名洪義。七翁戰戰兢兢的侍候着他，一聲也不致響。知遠旁觀大怒，痛責洪義一頓。洪義豈肯服善，二人便撲打起來。知遠力大，打得洪義滿身是血。滿酒務中人皆喝采。洪義垂頭喪氣而去。但從此與知遠結下海般深讎。這夜，知遠宿於牛七翁莊舍。天明，辭七翁登途。走了一回，時當三月，『落花飛柳絮舞，慵鶯困蝶』。到了一個莊院，『榆槐相接，樹影下，權時氣歇』。不覺睡着。莊中有一老翁，攜笻至於樹下，忽地心驚，望見槐影之間紫霧紅光，有金龍在戲珠，再仔細一看，卻見是一人臥於樹下，鼻息如雷。老翁嘆曰：『此人異日必貴』！移時，知遠睡覺，老翁因詢鄉貫姓名，欲與結識。知遠便訴說自己身世，淚下如雨。老翁說『如不相棄，可到老漢莊中傭力相守一年半歲』。

知遠便從引至莊上，請王學究寫文契了畢。不料到了老翁家中，見了大哥，卻原來是昨日酒務中相打的李洪義。洪義見了知遠，提了棒向前便打，虧得老翁李三傳，把他扯住了。洪義不說昨日之事，只說是不喜此人。老翁引知遠宿於西房。當夜李三傳女，號曰三娘的，好燒夜香，明月之下，見一金蛇，長約數寸，盤旋入於西房。三娘趕到房中，燈下看見土床上臥着個少年人，閉目熟睡。『紅光紫霧罩其身，蛇通鼻竅來共往』。三娘時下好喜。她想昔有相士算她合爲國母，莫非應在此人身上。等知遠醒來，便拔下金釵，將一股與了知遠，約爲姻眷。第二天，三娘對父私言夜來所見。李翁甚喜，便央媒將三娘嫁與知遠爲妻。洪義及其弟洪信意欲阻止，李翁不聽。成婚時，滿村中人皆來賀喜，並皆喜悅，只有洪信、洪義及其妻們怒氣沖沖。知遠入舍不及百日，不料丈人丈母併亡。依禮掛孝，殯埋持服。弟兄不仁，加之兩個妯娌唆送，致令洪義、洪信更爲縈燥。二人便使機關，待損知遠。他們『開口叫做劉窮鬼，喚知遠階前侍立』。說他身上穿着羅綺；卻不鋤田，不使牛，不耕地，『莊家裏怎生放得你』！說時，洪義手持定荒桑棒，展臂一手捽定知遠衣服。

第一『則』止於此處，第二則接着說，李洪義剝了知遠身上衣服，與布衫布袴穿着了，使交桃園去。知遠不知是計。洪義卻在黑處先等。約過二鼓，陌然地見他跳過頹垣，欲奔艸房去。洪義喜道，『這漢合死，今得報仇』。他便追了去，從後舉棒，攔腰打去。七尺身軀仆地倒下。洪義心狠，更欲打得他身亡。聽得那人言語，便諕去了三魂。連忙將那人扶起，在朦朧月色之下認來，元來不是那窮神，卻是李洪信。洪義且驚且哭。洪信忍痛說道：『小弟恐兄落窮神之手，故來覷你』。這時，纔見知遠相從數人，帶酒而來。被洪義扯住，『新近亡卻丈人丈母，怎敢飲酒』！衆村人說道，『是俺與他收淚』。二人終是不休。至天明，用繩索綁定，欲要送官。被做媒的李三翁見了，他說，『若您弟兄送他，我卻官中共您理會』，兼着傍人勸免。以此洪義方休。後經數日弟兄定計，交知遠草房內睡，怕今夜乳牛生犢。三娘也不知道。知遠在草房中長嘆，戀着三娘，欲去不忍。到夜深，知遠睡熟，洪義卻在草房外放起火來。究竟帝王有福，天上沒雲沒霧，平白地下起雨來，把火熄了。知遠驚覺，方知洪義所爲，也不敢伸訴。至次日，知遠『引牛驢，拽拖車，三教廟左右做生活』。暫於廟中困歇熟睡。忽然霹靂喧轟，急雨如注，牛驢驚跳；拽斷麻繩，走得不知所在。知遠醒來，尋至天晚不見，不敢歸莊。意欲私走太原投軍，又念三娘情重，不能棄捨。於明月之下，去住無門，時時嘆息。二更以後，知遠潛身私入莊中，來別三娘。恰到牛欏圈，被一人抱住。知遠驚得一跳。抱者是誰？回頭視之，乃妻三娘也。她說，『兒夫來何太晚！兄嫂持棒，專待爾來』。知遠具說因依，並言欲到太原投軍，『特來與妻相別』。三娘聞語，心若刀割。說是，已懷身三個月，若太原聞了名，早早來取她。她是決不改嫁，也不肯自尋短見，任兄嫂怎樣魔難，也是要守着他的。說時悲涕不已。她說：『劉郎略等，取些小盤費去』。去移時，不至。知遠自來看她，見她手携斫桑斧，『把頭髮披開砧子上，斧舉處誂殺劉郎』。三娘性命如何？卻是用斧截青絲一縷，幷紫皂花綾團襖一領，開門付與劉郎。她相送到牆下。『二儀初分天地，也有聚散別離底，想料也不似這夫妻今宵難捨難棄』！二人泪點多如雨點。正在這時，洪義、洪信兄弟二人持棒前來，欲毆辱知遠。知遠大怒道，『我去也，我去也！異日得志，終不捨汝輩』！弟兄笑道：『你發跡後，俺句鼻內呷三斗三升釅醋』。兩個妯娌也道：『俺喫三斗三升鹽』！四口兒扯了三娘回去，劉知遠獨上太原。次日到幷州試了武藝，團練岳司公見知遠頂上有紅光結成鬬龍形勢。暗嘆曰：『此人異日富貴不可言盡』。便賜酒一瓶錢三貫，且令營中歇息。又叫人作媒，將女嫁他。知遠聞言淚下，說起已有前妻李三娘。但作媒者動以利害。知遠不得已而許之，把定物收了。

第二『則』止於此，第三『則』敍的是『知遠充軍，三娘剪髮生少主』事。卻說知遠收了定，滿營軍健，都皆喜悅。不久，知遠和岳公小姐便成了婚。第二天正在設宴賀喜之時，門吏報覆，有兩個大漢，莊家打扮，說是沙陀村李家莊來的，要尋劉知遠。知遠嚇了一跳，以爲是洪義、洪信二舅。出營門來覷。來者非是二舅，乃李四叔及莊客沙三。李四叔是李三傳房弟，知遠丈人行也。知遠問他們爲何前來。沙三道：『您妻子交來打聽消息的。你卻這裏又做女壻！』知遠道，營中軍法，不得已而爲之。『四叔，你也休見罪，凡百事息言，莫傳與洪信、洪義』。原書第三『則』止於此，以下皆缺。故我們沒有法子知道，以下所敍的事是什麼，僅就其題目所指示，知其下半所敍的乃爲『三娘剪髮生少主』的事而已。這一般事，在五代史平話及元傳奇白兔記裏，〔一〕都寫得很詳細，很可以根據此二書而得到些影像。惟白兔記有『汲水挨磨，磨房中產下嬰兒，當時痛苦咬兒臍』（用富春堂本白兔記第一折中語）諸情節，而劉知遠諸宮調則似無咬斷兒臍一事。據劉知遠諸宮調的後半部，關於三娘

〔一〕白兔記今日流行之本，有明萬歷間富春堂刊本，有明末汲古閣刊本，二本文辭絕不相同，惟節目則大略相似。汲古閣本文辭朴質，當是元人舊本。

事，似只有『最苦剪頭髮短，無冬夏教我幾曾飽暖』及推磨，汲水諸事。

從第三『則』下半節以後，直到第十『則』原書皆缺失，不知內容爲何。但如依據了五代史平話及白兎記二書，則其中情節也約略的可以知道。

五代史平話在『劉知遠去太原投軍』的一個節目與『知遠見三娘子』的一個節目之間，共有左列的十幾個節目：

劉知遠去太原投軍
知遠與石敬塘結爲兄弟
石敬塘爲河東節使
劉知遠跟石敬塘往河東
劉知遠勸石敬塘據河東
敬塘稱帝授知遠爲平章
劉知遠爲北京留守

軍卒報劉承義娘子消息
劉知遠自到孟石村探妻
知遠粧做打草人
劉知遠見李敬業
知遠見三娘子

這些事都是着重在劉知遠的本身的；白兔記的所敍，則其中一部分，並着重在李三娘一方面。茲據汲古閣刊六十種曲本白兔記列其自知遠『投軍』以下至『私會』止的節目如下：

投軍	強逼	巡更	拷問	挨磨。	分娩。
岳贅	送子。	求乳。	見兒。	寇反	討賊
凱回	受封	汲水。	訴獵。	私會。	

凡『挨磨』等等，旁有。為記者皆專敍三娘的節目。

以我們的想像推測之，劉知遠諸宮調之所敍，當未必與五代史平話及白兔記完全相同；在那已失的七『則』裏，敍述知遠的故事或當較多於敍述三娘的罷。在原書的第十二『則』裏，寫着：三娘對她的哥哥說道：『自從劉郎相別了，莊上十二三年，最苦剪頭髮短，無冬夏教我幾曾飽暖。咱是的親爹生長，似奴婢一般摧殘。及至凌打，您也恁怯怚懊煎。記得恁打考千千遍，任苦告不肯擔免。恁時卻不看姊妹弟兄面』！如此，則三娘的事，只是『剪髮』、『挨餓』、『似奴婢一般摧殘、凌打』等等而已，但在同『則』裏，又從劉知遠口中說出三娘被凌虐的情形來：『因吾打得渾身破折，到得明頭露腳，交擔水負柴薪，終日搗碓推磨』。云云。如此，則當時已有挨磨等等以後的所有的傳說了。惟『咬臍』一事似尙未發生。但三娘汲水遇子的事，則在劉知遠諸宮調裏也已有之。在其第十一『則』裏，有着這樣的記載：

知遠說罷，三娘尋思道是見來。昨日打水處，見個小禿厮兒，身上一領布衫似打魚網那底，更還兩個月深秋奈何！

又有『昨日個向莊裏臂鷹走犬，引着諸僕吏打獵爲戲』諸語，是『汲水』、『訴獵』兩個節目，在本書裏自必有之。惟當時三娘見到『劉衙內』時，未知便是其子，且也並無『白兔』爲引介之物耳。

至於知遠的故事，則原書僅敍其做到『九州安撫使』，並未更詳其中的情節，故我們也不能十分的明白。

第十一『則』敍『知遠探三娘，與洪義廝打』事，蓋卽白兔記所敍的『相會』的一幕，也卽五代史平話『知遠見三娘子』及以後數節中所敍的故事。惟其描敍的婉曲深摯，則遠非平話與白兔記所可與之拮抗。在這個所在，我們充分可以看出，劉知遠諸宮調的作者，確是一位不同凡俗的有偉大的天才及極豐富的想像力與描寫力的作家。然而這位無名的大作家及其偉大的作品卻埋在我們的西陲的黃沙之中，將及千載而無人知！偉大的作品未必便是必傳的作品罷。而許多庸腐的詩，古文辭卻傳誦到今！

第十一『則』的頭三葉，已經缺失，第四葉開始，敍的是，劉知遠仍改粧爲窮漢模樣，與李三娘見面，三娘訴說：自己怎樣的爲了不肯改嫁，把頭髮剪去，又脫下綺羅，換卻布衣，爲了『窮劉大』，『淚痕染得布衣紅，盡是相思眼內血』。又問知遠，『我兒別後在和亡』？知遠笑嘻嘻的說道：『你兒見在，到如今許大身材，眉目秀，腮紅耳大，你昨天不是見到他了麼』？三娘想起，『昨天在在水處見個小禿厮，身上一領布衫似打魚網般的破爛，大約便是的罷」。便道，『這孩子這般襤褸，這兩幅布裙比較新，且與他托肩換袖』。知遠笑道：『不用布裙三兩幅，恁兒身穿錦綉衣。小禿厮兒也不是你兒。你昨日不曾見個劉衙內問你因甚著麻衣，青絲髮剪得眉齊。你把行縱去迹說明白，他垂雙淚，騎馬便歸麼？那面貌還不是像我的一般？如今恰是十三歲了』。三娘怒道：『衙內怎生是你兒？想你窮神，怎做九州安撫使』？知遠恐他妻不信，便於懷中取出一物給她看，那便是九州安撫使的金印。三娘見了，喜不自勝，知遠眞個發迹了也！三娘便把這金印藏在懷中。知遠向其再三告取，三娘終不與。知遠道：『收則收着，不要失落了，在三日內，將金冠霞帔，依法取你來』。（元劉唐卿有李三娘麻地捧印劇，敍的是此事罷）。正在夫妻相會，未忍離別之際，李洪義執了荒桑棒，當下驚散鴛鴦。洪義道，『你害飢，交三叔取飯，卻覓不着，兩個在這裏』！送的是破罐裏盛着殘飯。知遠大怒，將這殘飯潑在洪義面上。洪義怒叫，洪信及二婦人皆至。四個一齊圍定劉知遠，罵窮神怎敢如此無知！好飯好食，充你驢肚』！知遠不懼，一條扁檐，使得熟會，獨自個當敵四下裏，只把三娘嚇得呆了。但知遠雖是英雄，畢竟寡不敵衆，虧得有兩個英雄，來助他一臂之力，一個是郭彥威，一個是史洪肇。

第十一『則』敍至郭、史助力爲止，第十二『則』裏，敍的便是『君臣弟兄子母夫婦團圓』的事。卻說郭、史二人兩條扁檐向前救護知遠，洪義、洪信弟兄雖勇，畢竟敵不過他們，四口兒便簇定三娘，向莊奔走而去。三娘到莊，定是喫殘害。知遠入府至衙，與夫人岳氏從頭說起三娘之事。第二天，商量着要接取三娘。臨衙時，卻聽見堦前叫屈之聲，叫屈的乃是洪信、洪義。知遠問論誰。洪義說，『小人久住沙陀種田爲活。十三年前，招女壻名知遠，性氣乖訛。爲了責備他些兒，便投軍到太原去，把妹子三娘拋棄。生下孩子，曾送與他。他卻又娶了岳司公女。昨日他又到莊上，說是在經略衙中辦事。一言不合，便相廝打，又有郭彥威、史洪肇二人相助，打得洪義、洪信重傷，兩個媳婦，若不走脫，也險些兒命喪黃泉。伏望經略向衙中搜刷劉大』。洪信、洪義正在叨叨地訴說劉大的事，劉知遠頻頻冷笑，叫左右備刀，並怒喝洪信弟兄『你覷吾身』！兩人凝眸，認得經略卻正是女壻劉郎。當下二人渾如小鬼見天王。刀斧手正待下手，知遠喝住，教取得三娘及妗子再斷罪。傳令下去，五百個兵披凱甲，導領一輛鳳香車，要去迎按三娘。方欲出門，忽門吏荒忙來報，有一個急腳，言有機密事奉告。急腳報的是，有五百個強人，把小李村圍住，搜括財寶，臨行擄了三娘而去。知遠嚇得三魂七魄渾无主，急教郭彥威、史洪肇統兵去捉那些強人並救回夫人。不料史洪肇出戰，卻爲賊人所捉；郭威力戰不屈。正在勢急，知遠統軍親來接應。二賊人見了，卽棄手中兵器，說軍中自有尊長，欲求相見。原來出來的是，劉知遠母親，二人乃慕容彥超、慕容彥進兄弟，他們因劉知遠貴了，故來相投。於是夫妻母子兄弟一時相會。知遠敎人到小李村取李三翁兩個妗子入幷州大衙。岳夫人親捧金冠霞帔，與三娘，三娘不受，說是村莊中人帶不得金冠，且又髮短齊眉。岳夫人再三相讓。三娘見其眞意，便禱天說若梳髮得長便受金冠，否則，便只合做偏室之人。言絕，三梳，隨手青絲拂地。衆人皆稱奇。合府皆喜。李三翁道，『你夫妻團聚，老漢死也快活』。正飮間，人報道，兩個舅舅妗子害飢也。知遠命取將四人來。他們四人在堦前淚滴如雨，苦苦哀告。知遠說道，『要是你們喫盡三斗三升鹽，呷盡那一斗三升醋，便也不打不罵，不誅戮』。洪信告說，『是當日戲言，貴人怎以爲念』。知遠大怒，命推去斬首。四人又哀告三娘。三娘不理。衙內並岳夫人諸官，盡皆勸諫經略。知遠方纔怒解，解了綁繩，命登筵席。洪義自悔萬千，欲當衆用手剜去雙目。衆人救了。皆大歡喜！正在這時，門外有一個後生，年方三十，登門求見，自言與經略有親。知遠一見大喜，原來是他同胞親弟知崇。他母親也甚爲欣悅。這正是：

『弟兄夫婦團圓日，龍虎君臣濟會時』。

後來知遠更爲顯達，稱朕道寡，坐升金殿。

劉知遠諸宮調全書便終結於此。作者在最後說道：

『曾想此本新編傳，好伏侍您聰明美賢，有頭尾結束劉知遠』。

這部諸宮調的風格，極渾樸，極勁遒，有元雜劇的本色，卻較他們更爲近於自然，近於口語。單就一部偉大的傑作論之，已是我們文學史上罕見的巨著；祇有一部同類的西廂記諸宮調纔可與之拮抗罷。其他一切擬仿的無靈魂的什麼詩，什麼文，當其前是要立卽粉碎了的。何況在古語言學等等方面更有不可磨滅的重要在着呢。

十一

天寶遺事諸宮調，元王伯成著。伯成，涿州人，生平未詳。鍾嗣成錄鬼簿載其雜劇二本：

李太白貶夜郎（今存見元刊雜劇三十種），

張鶱泛浮槎（佚）

王國維曲錄據無名氏九宮大成譜，又增：

與劉滅項

一本。鍾嗣成謂伯成『有天寶遺事諸宮調行於世』。賈仲名補錄鬼簿淩波仙曲也極稱其天寶遺事的美妙：

伯成涿鹿俊丰標，公末文詞善解嘲。天寶遺事諸宮調，世間無，天下少。貶夜郎關目風騷。馬致遠忘年友，張仁卿莫逆交。超羣類一代英豪。〔一〕

『馬致遠忘年友，張仁卿莫逆交』二語是他處所絕未見者；伯成的生平，可知者惟此而已。〔二〕致遠的卒年約在公元一三〇〇年以前，伯成當亦爲那一時代的人物。鍾嗣成的錄鬼簿成於公元一三三〇年，已稱『伯成』爲『前輩名公』則其時代當亦必在一三〇〇年以前也。

〔一〕見明藍格抄本錄鬼簿。（天一閣舊藏今藏寧波某氏）。

〔二〕雨村曲話（函海本，重訂曲苑本）卷上，謂：『王伯成號丹邱先生』。其語無據，故不著。

然天寶遺事自明以後，便不甚傳於世。乾隆間所刊九宮大成譜卷二十八，錄天寶遺事踏陣馬一套，其後附註云：

> 首闋踏陣馬，北詞廣正譜及曲譜大成，皆收此曲。但第七句皆脫一字，今考原本改正。

又在同書卷五十三所錄天寶遺事一枝花套卷七十四所錄天寶遺事醉花陰套，皆有很重要的攷正。難道乾隆間大成譜的編者們，尚能見到天寶遺事的原本麼？然此原本今絕不可得見。長沙楊恩壽作詞餘叢話，在其中有一段很可笑的話：

> 明曲天寶遺事相傳爲汪太涵手筆。當時傳播藝林，以余觀之，不及洪昉思遠甚。窺浴一齣，洪作細賦風光，柔情如繪，汪則索然也。（詞餘叢話卷二）〔一〕

此誠不知而作者。恩壽不僅不知天寶遺事爲何人所作，並亦不知天寶遺事爲何時代的作品，可謂疎謬之至！然亦可見知天寶遺事者之鮮。

天寶遺事原本今既不可見，幸明嘉靖時郭勳所編的雍熙樂府、選錄天寶遺事套曲極多；明初

〔一〕詞餘叢話有坦園叢稿本，有重訂曲苑本。

涵虛子的太和正音譜，清初李玉的北詞廣正譜以及乾隆時周祥鈺諸人所編之九宮大成南北詞宮譜等書，並也選載天寶遺事的遺文不少。數年前我曾從這幾部書裏輯錄出一部天寶遺事來；但這一部輯本其篇幅與原本較之，大約相差定是甚遠的，且也沒有道白。友人任二北先生也有輯錄此書之意，成書與否，惜不能知道。天寶遺事的全部結構，在其遺事引裏大約可以看出。遺事引今存者凡三套：

(一)哨遍　『天寶年間遺事』　見雍熙樂府卷七

(二)八聲甘州　『開元至尊』　見雍熙樂府卷四

(三)八聲甘州　『中華大唐』　見雍熙樂府卷四

這三套所述大略相同，惟第一套哨遍爲最詳。茲錄其前半有關遺事的情節的曲文如下：

哨篇　　遺事引

天寶年間遺事，向錦囊玉罅新開創。風流醞藉李三郎，殢眞妃日夜昭陽。恣色荒惜花憐月寵恩雲霄，鼓逐天杖。綉領華清宮殿，九回翠輦，洛出蘭湯。半酣綠酒海棠嬌，一笑紅塵荔枝香。宜醉宜醒，堪笑堪嗔，稱梳稱粧。(么篇)銀燭熒煌看不盡上馬嬌模樣。私語向七夕間，天邊織女牛郎，自還想。潛隨葉靖，半夜乘空，遊月窟來天上。切記得廣寒宮曲，羽衣縹渺，仙珮玎璫。笑攜玉筯擊梧桐，巧稱彫盤按霓裳。不隄防禍隱蕭牆。（牆頭花）無端乳鹿入禁苑平欺誑，慣得個祿山野物，縱橫恣來往。避龍情子母似恩情，登鳳榻夫妻般過當。（么篇）如穿人口國醜事難遮當。將祿山別遷爲薊州長，便興心買馬軍，合下手合朋聚黨。（么篇）恩多决怨深，慈悲反受殃。想唐朝觸禍機，敗國事皆因偃月堂。張九齡材野爲農，李林甫朝廷拜相。（耍孩兒）漁陽燈火三千丈，統大勢長驅虎狼。響珊珊鐵甲開金戈，明晃晃斧鉞刀鎗，鞭颩剪剪搖旗影，衝水粼粼射甲光。憑驍健，馬雄如獅豸，人劣似金剛。（四煞）潼關一鼓過元平蕩，哥舒翰應難堵當。生逼得車駕幸西蜀，馬嵬坡簽抑君王。一聲閫外將軍令，萬馬蹄邊妃子亡。扶歸路愁觀羅韈，痛哭香囊。

這裏所說的只是幾個大節目。在每一個節目之下，遺事都有很詳細的描狀；譬如『哭楊妃』的一個節目，有明皇的哭有高力士的哭，又有安祿山的哭；在『憶楊妃』的節目之下有明皇的憶也有祿山的憶。在當時的寫作的時候，作者是憑着浩瀚的才情而恣其點染的。故白仁甫的梧桐雨、遊月宮，關漢卿的哭香囊，都不過是一本的雜劇，而伯成的遺事則獨成爲一部弘偉的『諸宮調』。在這部弘偉的『諸宮調』裏所受到的前人的影響一定是很不少的。例如哭香囊的一節，當然是會受有關氏的雜劇的影響的。

依據了上面的節略，我們便可以將現在所輯得的天寶遺事的遺文，排列成一個較有系統的東西。

（一）夜行舡　明皇寵楊妃『一片雲天上來』（雍熙樂府卷十二）

（二）醉花陰　楊妃出浴『膩水流清漲新綠』（同書卷一）

（又此套亦載九曲大譜卷七十四：自梁州第七以下與雍熙所載大異。）

（三）祅神急　楊妃澡浴『髻收金索』（雍熙卷四）

（四）一枝花　楊妃剪足『脫鳳頭宮樣鞋』（同書卷十）

（五）翠裙腰　太眞閉酒『香閨捧出風流況』（同書卷四）

（六）拋毬樂　楊妃病酒『雨雲新擾』（同書卷一）

（七）一枝花　楊妃梳粧『蘇合香蘭芷膏』（同書卷十）

（又見九宮大成譜卷五十三；大成譜注曰：『雍熙樂府原本，於梁州第七第三句下，悞接黃鐘調楊妃出浴套，醉花陰之又一體、及神仗兒、神仗煞等曲，反將此套梁州第七之第三目以下及三煞、二煞、煞尾，接入楊妃出浴，醉花陰套內，蓋因同用一韻，以致錯誤如此』）。

以上七則，正是遺事引裏所謂『浴出蘭湯半酣綠酒海棠嬌。一笑紅塵荔枝香。宜醉宜醒，堪笑堪嗔，稱梳稱粧』的一段；祇是『一笑紅塵荔枝香』的一則情事，其遺文已無從考見。

（八）一枝花　玄宗捫乳『掌中白玉珪』（雍熙樂府卷十）

（九）哨遍　楊妃肚腰『千古風流旖旎』（同書卷七）

（十）瑞鶴仙　楊妃藏鈎會『小杯橙釀淺』（同書卷四）

（十一）一枝花　楊妃捧硯『金瓶點素痕』（同書卷十）

以上五則，雖其事未見遺事引提起，似亦當在第一部分之中。又下面的一則，似亦當爲遺事的『引子』之一，未及附前，也姑列於此。

（十二）擢拍子　楊妃『明皇且休催花柳』（雍熙樂府卷十五）

底下的兩則所寫的便是遺事引裏所說的『銀燭熒煌看不盡上馬嬌模樣，私語七夕間，天邊織女牛郎，自還想』的數語。

（十三）六么序　楊妃上馬嬌『烹龍炮鳳』（雍熙樂府卷四）

（十四）一枝花　長生殿慶七夕『細珠絲穿綉針』（同書卷十）

遺事引裏所謂『潛隨葉靖，半夜乘空遊月窟來天上』的一段情節，伯成卻盡了才力來仔細描狀：

（十五）點絳脣　十美人賞月『爲照芳妍，有如皎練』（雍熙樂府卷四）

這一套，大約是先敍宮中美人們賞月事，用以烘染明皇的遊月宮的事的。

（十六）六么令　明皇遊月宮『冰輪光展』（雍熙樂府卷五）

（十七）玉翼蟬煞　遊月宮『似仙闕，若帝居』（同書卷十五）

（十八）點絳脣　明皇遊月宮『玉豔光中素衣叢裏』（同書卷四）

（十九）青杏兒　明皇喜月宮『一片玉無瑕』（同書卷四）

（二十）點絳脣　明皇哀告葉靖『人世塵清』（同書卷四）

這些着力描寫的所在，大約與白仁甫的唐明皇遊月宮雜劇（今佚）總有些關係罷。以下便是『笑攜玉筋擊梧桐，巧稱彫盤按霓裳』的一段極盛的狀況，一節極倚膩的風光的故事的敍寫了：

（二十一）勝葫蘆　明皇擊梧桐『朝罷君王宣玉容』（雍熙樂府卷四）

（二十二）一枝花　楊妃翠荷叶『攏髮雲滿梳』（同書卷十）

正在這個時候，一個禍根便埋伏下了。『無端野鹿入禁苑，平欺誑，慣得個祿山野物，縱橫恣來往。避龍情子母似恩情，登鳳榻夫妻般過當』。這一段事在底下二套裏寫着：

（二十三）牆頭花　祿山偸楊妃『玄宗無道』（同書卷七）

（二十四）醉花陰　祿山戲楊妃『羨煞尋花上陽路』（雍熙樂府卷一）

（二十五）踏陣馬　祿山別楊妃『天上少世間無』（九宮大成譜卷二十八）

（二十六）勝葫蘆　貶祿山漁陽『則爲我爛醉佳人錦瑟傍』（雍熙樂府卷四）

像這樣的比較隱祕，比較穢褻的事，淸人洪昇的長生殿便很巧妙、很正當的把牠捨棄去了不寫。這二段便是『如穿入口，國醜事難遮當，將祿山別遷爲薊州長』的事了。

（二十七）一枝花　祿山謀反『蒼烟擁劍門』（雍熙樂府卷十）

（二十八）賞花時　祿山叛『擾擾氈車慘霧生』（同書卷五）

（二十九）耍三台　破潼關『殢風流的明皇駕』（九宮譜卷二十七）

以上便是『漁陽燈火三千丈，統大勢長驅虎狼』云云的祿山起兵與過潼關的一段事了。潼關一破，勢如破竹，不得不『生逼得車駕幸西蜀』。接着便是『馬嵬坡簽抑君王。一聲闕外將軍令，萬馬踊邊妃子亡』的慘酷絕倫的事發生了。關於幸蜀事，天寶遺事的遺文惜無存者；而關於楊妃的亡與明皇的憶則正是伯成千鈞之力之所集中者；當是遺事裏最哀豔、最着重的文字。這一節故事的遺文，今見存最多；這不能不說是一件幸事：

（三十）醉花陰　楊妃上馬嵬坡『愁據雕鞍翠眉鎖』（雍熙樂府卷一）

（三十一）醉花陰　明皇告代楊妃死『有句衷言細詳察』（同書卷一）

（三十二）願成雙　楊妃乞罪『一壁廂死猶熱，血未乾』（同書卷一）

（三十三）集賢賓　楊妃訴恨『飛花落絮無定止』（同書卷十四）

（三十四）村里迓古　明皇哀告陳玄禮『六軍不進』（同書卷四）

（三十五）勝葫蘆　踐楊妃『是去君王不奈何』（同書卷五）

（三十六）祆神急　埋楊妃『霧昏秦嶺日』（同書卷四）

（三十七）集賢賓　祭楊妃『人咸道太眞妃』（同書卷十四）

楊妃死後，明皇哭之，憶之。高力士也哭之，憶之。這噩耗傳到了安祿山那裏，祿山也哭之，憶之。關於哭楊妃的事，伯成又是以千鈞之力來去描寫的。原來的排列如何，今不可知，姑以哭憶事爲一類列下。

（三十八）粉蝶兒　哭楊妃『玉骨香肌』（雍熙樂府卷七）

（三十九）新水令　憶楊妃『翠鸞無語到南柯』（同書卷十一）

（四　十）粉蝶兒　力士泣楊妃『若不是將令行疾』（同書卷七）

（四十一）粉蝶兒　祿山泣楊妃『雖則我肌體豐肥』（同書卷七）

（四十二）行香子　祿山憶楊妃『被一紙皇宣』（同書卷十二）

（四十三）新水令　祿山憶楊妃『舞腰寬褪樊貂衣』（同書卷十一）

（四十四）夜行舡　明皇哀詔『不覺天顏珠淚穎』（同書卷十二）

（四十五）一枝花　陳玄禮駭赦『錦宮除禍機』（同書卷十）

（四十六）端正好　玄宗幸蜀『正團圓成孤另』（同書卷三）

（四十七）八聲甘州　明皇望長安『中秋夜闌』（同書卷四）

從粉蝶兒套哭楊妃到八聲甘州套望長安的十則，都祇是寫一個『哭』字，一個『憶』字。更有：

（四十八）新水令　祿山夢楊妃『駕着五雲軒』（雍熙樂府卷十一）

一套，似也可以附在這個所在。

（四十九）一枝花　楊妃繡鞋『傾城忒可憎』（雍熙樂府卷十）

（五十）賞花時　哭香囊『據刺繡描寫巧伎倆』（同書卷四）

以上的二則，便是遺事引裏所謂的『愁覩羅襪，痛哭香囊』的二語了。可惜這裏只有關於楊妃繡鞋的一則，卻沒有關於羅襪的。最後尚有一則：

（五十一）賞花時　明皇夢楊妃『天寶年間事一空』（雍熙樂府卷五）

從『天寶年間事一空，人說環兒似玉容』起，直說到『貪歡未能，驚回淸夢，玉堦前疎雨響梧桐』，似爲一個結束或一個『引言』。但說是附於『疎南響梧桐』的一則故事之後的一個結束，大約是不會很錯的。伯成的『疎雨梧桐』的節目，或甚得白仁甫的那一部梧桐雨的雜劇的暗示的罷；

正如哭香囊的一個節目之得力於關漢卿的唐明皇哭香囊一劇一樣。但很可惜的，『疎雨響梧桐』的遺文，我們卻已無從得見了。

洪昇的長生殿，其下卷幾全敍楊妃死後的事，特別着重於『臨卬道士鴻都客能以精誠致魂魄』云云的一段虛無縹渺的天上的故事。白氏的梧桐雨劇，則截然的終止於『秋雨梧桐葉落時』的一夢，恰正獲得最高超的悲劇的氣分，遠勝於長生殿之拖泥帶水。伯成的天寶遺事，是否也終止於『秋雨梧桐』，今不可知，但賞花時『天寶年間事一空』套若果爲一個總的結束，則其『尾聲』當然會是『秋雨梧桐』的一夢的。這部弘偉的天寶遺事諸宮調若果眞終止於此，則其識力當更過於董解元；其風格的完美，其情調的雋逸，也當更較西廂記諸宮調爲遠勝。

天寶遺事諸宮調的遺文，除過於零星者不計外，凡得上列的五十四套。（連遺事引三套。）可說是，已盡了可能的搜輯的工力了。大部分都被保存在雍熙樂府裏。這部空前的浩瀚的『曲集』，其中所收羅着的重要的材料不知凡幾。天寶遺事五十餘套，便是重要的材料的一種。在較雍熙樂府的刊行爲早的盛世新聲及約略同時的詞林摘豔二書裏，天寶遺事的曲子連一套也不曾收着。這眞有點可怪！太和正音譜及北詞廣正譜所收的遺事的曲子，卻又是極爲零星的。九宮大成譜又開始注意到遺事，但所錄遺事的曲文，出於雍熙樂府外者僅二套耳。故輯錄遺事的遺文，終當以雍熙爲淵藪。

五十四套的曲文，當然不能盡遺事的全部。就西廂記諸宮調有一百九十三套，劉知遠諸宮調殘存三之一的篇幅，而也有八十套的事實看來，天寶遺事大約總也會有二百套左右的吧。今輯得的五十四套，只當得全文的四之一吧。最明顯的遺漏是：『曉日荔枝香』、『霓裳舞』、『夜雨梧桐』等等重要的情節。伯成以那末許多套的曲子，來寫明皇的遊月宮，來寫安祿山的離京，來寫楊貴妃的死，來寫明皇等的哭與憶，便知所遺者一定是不在少數。

假如有一天，像發見劉知遠諸宮調似的，也發見了天寶遺事諸宮調的原本，那豈僅僅是一件驚人的快事而已！要是九宮大成譜的編者們不說謊，果眞猶及見到天寶遺事的原書，則在今日（離他們不到二百年）而若得到此弘偉的名著，恐怕也不是什麼太突然的事罷。

『天寶遺事』很早的便成爲談資；長恨歌以外，宋人已有太眞外傳（樂史著有顧氏文房小說本）及梅妃傳（無作者姓名，亦見於顧氏文房小說）諸作，頗盡描狀的姿態。輟耕錄所載『院本名目』中，也有：

擊梧桐

一本。元人雜劇，關於此故事者更多：於關、白二氏諸作外，更有庾天錫的：

楊太眞霓裳怨一本（今佚，錄鬼簿著錄）。

楊太眞華淸宮一本（同上）。

又有岳伯川的

羅光遠夢斷楊貴妃一本（今佚，錄鬼簿著錄）。

而王伯成則爲總集諸作的大成者。其魄力的弘偉，誠足以壓倒一切。像那末浩瀚的一部『天寶遺事』，在他之前，還不曾有人敢動過筆呢。在他之後，明人之作誠多，若驚鴻，若彩毫，皆是其中表表者，然若置之這部偉大的諸宮調之前，則惟有自慚其醜耳。

十二

在董解元西廂記諸宮調的開卷，曾有一般話道：

（太平賺）……比前覽樂府不中聽，在諸宮調裏卻着數。一個個旖旎流風濟楚，不比其餘。

（柘枝令）也不是崔韜逢雌虎，也不是鄭子遇妖狐，也不是井底引銀瓶，也不是雙女奪夫。也不是離魂倩女，也不是謁𨯕崔護，也不是雙漸豫章城，也不是柳毅傳書。

在這裏，我們可得到不少的諸宮調的名目：

（一）崔韜逢雌虎諸宮調

（二）鄭子遇妖狐諸宮調

（三）井底引銀瓶諸宮調

（四）雙女奪夫諸宮調

（五）倩女離魂諸宮調

（六）崔護謁漿諸宮調

（七）雙漸趕蘇卿諸宮調

（八）柳毅傳書諸宮調

這些，全部是與『西廂』同科的『倚翠偸期話』，而非『扑刀捍棒，長槍大馬』之流。

又，在石君寶的諸宮調風有紫雲亭劇裏，由韓楚蘭的口中，〔一〕也可以搜到下列幾種的諸宮調的名目：

（一）三國志諸宮調

（二）五代史諸宮調

（三）雙漸趕蘇卿諸宮調

（四）七國志諸宮調

其中除了第三種雙漸趕蘇卿諸宮調已見於董解元所述者外，其他幾種，都完全是『鐵騎兒』或

〔一〕劇文引見前。

『長槍大刀』一類的著作。

周密武林舊事（卷十）所載的諸宮調二本：

（一）諸宮調霸王

（二）諸宮調卦舖兒

其性質不很明瞭，但其爲最早期的諸宮調則可斷言。

始創諸宮調的孔三傳，所作唯何今不可知。耐得翁都城紀勝云『孔三傳編撰傳奇靈怪入曲說唱』，則其所編撰，當必不止一二種。孟元老東京夢華錄有『孔三傳耍秀才諸宮調』語，與『毛詳，霍伯醜商迷，吳八兒合生』並舉，則『耍秀才』如果不是人名，便當是諸宮調名了。

王伯成天寶遺事諸宮調引，有云：

（三煞）好似火塊般曲調新，錦片似關目強，如沙金璞玉逢良匠。愁臨阻峻頻搔首，曲到關情也斷腸。雖脂粧，不比送君南浦，待月西廂。（雍熙樂府七引卷）

『待月西廂』指的當然是西廂記諸宮調了；『送君南浦』的情節見於琵琶記，難道趙貞女蔡二郎事，也曾見之於諸宮調麼？

永樂大典所載張協狀元戲文，其開頭便是彈唱一段諸宮調，說是：『這番書會，要奪魁名，占斷東甌盛事。諸宮調唱，出來因斷羅響。賢門雅靜，仔細說教聽』。當時或者竟有全部張協狀元諸宮調也說不定。

輟耕錄所著錄的『院本名目』拴搐豔段一部裏有『諸宮調』一本，然不詳其名。

關於諸宮調的著錄，殆已盡於此矣。

十三

諸宮調的影響，在後來是極偉大的；一方面『變文』的講唱的體裁，改變了一個方向，那便是不襲用『梵唄』的舊音，而改用了當時流行的歌曲來作彈唱的本身。這個影響在『變文』的本身上，幾乎也便倒流似的受到了。我們看『變文』的嫡系的兒子『寶卷』，在襲用了『變文』的全般體格之外，還加上了金字經、掛金索等等的當時流行的歌曲，〔一〕這不能不說是諸宮調所給予的恩物或暗示。本該是以單調的梵唄組成的諸佛名經等等，今所見的永樂間刊本，卻全是用浩瀚的歌曲組織成功的。這大約也是受有諸宮調的暗示的可能。在南戲方面，諸宮調也頗有所給予。〔二〕

但諸宮調的更爲偉大的影響，卻存在元代雜劇裏。元人雜劇與宋代『雜劇詞』並非一物。這在我的上文裏，已屢次的說到。就文體演進的自然的趨勢看來，從宋的大曲或宋的『雜劇詞』而演進到元的『雜劇』，這其間必得要經過宋、金諸宮調的一個階段；要想躐過「諸宮調」的一個階段幾乎是不可能的。或者可以說，如果沒有『諸宮調』的一個文體的產生，爲元人一代光榮的『雜劇』，究竟能否出現，卻還是一個不可知之數呢。

元人雜劇，在體製上所受到的諸宮調的影響，是極爲顯著的。我們都知道，諸宮調是由一個人

〔一〕今日所見的寶卷，以作者所藏的元、明間鈔本的目連救母出離地獄升天寶卷爲最古，其中曾雜用金字經、掛金索二調。

〔二〕參看王國維的宋元戲曲史第十四章。

彈唱到底的，有如今日流行的彈詞鼓詞。凡是這一類的有曲有白的講唱的敍事詩，從最原始的變文起，到最近尚在流行的彈詞鼓詞止，幾乎沒有一種不是『專以一人』『念唱』的。這既已在上文說得很明白。這一點，在元人雜劇裏便也維持着。元劇的以正末或正旦獨唱到底的體裁是最可怪的，與任何國的戲曲的格調都不相同，與任何種的文體也俱不同類。但卻獨與『諸宮調』的體例極爲符合。如果元劇的旦或末獨唱到底的體例是有所承襲的話，則最可能的祖禰，自爲與之有直接的淵源關係的『諸宮調』。戲曲的元素最重要者爲對話，而元劇則對話僅於道白見之，曲詞則大多數爲抒情的一人獨唱的。雖亦有與道白相對答的，卻絕無二人對唱之例。這種有對白而無對唱的戲曲，誠然是前無古人後無來者的。宋元的戲文，其體例便與之截然不同。但這體例，這格式，決不會從天上落下來的。諸宮調的那個重要的文體，恰好足以供給我們明白元劇所以會有如此的格例之故。更有趣的是：在宋金的時候講唱諸宮調者，原有男人，有女人。元人雜劇之有旦本（即以正旦爲主角獨唱到底者）有末本（即以正末爲主角獨唱到底者）也當與此有些重要的關係罷。否則，在旦末並重的情節的諸劇裏，爲何旦末始終沒有並唱的呢。

僅有一點，元人雜劇與諸宮調是不同的；卽前者的唱詞是代言體或以第一身的口吻出之的，後者的唱詞卻是第三身的敍述與描狀。但卽在這一點上，元劇也還不曾『數典忘祖』。在好些地方，能够用第三身的敍狀的時候，元劇的作者便往往的要借用第三身的口吻出之。這種格局，不僅在表演舞臺上不能或不便表演的情狀時用之，卽舞臺上儘可表演的，也還要用到牠。最明顯的例子，像描狀兩個武士狠鬬的情形，元劇作者們總要借用像探子的那一流人物的報告。（此例，元劇中最多，像尙仲賢的尉遲恭單鞭奪槊、漢高祖濯足氣英布等等皆是）。又無名氏的貨郎擔一劇（見元曲選），其第四節正旦所唱的九轉貨郎兒一套，更是正式的敍事歌曲與『諸宮調』的格調無甚歧異的了。

在歌曲的本身，諸宮調所給予元劇的影響尤爲重大。錄鬼簿在董解元的名字之下，註云：

> 以其創始，故列諸首云。

其意，大概是說，董解元爲北曲的『創始』者，故列他於『前輩名公有樂章傳於世者』之首。太和正音譜也說：『董解元，仕於金，始製北曲』。其實，董解元雖未必是唯一的一位北曲的創『始』者，他和其他的『諸宮調』的諸位作者們，對於北曲的創作卻是最爲努力，最爲有功的。如果在北曲創作的過程裏，沒有那些位諸宮調的作者們出現，其情形一定是很不相同的。

諸宮調的套數，結構頗繁，而承襲之於北宋時代的唱賺的成法者尤多，這在上文也已說明過。唱賺的曲調組成法，有纏令纏達二種。纏令最流行於諸宮調裏。纏達較少，像西廂記諸宮調卷三所載的一套六么實催，劉知遠諸宮調第一『則』所載的安公子纏令大約都是的罷。像這兩種的套數的組成法，今見於諸宮調裏者，究竟是否與唱賺的成法完全相同，已不可知。然若與元劇的套數較之，則元劇套數的組成法之出於諸宮調卻是彰彰在人耳目間。諸宮調的套數，短者最多；於纏令纏達外，其餘各套，殆皆以一曲一尾組成之，像：

（中呂調）（牧羊關）……（尾）——見劉知遠諸宮調第二

這似乎在北曲裏較少見到。然其實，諸宮調在這個所在，其所用之曲調，殆皆爲同調二曲之合成，有如『詞』的必以二段構成，或如南北曲的換頭、前腔或么篇。故上面的一套也可以這樣的寫法：

（中呂調）（牧羊關）——（么）——（尾）

以這樣簡單的曲調組成的套數，在元人裏也不是沒有，像：

（般涉調）（哨遍）——（急曲子）——（尾聲）

——北詞廣正譜九帙引朱庭玉喚起瑣窗套

至於「纏令」則大都較長，至少連尾聲總有三支曲調，加上么篇也至少有四支至五支曲調。像西廂記諸宮調卷四的侍香金帝纏令：

（黃鐘宮）（侍香金帝纏令）……（雙聲疊韻）……（刮地風）……（整金冠令）……（賽兒令）……（柳叶兒）……（神仗兒）……（四門子）……（尾）

則簡直可以與元劇裏最長的套數相拮抗的了：

（越調）（鬬鵪鶉）……（紫花兒序）……（小桃紅）……（東原樂）……（雪裏梅）……（紫花兒序）……（絡絲娘）……（酒旗兒）……（調笑令）……（鬼三台）……（聖藥王）……（眉兒彎）……（要三台）……（收尾）

——楊梓豫讓吞炭劇

這數套，其曲調之數都是在十支以上的。若楊顯之的瀟湘夜雨劇內：

（黃鍾宮）醉花陰……喜遷鶯……出隊子……么……山坡羊……刮地風……四門子……古水仙子……尾聲

關漢卿切膾旦劇內：

（雙調）新水令……沈醉東風……雁兒落……得勝令……錦上花……么……淸江引

等套，其曲調皆在十支以內，其格律是更近於諸宮調內所用的各套數的了。

至於纏達的一體，也曾經由諸宮調而傳達於元劇的套數裏。直接的像那末除一引一尾外，中間『只以兩腔遞且循環間用』者，元劇裏原是不多；然在正宮裏的許多套數的組織裏，我們還很明顯的看出這個影響來。試舉關漢卿的謝天香劇爲例：

（正宮）端正好……滾繡毬……倘秀才……滾繡毬……倘秀才……窮河西……滾繡毬

……倘秀才……呆骨朵……倘秀才……醉太平……三煞……煞尾

其以滾繡毬、倘秀才二調『遞且循環間用』正是纏達的方式。不僅漢卿此劇這樣。凡正宮端正好套，用到滾繡毬及倘秀才幾莫不都是如此的『遞且循環間用』的，惟其中並用『窮河西』、醉太平等等他曲，則與纏達有不盡同者，此蓋因中間已經過諸宮調的一個階段之故。

大抵連結若干支曲調而成爲一部套數其風雖始於大曲（或雜劇詞）及唱賺，而發揮光大之，使之成爲一種重要的文體者則爲諸宮調無疑。元劇離開北宋的大曲及唱賺太遠。其所受的影響，自當得之於諸宮調而非得之大曲及唱賺。

最後，更有一點，也是諸宮調給予元雜劇的不可磨滅的痕迹；那便是，組織幾個不同宮調的套數，而用來講唱（就元雜劇方面說來，便是搬演）一件故事。在大曲或唱賺裏，所用的曲調惟限於一個『宮調』裏的；他們不能使用兩個宮調或以上的曲子來連續唱述什麼。但諸宮調的作者們卻更有弘偉的氣魄，知道連結了多數的不同宮調的套數，供給他們自由的運用。這乃是諸宮調所特創的一個敍唱的方法。這個方式，在元雜劇裏便全般的採用着。元劇至少有四折，該用四個不同宮調的套數；但像王實甫的西廂記雜劇，吳昌齡的西遊記雜劇，劉東生的嬌紅記雜劇等，其卷數在二卷以上者，則其所需要的不同宮調的套數，往往是在八個乃至二十幾個以上的。這全是諸宮調的作者們給他們以模式的。

以上所述，係就元劇受到諸宮調影響的各個單獨之點而立論，其實，那些影響原是整個的，不可分離的，不可割裂的。元雜劇是承受了宋、金諸宮調的全般的體裁的，不僅在支支節節的幾點而已；祇除了元雜劇是邁開足步在舞臺上搬演，而諸宮調卻是坐（或立）而彈唱的一點的不同。我們簡直的可以說，如果沒有宋、金的諸宮調，世間便也不會出現着元雜劇的一種特殊的文體的。這大約不會是過度的誇大的話罷。鍾嗣成、涵虛子敍述北雜劇，都以董解元爲創始者，這是很有見地的。不過以董解元的一人，來代替了自孔三傳以下的許多偉大的天才們，未免有些不公平耳。

參考書目

一、耐得翁：都城紀勝。

二、吳自牧：夢粱錄。

三、王國維：宋元戲曲史。

四、鄭振鐸：插圖本中國文學史。

五、鄭振鐸：宋金元諸宮調考（本章關於諸宮調一部分，多節用本文）。

第九章　元代的散曲

一

散曲是流行於元代以來的民間歌曲的總稱。唐、宋詞原來也是民間的歌曲，惟到了五代及北宋，已成了貴族的樂歌，到了南宋，已是僵化了的東西。於是散曲起而代之，大流行於元代；還是活潑潑的民間之物。

到了明代中葉以後，散曲纔成了僵化的東西。但還不斷的有新的俚曲加入其中，使之空氣常是新鮮不腐。在清代也是如此。

散曲是『清唱』的；故亦名『清曲』。（張旭初吳騷合編凡例：『南詞韻選及遴奇、振雅諸俗刻所載淸曲，大略雷同』。）所謂『淸曲』，是對『戲曲』而言的。戲曲包括動作、歌唱、說白三者；淸曲則無動作及道白，只是歌唱而已；故被稱爲淸唱。唱時，只用絃索、笙笛、鼓板等，不用鑼鼓。魏良輔曲律云：『淸唱俗語謂之冷板凳，不比戲場借鑼鼓之勢，全要閑雅整肅，淸俊溫潤』。

散曲可分爲套數及小令二類。楊朝英陽春白雪卷首所載『燕南芝菴先生撰』唱論有云『成文章曰樂府有尾聲名套數；時行小令喚葉兒』。所謂『成文章』的樂府，大約泛指成篇的散曲或劇曲而言。

套數亦有無『尾聲』者；唯以具有尾聲爲原則。最簡單的套數，僅一首一尾（北曲），或僅以引曲，一過曲，一尾聲（南曲）組成之。但大多數的套數，總以屬於同宮調的『曲調』五六個以上組成之；和宋大曲的組成法有些相同。

元末，有所謂南北合套的東西出現，即一篇散曲，是以南曲調及北曲調混合組成者。

小令通常以一首爲一篇，若唐、宋詞調的慣例。惟有所謂『重頭』者，往往以二首以上之小令，咏述一事或同一情調的東西，有時多至百首。（像明人王九思、李開先咏傍粧臺各一百首）。

二

論述元代散曲，因了這十多年來新資料層見疊出的原故，尚不甚感困難。元劇的文章，最好的恰可達到深淺濃淡無所不宜的『火候』；也便是達到雅俗共賞的程度。元代的散曲也是如此。他們絕對不是粗鄙惡俗的俚曲，他們不是出於未經文學修養者的手筆。他們裏有極多乃是最好的抒情詩人們的傑作。他們乃是經過琢磨的美玉，乃是經過披揀的黃金。其中有一部分，也許不怎麼諧俗，不怎麼上乘，可是，大多數卻都是深入民間的，彷彿有些像宋人所謂『有井水飲處，無不歌柳詞』般的情形。當詞調一出現的時候，立刻便來了一個溫庭筠、韋莊、馮延巳和南唐二主的大時代。同樣的，散曲一出現的時候，立刻也便來了一個關漢卿、馬致遠、張少山、喬夢符們的大時代。

從前論述元代散曲的，只知道張小山、喬夢符（四庫全書只著錄張小山小令）二家；最多，也只知道關、馬、鄭、白（以他們的劇曲爲更有名）而已。但現在，我們的眼界廣大得多了；我們所知道的散曲作家們也更多了。

本章於論述重要的作家們之外，並及無名詩人們的散曲；其中，有些是當時的俚曲，我們應該特別的加以注意。

散曲不完全是抒情詩篇，其中也儘有很多的敍事歌曲。我們於燕子賦一類的幽默詩之後，久不見有這一類的東西出現了。但在這個時候，我們在散曲裏乃可得到不少的最好的諷刺的或幽默的詩篇，像馬致遠的借馬，睢景臣的高祖還鄉等，都是令人忍俊不禁的絕妙好辭，這是唐詩宋詞裏所罕見的一種珍奇。

三

元代散曲的作家，錄鬼簿記載得最有次第。鍾嗣成把寫散曲者和寫劇曲者分開。寫散曲的『前輩名公』自董解元（鍾云：『金章宗時人，以其創始，故列諸首云。』）以後，有：

（一）太保劉公夢正　（二）張子益平章　（三）商政叔學士
（四）杜善甫散人　（五）王和卿學士　（六）閻仲章學士

（七）盍士常學士　（八）胡紫山宣尉　（九）盧疏齋憲使
（一〇）姚牧菴參軍　（一一）史中書丞相天澤　（一二）徐子芳憲使
（一三）不忽木平章　（一四）楊西菴參軍　（一五）張九元帥弘範
（一六）荆幹臣參軍　（一七）陳草菴中丞　（一八）馬彥良孝事
（一九）劉中菴承旨　（二〇）閻彥舉學士　（二一）趙子昂承旨
（二二）滕玉霄應奉　（二三）白無咎學士　（二四）鄧玉賓同知
（二五）馮海粟學士　（二六）暫克明尚書　（二七）張夢符憲使
（二八）曹光輔學士（名元用）　（二九）貫酸齋學士　（三〇）張雲莊參議
（三一）奥殷周侍御　（三二）趙伯寧中丞　（三三）郝新菴左丞
（三四）劉時中待制　（三五）李洸之學士　（三六）薩天錫照磨
（三七）曹子貞學士　（三八）馬昂夫總管　（三九）班恕齋知縣
（四〇）王元鼎學士　（四一）馬守芳府判　（四二）劉士常省掾
（四三）虞伯生學士　（四五）元遺山好問

連董解元，他所記載的凡四十五人。他說『右前輩公卿大夫居要路者，皆高才重名，亦於樂府用心。蓋文章政事，一代典型，迺平昔之所學，而舞曲辭章，由乎味順積中，英華自然發外者也。自有樂章以來，得其名者止於如此。蓋風流蘊藉，自天性中來。若夫村朴鄙陋固不足道也』。這裏所舉的都是名公巨卿。兼寫劇曲的關漢卿、馬致遠諸散曲作家，鍾氏卻不舉出了。

鍾氏的錄鬼簿自序署至順元年（公元一三三〇年）。邾經題錄鬼簿蟾宮曲則署至正庚子（公元一三六〇年），那時，鍾氏已經死了。鍾氏著作錄鬼簿時代的年齡，最少是三十歲。則他所不及見的『前輩公卿大夫』，總是公元一三〇〇年以前的人物。我們把這四十多個作家，放在公元一二〇一到一三〇〇年的一百年間，當不會有什麼大錯的。這構成元代散曲的第一期。

在鍾氏所舉的『方今才人相知者』裏曾寫作散曲的，有以下的許多人：

（一）范冰壺（名居中）　（二）施君承（承一作美）　（三）黃德澤（名天澤）
（四）沈珙之　（五）趙君卿（名臣弼）　（六）陳彥實（名無妄）
（七）康弘道（名彀）　（八）睢舜臣（字嘉賢）（舜一作景）　（九）吳中立（名本）
（一〇）周仲彬（名文質）　（一一）宮大用（名天挺）　（一二）鄭德輝（名光祖）
（一三）金志甫（名仁傑）　（一四）曾瑞卿　（一五）沈和甫
（一六）吳仁卿（名弘道）　（一七）劉宣子（字昭叔）　（一八）秦簡夫

（一九）喬夢符（名吉）
（二〇）趙文寶（名善慶）
（二一）王仲元
（二二）張小山（名可久）
（二三）錢子雲（名霖）
（二四）黃子允（名公望）
（二五）徐德可（名再思）
（二六）顧君澤（名德潤）
（二七）曹明善（名德）
（二八）汪勉之
（二九）高敬臣（名克禮）
（三〇）王守中（名位）
（三一）蕭德祥（名天瑞）
（三二）陸仲良（名登善）
（三三）朱士凱
（三四）王日新（名曄）
（三五）吳純卿（名朴）
（三六）李齊賢
（三七）王思順
（三八）蘇彥父
（三九）屈英夫
（四〇）李用之
（四一）顧廷玉
（四二）俞姚夫
（四三）張以仁
（四四）高可道
（四五）董君瑞
（四六）高安道
（四七）李邦傑

以上四十七人都是鍾嗣成同時代的作家，有相知的，也有不相知的；這便是元代散曲的第二期了。——從公元一三〇一年到公元一三六〇年。

在這第二期裏，鍾嗣成他自己也是一位重要的作家。而編輯陽春白雪、太平樂府的楊朝英和著作中原音韻的周德淸，也都是不凡的詩人。

楊朝英的太平樂府編於至正辛卯（十一年，卽公元一三五一年），陽春白雪的編成，其時代當也相差不遠。楊氏在這二書的卷首（陽春白雪殘本卷首有『古今姓氏』），都有『姓氏』。這些作家們和鍾氏所載的諸家有一大部分是相同的；其時代，當然也是相同的。

『太平樂府姓氏』所載凡八十五人。楊氏云『已上八十五人外，又有不知名氏者所作；具見集中。比它編有名無曲者不同』。（錄鬼簿所載的作家凡九十三人，其中二書姓氏相同者，不別作符記）。

白無咎	關漢卿	商政叔	馬致遠	盧疎齋	馬東籬
元遺山	馬謙齋	王和卿	姚牧菴	白仁甫	呂止菴
貫酸齋	馬九皐	張雲莊	楊西菴	馮海粟	呂濟民
周德清	張小山	鄧玉賓	喬夢符	查德卿	吳西逸
徐甜齋	孫周卿	武林隱	王元鼎	阿里耀卿	西瑛
衞立中	李伯瞻	趙顯宋	劉逋齋	景元啓	唐毅夫
高栻	李愛山	宋方壺	王愛山	吳仁卿	劉時中
杜善夫	趙天錫	朱庭玉	盍西村	李伯瑜	顧君澤

胡紫山	仇州判	王伯成	李德載	吳克齋	王敬甫
魯瑞卿	程景初	鍾繼先	趙彥輝	杜遵禮	孫季昌
趙明道	鄭德輝	秦竹村	周仲彬	李致遠	童童學士
沙正卿	王仲誠	李邦基	王仲元	庾吉甫	睢景臣
曾褐夫	孛羅御史	呂大用	陸仲良	任則明	姚守中
楊澹齋	楊立齋	侯正卿	高安道	董君瑞	行院王氏
珠簾秀歌者					

殘元本陽春白雪卷首的『古今姓氏』，除古代的蘇東坡、晏叔原、辛稼軒、司馬想、柳耆卿、鄧千江、吳彥高、朱淑眞、蔡伯堅、張子野等十八人外，其餘的六十八人都是元人：

王修甫	白无咎	彭壽之	張子益	京幹臣	石子章
閻仲章	蒲察善長	王嘉甫	元遺山	王和卿	鮮于伯機
呂元禮	劉太保	商政叔	徐子芳	芝菴	盧疏齋
胡紫山	姚牧菴	貫酸齋	劉逋齋	崔彧	李秋谷
奧敦周卿	嚴忠濟	庾吉甫	馬九皐	阿魯威	阿里耀卿
史知州	馬謙齋	仇州判	馮海粟	吳克齋	張子友

壺志學	侯正卿	吳正卿	關漢卿	白仁甫	馬致遠
王伯成	左敬之	鄭德輝	鄭廷玉	杜善夫	亢文苑
張小山	呂止菴	趙文一	高文秀	李茂之	紀君祥
楊君擇	冀子奇	孫叔順	王仲誠	不忽麻平章	李邦基
高安道	董君瑞	陳子厚	趙明道	景元啓	李壽卿
劉時中	楊澹齋				

其作品見於陽春白雪及殘本陽春白雪中而姓氏未見於上表者尙有：

商左山	呂止軒	呂侍中	吳仁卿	徐容齋	楊西庵
趙天錫	薛昂夫				

等八人。但疑呂止軒、呂侍中和表中的呂止菴是一人。

在永樂二十年（公元一四二二年）賈仲明編的續錄鬼簿裏記載着不少的元末明初的散曲作家。其中有一部分像鍾嗣成、周德淸、劉廷信、蘭楚芳等都是元人。這些作家們——從公元一三六一年到一四二二年——我們也在這裏順便的述及了。這可算是元代散曲的第三期。

賈氏所記載的作家們，有：

鍾繼先（名嗣成） 羅貫中 汪元亨（原作『亨』誤） 谷子敬
丁埜夫 郝仲誼（名經） 陸進之 李時英 須子壽 金文質
湯舜民 楊景賢（名暹，後改名訥） 李唐賓 陳伯將 張鳴善
高茂卿 劉君錫 陶國瑛 唐以初（名復） 夏伯和 周德清
劉廷信 蘭楚芳 金子仁 詹時雨 劉士昌 花士良
宣庸甫 金元素 金文石 金堯臣 盛從周 劉元臣
龔敬臣 龔國器 趙元臣 臧彥洪 莊文昭（名麟） 王文新
張伯剛 王景榆 陳敬齋 月景輝 賽景初 沐仲易
虎伯恭 魏士賢 王彥仲 徐景祥 丁仲明 沈士廉
俞行之 賈伯堅（名固） 倪瓚 孫行簡 徐孟曾 楊彥華
郝啓文 劉東生 賈仲明

在這些作家們裏，大多數是寫散曲的。可惜，其作品存在於今的，實在太少了。故講述這第三期的作家的時候，頗有些文獻無徵之感。

見。楊鐵崖（維楨）嘗爲周月湖、沈子厚二人的『今樂府』作序；但周、沈二人之作，今也不可得見。在樂府羣玉、樂府新聲、詞林摘豔、雍熙樂府、太和正音譜、北宮詞紀、北詞廣正譜諸書裏，尚可發見有若干作家。其中，像：

陳德和　張子堅　丘士元　張彥文　柴野愚

諸人，比較的可以注意。

四

在第一期的作家裏，關漢卿無疑的佔着一個極重要的地位。錄鬼簿未言其寫作散曲，但他在散曲上的成就和他在戲曲上的成就是不相上下的。他寫作雜劇至六十餘本；就今所存的十餘本者來，幾乎沒有一本是不好的。他的散曲，從陽春白雪、太平樂府、詞林摘豔、堯山堂外紀諸書所載的搜輯起來，也可成薄薄的一册，在這薄薄的一册裏，也幾乎沒有一句不是溫瑩的珠玉。太和正音譜稱他爲『可上可下之才』，實是不可信的批評。

關漢卿的生平，若明若昧。錄鬼簿云：『大都人，太醫院尹，號己齋叟』。堯山堂外紀則增飾之云：『金末爲太醫院尹，金亡不仕。好談妖鬼。所著有鬼董』。按鬼董今存（涵芬樓祕笈本）是否爲關氏所著，不可知。『金亡不仕』語，疑爲後人的附會。王和卿爲元學士。他和和卿是很好的朋友；往來得很密切。當時他一定是住在大都的，且也必定還做着『太醫院尹』一類的官。他有詠杭州景（南呂一枝花）的一篇套曲，中有『大元朝新附國，亡宋家舊華夷』語。在南宋亡後（元兵在公元一二七六年入臨安），他必定到過杭州。故他的雜劇亦有題爲『古杭新刋』的。如果他是金的遺民，且在金時已爲太醫院尹，則在金亡的時候（公元一二三四年），他至少已是一位三十歲以上的人了。那末，到了宋亡的時候，他至少已有七十多歲了。我很懷疑他做太醫院尹是元代的事。他也許像白仁甫一樣，在童年的時候看見蒙古兵的滅金。但他不會是『金亡不仕』。在金時，恐怕他根本不會出仕過。錄鬼簿記載董解元，特別提出『金章宗時人』等話。但記着關漢卿的事時，卻沒有一字涉及『金』。其非仕金可知。

在雜劇裏，我們一點看不出關氏的生平和他的自己的情緒來。他的全副力氣是用在刻劃他所創造的人物的身形、行動和思想、情緒上去了。但在散曲裏，我們卻可看出一位深情繾綣的人物。他也許和柳耆卿是同流，終生沈酣在歌妓間的。他爲他們寫下許多的雜劇，也爲他們寫下許多的散曲。他有一篇不伏老（南呂一枝花），恐怕便是他的自供吧：

（南呂一枝花）攀出牆朵朵花，折臨路枝枝柳。花攀紅蕊嫩，柳折翠條柔。浪子風流，憑著我折柳攀花手，直煞得花殘柳敗休。半生來弄柳拈花，一世裏眠花臥柳。

（梁州第七）我是箇普天下郎君領袖，蓋世界浪子班頭，願朱顏不改常依舊。花中消遣，酒內忘憂。分茶攧竹，打馬藏鬮。通五音六律滑熟，甚閑愁到我心頭！伴的是銀箏女銀臺前理銀箏笑倚銀屏，伴的是玉天仙攜玉手並玉肩同登玉樓，伴的是金釵客歌金縷捧金尊滿泛金甌。你道我老也暫休。占排場風月功名首，更玲瓏，又剔透。錦陣花營都帥頭，四海遨遊。

隔尾

子弟每是個茅草岡沙土窩初生的兔羔兒乍向圍場上走，我是箇經籠罩受索網蒼翎毛老野雞踏踏得陣馬兒熟。經了些窩弓冷箭蠟鎗頭，不曾落人後。恰不道人到中年萬事休，我怎肯虛度了春秋！

黃鍾煞

我卻是蒸不爛煮不熟槌不匾炒不爆響噹噹一粒銅豌豆，恁子弟誰教鑽入他鋤不斷斫不下解不開頓不脫慢騰騰千層錦套頭。我翫的是梁園月，飲的是東京酒，賞的是洛陽花，板的是章臺柳。我也會吟詩，會篆籀，會彈絲，會品竹，我也會唱鷓鴣，舞垂手，會打圍，會蹴踘，會圍棋，會雙陸。你便是落了我牙，歪了我口，瘸了我腿，折了我手，天與我這幾般兒歹症候，尙兀自不肯休！只除是閻王親令喚，神鬼自來勾，三魂歸地府，七魄喪冥幽，那其間纔不向烟花路兒上走。

寫得多末有風趣！他的許多小令，寫閨情，寫別怨，寫小兒女的意態，寫無可奈何的嘆息，寫稱心快意的滿足的，幾乎沒有一首不好，不入木三分，比柳詞還要諧俗，卻也比柳詞還要深刻活潑；比山谷詞還要豔蕩，卻也比山谷詞還要令人沈醉，同時卻又那樣的溫柔敦厚，一點也不顯出粗鄙惡俗。

沉醉東風

咫尺的天南地北，霎時間月缺花飛！手執著餞行盃，眼閣著別離淚。剛道得聲保重將息，痛煞煞教人捨不得。好去者望前程萬里！

憂則憂鸞孤鳳單，愁則愁月缺花殘。爲則爲俏冤家，害則害誰曾慣！瘦則瘦不似今番，恨則恨孤幃繡衾寒，怕則怕黃昏到晚！

伴夜月銀箏鳳閑，暖東風繡被常慳。信沉了魚，書絕了雁，盼雕鞍萬水千山。本利對相思若不還，則告與那能索債愁眉淚眼。

碧玉簫

盼斷歸期，劃損短金篦。一搦腰圍，寬褪素羅衣。知他是甚病疾，好教人沒理會。揀口兒食，陡恁的無滋味。醫，越恁的難調理！

簾外風篩，涼月滿閑階。燭滅銀臺，寶鼎串烟埋。醉魂兒難摒挫，精采兒強打捱。那裏每來，你取閑論詩才。台，定當的人來賽。

題情的一半兒四首，沒有一首不是俊語連翩，豔情飛蕩的：

一半兒

雲鬢霧鬢勝堆雅，淺露金蓮簌絳紗，不比等閑牆外花。罵你箇俏冤家，一半兒難當一半兒耍。

碧紗窗外靜無人，跪在牀前忙要親。罵了箇負心回轉身。雖是我話兒嗔，一半兒推辭一半兒肯。

銀臺燈滅篆烟殘，獨入羅幃淹淚眼。乍孤眠好教人情興懶，薄設設被兒單，一半兒溫和一半兒寒。

多情多緒小冤家，拖逗得人來憔悴煞。說來的話先瞞過咱！怎知他，一半兒眞實一半兒假！

楚臺雲雨會巫峽套（雙調新水令），寫得是那末蕩魄驚魂。『顫欽欽把不住心頭怕，不敢將小名呼咱，只索等候他』。那情景是如何的緊張。玉驄絲鞚錦鞍黏套（雙調示換頭新水令）寫憶別的情懷，寫重會時的喜歡和誤解，都是達到很不容易達到的深刻的描寫的程度：

〔一錠銀〕心友每相邀列著管弦，却祇待勸解動淒然！十分酒十分悲怨，却不道怎生般消遣！

〔阿那忽〕酒勸到根前，只辦的推延。桃花去年人面，偏怎生冷落了今年？

〔不拜門〕酒入愁腸悶怎生言！疏行瀟瀟西風戰。如年，如年，似長夜天，正是恰黃昏庭院。

這是寫『憶』。但當那男人有了一個機會，『忙加玉鞭急催駿駹，飛到『那佳人家門前』時：

〔喜人心〕人叢裏遙見些，遮着羅扇。可喜的風流業寃，兩葉眉兒未展。百般的陪告，一瓶的求和，只管裏熬煎。他越將箇龐兒變，咱百般的難分辨。

好容易方纔去了她的疑心，和她和好。『天若肯爲人，爲人是今生願，盡老同眠也者，也強如雁底關河路兒遠』。

他的白鶴子：『鳥啼花影裏，人立粉牆頭。春意兩絲牽，秋水雙波溜』，是如何漂亮的一首抒情小詩！

他也寫些『閑適』的小曲，那卻並無什麽出色之處，像四塊玉（題作閑適，凡四首）。

適意行，安心坐。渴時飲，飢時餐，醉時歌；困來時就向莎茵臥。日月長，天地闊，閑快活。

舊酒沒，新醅潑。老瓦盆邊笑呵呵，共山僧野叟閑吟和。他出一對雞，我出一箇鵞，閑快活。

意馬□，心猿鎖，跳出紅塵惡風波，槐陰午夢誰驚破！離了利名場，攢入安樂窩，閑快活。

商畝耕，東山臥，世態人情經歷多。閑將往事思量過，賢的是他，愚的是我，爭甚麼！

又像碧玉簫的一首：

秋景堪題，紅葉滿山溪。松逕偏宜，黃菊遶東籬。正清樽斟潑醅，有白衣勸酒杯。官品極，到底成何濟！歸，學取他淵明醉！

蓋爲題材所限，很不容易有驚人之作。

漢卿的朋友王和卿，也是一位風流人物，一生追逐於歌妓之後的。他也是大都人，錄鬼簿稱他爲『學士』。堯山堂外紀（卷六十八）云：『關漢卿同時。和卿數譏謔關。關雖極意還答，終不能勝』。和卿所詠，多半雜以諧謔，無多大的深刻的情緒，像詠蝶的醉中天，『詠禿』的天淨紗，詠『王妓浴房中被打』的撥不斷（『你本待洗腌臢，倒惹得不乾淨』）都過於滑稽挑達，沒有大作家的風度。惟題情的一半兒：

鵶翎般水鬢似刀裁，小顆顆芙蓉花額兒窄，待不梳粧怕娘左猜。不免插金釵，一半兒鬅鬆一半兒歪。

較好；但比之關氏的一半兒卻差得很遠。

王實甫也和關氏同時。他的不朽的西廂記雜劇，相傳其第五本是關氏所續。他的散曲流傳得最少，卻沒有一首不好。別情的堯民歌云：

自別後遙山隱隱，更那堪遠水粼粼！見楊柳飛綿衮衮，對桃花醉臉醺醺。透內閣香風陣陣，掩重門暮雨紛紛。怕黃昏不覺又黃昏，不銷魂怎地不銷魂！新啼痕壓舊啼痕，斷腸人憶斷腸人。今春香肌瘦幾分？摟帶寬三寸。

其俊語何減西廂！又春睡山坡羊寫的是那末有風趣！

雲鬆螺髻，香溫鴛被，掩春閨一覺傷春睡。柳花飛小瓊姬，一片聲雪下呈祥瑞。把團圓夢兒生喚起，誰不做美？呸！却是你！

五

白仁甫名樸（後改字太素），號蘭谷先生，眞定人，文舉（名華）之子。贈嘉議大夫太常卿。他是金之遺民。八歲時，金亡。他父親和元好問是好友。好問遂挈他北渡。他因爲自己是亡國之民，舉目有山川之異，恆鬱鬱不樂。放浪形骸，期於適意。恐怕多少是受有遺山的影響。中統初，有欲薦之於朝的，他再三遜謝，不就。有天籟集。他寫雜劇十餘本，秋夜梧桐雨尤盛傳於世。他的慶東原小令道：

> 黃金縷，碧玉簫，溫柔鄉裏尋常到。青春過了，朱顏漸老，白髮彫騷。只待強簪花，又恐傍人笑。

大約是他的自況吧。他的寄生草（勸飲）和沈醉東風（漁父詞）：

寄生草

勸飲

長醉後方何礙，不醒時有甚思？糟醃兩箇功名字，醅渰千古興亡事，麴埋萬丈虹霓志。不達時皆笑屈原非，但知音盡說陶潛是。

沉醉東風

漁父詞

黃蘆岸白蘋渡口，綠楊隄紅蓼灘頭。雖無刎頸交，却有忘機友。點秋江白鷺沙鷗，傲殺人間萬戶侯，不識字烟波釣叟。

二篇，略略可以看出他的強爲曠達的情懷來。而對景（雙調喬木查）一套，尤有黍離之感。在元曲裏，像這樣情調的作品是極罕見的：

（雙調喬木查）海棠初雨歇，楊柳輕煙惹，碧草茸茸鋪四野。俄然回首處，亂紅堆雪。

（么篇）恰春光也，梅子黃時節。映日榴花紅似血，胡葵開滿院，碎翦宮纈。

（掛搭沽序）倏忽早庭梧墜，荷蓋缺，陸宇砧韻切，蟬聲咽，露白霜結，水冷風高，長天雁字斜，秋香次第開徹。

（么篇）不覺的冰澌結，彤雲布，朔風凜冽，亂撲吟窗，謝女堪題，柳絮飛，玉砌長郊萬里，粉汚遙山千疊。去路賒，漁叟散，披簑去，江上清絕。幽悄閑庭，舞榭歌樓，酒力怯，人在水晶宮闕。

（么篇）歲華如流水，消磨盡自古豪傑。蓋世功名總是空，方信花開易謝，始知人生多別。憶故園，漫歎嗟！舊遊池館，翻做了狐蹤兎穴。休癡休呆，蝸角蠅頭，名親共利切。富貴似花上蝶，春宵夢說。

（尾聲）少年枕上歡，杯中酒好天良夜，休辜負了錦堂風月。

他的陽春曲（知機四首）大約寫的是無可奈何的悲哀吧：

知榮知辱牢緘口，誰是誰非暗點頭。詩書叢裏且淹留。閑袖手，貧煞也風流。

今朝有酒今朝醉，且盡樽前有限盃。回頭滄海又塵飛，日月疾，白髮故人稀！

不因酒困因詩困，常被吟魂惱醉魂。四時風月一閑身。無用人，詩酒樂天眞。

張良辭漢全身計，范蠡歸湖遠害機。樂山樂水總相宜。君細推，今古幾人知！

他頗長於寫景色。春、夏、秋、冬的四題，已被寫得爛熟，但他的天淨沙四首，卻是情詞俊逸，不同凡響。

天淨沙

春

春山暖日和風，闌干樓閣簾櫳，楊柳秋千院中，啼鶯舞燕，小橋流水飛紅。

夏

雲收雨過波添，樓高水冷瓜甜，綠樹陰垂畫簷。紗廚藤簟，玉人羅扇輕縑。

秋

孤村落日殘霞，輕烟老樹寒鴉，一點飛鴻影下。青山綠水，白草紅葉黃花。

冬

一聲畫角譙門，半亭新月黃昏，雪裏山前水濱。竹籬茅舍，淡烟衰草孤村。

「孤村落日殘霞」的一首，殊不下於馬致遠的「枯藤老樹昏鴉」。

他也善作情語。德勝令的幾首和陽春曲的幾首都是不下於關漢卿、王實甫諸作的。

德勝令三首

獨自寢，難成夢。睡覺來懷兒裏抱空。六幅羅裙寬褪，玉腕上釧兒鬆。

獨自走，踏成道。空走了千遭萬遭。肯不肯疾些兒通報，休直到教擔擱得大明了！

紅日晚，殘霞在。秋水共長天一色。寒雁兒呀呀的天外，怎生不捎帶箇字兒來？

陽春曲

題情四首

輕拈斑管書心事，細摺銀箋寫恨詞。可憐不慣害相思。只被你箇肯字兒，拖逗我許多時。

從來好事天生險，自古瓜兒苦後甜。奶娘催逼緊拘鉗。甚是嚴，越間阻越情忺。

笑將紅袖遮銀燭，不放才郎夜看書。相偎相抱取歡娛。止不過迭應舉，及第待何如！

百忙裏鉸甚鞋兒樣？寂寞羅幃冷串香。向前摟定可憎娘。止不過趕嫁粧，誤了又何妨！

六

馬致遠的時代，當略後於關、王、白諸人。錄鬼簿云：『致遠大都人，號東籬。老江浙省務提舉』。蓋終於江南者。他的雜劇，最得明人的讚頌。故太和正音譜首列之（『宜列羣英之上』），稱之爲『朝陽鳴鳳』，讚之曰『有振鬣長鳴萬馬皆瘖之意』。明人不知欣賞關漢卿而獨擡高馬致遠，可知馬氏的作品，如何的投合於文人學士的心境。他是第一個元曲作家，把自己的情思整個的寫入雜劇和散曲裏的。他發牢騷，由牢騷而厭世，由厭世而故作超脫語。這是深足以打動文人們的情懷的。但離開民衆卻很遠了。民衆是不愛聽那一套的酸氣撲鼻的嘆窮訴苦的話的。從他以後，元曲便漸漸的成了文人之所有，作爲發洩文人自己的苦悶的東西，而益益的遠離了民間了。但他也還有些游戲之作，頗能打動一般人的歡笑的。到了明代中葉以後，除了受俚曲影響的作家之外，便只有一味的自吹自彈，完全和民間隔離開了。

馬氏的散曲，寫得淸俊，寫得尖新，頗像蘇軾評陶淵明之所說的『外枯而中膏，似淡而實美』的作風；又像以淡墨禿筆作小幅山水，雖寥寥數筆，而意境無窮。這是他的不可及處。他的最有名的天淨沙（秋思）：

枯藤老樹昏雅，小橋流水人家，古道西風瘦馬。夕陽西下，斷腸人在天涯。

便正可代表他的作風吧。其實，在他的小令裏，同樣淸俊的東西，也還不少：

壽陽曲

山市晴嵐

花村外，草店西，晚霞明雨收天霽。四圍山一竿殘照裏，錦屛風又添鋪翠。

遠浦帆歸

夕陽下，酒旆閑，兩三航未曾著岸。落花水香茅舍晚，斷橋頭賣魚人散。

平沙落雁

南傳信，北寄書，半棲遲岸花汀樹。似鴛鴦失羣迷伴侶，兩三行海門斜去。

烟寺晚鐘

寒烟細，古寺淸，近黃昏禮佛人靜。順西風降鐘三四聲，怎生教老僧禪定！

漁村夕照

鳴榔罷，閃暮光，綠楊隄數聲漁唱。掛柴門幾家閑曬網，都撮在捕魚圖上。

但他所最打動文人學士們的心的，還不是這些寫景的東西，而是那些充塞了悲壯的情懷的厭世的歌聲。我們看：

秋思

（雙調夜行船）百歲光陰一夢蝶，重回首往事堪嗟。今日春來，明朝花謝，急罰盞夜闌燈滅。

（喬木查）想秦宮漢闕，都做了衰草牛羊野。不恁麼漁樵沒話說！縱荒墳橫斷碑不辨龍蛇。

（慶宣和）投至狐蹤與兔穴，多少豪傑。鼎足雖堅半腰裏折。魏耶？晉耶？

（落梅風）天教你富，莫太奢，不多時好天良夜。富家兒更做道你心似鐵，爭辜負了錦堂風月！

（風入松）眼前紅日又西斜，疾似下坡車。不爭鏡裏添白雪，上牀與鞋履相別。休笑鳩巢計拙，葫蘆提一向粧呆。

（撥不斷）利名竭，是非絕。紅塵不向門前惹，綠樹偏宜屋角遮，青山正補牆頭缺，更那堪竹籬茅舍！

（離亭宴煞）蛩吟罷一覺纔寧貼，雞鳴時萬事無休歇。何年是徹！看密匝匝蟻排兵，亂紛紛蜂釀蜜，鬧攘攘蠅爭血。裴公綠野堂，陶令白蓮社。愛秋來時那些；和露摘黃花，帶霜分紫蟹，煮酒燒紅葉。想人生有限杯，渾幾箇重陽節。人問我，頑童記者；便北海探吾來，道東籬醉了也。

這是最有名的一篇傳誦不朽的東西了；但東籬的悲壯激昂的作風，赤裸裸的自敍其憤激的情懷的，還不在此而在彼。像般涉調哨遍『半世逢場作戲』一套，纔極甚痛快淋漓的披肝瀝膽的呼號着呢：

（般涉調哨遍）半世逢場作戲，險些兒誤了終焉計。白髮勸東籬，西村最好幽棲，老正宜。芳廬竹徑，藥井蔬畦，自減風雲氣，嚼蠟光陰無味，傍觀世態靜掩柴扉。雖無諸葛臥龍岡，原有嚴陵釣魚磯。成趣南園，對榻青山，遶門綠水。

（耍孩兒）窮則窮落覺囫圇睡，消甚奴耕婢織。荷花二畝養魚池，百泉通一道清溪。安排老子閑風月，准備閑人洗是非。樂亦在其中矣。僧來筍蕨，客至琴棋。

（二）青門幸有栽瓜地，誰羨封侯百里？桔槔一水韭苗肥，快活煞學圃樊遲。梨花樹底三杯酒，陽柳陰中一片席，倒大來無拘繫。先生家淡粥，措大家黃虀。

（三）有一片凍不死衣，有一口餓不死食。貧無煩惱知閑貴，譬如風浪乘舟去，爭似田園拂袖歸。本不愛爭名利，嫌貧汙耳，與鳥忘機。

（尾）喜天陰喚錦鳩，愛花香哨畫眉。伴露荷中烟柳外風蒲內，綠頭鴨黃鶯兒啅七七。

同樣的情懷，也拂拭不去的滲透在他的小令裏：

撥不斷　六首

九重天，二十年，龍樓鳳閣都曾見。綠水青山任自然，舊時王謝堂前燕，再不復海棠庭院。

嘆寒儒，慢讀書，讀書須索題橋柱。題柱雖乘駟馬車，乘車誰買長門賦？且看了長安回去。

路傍碑，不知誰，春苔綠滿無人祭。畢卓生前酒一杯，曹公身後墳三尺，不如醉了還醉。

布衣中，問英雄，王圖霸業成何用！禾黍高低六代宮，楸梧遠近千官塚，一場惡夢。

競江山，為長安，張良放火連雲棧，韓信獨登拜將壇，霸王自刎烏江岸，再誰分楚漢！

子房鞋，買臣柴，屠沽乞食爲僚宰，版築躬耕有將才，古人尙自把天時待，只不如且酩子裏胡捱。

慶東原

嘆世三首

拔山力，舉鼎威，喑嗚叱咤千人廢。陰陵道北，烏江岸西，休了衣錦東歸。不如醉還醒，醒而醉！

明月閑旌旆，秋風助鼓鼙，帳前滴盡英雄淚。楚歌四起，烏騅漫嘶。虞美人兮，不如醉還醒，醒而醉。

誇才智，曹孟德，分香賣履純狐媚。奸雄那裏？平生落的，只兩字征西。不如醉還醒，醒而醉。

清江引

野興八首

樵夫覺來山月低，釣叟來尋覓。你把柴斧拋，我把魚船棄，尋取箇穩便處閑坐地。

綠蓑衣紫羅袍誰是主？兩件兒都無濟。便作釣魚人，也在風波裏。則不如尋箇穩便處閑坐地。

山禽晚來窗外啼，喚起山翁睡。恰道不如歸，又叫行不得。則不如尋箇穩便處閑坐地。

天之美祿誰不喜？偏只說劉伶醉。畢卓縛甕邊，李白沉江底。則不如尋箇穩便處閑坐地。

楚霸王火燒了秦宮室，蓋世英雄氣。陰陵迷路時，船渡烏江際。則不如尋箇穩便處閑坐地。

林泉隱居誰到此？有客清風至。會作山中相，不管人間事。爭甚麼半張名利紙！

西村日長人事少，一箇新蟬噪。恰待葵花開，又早蜂兒鬧。高枕上夢隨蝶去了。

東籬本是風月主，晚節園林趣。一枕葫蘆架，幾行垂楊樹，是搭兒快活閑住處。

四塊玉

恬退二首

綠水邊，青山側，二頃良田一區宅，閑身跳出紅塵外。紫蟹肥，黃菊開，歸去來！

酒旋沽，魚新買，滿眼雲山畫圖開，清風明月還詩債。本是箇懶散人，又無甚經濟才，歸去來！

蟾宮曲

嘆世二首

東籬半世蹉跎，竹裏遊亭，小宇婆娑。有箇池塘，醒時魚笛，醉後漁歌。嚴子陵他應笑我，孟光臺我待學他。笑我如何？到大江湖，也避風波。

咸陽百二山河，兩字功名，幾陣干戈。項廢東吳，劉興西蜀，夢說南柯。韓信功兀的般證果，蒯通言那裏是風魔？成也蕭何，敗也蕭何，醉了由他！

像這樣透澈的厭世觀，是那黑暗的時代自然的產物吧。『便作釣魚人也在風波裏』，這樣的退避、躲藏者，在實際上乃是澈頭澈尾的一個極端的個人主義者。

而其結果，當然非變成一個極端的享樂主義者不可了：

白玉堆，黃金垜，一日無常果如何？良辰媚景休空過！琉璃鍾琥珀濃，細腰舞皓齒歌，到大來閑快活！

對於世事，便也失去了是非心，爭競心，乃至一切的熱忱了：

酒盃深，故人心，相逢且莫推辭飲。君若歌時我慢斟。屈原清死由他恁醉和醒爭甚！

這樣的人生觀，實在是太可怕了！卻正投合了一般的文人學士們的心境。叔孫通、錢謙益一流的人物，其對於人生的觀點，恐怕不會和這有什麼兩樣的。

但馬致遠之所作，卻也有極富風趣的諧俗之作，像借馬的耍孩兒套；那雖是游戲的小文章，卻刻劃得那一個慳吝人的心理如此的深入顯出：

借馬

（般涉調耍孩兒）近來時買得匹蒲梢騎，氣命兒般看承愛惜。逐宵上草料數十番，喂飼得膘息胖肥。但有些穢污卻早忙刷洗，微有些辛勤便下騎。有那等無知輩，出言要借，對面難推。

（七煞）懶習習牽下槽，意遲遲背後隨，氣忿忿懶把鞍來韂。我沉吟了半晌語不語，不曉事頹人知不知？他又不是不精細，道不得他人弓莫挽，他人馬休騎！

（六煞）不騎啊西棚下涼處拴，騎時節揀地皮平處騎。將青青嫩草頻頻的喂，歇時節肚帶鬆鬆放，怕坐的困尻包兒款款移。勤覷著鞍和轡，牢踏著寶鐙，前口兒休提。

（五煞）飢時節喂些草，渴時節飲些水。著皮膚休使麈氈屈，三山骨休使鞭來打，磚瓦上休教穩著蹄。有口話你明明的記，飽時休走，飲了休馳。

（四煞）拋糞時教乾處拋，綽尿時教淨處尿。拴時節揀箇牢固椿橛上繫，路途上休要踏磚塊，過水處不教踐起泥。這馬知人義，似雲長赤兔，如翊德烏騅。

（三煞）有汗時休去簷下拴，渲時休教侵著頹。軟煮料草煎底細，上坂時款把身來聳，下坡時休教走得疾。休道人忒寒碎，休教鞭颩著馬眼，休教鞭擦損毛衣。

（二煞）不借時惡了弟兄，不借時反了面皮。馬兒行囑咐叮嚀記，鞍心馬戶將伊打，刷子去刀莫作疑。只歎的一聲長吁氣，哀哀怨怨，切切悲悲。

（一煞）早辰間借與他，日平西盼望你，倚門專等來家內。柔腸寸寸因他斷，側耳頻頻聽你嘶。道一聲好去，早兩淚雙垂。

（尾）沒道理，沒道理！忒下的，忒下的！恰才說來的話君專記，一口氣不違借與了你。

這是馬致遠的眞正的崇高的成就，詼諧之極的局面而出之以嚴肅不拘的筆墨，這乃是最高的喜劇；正和最偉大的哲人以詼諧的口吻在講學似的；他的態度足够嚴肅的，但聽的人怡然的笑了。流行的崑劇裏有一齣借靴（時劇），顯然是脫胎於馬氏這一篇借馬，卻點金成鐵，變成了惡俗不堪入耳目的東西了。

他也寫些極漂亮的情詞。凡是散曲的能手，寫情詞差不多都可脫口成章，且無不是俊逸異常，而又婦孺能解諧俗之極，而又令雅士沈吟不捨的。這是新鮮的，永遠不會老的東西。詩裏的鄭、衞、齊、陳諸風，六朝的子夜、讀曲歌，明末的掛枝兒都是同一個階段，同一類的東西吧。——是最好的詩人和民歌初次接觸到而受到其影響來試試身手的一個時期的東西——是以絕代的天才來嘗試那新發見的民間詩體的一個時期的東西。文士走入民間，打破了與雅俗的界限便寫成了雅俗共賞的東西了。關、馬二人的情詞便是如此過程裏的作品。

馬氏的壽陽曲，寫情的十餘首，絕妙好辭很不少，可作爲他的情詞的代表：

雲籠月，風弄鐵，兩般兒助人淒切。剔銀燈欲將心事寫，長吁氣一聲吹滅。

磨龍墨染兔毫倩花箋欲傳音耗。眞寫到半張却帶草，敍寒溫不知箇顚倒。

從別後，音信絕，薄情種害殺人也！逢一箇見一箇因話說，不信你耳輪兒頭熱。

從別後音信杳，夢兒裏也曾來到。問人知行到一萬遭，不信你眼皮兒不跳！

心間事，說與他，動不動早言兩罷。罷字兒磣可可你道是耍，我心裏怕那不怕！

人初靜，月正明，紗窗外玉梅斜映。梅花笑人休弄影，月沉時一般孤另。
實心兒待休做謊話兒猜。不信道爲伊曾害。害時節有誰曾見來？瞞不過主腰胸帶。
蝶慵戲，鶯倦啼，方是困人天氣。莫怪落花吹不起，珠簾外晚風無力。
他心罪，咱便捨，空擔著這場風月。一鍋滾水冷定也，再攛紅幾時得熱？
相思病，怎地醫？只除是有情人調理。相偎相抱診脈息，不服藥自然圓備。
琴慭操，香倦燒，盼春來不知春到。日長也小窗前一睡著，賣花聲把人驚覺。
因他害染病疾，相識每勸咱是好意。相識若知咱究裏，和相識也一般憔悴。

七

在鍾嗣成所記的『前輩名公〔有〕樂章傳於世者』的四十餘人裏，其作風相同的很多；他們不是登山臨水，流連風景，便是於宴會歌舞之間，替伎女作曲子；偶有所感，便也學學流行的時套，寫些『歸隱』、『閑適』、『道情』一類的東西。差不多很少具有深刻的情思的，只不過歌來適耳而已。關於『歸隱』、『閑適』之作尤特別的多：大約作者或是別有所感，或是受了流行性的傳染病，人云亦云；寫着『閑適』、『歸隱』一類的題目，便不得不如此的說。馬致遠具有一肚子的牢騷，以高才而浮沈於下僚，他的憤激是有理由的。但不忽麻平章、張雲莊參議、胡紫山宣慰們也都說着同樣的話，便令人覺得有些可駭怪。我們可以張養浩爲代表。

普天樂　辭參議還家

昨日尚書，今朝參議，榮華休戀，歸去來兮，遠是非，絕名利，蓋座團茆松陰內，更穩似新築沙堤。有青山勸酒，白雲伴睡，明月催詩。

這是雲莊辭了參議的時候所寫的；還覺得有些道理——雖然已不免近於做作。但我們如果讀着他的：

折桂令

想爲官枉了貪圖，正直清廉，自有亨衢，暗室虧心，縱然致富，天意何如？白圖甚身心受苦，急回頭暮景桑榆。婢妾妻孥，玉帛珍珠，都是過眼的風光，總是空虛。

功名事一筆都勾，千里歸來，兩鬢驚秋。我自無能，誰言道勇退中流。柴門外春風五柳，竹籬邊野水孤舟。綠蟻新芻，瓦鉢甆甌。直共青山，醉倒方休。

慶東原

海來闊風波內山般高塵土中整做了三箇十年夢，被黃花數叢白雲幾峯，驚覺周公夢。辭却鳳凰池跳出醯雞瓮。人羡麒麟畫，知它誰是誰！想這虛名聲，到底元無益。用了無窮的氣力，使了無窮的見識，費了無限的心機，幾箇得全身！都不如醉了重還醉。

晁錯元無罪，和衣東市中，利和名愛把人般弄。付能剋刻成些事功，却又早遭逢著禍凶，不見了形踪。因此上向鵲華莊把白雲種。

雁兒落兼得勝令

往常時爲功名惹是非，如今對山水忘名利。往常時趁雞聲赴早朝，如今近餉午猶然睡。往常時秉笏立丹墀，如今把菊向東籬。往常時俯仰承權貴，如今逍遙謁故知。往常時狂癡險犯著笞杖徒流罪，如今便宜課會風花雪月題。

也不學嚴子陵七里灘，也不學姜太公磻谿岸，也不學賀知章乞鑑湖，也不學柳子厚遊南澗。俺住雲水屋三間，風月竹千竿。一任傀儡棚中鬧，且向崑崙頂上看，身安倒大來無憂患，游觀壺中天地寬。

便覺得有些過度的誇張了。至於像沽美酒以下的三篇：

沽美酒

在官時只說閒，得閒也又思官，直到教人做樣看。從前的試觀：那一箇不遇災難！楚大夫行吟澤畔，伍將軍血汚衣冠，烏江岸消磨了好漢，咸陽市乾休了丞相。這幾箇百般要安不安，怎如俺五柳庄逍遙散誕！

梅花酒兼七弟兄

它每日笑呵呵，它道濶時不如我！跳出天羅，占斷煙波，竹塢松坡，到處婆娑，倒大來清閒快活。更看時節醉了呵，休怪它笑歌詠歌似風魔。它把功名富貴皆參破。有花有酒有行窩，無煩無惱無災禍。年紀又半百過，壯志也消磨。暮景也蹉跎，鬢髮也都皤。想人生有幾何！恨日月似攛梭，得魔駝處且魔酡。向樽前休惜醉顏酡，古和今都是一南柯。紫羅襴未必勝漁簑，休只管戀它！急回頭好景已無多。

胡十八

正妙年不覺的老來到，思往常似昨朝，好光陰流水不相饒，都不如醉了睡著。任金烏搬廢興，我只推不知道。

所謂『古和今都是一南柯』，所謂『任金烏搬廢興，我只推不知道』，便完全是一個出世的無容心的極端的個人主義者了。這是要不得的態度，卻出之於一個休職閑居的大官吏的筆下，不能不說是一種傳染病了。有意的在以此鳴高。

雲莊名養浩，字希孟，濟南人，仕元至陝西行省御史中丞，贈濱國，謚文忠。退休後，優游嶸山，搆雲莊，『凡所接於目而得於心者』（艾俊序雲莊休居樂府語）皆作爲小令，因集爲雲莊休居自適小樂府。這部樂府，幾乎全部都是同一情調的，卽所謂『閑適』者是。不忽麻平章的辭朝和孛羅御史的辭官，其情調也完全和雲莊相同：

不忽麻平章

點絳唇辭朝

寧可身臥糟丘，賽强如命懸君手。尋幾个知心友，樂以忘憂，愿作林泉叟。（混江龍）布袍寬袖，樂然何處謁王侯？但尊中有酒，身外无愁。數着殘棊江月曉，一聲長嘯海門秋。山間深住，林下隱居，清泉濯足，强如閑事縈心。淡生涯一味誰參透？草衣木食，勝如肥馬輕裘。（油葫蘆）雖住在洗耳溪邊不飲牛，貧自守樂閑身翻作抱官囚。布袍寬褪拿雲手，玉霄占斷談天口。吹箭訪伍員，棄瓢學許由。野雲不斷深山岫，誰肯官路裏半途休！（天下樂）明放着伏事君王不到頭，休休！難措手。遊魚兒見食不見鈎，都只爲半紙名一筆勾。急回頭兩鬢秋。（那吒令）誰待似落花般鶯朋燕友，誰待似轉燈般龍爭虎鬭？你看這迅指間烏飛兎走。假若名利成，至如田園就，都是些去馬來牛。（鵲踏枝）臣則待醉江樓，臥山丘，一任教談笑虛名小子封侯。臣向這仕路上爲官倦首，枉塵埋了錦袋吳鈎。（寄生草）但得黃雞嫩白酒熟，一任教疎籬墻缺茅庵漏，則要窗明坑暖蒲團厚，問甚身寒腹飽麻衣舊。飲仙家水酒兩三甌，强如看翰林風月三千首。（村里迓鼓）臣离了九重宮闕，來到這八方宇宙。尋幾个詩朋酒友，向塵世外消磨白晝。臣則待領着紫猿，携白鹿，跨蒼虬，觀着山色，聽着水聲，飲着玉甌，倒大來省氣力如誠惶頓首。（元和令）臣向山林得自遊，比朝市內不生受。玉堂金馬間瓊樓，控珠簾十二鈎，臣向草庵門外見瀛洲，看白云天盡頭。（上馬嬌）但得个月滿州，酒滿甌，則待雄飲醉時休。紫簫吹斷三更後，暢好是孤鶴唳一聲秋。（遊四門）世間閑事挂心頭，唯酒可忘憂。

非是微臣常戀酒，嘆古今榮辱，看興亡成敗，則待一醉解千愁。〔后庭花〕揀溪山好處遊，向仙家酒旋芻；會三島十洲客，強如宴功臣萬戶侯，不索你問緣由，把玄關泄漏。這箇聲世間无，天上有。非微臣說強口，酒葫蘆挂樹頭，打魚船纜渡口。〔柳葉兒〕則待看山明水秀，不戀您市曹中物穰人稠。想高官重職難消受。學耕耨種田疇，倒大來无慮无憂。〔賺尾〕既把世情踈，感謝君恩厚，臣怕飲的是黃封御酒。竹杖芒鞋任意留。揀溪山好處追遊。就着這曉雲收，冷落了深秋，飲遍金山月滿舟，那其間潮來的正悠。船開在當溜，臥吹簫管到楊州。

孛羅御史

〔辭官〕（一枝花）懶簪獬豸冠，不入麒麟畫。旋栽陶令菊，學種邵平瓜，覷不的鬧攘攘蟻陣蜂衙。賣了青驄馬，換耕牛度歲華。利名場再不行踏，風波海其實怕它。〔梁州〕儘燕雀喧簷聒耳，任豺狼當道磨牙。無官守，無言責，相牽挂春風桃李夏月葉麻，秋天禾黍，冬月梅茶，四時景物清佳，一門和氣歡洽。嘆子牙渭水垂釣，勝潘岳河陽種花，笑張騫河漢乘槎。這家那家黃雞白酒安排下，撒會頑，放會要，拚着老瓦盆邊醉後扶，一任它風落了烏紗。〔牧羊關〕王大戶相邀請，趙鄉司扶下馬，則聽得樸冬冬社皷頻撾，有幾箇不求仕的官員，東莊裡大地每都拍手歌豐稔，俺再不想巡案去奸猾，御史臺開除我，堯民圖添上咱。〔賀新郎〕奴耕婢織足生涯，隨分村疃人情，賽強如憲臺風化。趁一溪流水浮鷗鴨，小橋掩映蒹葭，蘆花千頃雪，紅樹一川霞。長江落日牛羊下。山中閑宰相，林外野人家。〔隔尾〕誦詩書稚子無閑暇，奉甘旨萱堂到白髮，伴轆轤村翁說一會挺膊子話，閑時節笑咱，醉時節睡咱，今日里無是無非快活煞！

這都是故作超脫之態的。我們讀王實甫四丞相高會麗春堂雜劇，那位被貶到濟南府歇馬的四丞相，還不是這樣的自適的高歌着麼？但到了後來，君王再招，東山再起』時，還不是一樣的熱腸好事！

姚牧菴參軍（名燧）的感懷和滿庭芳，也都是具有同樣的情懷：

醉高歌

〔感懷〕十年燕月歌聲，幾點吳霜鬢影。西風吹起鱸魚興，已在桑榆暮景。○榮枯枕上三更，傀儡場頭四井。人生幻化如泡影，那个臨危自省！○岸邊烟柳蒼蒼，江上寒波漾漾。陽關舊曲低低唱，只恐行人斷腸。○十年書劍長吁，一曲琵琶暗許。月明江上別溢浦，愁聽蘭舟夜雨。

滿庭芳

天風海濤，昔人曾此，酒聖詩豪。我到此閑登眺。日遠天高。山接水，茫茫眇眇，水連天，隱隱迢迢。供吟笑。功名事了，不待老僧招。

浙江秋，吳山夜，愁隨潮去，恨與山疊。塞鴈來，芙蓉謝，冷雨清燈讀書舍。待离別，怎忍离別，今宵醉也，明朝去也，寧奈些些！

帆收釣浦，烟籠淺沙，水滿平湖。晚來盡灘頭聚。笑語相呼。魚有剩和烟旋煮，酒无多帶月影沽。盤中物，山肴野蔌，且盡葫蘆。

但他的作風，有時却還瀟洒，不盡一味的牢騷，不盡一味的冷眼看世事。他的壽陽曲：『誰信道也曾年少』，和撥不斷『破帽多情卻戀頭』諸句，還不失為俊逸之作。

壽陽曲

酒可紅雙頰，愁能白二毛，對尊前儘可開懷抱。天若有情天亦老，且休教少年知道。○紅顏歡，綠鬢凋，酒席上漸疎了歡笑。風流近來都忘了，誰信道也曾年少！

撥不斷

楚天和，好追遊。龍山風物全依舊，破帽多情却戀頭。白衣有意能攜酒，好風流重九。

但像陽春曲：『人海闊，無日不風波』諸語便又不免染上了老毛病了。

陽春曲

金魚玉帶羅袍就，皂蓋朱幡賽五侯，山河判斷筆尖頭，得志秋，分破帝王憂。○筆頭風月時時過，眼底兒曹漸漸多。有人問我事如何？人海闊，無日不風波。

劉太保秉忠（夢正）的有名的乾荷葉小令之一：

南高峯，北高峯，慘淡烟霞洞。宋高宗，一場空！吳山依舊酒旗風，兩度江南夢。

也是具着出世的情調的。但同時，在同一個曲調上，他又彈出了極漂亮的情歌出來：

夜來个醉如酡，不記花前過。醒來呵，二更過。春衫惹定茨蘼科，抖倒花抓破。○乾荷葉，水上浮，漸漸浮將去。根將你去隨將去。

你問當家中有息婦。問着不言語。○脚兒尖，手兒纖。雲髻梳兒露半邊，臉兒甜，話兒粘，更宜煩惱更宜忺。直恁風流倩！

其他眞正詠乾荷葉的『乾荷葉，色蒼蒼，老柄風搖蕩，減了淸香越添芳』諸首，卻是詠物小詞之流，無甚深意的。

盧疏齋憲使（名處道）的蟾宮曲四首，便全然是出世觀的歌頌了；像『傲煞人間伯子公侯』，和『无是无非，問什麽富貴榮華』，和『古和今都是一南柯』並無二致。

蟾宮曲

碧波中，范蠡乘舟，殢酒簪花，樂以忘憂。蕩蕩悠悠，點秋江白鷺沙鷗，急掉不過黃蘆岸，白蘋渡口。且灣住綠楊堤，紅蓼灘頭。醉時方休，醒時扶頭。傲煞人間伯子公侯！○想人生七十猶稀，百歲光陰，先過了卅。七十年間，十歲頑童，十載尫羸。五十歲除分晝黑，剛分得一半兒白日，風雨相催，兔走烏飛。子細沉吟，都不如快活了便宜。○奴耕婢織生涯，門前栽柳，院後桑麻。有客來，汲清泉自煮茶芽。稚子謙和，禮法山妻軟弱賢達。守着些實善隣家，无是无非，問甚麽當貴榮華。○沙三伴哥采茶，兩眼青泥，只爲撈蝦。太公莊上，楊柳陰中，磕破西瓜。小小哥昔涎剌塔，淥軸上渰着个琵琶。看蕎麥開花，綠豆生芽，无是无非，快活煞莊家。

總之，由了厭世轉入了玩世，便自然生出了『都不如快活了便宜』的剎那的享樂觀了。他們是以個人的受用爲主眼的。鮮於伯機的八聲甘州套，充分的說明了『受用』的妙境：

八聲甘州　鮮於伯機

江天暮雪，最可愛青帘摇曳長杠。生涯閑散，占斷水國漁邦。烟浮草屋梅㴑砌，欲水遶柴扉山對窻。時復竹籬傍，吠吠汪汪。

（么）向滿目夕陽影裏，見遠浦歸舟帆力風降。山城欲閉時，聽戍鼓鼕鼕。羣鴉晚千萬噪，寒鴈書空三四行。盆向小屏間，夜夜停釭。（大安樂）從人笑我愚和戇，瀟湘影裏且粧呆。不談劉項與孫龐，近小窻，誰羨碧油幢？（元和令）粳米炊長腰，鯿魚煮縮項，悶攜村酒飲空缸。是非一任講，恣情拍手掉魚歌，高低不論腔。（尾）浪滂滂，水床床，小舟斜纜壞樯椿，輪竿簑笠，落梅風裏釣寒江。

元遺山（好問）爲金之遺民，他的思想，自然是更傾向於這一方面了；但像這一類的散曲卻不多：

驟雨打新荷

人生有幾！念良辰美景，一夢初過。窮通前定，何用苦張羅！命友邀賓翫賞，對方樽淺酌低歌。且酩酊，任它兩輪日月，來往如梭。

八

但在散曲裏，也不儘是這樣淺薄的厭世的、出世的、玩世的情調。也有很熱烈的討論着人世間的問題的可惜卻不怎末多。

我們永遠不能忘記了劉時中待制（名致）的兩篇上高監司的爲人民訴疾苦的大文章。這是元代散曲裏的白氏新樂府，不能不把他們全引了來。

端正好　上高監司

衆生靈遭磨障，正值着時歲飢荒。謝恩光拯濟皆无恙，編做本詞兒唱。（滚綉球）去年時正插秧，天反常那裏取若時雨降。旱魃生，四野災傷。谷不登，麥不長。因此萬民失望。一日日物價高張，十分料鈔加三倒，一斗粗粮折四量，煞是凄涼。（倘秀才）殷實戶欺心不良，停塌戶瞞天不當，吞象心腸歹伎倆，谷中添粃，有米內插麤糠，怎指望它兒孫久長。○（滚綉球）甑生塵，老弱飢，米如珠，少壯荒。有金銀那裏每典當，盡枵腹高臥斜陽。剝榆樹餐，挑野菜嘗，喫黃不老勝如熊掌，蕨根粉以代餱粮，鵝腸苦菜連根煮，荻筍蘆蒿帶葉哇，則留下杞柳株樟。（倘秀才）或是捶麻柘稠調豆漿，或是煮麥麩稀和細糖。他每早合掌擊拳謝上蒼。一个个黃如娙娗，一个个瘦似豺狼，塡街臥巷。（滚綉球）偷宰了些闊角牛，盜斫了些大葉桑。遭時疫无棺活葬，賤賣了些家業田莊。嫡親兒共女等閑參與商，痛分离是何情況。乳哺兒沒人要，撇入長江。那裏取廚中剩飯盃中酒，看了些河裏孩兒岸上娘，不由我不哽咽悲傷。（倘秀才）私牙子舡灣外港，打過河，中宵月朗，則發跡了些无徒米麩行，牙錢加倍解，賣面處兩般裝昏；鈔早先除了四兩。（滚綉球）江鄉相有義倉，積年錢稅戶掌，借貸數補答得十分停當，都侵用過將宮府行唐，那近日勸糶到江鄉，按戶口給月粮。富戶都用錢買放，无實惠盡是虛椿。充飢畫餅誠堪笑，印信憑由却是謊。快活了些社長知房。

〔伴讀書〕磨滅盡諸豪壯，斷送了些閑浮浪。抱子攜男扶筇杖，尫羸傴僂如蝦樣，一絲好氣沿途創，閣淚汪汪。〔貨郎〕見餓莩成行，街上乞出攔門鬬搶，便財主每也懷金鵠立待其亡。感謝這監司主張，似汲黯開倉，披星帶月熱中腸，濟與糶親臨發放。見孤孀疾病无皈向，差醫煮粥分廂巷。更把贓輸錢分例米多般兒區處，約最優長。衆飢民共仰，似枯木逢春，萌芽再長。〔叨叨令〕有錢的販米谷置田莊添生放，无錢的少過活分骨肉无承望；有錢的納寵妾買人口偏興旺，无錢的受飢餒塡溝壑遭災障。小民好苦也麼哥！小民好苦也麼哥！便秋收鬻妻賣子家私喪。〔三煞〕這相公愛民憂國无偏黨，發政施仁有激昂。恤老憐貧，視民如子，起死回生，扶弱摧強。萬萬人感恩知德，刻骨銘心，恨不得展革垂韁，覆盆之下，同受太陽光。〔二〕天生社稷眞卿相，才稱朝廷作棟梁。這相公主見宏深，秉心仁恕，治政公平，蒞事慈祥，可與蕭曹比並，伊傅齊肩，周召班行。紫泥宣詔，花襯馬蹄忙。〔一〕愿得早居玉筍朝班上，佇看金甌姓字香。入闕朝京，攀龍附鳳，和鼎調羹，論道興邦，受用取貂蟬濟楚，衮繡崢嶸，珂珮丁當。噌天下萬民樂業，都知是前任繡衣郎。〔尾聲〕相門出相前人獎，官上加官後代昌。活彼生靈恩不忌，粒我烝民得怎償！父老兒童細較量，樵叟漁夫曹論講。共說東湖柳岸傍，那里清幽更舒暢。靠着雲卿蘇圃場，與徐孺子流芳。把清況養一座祠堂人供養，立一統碑碣字數行，將德政因由都載上，使萬萬代官民見時節想。

這雖不過是一篇歌頌官吏德政的歌曲，卻寫得極爲沈痛。第二篇，尤爲重要。

〔端正好〕旣官府甚清明，採輿論聽分訴。據江西劇郡洪都，正該省憲親臨處，愿英俊開言路。〔滾繡球〕庫藏中鈔本多，貼庫每弊怎除。縱關防住誰不顧，壞鈔法恣意強圖。都是无廉恥賣買人，有過犯駔儈徒，倚仗着幾文錢百般胡做，將官府覷得如无。則這素无行止喬男女，都整扮衣冠學士夫，一个个膽大心麄。〔倘秀才〕堪笑這沒見識街市匹夫，好打那好頑劣江湖伴侶，旋將表得官名相體呼，聲音多廝稱，字樣不尋俗。聽我一个个細數。〔滾綉球〕糶米的喚子良，賣肉的呼仲甫。做皮的是仲才、邦輔，喚清之必定開活，賣油的喚仲明，賣鹽的稱士魯，號從簡是采帛行鋪，字敬先是魚鮓之徒，開張賣飯的呼君寶，磨麪登羅底叫得夫，何足云乎！〔倘秀才〕都結結過如手足，但聚會分張耳目。探聽司縣何人可共處，那問它无根脚，只要肯出頭顱，扛扶着便補。〔滾綉球〕三二百定賫本錢，七八下里去幹取，詐捏作曾縮卷。假如名目偷俸錢，表裏相符。這一个闆小倒，那一个苟俸祿。把官錢視同己物，更很如盜跖之徒。官攢庫子均攤着，要弓手門軍，那一个无，試說這廝每貪汙。〔倘秀才〕提調官非无法度，爭奈蠹國賊操心太毒。從出本處先將科鈔除。高低還分例，上下沒言語，貼庫每他便做了鈔主。〔滾綉球〕且說一年中事例錢：開作時，各自與庫子每隨高低預先除去。軍百戶十定无虛，攢司五五拏，官人六六除，四牌頭每一名是兩封足數，更有合干人把門軍弓手殊途，那里取官民兩便通行法，赤緊他賄賂單宜左道術。於汝安乎？〔倘秀才〕爲甚但開庫諸人不伏，倒籌單先須計呪。苗子錢高低隨着鈔數，放小民三二百報花戶，一千餘將官錢陪出。〔滾綉球〕一任你叫覷昏，等到午，佯呆着不瞅不覷。他却整塊價捲在包袱，着纖如晃庫門，興販的論百價數，都是眞楊州、武昌客旅，窩藏着家里安居，排的文語呼爲綉，假鈔公然喚做殊。這等兒三七價明估。〔倘秀才〕有揭字駝字襯數，有赫心剜心異呼，有鈔脚類成印上字模，半逐子尤自可搥。你鈔甚胡笑，這等兒四六分價喚取。〔滾綉球〕赴解時弊更多，作下人就似夫。揀塊數幾曾詳數，止不過得南新吏貼相符。那問它料不齊，數不足，連櫃子一時扛去，怎教人心悅誠服。自古道：人存政舉，思它前輩；到今日法出姦生，笑煞老夫。公道也私乎？〔倘秀才〕比及燒昏鈔先行擺布，散夫錢僻靜處俵與，暗號兒在燒餅中間覷有无。一名夫半定，社長總收貯，燒得過便吹笛擂鼓。〔塞鴻秋〕一家家傾銀注玉多豪富，一个个烹羊挾妓誇風度，撥標手到處稱人物，粧旦色取去爲媳婦。朝朝寒食春，夜夜元宵暮。喫筵席喚做賽堂食，受用盡人間福。〔呆骨朵〕這賊每也有誰堪處！怎禁它強盜每追逐。要飯錢排日支持，索賫發无時橫取。奈表裏通同做，有上下交征去。眞乃是源清流亦清，從今後人除弊不除。（脫布衫）有聰明正直嘉謨，安得不剪其繁蕪，成就了閭閻小夫，壞盡了國家法度。（小梁州）這廝每玩法欺公膽氣麄，恰便似餓虎當途。二十五等則例盡皆无，難着日他道陪鈔待如何。（么）一等无辜被害這羞辱，廝攀指，一地里胡突，自有他通神物。見如今虛其府庫，好教它鞭背出蟲蛆。（十二月）不是論我黃數黑，怎禁它惡紫奪朱。爭奈何人心不古，出落着馬牛襟裾。口將言而囁嚅，足欲進而趑趄。（堯民哥）想商鞅徙木意何如？漢國蕭何斷其初。法則有準使民服，期于无刑佐皇圖。說與當途：无毒不丈夫，爲如如把平生誤（耍孩兒十三煞）天開地闢由盤古，人物才分下土。傳之三代幣方行，有刀圭泉布促初。九府圜法俱周制，三品堆金乃漢圖。止不過貿易通財物，這的是黎民命脉，朝世權付。（十二）蜀冠城交子行，宋眞宗會子舉，都不如當今鈔法通商賈。配成五對爲官本，工墨三分任倒除。設制久无更，故民如按堵，法比通衢。（十一）已自六十秋楮幣則行，這兩三年法度沮被无知賊了爲撓蠹私，更徹謾心无愧。那想官有嚴刑罪必誅，忒无忌憚无憂懼。你道是成家大寶，怎想是取命官符。（十）窮漢刀將綽號稱，把頭每表得呼。巴不得登時事了乾回付，向庫中鑽刺眞強盜，却不財上分明大丈夫，壞盡今時務。怕不你人心姦巧，爭念有造物乘除。（九）覷乘孛模樣哏，扭蠻腰禮儀踈。不疼錢一地里胡分付，宰頭羊日日羔兒會，沒手盞朝朝仕女圖。怯薛回家去，一个个欺凌親戚，眇覷鄉閭。（八）沒高低妾與妻无分限，兒共女大時打扮，街珠玉雞頭般珠子緣鞋口，火炭似眞金裹腦梳，服色例休題取。打扮得怕不賽天人樣子，脫不了市輩規模。（七）他那想赴京師關本時，受官差在旅途就驚受怕，過朝暮受了五十四站風波，虧苦殺數百千程遞運夫。哏生受哏搭負廣，費了些首思分例，倒換了些沿路文書。（六）到省庫中將官本收，得无踈虞朱鈔足，那時才得安心緒。常想着半江春水番風浪，愁得一夜秋霜染鬢鬚。歷垂難博得个根基固，少甚命不快遭逢賊寇，霎時間送了身軀。（五）論宣差情如酌貪泉，吳隱之廉似還桑椹，趙判府則爲忒慈仁，反被相欺侮。

每持大體諸人服，若說私心半點无。本棟梁材，若早使居朝輔，肯魃民瘼，不事苞苴。（四）急宜將法變更，但因循弊若初，嚴刑峻法休輕恕，則這二攢司过似蛇吞象，再差十大戶尤如插翅虎。一半兒弓手先芟去，合干人同知數目把門軍切禁科需。（三）提調官免罪名，鈔法房選吏胥，攢典俸多田路吏差着做，廉能州吏從新點，貪濫軍官合減除，淮倉庫，先陞補從今倒鈔，各分行鋪，明寫坊隅。（一）逐戶兒編褙成料例，來各分旬將勘合書，逐張兒背印拘鈐住，即時支料還元主。本日交昏入庫府，（另有細說）直至起解時才方取，免得它撑舡小倒，提調官封鎖元庱。（一）緊拘收在庫官切關防起解，夫鈔面上與官攢俱各親標署，庫官但該一貫須點刷，庫子折算三錢便斷除，滿百定皆抄估，攙鈔的揭剝的不怕它人心似鐵，小倒的興販的明放着官法如爐。（尾）忽青天開眼覷這紅巾合命殂，且舉其綱，若不怕傷時務，他日陳言終細數。

這裏是一幅最眞實的民生疾苦圖。在元曲裏充滿了個人的愁嘆，而這裏卻是爲民衆而呼籲着；這不能不說是空谷足音了。時中的文筆是那樣的明白如話，那樣的婉曲形容，不僅是白居易的新樂府的同流，也有類於陸贄的奏議了。以不易驅遣的文體來描狀社會情形，來宣達民生的疾苦，來寫出奸商滑吏的操縱市面，鈔票流行時的種種積弊的實況，令我們有如目覩，其技巧是很不可及的。在文學裏寫這種問題的，古今來很罕見，而這一篇最成功，較之前一篇之『流民圖』，尤爲重要。

時中還描些滑稽的時曲，像馬致遠的借馬似的東西，代馬訴冤，但在其間，卻似也具着不少的憤慨：

新水令代馬訴冤

世無伯樂怨它誰！乾送了挽鹽車騏驥空懷伏櫪心，徒負化龍威，索甚傷悲！用之行，捨之弃。〔駐馬聽〕玉鬣銀蹄，再誰想三月襄陽綠草齊。彫鞍金轡，再誰敢一鞭行色夕陽低。花間不聽紫騮嘶，帳前空嘆烏騅逝。命乖我自知，眼見的千金駿骨无人貴。〔鴈兒落〕誰知我汗血功？誰想我垂韁義？誰怜我千里才？誰識我千鈞力？〔得勝令〕誰念我當日跳檀溪救先主出重圍？誰念我單刀會隨着關羽？誰念我美良川扶持敬德？若論着今日，索輸與這驢羣隊。果必有征敵，這驢每怎用的？〔胡水令〕爲這等乍富兒曹无知小輩，一染他把人欺，蓦地里快躥輕跐，亂走胡奔，緊先行不識尊卑。〔折桂令〕致令得官府聞知，驗數日存留，分官品高低，准備着竹杖芒鞋，免不得奔走驅馳。再不敢鞭駿騎向街頭鬧起，則索扭蠻腰將足下殃及，爲此輩无知，將我連累，把我埋沒在蓬蒿，失陷汙泥。〔尾〕有一等逞雄心屠戶貪微利，咪饞涎豪客思佳地。一味把性命汙圖，百般地將刑法陵持。唱道任意欺公，全无道理，從今去誰買誰騎？眼見得无客販，无人喂，便休說站赤難爲，則怕你東討西征，那時節悔！

他也寫些『村北村南山花山鳥，儘意相娛』（閑居自適），『浮生大都空白忙，功也是謊，名也是謊』（孤山遊飲）卻知道這是不可能的。『早賦歸兮，卻恨紅塵，不到吾廬』！（自適）他總是不能忘情於人世間的。『楚江空闊楚天長，一度懷人一斷腸，此心不在肩輿上』。（寓意武昌元貞）有時不免也跟隨別人高唱着『得失到頭皆物理』，但他的作風究竟是豪邁的，非一味裝作沒心情的頹唐者可比。

他也寫些戀歌，但那卻非他之所長了。

九

杜善夫散人名仁傑。他能以最通俗的口語傳達給我們刻劃得極深刻的景象。最有名的莊家不識拘闌：

（莊家不識拘闌）（耍孩兒）風調雨順民安樂，都不似俺莊家快活。桑蠶五谷十分收，官司無甚差科。當村許下還心願，來到城中買些紙火。正打街頭過，見吊個花碌碌紙榜，不似那答兒鬧穰穰人多。（六煞）見一個人手撐着椽做的門，高聲的叫請請，道遲來的滿了無處停坐。說道前截兒院本調風月，背後么末敷演劉耍和。高聲叫趕散易得，難得的粧哈。（五）要了二百錢放過咱，入得門上個木坡，見層層疊疊團團坐。擡頭覷是個鍾樓模樣，往下覷却是人旋窩。見幾個婦女面臺兒上坐。又不是迎神賽社，不住的擂皷篩鑼。（四）一個女孩兒轉了幾遭，不多時引出一火。中間里一個央人貨，裹着枚皂頭巾，頂門上插一管筆，滿臉石灰，更着些黑道兒抹。知它□是如何過？渾身上下則穿領花布直裰。（三）念了會詩共詞，說了會賦與歌，無差錯。脣天口地無高下，巧語花言記許多。臨絕末，道了低頭撮脚，爨罷將么撥。（二）一個粧做張太公，他改做小二哥，行行行說向城中過。見個年少的婦女向簾兒下立，那老子用意鋪謀，待取做老婆。教小二哥相說合，但要的豆谷米麥，問甚布絹紗羅。（一）教大公往前那，不敢往後那，擡左脚不敢擡右腳，番來復去由它。一個大公心下實焦燥，把一個皮棒搥則一下打做兩半箇。我則道與詞告狀，剗地大笑呵呵。〔尾〕則被一胞尿爆的我沒奈何，剛捱剛忍更待看些兒箇，枉被這驢頭笑殺我。

他寫得是『拘闌』（劇場）裏的情形，從場門口的攬觀客的人寫起，一直寫到演劇的情況。莊家果然是少見多怪——那時是劇場初興，所以莊家見過演劇的場面者極少——而今日讀之，卻也甚覺可笑。他還有一套耍孩兒（喻情），幾乎全用當時的村言俗話來寫出：

〔喻情〕（耍孩兒）我當初不合見劈口和你言盟誓，惹得你鬼病厭厭掛體。鬼相撲不曾使甚養家錢，鬼廝赴刁蹬的心灰。若是攜得歌妓家中去，便是袖得春風馬上歸。同獄司蹬弩勞神力，望梅止渴，畫餅充飢。〔哨遍〕鐵毬兒漾在江心內，實指望團圓到底。失羣孤鴈往南飛，比目魚水不分离。王屠倒臟牽腸肚，毛寶心毒不放龜，老母狗跳墻做得箇快勢，把我做撲燈蛾相戲，掉水燕雙飛。〔五煞〕臘月里桑採甚的？肚臍裏爆豆實心兒退。木猫兒守窟瞧他甚？泥狗兒看家守甚嘿！天長觀裏看水庵相識，濟元廣裏口頭把我拋持。〔四〕唐三藏立墓銘，空費了碑，閑槽枋裏趂酒無巴避。悲天院里下象無錢遞，左右司蒸糕省做媒。蓼兒洼裏太廣乾不濟，鄭元和在曲江邊擔十，閑話兒把咱埔持。〔三〕泥捏的山不信是石，相撲漢賣藥千陪了播，鏡臺前照面你是你，警巡院倒了墻賊見賊。大蟲窩裏蒿草無人刈，看山瞎漢不卞高低。〔二〕小蠻婆看染紅擔是非，張果老切鱠先施鯉，布博士踏鬼隨機而變，囊大姐傳神反了面皮，沙三燒肉牛心兒炙，沒梁的水桶桂口休提。〔一〕秦始皇鞋無道履，綿帶子拴腿無繩緊，開花仙藏撅過瞞得你，街道司衙門誆得過誰？尉遲恭搗米胡支對，蜂窩兒呵欠口口是虛脾。〔尾〕楮樹下梯要摘梨，藏瓶中灰骨是箇不自由的鬼，谷地里瓜兒單單的記着你。

而這些村言俗話街諺市語，卻無不成了絕妙的文章。元曲裏使用俗語的地方不少，卻很少有這樣的成功與完善。想不到當時的學士大夫們使用村言市語的能力已到了這樣的爐火純青的程度。

胡紫山宣尉名祗遹，他所作的卻是比較典雅的，有類於『詞』的東西，像春景和四景：

〔春景〕（陽春曲）幾枝紅雪墻頭杏，數點青山屋上屏，一春能得幾晴明？三月景宜醉不宜醒。○殘花醞釀蜂兒蜜，細雨調和燕子泥，綠窗春睡覺來遲。誰喚起窗外曉鶯啼？○一簾紅雨桃花謝，十里清陰柳影斜，洛陽花酒一時別，春去也，閑煞舊蜂蝶。

〔四景〕（一半兒）輕衫短帽七香車，九十春光如畫圖，明日落紅誰是主！漫躊躇，一半兒因風，一半兒雨。○紗廚睡足酒微醒，玉骨冰肌涼自生，驟雨滴殘才住聲，閃出些月兒明。一半兒陰，一半兒晴。○荷盤減翠菊花黃，楓葉飄紅梧榦蒼，死被不禁昨夜涼，釀秋光。一半西風一半兒霜。○孤眠嫌煞月兒明，風力禁持酒力醒，窗兒上一枝梅弄影，被兒底夢難成，一半溫和一半兒冷。

一半兒最容易寫得入俗，但這裏卻是『雅』氣撲鼻的，一望而知其非民間的作品。

白無咎學士（名賁）的有名的百字折桂令也是雅緻而不通俗的東西。

百字折桂令

弊裘塵土壓征鞍，鞭捲裊蘆花弓劍，蕭蕭一逕入烟霞。動羈懷西風木葉，秋水蒹葭，千點萬點，老樹昏鴉；三行兩行，寫長空啞啞鷗落平沙。曲岸西邊近水灣，魚網綸竿釣槎，斷橋東壁傍溪山，竹籬茅舍人家，滿山滿谷，紅葉黃花。正是傷感淒涼時候，離人又在天涯。

他的妖神急套，卻比較的肯使用些『鋪陳下愁境界』、『攛掇得那人來』一類的句子，但究竟也不會是通俗的東西。恐怕即付之歌伎，她們是不會明白了解其意義的。

妖神急

綠陰籠小院，紅雨點蒼苔。誰想來君也是人間客。縱分連理枝，讒解合歡帶，傷春早是心地窄。愁山和悶海，暢會桃栽。

〔六么遍〕更別离怨，風流債，雲歸楚岫，月冷秦臺，當時眷愛，如今阻隔。准備從今因它害，傷懷。冷清清日月怎生捱！

〔元和令〕鸞交何日重？鴛夢幾時再？清明前后約歸期，到如今牡丹開。空等待，翠屏香裏掩東風，鋪陳下愁境界。

〔后庭花煞〕无情子規聲更哀，暢好明白。既道不如歸去，看作幾聲兒攛掇得那人來。

楊西庵參軍（名果）的小桃紅八段，其作風也和胡紫山、白無咎的相同，當時的俗人是不會懂得的。他們是爲了自己的一羣而寫作的，不是爲民衆而寫的；他們是南宋詞壇的繼承者，卻不是當行出色的元曲作家。

小桃紅

碧湖湖上採芙蓉，人影隨波動。涼露沾衣翠綃重。月明中，畫船不載淩波夢，都來一段紅幢翠蓋，香盡滿城風。

滿城烟水月微茫，人倚蘭舟唱。常託相逢若耶上。隔三湘，碧雲望斷空惆悵。美人笑道，蓮花相似，情短藕絲長。

採蓮人和採蓮歌，柳外蘭舟過。不管夗央夢驚破。夜如何，有人獨上江樓臥，傷心莫唱南朝舊曲，司馬淚痕多。

碧湖湖上柳陰陰，人影澄波浸。常記年時對花飲，到如今西風吹斷回文錦，羨它一對夗央飛去，殘夢蓼花深。

玉簫聲斷鳳凰樓，憔悴人別后，留得啼痕滿羅袖。去來休，樓前風景渾依舊。當初只恨无情烟柳，不解繫行舟。

芡花菱葉滿秋塘，水調誰家唱。簾捲南樓日初上。採秋香，畫船穩去无風浪。為郎偏愛蓮花顏色，留作鏡中粧。

錦城何處是西湖，楊柳樓前路。一曲蓮歌碧雲暮。可憐渠，畫船不載离愁去，幾番曾過夗央汀下，笑煞月兒孤。

採蓮湖上棹船迴，風約湘裙翠。一曲琵琶數行淚。望君歸，芙蓉開盡无消息。晚涼多少紅鴛白鷺，何處不雙飛。

馮海粟（名子振）學士以有名的鸚鵡曲得到許多人的讚嘆，但其實也是不是什麼當行出色之作，不過時有些雋句而已。他有篇序道：

白無咎有鸚鵡曲云『儂家鸚鵡洲邊住，是箇不識字漁父。浪花中一葉扁舟，睡煞江南烟雨。覺來時滿眼青山，抖擻綠蓑歸去。算從前錯怨天公，甚也有安排我處。』余壬寅歲留上京，有北京伶婦御園秀之屬，相從風雪中，恨此曲無續之者。且謂前後多親炙士大夫，拘於韻度，如第一箇父字，便難下語，又甚也有安排我處，甚字必須去聲字，我字必須上聲字，音律始諧，不然不可歌。此一節又難下語。諸公舉酒，索余和之。以汴吳上都天京風景試續之。

其中像『霎時間富貴虛花，落葉西風殘雨』，（榮華短夢）『笑長安利鎖名韁，定沒個身心穩處』，

〔愚翁放浪〕『十年枕上家山，負我湘煙瀟雨』—（故園歸計）都沒有什麽好處，似都不如白無咎的原作。惟像農夫渴雨、燕南百五、園父的幾首，卻有些田園詩的風趣。

〔農夫渴雨〕年年牛背扶犂住，近日最懊惱殺農父。稻苗肥恰待抽花，渴煞青天雷雨。（么）恨殘霞不近人情，截斷玉虹南去。望人間三尺甘霖，看一片閑雲起處。〔燕南百五〕東風留得輕寒住，百五鬧蝶母蜂父。好花枝半出墻頭，幾點清明微雨。（么）綉彎彎溫透羅鞋，綺陌踏青回去。約明朝後日重來，靠淺紫深紅暖處。〔園父〕柴門鷄犬山前住，笑語聽傴背園父。轆轤邊抱瓮澆畦，點點陽春膏雨。（么）菜花間蝶也飛來，又趁暖風雙去。杏稍紅韭嫩泉香，是老瓦盆邊飲處。

商政叔學士（名挺）所作多情詞。有的時候寫得異常的文雅，像胡紫山他們，但有的時候，卻也寫得相當的通俗。不過總不敢像杜善夫那樣的放膽拾取俗語方言來用。驅遣方言俗語入詞曲而寫得漂亮，能够雅俗共賞，本來是件極不容易的事。

雙調風入松

嫩橙初破酒微溫，銀燭照黃昏。玉人座上嬌如許，低低唱白雪陽春。誰管狂風過處，那知瑞雪屯門。（喬牌兒）畫堂更漏冷，金爐串烟盡。斷偎斷抱心兒順，百年姻兩意肯。（新水令）曉鷄三唱鳳離羣，空回首楚臺雲。耿枕上歡雲兒思，漏永更長怎支持許多悶！（攪箏琶）縈方寸兩葉翠眉顰，萬想千思，行眠立獨。半世買風流費盡精神，呆心兒掩然容易親，喫不過溫存。

（離亭燕煞）客窗夜永愁成陣，冷清清有誰存問？漢宮中金闕夢斷，秦臺上玉簫聲盡。昨夜懽，今宵恨，都只爲風風韻韻。相見話偏多，孤眠睡不穩。

下面的一首，寫得比較得通俗些；但和關漢卿、杜善夫之作對讀起來，便覺得平直無深致了。

雙調夜行船

風里楊花水上萍，蹤跡自來無定，帷上溫存，枕邊僥倖，嫁字兒把人來領。⊙花底潛潛月下等，幾度柳影花陰。錦機情詞石鐫，心事半句兒幾時曾應。（風入松）都是些鈔兒根底假恩情，那里有倘買的眞誠。鬼胡由眼下掩光陰，終不是久遠前程。自從少個蘇卿，閑煞豫章城。（阿納忽）合下手合平，先負心先贏，休只待學那人薄倖，往和它急竟（煞尾聲）俏家風兒那與小後生，識破這酒愁花病，雨不留情，分開鸞鏡，既曾經只被紅粉香中賺得醒。

侯正卿，眞定人，號艮齋先生，錄鬼簿云：『有良夜迢迢露花冷黃鍾行於世』。今『良夜迢迢露花冷』套，尙存於世；其作風和商正叔的不相遠；不敢過分的古雅，卻又不敢十分的入俗，他是徘徊於雅俗之間的——恰可以代表着大多數的元代散曲作家的作風：

黃鍾醉花陰

涼夜厭厭（錄鬼簿「厭厭」作「迢迢」）露華冷，天淡淡銀河耿耿。秋月浸閑亭，雨過新涼，梧葉凋金井。（喜遷鶯）困騰騰鬢嚲鸞釵不欲整，正是更闌人靜。強披衣出戶閑行，傷情處故人別後，黯黯愁雲鎖鳳城。心緒哽，新愁易積，舊約難憑。（出隊子）闌干斜凭，強將玉漏聽。十分煩惱恰三停，一夜淒惶纔二更，暗屈春纖緊數定。（刮地風）短嘆長吁千萬聲，幾時到得天明！被賓鴻喚回離愁興，雨淚盈盈。天如懸磐，月如明鏡，桂影浮，素魄輝，玉盤光靜，澄澄萬里晴，一縷雲生。（四門子）恰遮了北斗杓兒柄，這淒涼有四星。望鴛鴦盡老無孤另，乍分飛可慣經！日日疏，迤邐生，逐朝盼望逐日候等。行里焦，夢里驚，心不暫停。（水仙子）甚識會半霎兒，他行不至誠氣命兒般看成，心肝般欽敬，到將人草芥般輕慢。不過天地神明說來的咒誓，終朝應在心。神鬼還靈聖，腸欲斷，泪如傾。（賽鴈兒）牢成牢成一句句罵得心疼，據蹤跡疎狂似浮萍。山般誓，海樣盟，半句兒何曾應。（神仗兒）他待做臨川縣令，俺不做蘆州小卿，學亞仙元和王魁桂英，心腸兒可憐，模樣兒堪憎。往常時所事依憑，雖愚濫，可慣經。（節節高）近新來特改的心腸硬，全不問人綉幃帳，羅衾盛接，雙棲鴛枕共誰並？你縱寶馬，跳金鞍，翫玉京，迷戀着良辰媚景。（掛金索）業重心腸，捱不過氣沇病。短命冤家，斷不了疎狂性。第一才郎俺行失信行，第二佳人自古多薄倖。（柳葉兒）冷落了綠苔芳逕，寂寞了霧帳雲屏，消疎了象板鸞笙，生疎了錦瑟銀箏。（黃鍾尾）錦幃綉幙冷清清，銀臺畫燭碧熒熒，金風亂吹黃葉聲，沉烟潛消白玉鼎。檻竹篩，酒又醒。寒鴈歸，愁越添。簷馬劣，夢難成，早是可慣孤眠，則這些最難打掙。痛恨西風太薄倖，透窗紗吹滅盞殘燈。到少了箇伴人清瘦影！

十

第二個時期的散曲作家們，不盡是文人學士們了。在第一個時期裏，作劇本的多是不得志之士，而寫散曲的卻多半是大人先生們。但在第二個時期裏，寫散曲的卻也多半是窮困牢愁之士了。因爲他們的散曲集子也要和劇本似的須求得投合大衆的嗜好與心理，所以到還離得民衆不怎樣遠，並不比第一時期的作家們更向古典或更向文雅倩麗的路上走去。

第一個時期並沒有什麼專業的散曲作家們；但在這時期卻有以專門寫作散曲爲事的作家了。第一時期的作家們多半以寫散曲爲餘興，爲消遣；但在這個時候卻把散曲的製作看作名山事業了。故態度更嚴肅，更愼重，遣辭鑄語也更精工。

同時，散曲的選本，在坊間出現了不少；於楊朝英的陽春白雲、太平樂府外，還有江湖淸思集（錢霖編）中州元氣，詩酒餘音、樂府新聲、樂府羣玉、樂府羣珠、百一選曲、仙音妙選等等；作曲的方法書也出現了——周德淸的中原音韻——這時代的情形可以相當於南宋時代的詞壇的情形。文人學士們已公認散曲是能够攀登於文壇詩社的一個新詩體了。

這時期的散曲作家以喬孟符、張小山爲領袖，人稱之曰：喬、張，以比於唐之李白、杜甫。

喬夢符名吉。錄鬼簿云：『太原人，號笙鶴翁，又號惺惺道人。美容儀，醉辭章。有天風、環珮、撫掌三集』。這三集疑都是散曲集子。他的雜劇，今傳於世者揚州夢、兩世姻緣及金錢記。李開元重刊夢符散曲序之云：『蘊藉包含，風流調笑，種種出奇，而不失之怪，多多益善，而不失之略，句句用俗，而不失其爲文』。這話是很對的。許光治謂：『張小山、喬夢符散曲猶有前人規矩在。儷辭追樂府之工，散句擷宋、唐之秀。惟套曲則似涪翁俳詞，不足鼓吹風雅也』。（江山風月譜自序）這恰成其爲清人的見解而已，其所賞乃在彼而不在此。其實，小山套曲也甚清雅，所謂『似涪翁（黃庭堅）俳詞』者，乃指夢符的套曲而言。夢符的套曲，大似杜善夫，運用俗語方言，最爲精巧得當，正是元人出色當行之作。像私情的一枝花套：

（一枝花）雲髻金雀翹，山隱青鸞鑑，藕絲輕織粉，湘水細揉藍。性子兒嚴嵌，小可的難搖撼。起初兒著莽噌，假撇清面北眉南，實怕償紅愁綠慘。

（梁州第七）不顯豁意頭兒甚好，不尋常眼腦兒偏饞。酒席間閑話兒將他來探，都笑科兒承答，冷諢兒包含。不能夠空便因此上雲雨尷尬。老婆婆坐守行監，狠㦬丁暮四朝三。不能夠偷工夫恰喜喜歡歡，怕蹶撒也却忑忑忐忐，知消息早噥噥喃喃。償科，鬬喊，風聲兒惹起如何按！徒那遊，再誰敢，有箏乾嚥唾的杓俫死嘴嘶，委實難躭！

（尾）從今將鳳凰巢鴛鴦殿遮籠，教暗將金縷鎖玉連環對勘的嚴，錦片也似前程做的來不尷尬。非是咱不甘，不是你不堪，只被這受驚怕的恩情都諕破我膽。

又像雜情（一枝花）：

（一枝花）粉雲香臉試搽，翠烟膩眉學畫。紅酥潤冰筝手，烏金漬玉粳牙，鬟攏宮雅，改樣兒新鞋襪，挑粉垢修指甲。收拾得所事兒溫柔，妝點得諸餘裏顆恰。

（梁州）堪笑這沒分曉的媽媽，只拖得不啼哭娃娃。小心兒一見了相牽掛，腿斷捺著說話，手斷把著行踏，額斷拶著作耍，腮斷搵著溫存，肩斷挨著曲和琵琶，尋題目頂鍼續麻。常只是笑沒盈弄盞傳盃，好喫闌同牀共榻，熱兀羅過飯供茶。那些喜呷天來大，怪膽兒無些怕。這些時變了卦，小則小心腸兒到狡猾，顯出些情雜。

（罵玉郎）但些兒頭疼眼熱，我早心驚訝。著疹熱，只除咱。尋方嫑藥占龜卦，直到喫得粥食，離了臥榻，恰撇得心兒下。

（感皇恩）看承似美玉無瑕，誰敢做野草閑花！曹大姑賣杏虎，裴小蠻學撒龜，溫太眞索粧䰀。麗春園北撒，鳴珂巷南衙，現而今如嚼蠟，似咬瓦，若摶沙。

（採茶歌）喜時節臉烘霞，笑時節眼生花，一霎時一天風雪冷鼻凹。本待做曲呂木頭車兒隨性打，原來是滑出律水晶毬子怎生拿。

這漂亮的兩套乃是元曲最高的成就。那樣純熟的便捷的警機的驅遣着俗諺市語，和懨懨無生氣的儷辭豔語比起來，在當時一定是更博得彩聲的。

明、清人所喜的，卻別有在夢符的小令，有極尖新可愛的，像：

暮春卽事

（水仙子）風吹絲雨噀窗紗，苔和酥泥葬落花，捲雲鈎月簾初掛。玉釵香徑滑，燕藏春銜向誰家？鶯老羞尋伴，蜂寒懶報衙，啼殺饑雅。

秋思

（折桂令）紅梨葉染胭脂，吹起霞綃，絆住霜枝。正萬里西風，一天暮雨，兩地相思。恨薄命佳人在此，問雕鞍游子何之？雁未來時，流水無情，莫寫新詩。

香篆

（凭闌人）一點雕盤螢度秋，半縷宮奩雲弄愁。情緣不到頭，寸心灰未休。

金陵道中

（凭闌人）瘦馬馱詩天一涯，倦鳥呼愁村數家。撲頭飛柳花，與人添鬢華。

登江山第一樓

（殿前歡）拍闌干，霧花吹鬢海風寒，浩歌驚得浮雲散。亂數青山，指蓬萊一望間。紗巾岸，鶴背騎來慣，舉頭長嘯，直上天壇。

游越福王府

（水仙子）笙歌夢斷蒺藜沙，羅綺香餘野菜花，亂雲老樹夕陽下。燕休尋王謝家，恨興亡怒煞鳴蛙。鋪錦池埋荒甃，流杯亭堆破瓦，何處也繁華！

楚儀贈香囊賦以報之

（水仙子）玉絲寒皺雪紗囊，金剪裁成冰筍涼，梅魂不許春搖蕩。和清愁一處裝，芳心偷付檀郎。懷兒裏放，枕袋裏藏，夢繞龍香。

書所見

（紅繡鞋）臉兒嫩難藏酒暈，扇兒薄不隔歌塵，佯整金釵暗窺人。涼風醒醉眼，明月破詩魂，料今宵怎睡得穩！

我們不能不說這些是好詩：可是這是六朝詩和宋詞所已達到的境界，不是元曲的特色。最足以表現元曲的特色者，乃在夢符的套曲及一部分的更通俗、更活潑動人的小令。我們看：

爲友人作

（水仙子）攪柔腸離恨病相兼，重聚首佳期卦怎占？豫章城開了座相思店。悶勾肆兒逐日添，愁行貨頓塌在眉尖。稅錢比茶船上欠，斤兩去等秤上掂，喫緊的歷冊般拘鈐。

嘲少年

（水仙子）紙糊鍬輕吉列枉折尖，肉膘膠乾支刺有甚粘！醋葫蘆嘴古邦伴裝欠。接梢兒雖是謅。抱牛腰只怕傷廉。性兒神羊也似善，口兒蜜鉢也似甜，火塊兒也似情忺。

這些，纔是六朝唐詩，五代、宋詞裏所不曾見到的作風和辭藻；這些，纔是元曲所獨擅的光榮。以山谷的俳詞和他們來比較，他們是活躍、生動得多了。

不過在夢符的散曲裏，這一類的曲子可惜還不多；最多的乃是沒有忘記了文士的積習——向雅麗尖新走去——而同時卻又不自覺的夾雜些俗語方言進去的東西，像：

傷春

（水仙子）鶯花笑我病三春，香玉知他瘦幾分。屏牀猶自懷孤悶，那些兒喫喜人？界微紅斜印腮痕，山枕淺啼晴露，洞簫寒吹夢雲，風雨黃昏。

席上賦李楚儀歌一曲以酒送維揚賈侯

（水仙子）鴛鴦一世不知愁，何事年來白盡頭，芙蓉水冷胭脂瘦，占西塘曉鏡秋，菱花慢替人羞。擎架著十分病，包籠著百倍憂，老死也風流。

憶情

（水仙子）紅粘綠惹泥風流，雨念雲思何日休？玉憔花悴今番瘦，擔著天來大一擔愁，說相思難撥回頭。夜月雞兒巷，春風燕子樓，一日三秋。

元曲裏，大多數是這一類的作品，不僅夢符一人善寫之而已。

錄鬼簿云：夢符『以威嚴自飭，人敬畏之。居杭州太乙宮前。有題西湖梧葉兒百篇，名公為之序。肯疏江湖間四十年。欲刊所作，竟無成事者。至正五年（公元一三四五年）二月，病卒於家』。他的生平是那樣的可憐！在他的小令裏，有不少篇的自述、自敍，可略窺見其生平抱負：

自述

（綠幺遍）不占龍頭選，不入名賢傳，時時酒聖，處處詩禪，烟霞狀元，江湖醉仙，笑談便是編修院。留連，批風抹月四十年。

自述

（折桂令）華陽巾鶴氅蹁躚，鐵笛吹雲，竹杖撐天。伴柳怪花妖，麟翔鳳瑞，酒聖詩禪。不應舉江湖狀元，不思凡風月神仙，斷簡殘編，翰墨雲烟，香滿山川。

自敍

（折桂令）斗牛邊纜住山槎，酒甕詩瓢，小隱烟霞。厭行李程途，虛花世態，老草生涯。酒腸渴柳陰中揀雲頭剖瓜，詩句香梅梢上掃雪片烹茶。萬事從他，雖是無田，勝似無家。

這是貌爲曠達而實牢騷的說法。「雖是無田，勝似無家」。雖強自慰藉，卻是含着兩眼酸淚的。他又有自警、自適二作，也都是自己寬慰的東西。

自警

（山坡羊）清風閑坐，白雲高臥，面皮不受時人唾。樂跎跎，笑呵呵，看別人搭套項推沉磨。蓋下一枚安樂窩，東也在我，西也在我。

自適

（雁兒落帶過得勝令）黃令開數朵，翠竹栽些箇，農桑事上熱，名利場中捋，禾黍小莊科，籬落放雞鵝。五畝清閑地，一枚安樂窩行呵，官大憂愁大。藏呵田多差役多。

同樣的情緒，在他的許多小令裏隨處都表現出來，像：

寓興

（山坡羊）鵬摶九萬，腰纏十萬，揚州鶴背騎來慣。事間關，景闌珊，黃金不富英雄漢。一片世情天地間，白，也是眼，青，也是眼。

冬日寫懷三曲

（山坡羊）離家一月，閒居客舍，孟嘗君不費黃齏社。世情別，故交絕，牀頭金盡誰行借？今日又逢冬至節，酒，何處賒？梅，何處折？

朝三暮四，昨非今是，癡兒不解榮枯事。攢家私，寵花枝，黃金壯起荒淫志。千百錠買張招狀紙，身，已至此，心，猶未死。

冬寒前後，雪晴時候，誰人相伴梅花瘦？釣鼇舟，纜汀洲，綠簑不耐風霜透。投至有魚來上鈎，風，吹破頭，霜，皴破手。

樂閒

（醉太平）鍊秋霞汞鼎，煮晴雪茶鐺，落花流水護茅亭。似春武風陵。喚樵青椰瓢傾雲淺松醪剩，倚圍屏洞仙酣露冷石牀淨，掛枯藤野猿啼月淡紙窗明。老先生睡醒。

漁樵閑話

（醉太平）柳穿魚旋煮。柴換酒新沽。鬬牛兒乘興老樵漁，論閑言偎語。燥頭顱束雲擔雪躭辛苦，坐蒲團扳風釣月窮活路，按葫蘆談天說地醉糢糊入江山畫圖。

習隱

（水仙子）拖條藜杖裹枚巾，蓋座團標容箇身，五行不帶功名分。臥芙蓉頂上雲，濯青泉兩足游塵。生不願黃金印，死不離老瓦盆，俯仰乾坤。

毘陵晚睡

（折桂令）江南倦客登臨，多少豪雄，幾許消沉。今日何堪！買田陽羨，掛劍長林，霞縷爛誰家畫錦？月鈎橫故國丹心。窗影燈深，燐火青青，山鬼暗暗。

荆溪即事

（折桂令）問荆溪溪上人家，爲甚人家，不種梅花？老樹支門，荒蒲繞岸，苦竹圈笆。寺無僧狐狸弄瓦，官省事烏鼠當衙。白水黃沙，倚徧闌干，數盡啼雅。

冬日寫懷三曲寫得最爲沈痛。『黃金壯起荒淫志』，這話罵盡了世人。而他自己是『世情別，故交絕，牀頭金盡誰行借』？甚至於弄到了要『千百錠買張招狀紙』。可是，『身已至此，心未死』，其志實可哀已！爲了『五行不帶功名分』，遂不能不『坐蒲團板風釣月窮活路，按葫蘆談天說地醉模糊』了。這和大人先生們的談高隱說休居閑適是大爲不同的。他具有眞實的憤慨，而他們不過人云亦云的自鳴高潔而已。

十一

張小山名可久（堯山堂外紀作名「伯遠，字可久」。四庫全書總目提要作「字仲遠」，均不知何據）。『慶元人以路吏轉首領官。有樂府盛行於世。（貫本樂府上有「今」字）又有吳鹽、蘇堤漁唱等曲』。（錄鬼簿）。

今所傳張小山北曲聯樂府三卷，外集一卷，爲最足本。雖將各集割裂，分入數卷，而仍可看出今樂府、蘇堤漁唱、吳鹽及新樂府的面目。此皆小令。又有散套，見詞林摘豔及北宮詞紀。

小山曲最爲明、清人所稱，也因其深投合於士大夫們的趣味。他的作風淸麗而瘦削，『有不吃煙火食氣』。（太和正音譜）。李開先云：『小山淸勁，瘦至骨立，而血肉銷化俱盡。乃孫悟空鍊成萬轉金鐵軀矣』。其實，小山曲亦間有凡庸的意境，陳腐的辭語，遠不如夢符之尖新淸俊，空所依傍。

小山曲以寫景者爲多，且似久居於西湖，故所詠不出『湖上』，固不僅蘇堤漁唱之全爲西湖曲子也。

今樂府似爲他的最早的曲集；似係初到江南之作。故於西湖外，尙及吳門、會稽，以及吳淞江等地；且也不僅是寫景，還有詠物——像紅指甲——及抒情的作品。但寫春秋景色實是他的特長。有

的時候，他的想像確很淸俏像

山居春枕

（淸江引）門前好山雲占了，盡日無人到。松風響翠濤，槲葉燒丹竈。先生醉眠春自老。

秋思二首

（水仙子）天邊白雁寫寒雲，鏡裏靑鸞瘦玉人，秋風昨夜愁成陣思君不見君，緩歌獨自開樽。燈挑盡，酒半醺，如此黃昏。

海風吹夢破衡茅，山月勾吟掛柳梢，百年風月供談笑。可憐人易老，樂陶陶塵世飄飄。醉白酒眠牛背，對黃花持蟹螯，散誕逍遙。

石塘道中

（折桂令）雨依微天淡雲陰，有客徜徉。緩轡登臨，老樹危亭，午津短棹，遠店疎砧。傲塵世山無古今，避波風鷗自浮沉，霜後園林，萬綠枝頭，一點黃金。

湖上二首

（凭闌人）遠水晴天明落霞，古岸漁村橫釣槎。翠帘沽酒家，畫橋吹柳花。

二客同遊過虎溪，一徑無塵穿翠微。寸心流水知，小窗明月歸。

春夜

燈下愁春愁未醒，枕上吟詩吟未成。杏花殘月明，竹根流水聲。

村菴即事

（折桂令）掩柴門嘯傲煙霞，隱隱林巒，小小仙家，樓外白雲，窗前翠竹，井底硃砂。五畝宅無人種瓜，一村庵有客分茶。春色無多，開到薔薇，落盡梨花。

西湖秋夜

（水仙子）个宵爭奈月明何，此地那堪秋意多！舟移萬頃冰田破。白鷗還笑我，拚餘生詩酒消磨。雲母舟中飯，雪兒湖上歌，老子婆娑。

秋日湖上

（人月圓）笙歌蘇小樓前路，楊柳尙青青。畫船來往，總相宜處，濃淡陰晴。杖藜閑暇，孤墳梅影，半嶺松聲。老猿留坐，白雲洞口，紅葉山亭。

春晚次韻

（人月圓）萋萋芳草春雲亂，愁在夕陽中。短亭別酒，平湖畫舫，垂柳驕驄。一聲啼鳥，一番夜雨，一陣東風。桃花吹盡，佳人何在？門掩殘紅。

雪中遊虎丘

（人月圓）梅花渾似眞眞面，留我倚闌干。雪晴天氣，松腰玉瘦，泉眼冰寒。興亡遺恨，一丘黃土，千古青山。老僧同醉，殘碑休打，寶劍羞看。

吳山秋夜

（水仙子）山頭老樹起秋聲，沙觜殘潮蕩月明，倚闌不盡登臨興。骨毛寒，環珮輕，桂香飄兩袖風生。攜手乘鸞去，吹簫作鳳鳴，回首江城。

山中書事

（人月圓）興亡千古繁華夢，詩眼倦天涯。孔林喬木，吳宮蔓草，楚廟寒雅。數間茅舍，藏書萬卷，投老村家。山中何事？松花釀酒，春水煎茶。

在吳鹽和蘇堤漁唱裏，寫景之作更多了。蘇堤漁唱全是詠歌西湖景色的，故氣象很侷促．吳鹽所寫的也全是江南的景物。

三溪道院

（水仙子）斷橋楊柳臥枯槎，秋水芙蕖著晚花，蹇驢行過三溪汊，訪白陽居士家，拂藤牀兩袖烟霞。道童能唱，村醪當茶，仙棗如瓜。

這是見於吳鹽的。像蘇堤漁唱，所寫雖多，淸雋之什實在太少，像：

湖上晚歸

（滿庭芳）亭亭翠雲，娟娟鷺羽，細細魚鱗，一方瑞錦香成陣明月隨人。愛蓮女纖纖玉筍，唱菱歌采采白蘋。相親近，盈盈水濱，羅襪暗生塵。

有什麼深厚的情在着呢？惟亦間有漂亮之作夾雜在裏面。那卻正是他用俗語入曲的作品：

失題

（醉太平）人皆嫌命窨，誰不見錢親！水晶環入麪糊盆，才沾粘便滾。文章糊了盛錢囤，門庭改做迷魂陣，清廉貶入睡餛飩，胡蘆提到穩。

在新樂府裏，也有很活脫躍動的東西，像：

酒友

（山坡羊）劉伶不戒，靈均休怪！沿村沽酒尋常債。看梅開，過橋來，青旗正在疏籬外。醉和古人安在哉！窄不夠飾。吱，我再買。

『我再買』那三個字把全篇的精神全都振作起來，令我們讀之還似猶聞其語。

他的湖上晚歸：『景天落綵霞』套，論者以爲足與馬致遠『百歲光陰』相比肩。其實，其情調是很不相同的。

湖上晚歸

（一枝花）長天落綵霞，遠水涵秋鏡。花如人面紅，山似佛頭青。生色圍屏，翠冷松雲徑，嫣然眉黛橫。但攜將旖旎濃香，何必賦橫斜瘦影。

（梁州）挽玉手留連錦䌷，據胡牀指點銀瓶，素娥不嫁傷孤另。想當年小小，問何處卿卿？東坡才調，西子娉婷，總相宜千古留名。吾二人此地私行，六一泉亭上詩成，三五夜花前月明，十四絃指下風生。可憎，有情，捧紅牙存華屋羊羹，興足竹林阮咸，醉居林甫曹參。放開酒膽，恨狂風盡把花搖撼，嘆陽和又虛賺。拚了酗餡飲興酣，于理何慚！

（尾聲）紫霜毫入硯深深蘸，吟幾首鶯花詩滿函。一望紅稀綠陰暗，正遊人不甘。奈僕童執驂，不由咱倦把驕驄轡頭兒攬。

他的套曲本來不多，好的更少，不像喬夢符之篇篇珠玉。詞林摘豔曾載其詠春夏秋冬四景的四套，現在引錄春景一套於下，可見其作風並不怎樣的出色。

春景

（一枝花）滾香綿柳絮輕，飄白雪梨花淡。怨東風牆杏色，醉曉日海棠酣。景物偏堪，車馬遊人覽，賞晴明三月三，綠苔撒點點青錢，碧草鋪茸茸翠毯。

（梁州第七）流水泛江湖暖浪，輕雲鎖山市晴嵐。恐無多光景疾相探。雕鞍奇轡，紗帽羅衫，珍饈滿桌，玉液盈罈，歌兒舞妓那堪！詩朋酒侶交談，喫的箇生合和伊川令。萬籟寂四山靜。幽咽泉流水下聲，鶴怨猿驚。

（尾）岩阿禪窟鳴金磬，波底龍宮漾水精。夜氣清，酒力醒，寶篆銷，玉漏鳴。笑歸來仿佛二更，煞強似踏雪尋梅灞橋冷。

他的所長卻在情詞。他的詠物和寫景，時有腐語，但其情詞卻極爲淸俊可喜。像北宮詞紀所載的春怨：

（一枝花）鶯穿殘楊柳枝，蟲蠹損薔薇刺，蝶蜂乾芍藥粉，蜂蠆斷海棠絲。怕近花時。白日傷心事，清宵有夢思。間阻了洛浦神仙，汨亂殺蘇州刺史。

（梁州第七）俏姻緣別來久矣！巧魂靈夢寢求之。一春多少傷心事！著情疼熱，痛口嗟咨，往來迢遞，終始參差。一簡書寫就了情詞，三般兒寄與嬌姿。麝臍薰五花瓣翠羽香鈿，猫眼嵌雙轉軸烏金戒指，獺髓調百和香紫蠟胭脂。念茲，在茲，愁和淚頰傳示，更囑付兩三次。訴不盡心間無限思，倒羞了燕子鶯兒。

（尾聲）無心學寫鍾王字，遺興閑觀李杜詩，風月關情隨人志。酒不到半巵，飯不到半匙，瘦損了青春少年子。

寫正在相思的少年子，其情調很深摯。但這還不是他的最好的；像今樂府裏的：

秋夜閨思

（折桂令）剔殘燈數盡寒更，自別了鸞鶯，誰更卿卿！竹影疎櫺，蛩聲廢井，桂子閑庭。淹淚眼羞看畫屏，瘦人兒不似丹青。盼殺多情，還信休憑，好夢難成。

寄情二首

寄情處把彩牋緘，排砌偷將底句攙。隔簾怪他嬌眼饞。話兒嘶，一半兒佯羞一半兒敢。

臂銷閒把玉纖搯，鬢袒慵拈金鳳插。粉淡偷臨青鏡搽。劣冤家，一半兒眞情一半兒假。

也還只是平常但像吳鹽裏的許多小令；

閨情

（朝天子）與誰，畫眉。猜破風流謎。銅駝巷裏玉驄嘶，夜半歸來醉。小意收拾，怪膽禁持，不識羞誰似你！自知理虧，燈下和衣睡。

收心二首

（普天樂）姓名香，行爲俏花花草草，暮暮朝朝。關心三月春，開口千金笑。惜玉憐香何時了？綵雲空聲斷鸞簫。朱顏易老，青山自好，白髮難饒。

舊行頭，家常扮，鴛鴦被冷，燕子樓拴。偷將心事傳，掇了梯兒看。繫柳監花喬公案，關防的不似今番。姨夫暗攢，行院闞侃，子弟先赳。

失題

（寨兒令）虧負咱，怎禁他覷著頭玉容憔悴煞。愛處行踏，陡恁情雜、和俺意兒差。步着苔涼透羅襪，掩朱門香冷金鴨。把你做心事人望，的我眼睛花。㗭！因甚不來家？

我志誠，你胡伶，一雙兒可人寵道撐。鬪草踏青，語燕啼鶯，引動俏魂靈。繡窗前殘酒為盟，花陰下明月知情。寶香寒靜悄悄，羅襪冷戰兢兢，曾直等到二三更。

（寨兒令）斂翠蛾，搵香羅，病懨懨為誰憔悴我？啞謎猜破，冷句調唆，便知道待如何？阻牛郎萬古銀河，淹藍橋千丈風波。偷工夫來覷你，說破綻儘由它。哥，越間阻越情多。

這些都是警語連篇的。想來在當時歌宴裏唱來一定會是雅俗共賞的。太和正音譜又載有錦橙梅小令一篇：

失題

（錦橙梅）紅馥馥的臉襯霞，黑髭髭的鬢堆雅。料應他必是箇中人打扮的堪描畫。顫巍巍的插著翠花，寬綽綽的穿著輕紗，兀的不風韻煞人也嗏！是誰家？我不住了偷睛兒抹。

這可以抵得上西廂記的張生初遇鶯鶯的一幕了。

小山在第二期裏年輩較早。他嘗稱馬致遠為先輩。但他和盧疏齋、貫酸齋相贈答，馮海粟、劉時中又嘗題其集。其活動的時代當在公元一三三〇年到一三六〇年間。

十二

睢景臣（「景」，賈本作「舜」）字嘉賢。錄鬼簿云：『自維揚來杭，余與之識。心性聰明，嗜音律。維揚諸公俱作高祖還鄉套數。公哨遍，制作新奇。諸公者皆出其下。又有南呂題情云「人歸燕子樓，帳冷鴛鴦錦，酒空鸚鵡枝，釵斷鳳皇金」。亦爲工巧，人所不及也』。

他有雜劇三本：牡丹記、千里投人及屈原投江，惜均不傳。今所傳者惟高祖還鄉等數套耳。

高祖還鄉確是奇作。他能夠把流氓皇帝劉邦的無賴相，用傍敲側擊的方法曲曲傳出。他使劉邦的榮歸故鄉的故事，從一個村莊人眼裏和心底說出。村莊人心直嘴快，直把這個故使威風的大皇帝，弄得啼笑皆非。這雖是遊戲作，卻嬉笑怒罵，皆成文章了。

〔高祖還鄉〕社長排門告示：但有的差使無推故。這差使不尋俗。一壁廂納草也根，一邊又要差夫索應付。又言是車駕，都說是鑾輿，今日還鄉故。王鄉老執定瓦臺盤，趙忙郎抱着酒胡蘆。新刷來的頭巾，恰糨來的紬衫，暢好是粧么大戶。〔耍孩兒〕瞎王留引定火喬男女，胡踢蹬吹笛擂鼓。見一颩人馬到莊門，匹頭裏幾面旗舒。一面旗白胡闌套住箇迎霜兔，一面旗紅曲連打着箇畢月烏。一面旗鷄學舞，一面旗狗生雙翅，一面旗蛇纏胡蘆。〔五煞〕紅漆了叉，銀錚了斧，甜瓜苦瓜黃金鍍，明晃晃馬纓鎗尖上桃白雪雪鵝毛扇上鋪。這幾箇喬人物，拿着些不曾見的器仗，穿着些大作怪衣服。(四)轅條上都是馬，套頂上不見驢，黃羅傘柄天生曲，車前八箇天曹判，車後若干遞送夫。更幾箇多嬌女，一般穿着一樣粧梳。(三)那大漢下的車，衆人施禮數。那大漢覷得人如無物。衆鄉老屈脚舒腰拜，那大漢那身着手扶，猛可里擡頭覷，覷多時認得，險氣破我胸脯。(二)你須身姓劉，你妻須姓呂，把你兩家兒根脚從頭數。你本身做亭長，躭幾盞酒。你丈人教村學，讀幾卷書。曾在俺莊東住，也曾與我喂牛切草，拽壩扶鉏。(一)春採了桑，冬借了俺粟，零支了米麥無重數，換田契強秤了麻三秤，還酒債偷量了豆幾斛，有甚胡突處，明標着册曆，見放着文書。(尾)少我的錢差發內旋撥還，欠我的粟稅糧中私准除。只道劉三，誰肯把你揪捽住，白甚麼改了姓，更了名，喚做漢高祖！

這不是一篇絕妙好辭麽？『只道劉三，誰肯把你揪捽住？白甚麼改了姓，更了名，喚做漢高祖』！作者是有意的，還是無意的在譏嘲着一切的流氓皇帝，一切的權威者呢？

景臣也寫些情詞，但似乎沒有高祖還鄉那末潑辣活躍了；像六國朝收心套『陳言』是太多了些：

(收心)(六國朝)長江浪險，平地風恬。恨世態，柳顰眉，順人情，花笑靨。烏兎東西急，白髮重添，寒暑往來侵，朱顏退染。穿花蝶愁扃綠鎖，營巢燕限縠朱簾。蝶入夢魂潛，燕經秋社閃。(催拍子)拜辭了桃腮杏臉，追逐回雪鬢霜髯。死灰絕焰，膜難容蟲日杯盤，身恁跳而今坑塹去者從儉。六橋雲錦，十里風花，慶賞無厭。四時獨古。花溪信馬，擲浦乘舟，菊綻霜颭，雪殘梅塹，鳥呼人至鶴送猿迎，酒殺隨分，費用從廉。就清流洗痕濯玷（么）烟花薄斂，風塵戶掩，再誰曾掣關抽店。儘亞仙嫁了元和，由蘇氏放香雙漸，罷思絕念，舊遊魔女魂香，野狐涎甜，覺來有驗，抽箱羅帕，倒袋香囊，將俺拘鉗做科撒跕。浮花浪蕊，賸馥殘膏，你能搽抹，誰敢粘沾！到楊鬼賴人支蔻。（歸塞北）呆嬌艷自要若厭厭，覓見銀山無採取，尋着錢樹不揪撏，典賣盡粧奩。（尾）零替了家私怕搜檢，缺少了些人情我應點，情瞞兒出尖，誰負債，拏着我還欠。

但在寓僧舍（黃鶯兒套）裏我們卻看出了他的寫景抒情的能力來；在寂寞的僧舍裏暫寄一宵，『蚊帳矮，獨擁單衾』，能不『一宵如半載』麽？這悽清的情境是很獨創的。

（寓僧舍）（黃鶯兒）秋色秋色，幾聲悲愴，孤鴻出塞，滿園林野火烘霞，荷枯柳敗。（踏莎行）水館烟中，暮山雲外，泊孤舟古渡側。息風霾淨塵埃，寶刹清涼境界，僧相待，借眠何礙。（垂絲釣）風清月白有感，心酸不耐。更觸目凄涼景物，供將愁悶來。月被雲埋，風鳴天籟。（蓋天旗）僧舍窄，蚊帳矮，獨擁單衾，一宵如半載。舊恨新愁深似海。情緣在，人無奈，幾般兒可怪。（隨煞）促織絮，惱情懷，砧杵韻無聊賴。簷馬耆，殿鐸鳴，踈雨滴西風，煞能斷送楚臺雲，會禁持異鄉客。

但可怪的是，鑄辭用語，仍未脫陳套。尖新的字句很罕見。爲什麽與高祖還鄉套那樣的不相稱呢？是他的才盡罷？或者，元曲是特別適宜於寫若莊若諧的敍事歌曲的罷？

我們覺得元曲是『俗』則佳，趨『雅』則要變成懨懨無生氣的了。景臣諸作，除高祖還鄉外，都是嫌其不够『俗』的。

十三

徐再思字德可。「好食甘飴，號甜齋。嘉興路吏。多有樂府行於世。為人聰敏。與小山同時」。（錄鬼簿）再思所作，今所存者，全為小令，除樂府羣玉錄其紅錦袍四首外，餘近百首，皆見於太平樂府。他喜於寫情，有極漂亮的尖新的東西，但同時也有比較的平凡的。像春情、相思的幾首，幾逼肖關漢卿：

（沉醉東風）（春情）一自多才闊，幾時盼得成合。今日個猛見它門前過，待喚着怕人瞧科。我這裏高唱當時水調歌，要識得聲音是我！

（清江引）（私歡）梧桐畫開明月斜，酒散笙歌歇。梅香走將來，耳畔低低說，後堂中正夫人沈醉也。（相思）相思有如少債的，每日相催逼。常挑着一擔愁，准不了三分利，這太錢見它時才算得。

（壽陽曲）（春情）心疼事，腸斷詞，背秋千泪痕紅漬，剔春纖碎榴花瓣兒，就窗紗砌成愁字。○昨宵是你自說許着咱，這般時節到西廂，等的人靜也，又不成再推明夜？

（蟾宮曲）（春情）平生不會相思，才會相思，便害相思，身似浮雲，心如飛絮，氣若遊絲。空一縷餘香在此，盼千金遊子何之？證候來時，正是何時。燈半昏時，月半明時。

〔水仙子〕〔春情〕九分恩愛九分憂，兩處相思兩處愁，十年迤逗十年受，幾遍成，幾遍休，半點事，半點慚羞。三秋恨三秋感舊，三春怨三春病酒，一世害一世風流。

像閑情的二首，也顯得極玲瓏剔透：

〔金字經〕〔閨情〕一點心間事，兩山眉上秋，括起金針還又休。羞見人，推病酒，懨懨瘦，月明中空倚樓。○歌扇泥金縷，舞裙裁縫綃，一捻瘦香楊柳腰。嫣殢人，教鬭草，貪歡笑，倒插了金步搖。

他也有很豪邁的作品，清麗異常而氣概不凡，最好的，像水仙子，有些似馬致遠的最好的作品了：

〔水仙子〕〔夜雨〕一聲梧葉一聲秋，一點芭蕉一點愁，三更歸夢三更後。落燈花棋未收，嘆新豐孤館人留。枕上十年事，江南二老憂，都到心頭。

他的詠史、詠物、詠景色之作，有時也寫得不壞。但總不如他情詞的刻劃深切，宛轉入情：

〔金字經〕〔春〕紫燕尋田壘，翠死棲暖沙，一處處綠楊堪系馬。他問前村沽酒家，秋千下，粉墻邊紅杏花。〔水亭開宴〕犀筋銀絲鱠，象盤冰蔗漿，池閣南風紅藕香。將紫霞白玉觴，低低唱，唱着道今夜涼。

〔壽陽曲〕〔梅影〕枝橫水，花未雪，鏡中春玉痕明滅。梨雲夢殘人瘦也，弄黃昏半窗明月。〔手帕〕香多處，情萬縷，織春愁一方柔玉，寄多才怕不知心內苦，漬胭脂淚痕將去。

徐甜齋

（蟾宮曲）（西湖）十年不到湖山，齊楚秦燕，皓首蒼顏。今日重來，鶯嫌花老，燕怪春慳。所越女鸞簫象板，惱司空霧鬢雲環。道院禪關，酒會詩壇。萬古西湖，天上人間。（江淹寺）紫霜毫是是非非，萬古虛名一夢初回。失又何愁，得之何喜，悶也何爲。落日外蕭山翠微，小橋邊古寺殘碑。文藻珠璣，醉墨淋漓，何似班超投却毛錐。（登太和樓）白雲中湧出峰來，俯視西湖，圖畫天開。暮雨珠簾，朝雲畫棟，夜月瑤臺。書藉會三千劍客，管絃聲十二金釵。對酒興懷，拊髀怜才，寄語玲瓏，王粲曾來！

「失之何愁，得之何喜，悶也何爲」，這也是無可奈何的悲哀！

顧德潤字君潤，杭州人，松江路吏。『自刊九仙樂府（一作九山）二集，售於市肆。道號九仙』。（錄鬼簿）他的曲子也俱見太平樂府，今存者已無多。不見得有什麼出色當行之作。惟罵玉郎帶過感皇恩採茶歌的述懷二首：

蛛絲滿甑塵生釜，浩然氣倚吞吳。并州每恨無親三。故匝烏千里駒，中原鹿。走遍長途，反下喬木，若立朝班，乘驄馬，駕高車。常懷卞玉，敢引辛裾。羞歸去，休進取，任揶揄。　暗投珠，歎無魚，十年窗下萬言書。欲賦生來驚人語，必須苦下死工夫。

人生傀儡棚中過，嘆烏兔似飛梭。消磨歲月新功課，倚父籛元亮歌，靈均些。　安樂行窩，風流花磨，閑呵諏歪嗑，發喬科。山花鼻娜老子婆娑，心猶倦，時未來，志將何？　愛風魔，怕風波，識人多處是非多。適興吟哦無不可，得磨跎處且磨跎。

卻是一般沈屈下僚者的『同聲一嘆』之作。

他的套曲像四友爭春、憶別等，都沒有什麼重要的。

高敬臣名克禮，號秋泉。錄鬼簿云：『見任縣尹。小曲樂府，極爲工巧，人所不及』。元詩選癸集以他爲河間人。張小山與他爲友，嘗有曲說到他。他的散曲今存者不過樂府羣玉裏的四首，卻沒有一首不是尖新的。黃薔薇過慶元貞的失題二首尤好：『燕燕別無甚孝順，哥哥行在意殷勤』，大似關漢卿的詐妮子調風月的一幕。其第一首，似是詠楊貴妃的。『又不曾看生見長，便這般割肚牽腸。喚妳妳酪子裏賜賞，撮醋醋孩兒弄璋』，其運用俗語是異常的妥貼得當的。

鄭光祖爲元代四大家之一（關、馬、鄭、白）。其實他不僅不及關遠甚，連馬、白也不容易追得上。他的戲曲幾乎都是仿擬前輩的，其散曲存者不多，而好的也很少。其最高的成就，不過是像：

夢中作

（蟾宮曲）半窗幽夢微茫，歌罷錢塘，賦罷高唐。風入羅幃，爽入疎櫺，月照紗窗。縹緲見梨花淡粧，依稀聞蘭麝餘香。喚起思量，待不思量，怎不思量？

而已。一般的辭意，都不過是盜竊古人的成語而略加以變化之耳。『呀，那些個投以木桃，報以瓊瑤，我便似日影中捕金烏，月輪中擒玉兔，雲端裏覓黃鶴』。（題情）這和杜善夫、喬夢符諸人之作，差得多少！

但他在當時卻負有盛名。錄鬼簿云：『所作聲振閨閣。伶倫輩稱鄭老先生，皆知其爲德輝也』。這是很可怪的。德輝是他的字。他爲平陽襄陽人，以儒補杭州路吏。卒葬西湖。

吳仁卿字弘道，號克齋，歷仕府判，致仕。所作有金縷新聲；也寫雜劇（五本），但俱失傳。今存於陽春白雪、太平樂府的二十多篇的小令套曲，俱無甚驚人之語，不過是尋常的題情及閑適之作而已。

（金字經）今人不飲酒，古人安在哉！有酒無花眼倦開。鼓吹臺，玉人伏下堦。妨何礙！青春不再來！

（金字經）道人爲活計，七件兒爲伴侶。茶、藥、琴、棋、酒、畫、書。世事虛似草梢擊露珠。還山去，更燒殘藥爐。

周仲彬名文質，其先建德人，後居杭州，因家焉。家世業儒，俯就路吏。『善丹青，能歌舞，明曲調，諧音律』。和鍾嗣成是很好的朋友。

他有詠少卿事的套曲，不過尋常之作而已，像悟迷，卻頗好：

（悟迷）（蝶戀花）楊柳樓臺春闌索，庭院深沉，不把相思鎖。睡去猶然有夢合，愁來無處容身趓。（喬牌兒）想秦樓，並纏歌，風流恁共歡樂。和香折得花一朵，記當時它付托。（神曲纏）咱彼各休生間闊，便死也同其棺槨。雖然未可妻夫過活，且遙受心愛的哥哥猛可折剉。藍橋路千里烟波，桃源洞百結藤蘿。細尋思冰人頗可，好前程等閑差錯。(二)鼓盆歌寂寞，天差我從新賽和。盼芳容同棲綉幄，奈儒風難立鳴珂。嘆書生輕別素娥看佳人輪與拔禾。(三)分薄連枝樹柯，斫來燒妖廟火。病魔心如刀剉，對青銅知鬢皤畫閣，更深羅幌伴燈花珠淚落。(离亭宴尾)着迷本是伊之禍，辜恩非是咱之過。如之奈何？朱門深閉，買充香蘭房強拶鄭生玉，青樓空擲潘安果。壺中簪掣做籤，盤內棋排成課，待卜个它心怎麽？界殘粧枕上哭，扣皓齒神前呪，啓檀口人行唾。紙如海樣闊，字比針關大，也寫不盡腸許多！和恨染至誠它連愁書負心我。

錢子雲名霖，松江人。弃俗為黃冠，更名抱素，號素菴。多游名公卿間。類輯時人之作，名曰江湖清思集。又自作曲集名醉邊餘興。今皆不傳。他和徐再思同時。再思嘗有送他赴都的曲子。大約他曾有一時，功名還熱吧。但終於不遇而回。所作清江引(失題)，很有清雋的情思：

夢回晝長簾半捲，門掩茶蘼院。蛛絲掛柳棉，燕嘴粘花片，啼鶯一聲春去遠。

高歌一壺新釀酒，睡足烽衙後。雲深鶴夢寒，不老松花瘦，不如五株門外柳。

趙文寶名善慶，饒州樂平人。善卜術，任陰陽學正。有雜劇七本，今並無存。他的散曲，佳者足追張小山、馬致遠。像「雨痕着物潤如酥，草色和煙近似無，嵐光照日濃如霧」(水仙子)，又像：

(落梅風)楓枯葉，柳瘦絲，夕陽閑畫闌十二。理情空瑩然如片紙，一行雁一行愁字。(江流晚眺)

都足以令人吟味。

曹明善名德，衢州人，路吏。錄鬼簿云：『甘於自適。在都下賦長門柳之詞者乃先生也』。又稱其樂府華麗自然，不在小山之下。所謂『長門柳』，乃指他的淸江引二首（失題），相傳是刺伯顏的。茲引其一；其情趣是很獨創的。

長門柳絲千萬結，風起花如雪。離別復離別，攀折更攀折，苦無多舊時枝葉也！

任則明名昱，四明人。少年狎遊平康，以小樂章流布裙釵。曾有曲子送曹明善北回。所作無多大當行出色之作。像『吳山越山山下水，總是凄涼意』之類，毫無什麼新意。

王曄（日華）和朱凱曾合作題雙漸小靑問答（見樂府羣玉），人多稱賞。其實也並沒有多大的重要。

十四

曾瑞卿，大興人。錄鬼簿云：『喜江、浙人才之名，景物之盛，因家焉。公丰采卓異，衣冠整肅，悠遊市井，儼然如神仙中人。志不屈物，故不敢仕。因號褐夫。公善丹青工隱語，有詩酒餘音行於世』。他的雜劇才子佳人娛元宵，盛行於世。散曲傳者也獨多。其自序是重要的自敘曲子之一：

〔自序〕（端正好）一枕夢魂驚，千載風雲過，將古來英俊評跋。誰才能？誰霸道？誰王佐？只落得高塚麒麟臥。〔么〕百年身隙外白駒過，事无成潘鬢雙皤。既生來命與時相挫，去猥虎叢服低將。〔衮綉毬〕時與命道不合，我和它氣不和，皆前定並无差錯。雖聖賢胸次包羅，待據六合要併一鍋。其中有千萬人，我各有天時地利人和。氣雖吞吳魏，亡了諸葛；道不行齊梁，喪了孟軻，天數難那。〔倘秀才〕舉伊尹有湯王倚托，微管仲无恒公不可，相公子糾偏如何不九合？失時也亡了家國，得意後霸了山河，也是君臣每會合。〔脫布衫〕時不遇版築爲活，時不遇荆南落魄，時不遇踰垣而趍，時不遇在陳忍餓。〔小梁州〕勇兒貧困果如何？擊缶謳歌甘貧守分，淡消磨顏回樂，知足後一瓢多。既功名不入凌烟閣，放踈狂落落陀陀，就着老瓦盆浮香糯直喫的徹未醒後又如何？〔衮綉毬〕學劉伶般酒里酡，做波仙般詩里魔，樂閑身有何不可。說幾句不傷時信口開合，折莫時憒悱啓發平科。見破綻呵閑榼，教人道我豪放風魔。由它似斗筲之器般看得微末，似糞土之墻般覷得小可，一任由他。〔醉太平〕看別人揮鞭登鯫閣，舉棹泛滄波，爭如我得磨跎處且磨跎，无名韁利瑣。攜壺策杖穿林落，臨風對月閑吟課，有花有酒且高歌，居村落快活。〔叨令〕聽樵歌牧唱依腔和，整絲綸獨釣垂鈎坐。鋪苔茵展綠張雲幕，披漁蓑帶雨和烟臥，快活也麽哥，快活也麽哥！且潛居抱道隨緣過。〔二〕也不學採薇自潔埋幽壑，不學舉國獨醒葬汨羅，也不學墨子回車，巢由洗耳，河老騰雲，許子衣褐，也不仰天長嘆，也不待相宣言，也不扣角爲歌，却回光照我，圖甚苦張羅！〔三〕忘食智上齊君果，不吐嫌兄仲子鵝。飽養雞豚，廣栽桃李，多植桑麻，膢種粳禾。蓋數椽茅屋，買四角黃牛，租百畝莊窠。時不遇也恁麼，且耕種置个家活。〔四〕甕頭白酒新醅潑，盌內黃虀罨醬和。詩裏乾坤，盃中日月，醉醒由己，清濁從他。我量寬似海，盃吸長鯨，酒泛洪波，醉鄉寬闊，不飲待如何？〔五〕忘憂陋巷於咱可，樂道窮途奈我何？右抱琴書，左攜妻子，无半紙功名，趓萬丈風波。看別人日邊牢落，天際驅馳，雲外蹉跎。咱圖个甚莫！未轉首總南柯。〔尾〕既无那抱關擊柝名，煎聒且守這養氣收心安樂窩。用時行，舍時趓，居山村，离城郭，對樽罍，遠鼎鑊。黃菊東籬栽數科，野菜西山鋤幾陀。聽一笛斜陽下遠坡，看幾縷殘霞蘸淺波。醉袖乘風鵬翼拖，蹇个臨溪鰲背馱。杲杲秋陽曝已過，淘淘清江濯幾合，骨角成形我切磋，玉石爲珪自琢磨，華盃平將觴不磨，唾嘆經綸手不搓，養拙潛身趓災禍，由恁是非滿乾坤也近不得我！

這是如何深刻徹底的個人無政府主義呢？他什麼都不聞不問，只是自己消遣着，懶散的靜享田園之樂。這是一般不得志的放懷謳歌；這是屈子的離騷，是東方朔的答客難，是韓愈的正學解，而瑞卿卻比他們都聰明得多了。但人世間果有『由恁是非滿乾坤也近不得我』！的境地麼？也只是文人的烏托邦而已。他的嘆世，也是如此的情調：

〔嘆世〕（行香子）名利相籤，禍福相兼，使得人白髮蒼髯。殘花雨過，落絮泥沾，似夢中身，石中火，水中鹽。〔么〕跳下竿尖，擺脫鈎鉗，樂天眞休問人嫌。顧前盼後，識耻知廉。是漢張良，越范蠡，晉陶潛。〔喬木查〕儘秋霜鬢染，老去紅塵厭，名利爲心無半點。莊周蝶夢甜，踈散威嚴。〔攪箏琶〕君休欠何故苦厭厭！月滿還虧杯盈自灎。榮貴路景稠粘沾，惹情忺，把穿絕業貫休再添。徒爾趁炎。〔撥木斷〕弃雕簷隱閭閻，灰心打滅燒身焰，袖手擘開鎖項鉗，柔舌砍鈍吹毛劍，舊由絕念。〔离亭宴帶歇指煞〕無錢粧富剛爲僭，有財合散休從儉。狂夫不厭爲口腹，遙天外置網羅，貪賄賂滿肚里生荆棘，爭人我平地土概坑塹。六印多你倘貪，一瓢足咱無欠。君子退謙，把兩字利名勾，向百歲光陰里，將一味清閑占。供庖廚野蔬香，忘寵辱村醪釅，無客至柴荆晝掩。臥松菊北窗涼，趁風波世途險。

他的話並不比張雲莊、不忽麻平章兩樣多少，他的作風也不比他們高明了多少。但我們總覺得曾褐夫的話是眞情實語，是有所爲而發的；而張雲莊他們卻是無病的呻吟，做作的淸高虛僞的呼籲。這因爲其境地是完全不同的。

他的村居，寫的也便是那淸高的生活了；也許眞的是樂在其中：

〔村居〕（哨遍）人性善皆由天命，氣淸濁列等爲賢聖，萬物內最爲靈，又幸爲男子淨嶸要自省，妍媸貴賤，壽夭窮通，這幾事皆前定。使不着吾強我性，嘆時乖運拙，隨坎止流行。旣知鍾鼎果無緣，好向林泉且埋名。除去浮花，修養殘軀，安排暮景。〔么〕量力經營，數間茅屋臨人境，車馬少，得安寧。有書堂藥室茶亭，甚齊整。魚池內菱芡，溪岸上雞鵝，壯觀我乘高興。繅車響蟬聲相應。妻蠶女蛋，婢織奴耕，隴頭殘月荷鋤歌，牛背夕陽短笛橫，聽農家野調山聲。〔耍孩兒〕雖然蔬圃銜畦逕，攙造化奪時發生也和治世一般平。桔槔便當權衡。隄防着雨滂開溝洫，准備着天晴澮水坑栽排定。生涯要久遠，養子望聰明。〔么〕把閑花野草都鋤淨，倘又怕稊稗交生。桑榆高接暮雲平，笋黃菜綠瓜青，葫蘆花發香風細，楊柳陰濃暑氣淸。開心鏡，靜觀消長，閑考虧盈。〔三煞〕菜老便枯，菜嫩便榮，榮枯消長，教人爲證。菜因澆灌多榮旺，人爲功名苦戰爭。徒然競百年身世，數度陰晴。

〔四〕興來畫片山，閑來看卷經。推敲訪友鍼詩病，消磨世態杯中酒，聚散人情水上萍。心方定，但綠有酒，與世忘形。〔三〕無愁心自安，高眠夢不驚。不乏衣食爲僥倖，身閑才見公途險，累少方知擔子輕。成家慶，頑童前引，稚子隨行。〔二〕樵夫又了柴，漁翁扳了罾，故來下訪相欽敬。盤中熟筍和生菜，瓮裏新醅潑酤清。行歪令，飲竭正盞斟滿罰觥。〔尾〕漁說它強，樵說它能。我攢頦抱□可寧聽，閑看會漁樵壯斷徙。

褐夫又寫些羊訴寃一類的遊戲文章：

〔羊訴寃〕（啃遍）十二宮分了巳未，稟乾坤二氣成形質。顏色異種多般本性善羣獸難及。向塞北李陵臺畔，蘇武坡前，爵臥夕陽外，趁滿目無窮草地，散一川平野，走四塞荒陂。馭車善致晉侯歡，拂石能逃左慈危。捨命於家，就死成仁，殺身報國。〔么〕告朔何疑代釁鍾，偏稱宣王意。享天地，濟民飢，據雲山水陸無敵。盡之矣，馳蹄熊掌，鹿脯獐犯，比我都無滋味。折莫烹炮賚煎，熛蒸炙，便鹽淹，將巵醋，拌糟焙肉爨肌鮓，可爲珍，尊榮鱸魚有何部，於四時中無不相宜。〔耍孩兒〕從黑河邊趕我到東吳內，我也則望前程萬里。想道是物离鄉貴，有些崢嶸。撞有箇王人翁少東沒西，無料喂，把腸胃都拋做糞，無水飲，將脂膏盡化作做尿便，似養虎豹牢監繫，從朝至暮，坐守行隨。〔么〕見一日八十番覷我膘脂，除我柯杖外別有甚的。許下浙江等處惡神祇，又請過在城新舊相知，待任與老火者殘歲里呈高戲，要雇與小子弟新年中扮杜直，窮養的無巴避，待准折舞裙歌扇，要打摸暖帽春衣。〇〔一煞〕把我蹄指甲要舒心晃窟，頭上角要鋸做解錐，膁着頷下鬚緊要綻擋筆，待生撏我毛裔鋪氈襪，待活剝我監兒踏彈皮。眼見的難回避，多應早晚不保朝夕。〔二〕火里赤磨了快刀，忙古歹燒下熱水。若客都來，抵九千鴻門會。先許下神鬼，颩了前膊，再請下相知，揣了後腿，圍我在垓心內，便休想一刀兩段，必然是萬剮凌持。〔尾〕我如今刺搭着兩箇罵耳朵，滴溜着一條麤硬腿，我便似蝙蝠臀內精精地，要祭賽的窮神下的呵喫。

他也寫了不少的情詞，但似非其所長，像：

元宵憶舊

〔元宵憶舊〕（醉花陰）凍雪才消，臘梅謝，却早擊碎泥牛應節。柳眼吐些些，時序相催闘，把鰲山結。〔喜遷鶯〕暢豪奢，聽鼓吹喧天，那懽悅，好交我心如刀切。泪珠兒搵不迭，哭的似痴呆。自從別後，這滿腹相思何處說？流痛血，瑤琴怎續，玉簪難接。

〔出隊子〕想當初時節，那濃懽怎弃捨？新愁裝滿太平車，舊恨常堆幾萬疊。若負德辜恩，天地折。〔神仗兒〕這些時情詩倦寫，和音書斷絕。斜月籠明，殘燈半滅，恨簷馬玎當，怨塞鴻悽切。猛然間想起多嬌，那愁悶怎攔截。〔挂金索〕業緣心腸，那煩惱何時徹？對景傷情，怎捱如年夜？燈火闌珊，似萬朵金蓮謝，車馬駢闐，賽一火鴛鴦杜。〔隨尾〕見它人兩口兒家攜着手看燈夜，交俺怎生不感嘆傷嗟。尙想俺去年的那人何處也。

但像風情，卻寫得比較得好：

風情

〔風情〕連夜銀蟾，逐朝媚臉，體再情添，淹漸病深。殢雨初霑，尤雲乍歛，他不嫌，俺正忺，不雇傷廉，何曾記點。〔紫花兒〕雙歌月枕，攜手虛簷，付粉粧奩，歡娛忒釅，收管持嚴，如鰜如鰜，載何會有半句兒謟，無一星所欠。湨靜風恬，落花泥粘。〔么〕無嫌大併場，俺占喬風月，咱兼閑是非人，呫強做科撒坫，硬熱戀白沾，相簽掄的柄銅鍬，分外里險撅坑撅塹。潘岳花擲，韓壽香菾。

〔小桃紅〕小姨夫統鏝緊沾粘，新人物冤家怯。早起無錢晚夕厭，怎掏鈐蘇卿不嫁窮奴斬，敗旗兒莫颭，俏懃兒絕念，魚鴈各伏潛。〔么〕假眞誠好話兒親曾驗，鼻凹里沙糖怎餂？貪顧戀眼前甜，不隄防背後閃。

他的小令寫『情』的，似比較他的套曲還要好些。但比了關漢卿諸前期的大家，或同時代的喬夢符諸家卻還覺得不無遜色。

罵玉郎帶過感皇恩採茶歌

〔風情〕酸丁詞客人多傀。歌白苧，泪青衫，風流歇，豁着坑陷，冷句兒話好話兒鶬，踏科兜鈔。　風月貪婪，雲雨尷尬，你粧憨，咱粥淬，影羞慚，惜花心旋減，嘆玉口牢緘情絕。濫意莫貪眼休饞。　出深潭，上高岩，方知色界海中弇。美女花嬌休去覽，老婆禪奧莫來參。〔閨情〕才郎遠送秋江岸，斟別酒，唱陽關。臨岐無語空長嘆。酒已闌，曲未殘，人初散。　月缺花殘，枕剩衾寒。臉消香，眉蹙黛，髻鬆鬟。心長懷去後，信不寄平安。折鸞鳳，分鶯燕，查魚鴈。　對遙山，倚闌干，當時無計鎖彫鞍。去後思量悔應晚，別時容易見時難。〔閨中聞杜鵑〕無情杜宇閑淘氣，頭直上耳根底，聲聲聒得人心碎。你怎知，我就里，愁無際。　簾幕低垂，重門深閉，曲闌邊，彫簷外，畫樓西，把春酲喚起，將曉夢驚回。無明夜，閑聒噪，斷禁持。　我幾曾离這綉羅幃，沒來由勸我道不如歸。狂客江南正着迷，這聲兒好去對俺那人啼。

他雖是很有大名，但在我們看來，他還不能够和喬張相提並論。

十五

在第二期的作家裏除喬、張外，很可怪的，到還是批評家的鍾嗣成和周德清更顯得重要。鍾嗣成編錄鬼簿，為元曲保存了不少最可珍貴的材料，其功不在楊朝英之下。他自己的散曲，在他的友朋們裏算是很高明的。他佩服曾瑞卿、鄭光祖，但他的作風比他們更要漂亮。他字繼先，號醜齋，古汴人。『以明經累試於有司，數與心違因杜門養浩然之志。其德業輝光文行溫潤，人莫能及。善音律，工隱語。所編小令套數極多，膾炙人口』。（續錄鬼簿）他的雜劇，有錢神論、章台柳等七本，皆不傳。他的自序醜齋乃是絕代的妙文：

〔自序醜齋〕（一枝花）生居天地間，稟受陰陽氣。既為男子身，須入世俗機。所事堪宜，件件可咱家意。子為評跋上，惹是非。折莫舊友新知，才見了着人笑起。〔梁州〕子為外兒兒不中擡舉，因此內才兒不得便宜。半生未得文章力，空自胸藏錦綉，口唾珠璣。爭奈灰容[illegible]兒，缺齒重頦，更兼着細眼單眉，人中短髭鬢稀稀。那里取陳平般冠玉精神，何晏般風流面皮？那里取潘安般俊俏容化。自知就里，清晨倦把青鸞對，恨殺爺娘不爭氣。有一日黃榜招收醜陋的，准擬奪魁。〔隔尾〕有時節軟烏紗抓劄起，鑽天髻乾皂靴出落着簌地衣。何晚乘閒後門立，猛可地笑起，似一个甚的？恰便似現世鍾馗，諕不殺鬼！〔牧羊關〕冠不正相知罪，兒不揚怨恨誰？那里也尊瞻視兒重招威。枕上尋思，心頭怒起。空長三十歲，暗想九千迴。恰便似木上節難鎊鏍，胎中疾沒藥醫。〔賀新郎〕世間能走的不能飛，饒你千件千宜，百伶百俐，閑中解盡其中黑，暗地里自恁解釋。倦閑遊，出塞臨池，臨池魚恐墜，出塞雁驚飛，入園林俗鳥應迴避。生前難入畫，死後不留題。〔隔尾〕寫神的要得丹青意，子怕你巧筆難傳造化機。不打草兩般兒可同類。法刀鞘依着格式，粧鬼的添上嘴鼻，眼巧何須樣子比。〔哭皇天〕饒你有拿霧藝，沖天計，誅龍局段打鳳機。近來論世態，世態有高低。有錢的高貴，无錢的低微。那里問風流子弟，折未顏如灌口，兒賽神仙，洞賓出世，宋玉重生，設荅了鏝的夢撒了寮丁，他采你也不見得。枉自論黃數黑，談說是非。〔烏夜啼〕一箇斬蛟龍秀士爲高第，升堂室今古誰及。一個射金錢武士爲夫壻，韜略無敵，武藝深知。醜和好自有是和非，文和武便是傍州例。有鑒識，無嗔諱，自花白寸心不昧，若說謊上帝應知。〔收尾〕常記得半窗夜雨燈初昧，一枕秋風夢未回。見一人請相會，道：咱家必高貴。既通儒，又通吏，既通疎，更精細。一時間失商議，既可形侮不及。子交你請俸給，子你多，夫婦宜，貨財充，倉廩實，祿福增，壽筭齊。我特來告你知。暫相別，恕情罪。嘆息了幾聲，懊悔了一會。覺來時，記得記得他是誰？元來是不做美當年的揑胎鬼。

他的小令寫得很不少，只有敍別、恨別的幾篇是寫得好的：

〔四福宮〕祖宗積德合興旺，居富室，住高堂。錢財廣盛根基壯，快幹旋，會儹積，能生放。　解庫槽房，碾磨油坊，錦千廂，珠論斗，米盈倉。逢時遇節，弄笙帷觴。待佳賓，開綺宴，出紅粧。　奏笙簧，按宮商，金釵十一列成行。瑞靄迎門車馬鬧，春風滿座綺羅香。○〔賀〕紫袍象簡黃金帶，筭都是命安排。風雲慶會逢亨泰，歷練深，委用多，陞除快。　日轉千階，位至三台，判南衙，開北省，任西臺。綉衣時節寶劍金牌。拯民危，除吏弊，救天災。　有奇才，會區畫，一官未盡一官來。治國安民勲業顯，封妻廕子品賓該。○

〔福〕前生造物安排定，今世裏享安榮，算來有福皆由命。門地高，品道增，簪纓盛。四海清寧，五谷豐登，好門庭。能受用，會施呈。晃榮父祖，感謝神明。遇良辰，逢美景，敘歡情。有才能，有名聲，正宜白髮看升平。身地不占風水好，心田留與子孫耕。○〔壽〕曉來雲外長庚現，浮瑞靄，溢祥烟，今朝來赴蟠桃宴。挂壽星，點畫燭，焚香串。廣列華筵，共捧金船，慶生辰，加祿算，受皇宜。蓬萊未遠，松柏齊堅。弟兄和，夫婦樂，子孫賢。降羣仙，駕雲軒，鶴隨鸞鳳下遙天。但願長生人不老，更祈遐算壽千年。〔口別敘別〕從來別恨曾經慣，都不似這今番，汪洋悶海无邊岸。痛感傷，謾哽咽，空嗟嘆。倦聽陽關，懶上征鞍，口慵開，心似醉，淚難乾。千般懊惱，萬種愁煩。這番別，明日去，甚時還？晚風閑，暮閑殘，鸞箋欲寄鴈驚寒。坐處憂愁行處懶，別時容易見時難。○〔恨別〕風流得遇鸞鳳配，恰比翼，便分飛，綵雲易散琉璃脆。設揣地釵股折，斷琅地寶鏡虧，撲通地銀瓶墜。香冷金猊，燭暗羅幃，子刺地攪斷离腸，撲速地淹殘淚眼，吃荅地鎖定愁眉。天高鴈杳，月皎烏飛。暫別离，且寧耐，好將息。你心知，我誠實，有情難怕隔年期。去後須憑燈報喜，來時長聽馬頻嘶。

周德清的作風，和鍾氏有些不同，乃是以清雋著稱的；他不是關漢卿，而是馬致遠和張小山。

周德清，江右人，號挺齋，宋周美成之後。工樂府，善音律。嘗作中原音韻，盛傳於世。『又自製為樂府甚多，長篇短章，悉可為人作詞之定格。故人皆謂：德清之韻，不但中原，迺天下之正音也；德清之詞，不惟江南，實天下之獨步也』。（續錄鬼簿）

像下面所選的幾首小令，具着家常風味而又清麗絕倫：

周德清

〔郊行〕（紅繡鞋）茆店小斜挑草稕，竹籬疎半掩柴門，一犬汪汪吠。人題詩桃葉渡，問酒杏花村，醉歸來驢背穩。○穿雲響一乘山簷見風，消數盞村醪。十里松聲畫難描。楓林霜葉舞，蕎麥雪花飄，又一年秋事了。○雪意商量酒價，風光投奔詩家，準備騎驢探梅花。幾聲沙觜鴈，數點樹頭鴉，說江山憔悴煞。〔賞雪偶成〕共妾圍爐說話，呼童掃雪烹茶，休說羊羔味偏佳。調情須酒興，壓逆索茶芽，酒和茶都俊煞。

〔有所感〕流水桃花鱖美，秋風蓴菜鱸肥，不共時皆佳味。幾箇人知記得，荆公舊日題何處？無魚羹飯喫。

在元曲裏，這樣的風趣原來不少，而他最爲擅長。

冬夜懷友

（寨兒令）暮雲收冷風飀，到中宵月來清更幽。倚邊江樓，望斷汀洲，雪月照人愁。舍梅是誰是交游？飲松醪自想期儔。王子猷子罷手，戴安道且蒙頭，休推駕剡溪舟。〔別友〕二葉身二毛人，功名壯懷猶未神。夜雨論文，明月傷神，秋色淡離樽，離東君桃李侯門，遇西風楊柳漁村。酒船同棹月，詩擔自挑雲。君孤鴈，不堪聽。

他的『情』詞也寫得不壞，像：

〔有所思〕燕子來，海棠開，西廂倚愁音信乖。問柳章臺，採藥天台，歸去却傷懷。恰嗔人踏破蒼苔，不知它行出瑤堦。見剛剛三寸跡，想窄窄一雙鞋，猜多早晚到書齋？

〔秋思〕千山落葉岩岩瘦，百結柔腸寸寸愁，有人獨倚晚粧樓。樓外柳眉葉，不禁秋。

以編輯楊春白雪和太平樂府二集著名的楊朝英，他自己也寫了不少的散曲，就被選在這二集裏。楊朝英號澹齋，自署爲『青城後學』。他的小令，有時很清雋，大似馬致遠的作品，像清江引，乃是他最高的成就：

〔清江引〕秋深最好是楓樹，葉染透猩猩血。風釀楚天秋，霜浸吳江月。明日落紅多去也。

他所歌詠的對象異常的繁雜，有戀情，有閑適，也有是寫景物的。大致都還不怎麼壞；但比起幾個大家來，他是比較的平平的。

〔水仙子〕依山傍水蓋茅齋，旋買奇花賃地栽。深耕淺種无災害，學劉伶死便埋。促光陰曉角時牌。新酒在槽頭醉，活魚向湖邊賣。筭天公自有安排。○雪晴天地一冰壺，竟往西湖探老逋。騎驢踏雪溪橋路，笑王維作畫圖。揀梅花多處提壺，對酒看花，笑无錢當劍沽。醉倒在西湖。○閑時高臥醉時哥，守己安貧好快活。杏花村裏隨緣過，勝堯夫安樂窩。任賢愚後代如何。失名利癡呆，溪得清閑誰似我！一任它門外風波。○六神和會自安然，一日清閑自在仙。浮云富貴无心戀，蓋茅庵近水邊。有梅蘭竹石蕭然，趁村叟鷄豚社，隨牛兒沽酒錢，直喫得月墜西邊。○燈花占信又无功，鵲報佳音耳過風。綉衾溫暖和誰共？隔雲山千萬重，因此上慘綠愁紅。不付他博得個團員夢。覺來時又撲个空，杜鵑聲又過牆東。

十六

第三期作家，與賈仲名同時代的——賈氏續錄鬼簿也有敍述到先輩先生，像鍾繼先、周德淸等，似是補錄鬼簿所未備。——雖也不少，而有作品流傳於世卻不過寥寥數人而已。元代曲家的作品被楊朝英二選及無名氏新聲、羣玉保存了不少；而元末明初的作家們卻沒有這樣的幸福。太和正音譜並不是曲選。到了正德間盛世新聲，嘉靖間詞林摘豔和雍熙樂府出來，而他們所作，已經零落得不堪。今所見的，我們相信，不過存十一於千百而已。但湯舜民的筆花集，既今忽發見；頗念着其他的作家們也會有同樣的好運。

今所得其作品的作家，不過湯舜民、汪元亨、谷子敬、唐以初、唐廷信、蘭楚芳、劉東生、楊景言和賈仲名等十餘人而已。

湯舜民，象山人，號菊莊（名式）。賈仲名云：『補本縣吏，非其志也。後落魄江湖間。好滑稽。與余交，久而不衰。文宗皇帝在燕邸時，寵遇甚厚。永樂間，恩賚常及。所作樂套府數小令極多。語皆工巧。江湖盛傳之』。他是一個始窮終遇的詞人，所以，早年所作多牢騷語，而晚年所作多頌聖語。『莫遲留，壯志須酬，不負平生經濟手』（送友人應聘），這是志得意滿之語了。他的情詞：『驀地相逢，眼眩魂飛動，方信道仙凡有路通』，（贈妓）幾全是陳言腐語，已開明人的堆砌雅辭的一條大道了。

汪元亨，饒州人。賈仲名云『浙江省掾。後徙居常熟至正門。與余交於吳門。有歸田錄一百篇，行於世。見重於人』。今歸田錄百篇，全見於雍熙樂府，蓋是張雲莊『休居自適樂府』的同流。今引十餘則於下：

醉太平　警世

辭龍樓鳳闕，納象簡烏靴。棟梁材取次盡摧折，況竹頭木屑。結知心朋友着疼熱，遇忘懷詩酒追歡悅，見傷情光景放痴呆，老先生醉也。

憎蒼蠅競血，惡黑蟻爭穴。急流中勇退是豪傑，不因循苟且。歎烏衣一旦非王謝，怕青山兩岸分吳越，厭紅塵萬丈混龍蛇，老先生去也。

家私上欠缺，命運裏周折。桑間飯誰肯濟靈輒，安樂窩養拙。但新詞雅曲閑編揑，且粗衣淡飯欄棚拽，這虛名薄利不干涉，老先生過也。

度流光電掣，轉浮世風車。不歸來到大是痴呆，添鏡中白雪。天時涼撚指天時熱，花枝開回首花枝謝，日頭高眨眼日頭斜，老先生悟也。

范丹貧瑣屑，石崇富驕奢。論貧窮何以富何耶，十年運巧拙了浮生。脫似辭柯葉，縱繁華迥似殘更月，歎流光疾似下坡車，老先生見也。

門前山妥帖，窗外竹橫斜。看山光掩映樹林遮，小茆廬自結。喜陳摶一榻眠時借，愛盧仝七椀醒時啜，好焦公五斗醉時賒，老先生樂也。

源流來俊傑，骨髓裏驕奢。折垂楊幾度贈離別，少年心未歇。吞綉鞋撑的咽喉裂，擲金錢趕的身軀趄，騙粉墻掂的腿脡折，老先生害也

嗟雲收雨歇，歎義斷恩絕。覺遠年情況近來別，全不似那些。赴西廂踏破着苔月，等御溝流出丹楓葉，走都城輾碎畫輪車，老先生勾也。

恰花殘月缺，又瓶墜簪折。並頭蓮藕上下鍬鐝，姻緣簿碎扯。祆神廟雷火皆轟烈，楚陽臺磚瓦平崩卸，天台洞狼虎緊攔截，老先生退也。

棄桃腮杏頰，離燕體鶯舌。遠市廛居止近岩穴，論行藏用舍。雁翎刀揮動頭顱卸，鷄心鎚抹着皮膚裂，狼牙棒輪起肋肢折，老先生怕也。

雲莊的樂府，全是恬靜的，田園的趣味異常的濃厚。而元亭卻連「風月情懷」也都在厭棄之列了。

人世間的生活，他殆無一足以當意的。比之，一般的退休閑適之作，自然是更爲徹底些。

谷子敬金陵人。樞密院掾史。『明周易，通醫道口才捷利，樂府隱語，盛行於世』。其雜劇有城南柳等五本。散曲則無甚精意。

劉庭信先名廷玉。賈仲名云：『行五，身長而黑，人盡稱黑劉五舍。與先人至厚。風流蘊藉，超出倫輩，風晨月夕，唯以塡詞爲事。有「枕頭痕一線印香腮」雙調，和者甚衆，莫能出其右。又有「絲絲楊柳風」、「金風送晚涼」南呂等作，語極俊麗，舉世歌之。兄廷幹，任湖藩大叅，因之，卒於武昌』。今『絲絲楊柳風』諸作均存（見詞林摘豔）。只是閑曲中的綺麗之風而已；初期的潑辣活跳的生氣已是懨懨一息，近於夕陽西下的時候了。

（南呂一枝花）絲絲楊柳風，點點梨花雨。雨隨花瓣落，風趁柳條疏。春事成虛，無奈春歸去。春歸何太速？試問東君誰肯與鶯花作主？（春日怨別第一曲）

蘭楚芳西域人。『江西元帥，功績多著，丰神秀英，才思敏捷。劉廷信在武昌，賡和樂章。人多以元、白擬之』。（續錄鬼簿）

楚芳所作，今亦多見於詞林摘豔。他的「春初透，花正結」（春思）一篇，最流傳人口，寫得也還聰明，像春思裏的一曲：

（出隊子）捱不過如年長夜，好姻緣惡間諜。七條弦斷數十截，九曲腸拴千萬結，六幅裙攙三四摺。

但究竟其氣韻和關漢卿、喬夢符、杜善夫們的有些不同了。

唐以初名復，京口人，號氷壺道人。後住金陵。劉東生名兌。賈仲明云：「作月下老定世間配偶四套，極爲駢麗，傳誦人口」。他的嬌紅記二本，今也傳於世。楊景賢（卽景言）名暹，後改名訥，號汝齋。「故元蒙古氏，因從姐夫楊鎭撫，人以楊姓稱之。善琵琶，好戲謔，樂府出人頭地。與余交五十年。永樂初，與舜民一般遇寵。後卒於金陵」。（續錄鬼簿）

賈仲明，山東人，永樂在燕邸時，甚寵愛之。每有宴會應制之作，無不稱賞。自號雲水散人。後徙居蘭陵，因而家焉。所著有雲水遺音等集。他的作風，並不怎麽好，且因爲久爲文學侍從之臣，應景應制之作不少，直是埋沒了他的性情。

十七

無名氏的小令和套曲，有時寫得異常的好。但在盛世新聲、詞林摘豔、雍熙樂府諸明人選集裏的，爲元爲明，很不容易分別得出。茲姑舉楊氏二選裏的幾首小令於下，以見無名氏之作，其重要實不下於關、馬諸大家。

〔壽陽曲〕胡來得賽熱莽得極，明明的抱着虎睡。惱番小姐，搊了面皮。見丈人來，怎生回避？○酒醒後離書舍，沉醉也上釣舟。捧金鍾把月娥等候。廣寒宮玉蟾撈不在手，水晶宮却和龍鬬。○逢着的燕撞着的撐，不似您禿才每水性。問婷婷謁槳到十數升，乾相思變做了渴證。○衲廂內眆豔冶，不覺的怪風火烈，把才郞沈腰燒了半截。誰似你做得來特熱？○一個諸般韻，一個百事通，小書生玉人情重。鼓三更，燭滅黑洞洞。你道是不曾時說夢。○別離恨，心受苦，它知是幾時完聚？淚點兒多如秋雨，夜煩惱似孝今起序。○裴呵欠把長吁來應，推兒疼把珠淚掩，佯咳嗽口兒里作念，將它諱名見再三不住的喚，思量煞小卿也雙漸。

這幾篇東西，幾乎沒有一篇不是漂亮得可喜可愛的。遊四門的六首，其中『落紅滿地』和『海棠花下』二首，是如何的美麗宛曲！

遊四門

野塘花落杜鵑啼，啼血送春歸。花開不㨾花前醉，醉裏又傷悲。伊快活了是便宜。
柳綿飛盡綠絲垂，則管送別离。年年折盡依然翠，行客幾時回？伊快活了是便宜。
落紅滿地溼胭脂，遊賞正宜時。呆才料不雇薔薇刺，貪折海棠枝，蚩抓破綉裙兒。
海棠花下月明時，有約暗通私。不付能等得紅娘至，欲審舊題詩，支闗上角門兒。
前程萬里古相傳，今日果如然。烟波名利雖榮顯，何日是歸年？天杜宇枉熬煎。
琴書筆硯作生涯，誰肯戀榮華。有時相伴魚樵話，興盡飲流霞。茶不醉不歸家。

參考書目

一、錄鬼簿，鍾嗣成編，有刊本。
二、續錄鬼簿，賈仲名編，有傳鈔本。
三、陽春白雪，有散曲叢刊本，有徐氏影元刊本。
四、太平樂府，有四部叢刊本。

五、詞林摘豔，張祿編，有明刋本。
六、盛世新聲，無名氏編，有明刋本。
七、雍熙樂府，郭勳編，有明刋本，有四部叢刋本。
八、北宮詞紀，陳所聞編，有萬曆刋本。
九、北詞廣正譜，李玉編，有清初刋本。
十、樂府羣玉，有散曲叢刋本。
十一、樂府羣珠，有傳鈔本。
十二、樂府新聲，有四部叢刋本，有散曲叢刋本。
十三、元人小令集，陳乃乾編，開明書店出版。
十四、插圖本中國文學史，鄭振鐸編，樸社出版。

第十章　明代的民歌

一

元代散曲到了第二期已是文人們的玩意兒了；和詩、詞、是同流的東西，離開民間是一天天的遠了。到了元末明初，劉東生、賈仲名、湯舜民等人出來，雖使曲壇一時現出不少的活氣，卻也使散曲走入了魔道，永遠的不能翻身。他們所謂『工巧』，所謂『駢麗』，都只是死路一條。其作風既鮮獨創，想像力又拙笨異常，只知盜竊詩、詞裏習見的陳言腐語。我們幾乎看不出每個作家有什麼不同的風格。他們是那樣的陳陳相因呵！周憲王的誠齋樂府也未見有什麼特色，雖然他的雜劇好的很不少。陳（大聲）、馮（惟訥）、梁（辰魚）、常（倫）、康（海）、王（九思），以及楊氏父子（楊廷和、楊愼）夫婦（愼妻黃氏）也曾名重一時，且時有俊語，不少倩辭，究竟是文人們的創作，不復有民間的氣息了；出色當行的民間作風的曲子，在明代是幾乎絕跡了。

但究竟曲子還是在民間流行着的東西，舊的調子死去了，新聲便不斷的產生出來，塡補了空缺。當文人學士們把握住了小桃紅、山坡羊、沈醉東風、水仙子諸調的時候，民間卻早又有新的東西產生出來代替着他們了。

且卽在舊的曲子裏，流行於民間的，和在文人學士們的宴席之間所流行的，也截然不是同一之物。

文人學士們的作風在向死路上走去，而民間的作品卻仍是活人口上的東西，仍是活跳跳的生氣勃勃的東西。

而不久，又有許多文人學士們厭棄其舊所有的，而復向民間來汲取新的材料，新的靈感，乃至新的曲調。而立刻，他們便得到了很大的成功。

本章所述及的，祇是流行於民間的時曲或俗曲，以及若干擬仿俗曲的作家的東西。對於康、王、楊、陳、馮、常諸人，一概不復論到。他們自會有一般的中國文學史來論敍之的。

二

最早的明代俗曲，爲我們今日所見到的，有成化間金台魯氏所刊的：

（一）四季五更駐雲飛。

（二）題西廂記詠十二月賽駐雲飛。

（三）太平時賽賽駐雲飛。

（四）新編寡婦烈女詩曲。

四種；這四種都是薄薄的册子，頗可藉以考見當時流行的俗曲册子的面目。

這四種東西，重要的作品並不怎樣多，但我們可以看出流行於民間的俗曲，究竟是怎樣的東西。

現在從第一種裏選出了十幾首於下，以見一斑。沒有什麽重要的價値，但在民間是很傳誦着的，是癡男怨女的心聲，是子夜、讀曲的嗣音：

（駐雲飛）初皷纔敲正是黃昏人靜悄。悶把欄杆靠，禱告靈神廟。嗏，心急好難熬！每夜燒香，只把青天告早早團圓交我有下稍。又。

（駐雲飛）月下星前，拜罷燒香只靠天。但得重相見，稱了平生願。嗏，動歲又經年，淚漣漣！若得成雙方稱於飛願。早早團圓答謝天。又。

（駐雲飛）悶對銀缸，坐想行思只爲郞。寂寞銷金帳，懶把幃屏傍。嗏，交奴細思量，自參詳。便把情人望，一回尋思愁斷腸。又。

（駐雲飛）手撚花枝，悶悶無言自散思。又沒閑傳示，訴不盡心間事。嗏，辜負少年姿，一時思。倘若來時，說却從前志，一任交他心上思。又。

（駐雲飛）側耳聽聲，却是郞均手打門。我這裏將言問，他那裏低低應。嗏，不由我笑欣欣，去相迎。佳備着萬語千言，見了都無論。今日相逢可意人。又。

（駐雲飛）忽上心來，咬碎銀牙跌綉鞋，你那裏貪歡愛，我這愁無奈。嗏，罵你個謊嬌牙不歸來！撇我空房你却安何在？交我一夜愁眉不放開，又。

（駐雲飛）你跪在床前，巧語花言莫要纏。我更愁無限，你休閑作念。嗏，莫想共衾眠，過一邊。莫入蘭堂，還去花街串。我放下絞綃各自眠。又。

（駐雲飛）仔細思量下不的，將他惡語諠。我這里強攔當，他故意將咱晃。嗏，不由我泪汪汪，又參想。扯起情人共入綃金帳，再將這海誓山盟莫要忘。又。

三

在正德刊本的盛世新聲裏，在嘉靖刊本的詞林摘豔和雍熙樂府裏，我們也可得到一部分的民間歌曲。不過，其內容卻是經過文人學士們的改造過的，且那些編者們也嫌膽子少，不敢把許多重要的眞實的漂亮的情歌選錄進去；像雍熙樂府所選的小桃紅百首，乃是懨懨無生氣的東西。

在陳所聞的南宮詞記裏我們卻得到了些好文章。

有詠『風情』的『汴省時曲』二篇，寫得很不壞。又有孫百川和無名氏的嘲妓，多至四十首，都是以黃鶯兒的曲調，來嘲詠妓女的。嘲妓的曲子，在明代甚爲流行。相傳徐文長也曾用黃鶯兒來詠妓，但其詞不傳。在浮白山人編的『七種』裏，也有詠妓的黃鶯兒。在摘錦奇音（卷三）裏，也有『時興各處譏妓耍孩兒歌』數十首，但那些都是有傷風化的東西，且文辭也極非上乘，以可憐人爲嘲譏的對象，根本上是有傷忠厚的。這裏都不舉，只舉孫百川及無名氏之作三篇爲例。

風情

（鎖南枝）傻俊角，我的哥，和塊黃泥兒捏咱兩個。捏一個兒你，捏一個兒我，捏的來一似活托，捏的來同床上歇臥。將泥人兒摔碎，着水兒重和過。再捏一個你，再捏一個我。哥哥身上也有妹妹，妹妹身上也有哥哥。
提起你的勢，咲寫我的牙。你就是劉瑾、江彬，要柳葉兒刮，柳葉兒刮。你又不會金子開花，銀子發芽，我的哥嘜，你休當頑當耍。
如今的時季，是個人也有二句話。你便會行船，我便會走馬。就是孔夫子也用不着你文章，彌勒佛也當下領袈裟。

嘲妓

孫百川

（黃鶯兒）桃暈兩腮烘，軟腰肢，如病中。乜斜雙眼銀波湧，歌兒意慵，舞兒意慵，偎人慢把香肩聳。䰀雲鬆，石榴裙上，翻污唾花紅。（右醉妓）

春夢海棠嬌，錦重重，混暮朝。陽臺一到何時覺。莊周半宵，陳摶半宵，鄰雞唱罷那知曉。曙光搖，纔臨粧鏡，尚朦着眼兒梢。（右睡妓）

強作倚門羞，感新粧，憶舊遊，綠陰成子鶯啼後。季筆水流，髩筆易烁，當年舞袖知存否？問江州琵琶寫怨，誰是泛茶舟。（右老妓）

又

（黃鶯兒）假訂百年期，放甜頭，他自迷。金刀下處香雲墜。你繫我的，我繫你的，青絲一縷交纏臂。又誰欺！頻施巧計，只落得項毛稀。（右剪髮妓）

四

在萬曆刊本的玉谷調簧裏，有『時尚古人劈破玉歌』許多首，其間以詠歌『傳奇』的爲多；茲舉其二：

琵琶記

蔡伯喈悶在書房內，叫一聲牛小姐我的嬌妻，你令尊強贅爲門婿。家中親又老，三載遇饑荒，欲待與你同歸你同歸，叉，令尊捨不得了你。叉。

又

蔡伯喈一去求名利，抛撇下趙五娘受盡孤恓，三年荒旱難存濟。公婆雙棄世，獨自築坟臺。自背琵琶背琵琶，夫，京都來尋你。叉。

又

趙五娘借問京城路，罵一聲蔡伯喈薄倖夫。堂上雙親全不顧，麻裙兜了土，剪髮葬公姑。身背琵琶，身背琵琶，夫，訴不盡離情苦，叉。

又

張太公祝付賢哉婦，到京都尋丈夫，見郎謾說雙親故，謾說裙包土，謾說剪香雲，只把你這琵琶你這琵琶，訴出心中苦。又。

又

蔡伯喈一向留都下，戀新婚招贅丞相家，家中撇下爹和媽，戀着榮華富全然不轉家。趙五娘糟糠，娘糟糠，孤坟獨造也。又。

又

蔡伯喈入贅牛相府，苦只苦趙五娘侍奉公姑，荒年自把糠來度。剪頭髮葬二親，背琵琶往帝都，書館相逢，書館相逢。夫，訴出十般苦。又。

金印記

蘇季子未遇時來至，一家人將他輕視。敬往秦邦求科試，商鞅不重儒。再往魏邦去，六國封侯，國封侯，方遂男兒志。又。

又

蘇季子要把科場赴，少盤纏逼妻子賣了釵梳。一心心莫奔秦邦路，討耐商鞅賊，不中萬言書。素手空回，素手空回，羞，妻不下機杼。又。

又

五言詩却把天梯上，辭大叔氣昂昂再往魏邦。誰知佐了都丞相，百戶送家書，衣錦歸故鄉，不是眞親，是眞親，也把親來強。又。

又

蘇季子一去求名利，恨商鞅不中萬言書羞慚素手歸閭里，爹娘來打罵，妻兒不下機抒，哥嫂無情，哥嫂無情，都來羞辱你。又。

但其中有詠私情的問答體的一篇，卻是極罕見的漂亮文字：

娘罵女

小賤人生得自輕自賤。娘叫你怎的不在跟前？原何諕得篩糠戰？因甚的紅了臉？因甚的弔了簪？爲甚的緣？田甚的緣由？兒，揉亂青絲纂？又。

女回娘

苦娘親非是我自輕自賤。娘叫我一時不在跟前，因此上走將來得心驚戰。揉胭脂紅了臉，耍鞦韆吊了簪，牆角上攀花，角上攀花，娘掛亂了青絲纂。又。

娘復罵

小賤人休得胡爭辨。爲娘的幼年間比你更會轉灣。你被情人扯住心驚戰，爲害羞紅了臉，做表記去了簪，雲雨偷情，雲雨偷，情兒，弄亂青絲纂。

女自招

小女兒非敢胡爭辨，告娘親恕孩兒實不相瞞。俏哥哥扯住諕得心驚戰，吃交盃紅了臉，俏寃家搶去簪，一陣昏迷，一陣昏迷，娘，我也顧不得青絲篡。又。

女問卦

這幾夜做一個不祥夢，請先生卜一卦問個吉凶。你看此卦那爻動？要看財氣旺不旺？祿馬動不動？仔細推詳，仔細推詳，切莫將人哄。

先生答

那先生便把卦來占，焚明香禱告天。撒下金錢：這卦兒乃是風山漸。財氣雖然旺，有些小留連。被一個險人，一個險人，把他相牽戀。又。

女復問

那姐姐聽得長吁氣，請先生再與我卜個因依。看他們幾時撇。那天殺的，問他音和信？問他歸不歸？用心搜求，用心搜求，重重相謝你。又。

復占卦

那先生再把卦來推，再撒錢，再占占，占得個地火明夷。勸姐姐休得痴心意，行人身未動，子孫又剋妻。別戀那多嬌，戀那多嬌，因此撇了你。又。

其中，又有以曲牌名、藥名，等等來歌詠『戀情』的；大約這一類的文字游戲，在民間原是根深柢固的東西——從唐以來便是如此。茲舉其一：

曲牌名

俏秀才打扮得十分俏，紅娘子上小樓步步嬌，鎖南枝上黃鶯兒叫。懶去沽美酒，等待月兒高，吹滅銀燈，吹滅銀燈乖，不是路兒了。

又

集賢賓親親來陪奉，沽美酒莫把金杯空，雙聲子唱一曲花心動。點絳唇兒窄，臉帶小桃紅，沉醉東風，沉醉東風，情況大不同。

又

賀親郎娶得個虞美人，駐馬廳多集賢賓，雙聲子兒同歡慶，送入銷金帳，眞個稱人心。我憶多嬌，我憶多嬌，普天樂得緊。又

五

在萬曆本的詞林一枝裏，可喜愛的時曲尤多，有羅江怨的，幾乎沒有一首不好：

羅江怨

紗窗外，月兒圓，洗手焚香禱告天。對天發下紅誓紅誓願。一不爲自己身單，二不爲少吃無穿，三來不爲家不辦。爲只爲紗人

心肝，阻隔在萬水千山，千山萬水，難得難得見。望着天早賜順風，把冤家吹到跟前。那時方顯神明神明現。又。

紗窗外，月影斜，奴害相思爲着他。叫我如何丟得丟得下！終日裏默默杳嗟，不由人珠泪如痲。雙手指定名兒名兒罵。罵幾句短倖冤家，罵幾句短命天殺！因何把我抛撇抛撇下？忽聽得宿鳥歸巢，一對對唧唧喳喳，教奴孤燈獨守，心驚心驚怕。

紗窗外月兒橫，我爲冤家半掩門。繡房鴛枕安排安排定。等得奴意懶心慵，向燈前□會瑤琴。彈來滿指都是相思相思韻。在誰家貪戀酒花，抛得奴獨守孤燈。凄凄冷冷誰俽問。也不是負義忘恩，也不是棄舊迎新，算來都是奴薄奴薄命。

臨行時扯着衣衫問：冤家幾時回？還要回只待等桃花桃花綻。一盃酒遞與心肝，雙膝兒跪在眼前。臨行祝付千祝付千遍。逢橋時須下韁鞍，過渡時切莫爭先。在外休把閑花閑花戀，得意時急早回還。免得奴受盡熬煎，那時方稱奴心奴心願。

紗窗外月兒黃，只爲長江水渺茫。忽然又聽人歌人歌唱，好姻緣不得成雙。好姊妹不得久長，昏昏日日懸日日懸望。想只想我的親親，痛只痛碎裂肝腸。何時得共銷金銷金帳。終有日待他還鄉，會見時再結鸞鳳，那時才把相思相思放。

紗窗外月兒光，奴去後花園曉夜。杳輕輕便把桌兒桌兒放，又恐怕牆外兒張，又恐怕驚了爹娘。抬頭只把嫦娥嫦娥望。一炷香禱告穹蒼：保佑他早早還鄉，願郎早共銷金帳。焚罷香車入蘭房，聽簷前鐵馬叮噹，凄凄冷冷添惆添惆悵。

紗窗外月正高，忽聽得誰家吹玉簫。簫中吹的相思相思調，訴出他離愁多少，反添我許多煩惱。待將心事從頭從頭告，告蒼天不肯從人，阻隔着水遠山遙。忽聽天外孤鳴孤鳴叫，叫得奴好心焦。進繡房泪點雙抛，凄凉訴與誰知誰知道。

烟花寨埋伏□□，繡房中刑部的天牢，汗巾兒都是拘魂拘魂票。安枕皮的肉儘他去燒，青絲髮前下幾遭，燒剪只爲催錢催錢鈔。你說我笑，笑裏藏刀，你說我哭，嫁了幾遭，香茶啞謎都是虛圈虛圈套。用錢的是奴孤老，無錢的就要開交，冤家那管你村和村和俏。

紗窗外月轉樓，送別情郎上玉舟。雙雙攜手叮嚀叮嚀祝，祝付你早早回頭。得意人難捨難丟。難丟難捨，心肝心肝上肉。水路去休坐舡頭，旱路去尋店早投。夜風吹了誰醫救？那時節郎在京都，小妹子獨守秦樓。相思兩處無人無人顧。

紗窗外月影殘，忙叫了環取過課錢，對天慢把周易算。先卜的單上見折，後卜的折上見單。卦中許我目前見。忙聽得窗外人言，却原來是玅人心肝。卦中爻象無差無差斷！喜孜孜滿面春風，笑吟吟樓着香肩。今宵才遂奴心頭心頭愿。

紗窗外月影西，淨手焚香禱告神祇。雙膝跪在塵埃塵埃地，保佑我情人早早回歸。保佑我成就了夫妻。絳紅袍一領還有猪羊祭，籤筒兒拿在手裏，賜靈籤早定歸期。求籤發筶全不全，不濟我這裏常常念你。你那里知也不知？這還是誰是誰，不是不是？

思罷了想，想罷了焦，情言寫下無人寄。方才寫下，賓鴻到此，一封書寄與我多嬌。一路上少與人憔，書到就把相思告。對他說我黃瘦多少，對他說我紗藥難調。相思害得我無倚無倚靠。來得早還與你相交，來的遲我命難逃。相思要好，除非是寃家寃家到。

黃昏後着一驚，手扳床梃嘆幾聲。清清冷冷有誰偢誰偢問！切莫要二意三心。你要去不到如今，心猿意馬難拴難拴定。喜只喜你伶俐聰明，愛只愛你軟款溫存。誰人是我心相稱？他不必海誓山盟，又何須剪下香雲，中心一點爲媒爲媒證。

在那裏，也有劈破玉歌許多首，卻較玉谷調簧裏所見的要高明得多了：

劈破玉歌

怨

爲冤家鬼病懨懨瘦，爲冤家臉兒常帶憂愁。相逢扯住乖親手，牡丹花下死，做鬼也風流。就死在黃泉，在黃泉。乖，不放你的手。又。

病

爲冤家懶去巧打扮，這幾日茶飯少手腳酸，懨懨害病無聊賴。金簪賴去插，羅裙懶去穿，斜插着牙梳，着牙梳，乖，天光想到晚。又。

哭

爲冤家淚珠兒落了千千萬，穿一串寄與我的心肝。穿他恰是紛紛亂，哭也由他哭，穿時穿不成，泪眼兒枯乾，兒枯乾，乖，你心下還不忖？又。

嫁

一心心願嫁與冤家去，不知你大娘子心性何如？一妻二妾三奴婢。想後更思前，心下好狐疑。欲待要懸梁，要懸梁，乖，只爲難捨你。又。

走

俏心汗，咱和你難丟手，終日裏往秦樓，却不是良謀。今宵難備雙雙走，打破牢籠去，脫離虎狼口。清白人家，白人家，乖，天長與地久。又。

死

俏冤家，我待你自知道，爲甚的信撒唆去跳槽？你若要跳槽，我就把繩來吊。你死我也死，同過奈何橋。五百年回陽，年回陽，乖，還要和你好。又。

又有時尚急催玉的，也都是首首珠玉，篇篇可愛，有若荷葉上的露水，滴滴滾圓：

時尚急催玉

相思病，相思病，想思病害得我非重非輕。相思病害得我多愁多悶。喜雀都是假，燈花結不靈。周易文王先生，文王先生，你就怪我差些也罷，你的卦兒都不準。

相親想相親親，相得我肝腸斷，念親親，念得我口兒軋。有緣千里會，無緣對面難。我想我的乖親的乖親，不知乖親想我也不想？

王昭君出漢宮。喬粧打扮，不梳粧，不搽粉，親去和番猛。抬頭只見一個孤單雁，孤雁哾查叫，琵琶不住彈，哯咿呀嚬嚶嚐打辣酥騎着一疋駱駝，一疋駱駝碧蓬碧蓬把都兒在後面趕。

青山在，綠水在，怨家不在。風常來，雨常來，情書不來。災不害，病不害，相思常害。春去愁不去，花開悶未開。倚定着門兒，手托着腮兒我想我的人兒泪珠兒汪汪滴，滿了東洋海，滿了東洋海。

欽天監造曆的人兒好不知趣，偏閏年，偏閏月，不閏個更兒。鴛鴦枕上情難盡，剛才合着眼，不覺雞又鳴。恨的是更兒，惱的是雞兒。可怜我的人兒熱烘烘丟開，心下何曾忍，心下何曾忍！

俏寃家來一遍，看一遍，只落寃家一看。你有情，我有意，不得團圓。到如今你顧我顧，天不從人願。早知道相思苦，空惹下這熬煎。可怜見可怜心肝上心肝，不得和你成雙，我死也不敝眼，也不敝眼！

憶當初那人兒，我愛他百般標致。可人處楊柳腰櫻桃口，柳葉眉兒秋波一轉，嬌滴滴一咲千金價，美貌賽西施，曾記他半啟着牕兒剛照個面兒賣。一個俏兒冷丟下眼兒，相起那嬌嬌，魂也不着體，也不着體。

一重山，兩重山，阻隔着關山迢遞，恨不得來見你，空想着佳期。默地裏思一會，想一會，要寫封情書稍寄。才放一隻棹兒，鋪着一張紙兒，磨着一池墨兒，拿起一枝筆兒。未寫着衷腸，泪珠兒先濕透了紙，先濕透了紙。

自那日手挽手，訴衷情，難捨難分去。細叮嚀，重祝付，曾許下歸期。到如今屈指兒算將來，數將去，眼巴巴，意懸懸，不見情書稍寄。悶將來卸倒在床兒，手摩摩胸兒。我想我的情兒，待他的意兒，仔細思量，那些兒虧負了你，些虧負了你？

俏寃家，昨對雙親把家期許下。許今夜黃昏後來會奴家。到如今更兒闌，人兒靜，爲甚的不見來？看看月上荼靡架，哄得奴半開着門兒，空待着月兒，望穿我的眼兒，不見他的影兒。恨殺這寃家，悅空將人耍，悅空將人耍！

黃昏後，夜沉沉，冷情情，靜俏俏，孤燈獨照，悶殺人。情慘慘，意懸懸，愁聽那窗兒外淅淋淋雨打芭蕉。形單影隻，心驚跳，悶懨懨卸倒在床兒。剛合着眼兒做一個夢兒，見我的人兒，正訴着衷腸，又被風鈴兒驚散了，驚散了。

憶當初與那人，兩情濃，魚水同戲，恨那人折鴛鴦兩處分飛，到如今隔着山隔着水，雁兒查魚兒沉，不見情書稍寄，幾回間靜掩着門兒，倦拋着書兒，斜倚着屏兒，慢剔着牙兒，冷地裏思量我的心肝兒在那裏，在那裏。

又有『時尚鬧五更哭皇天』，其中每夾以『唔唔唔』，令我們讀之，如聞其幽怨之聲：

時尚鬧五更哭皇天

一

一更裏，靠新月，正照紗窗，虞美人在誰家雙勸酒？唔唔唔，不想還鄉。駡玉郎情性反，鐵打心腸，空撇下一枝花年紀小，唔唔唔？獨守了空房。實指望鳳鸞交地久天長，到如今害相思，害得我，唔唔唔，眼泪了汪汪。愁也自己當，悶也自己當，兀的不是叨叨令割不斷，唔唔唔，心想才郎。

二

二更裏，秦樓月，正照花稍。空撇下象牙床，鴛鴦枕，唔唔唔，被冷鮫綃。太平年，普天樂，惟有我難熬。滾綉毬，心不定，唔唔唔，別有多嬌。夜行舡來接你，水遠山遙，一封書寫不盡，唔唔唔，絮絮叨叨。行也爲你焦，坐也爲你焦，兀的不是稱人心成就了，唔唔唔，鳳交鸞交。

三

三更裏，兩江月，正照窗櫺。空撇下銷金帳，睡朦朧，唔唔唔，獨自溫存。倘秀才，如夢令，正和他雲雨交情，又被刮地風吹鐵馬，唔唔唔，驚散情人。醒來時，剔銀燈，冷冷清清。空屈指，數歸期，唔唔唔，何日裏回程？枕冷有誰溫？兀的不是顧我成雙，就擱了，唔唔唔，魚水和諧。

四

四更裏，新夜月，正掛銀鈎。聽樵樓四捧鼓，唔唔唔，畫角悠悠。想當初惜花心，軟款溫柔，又被那一江風生折散，唔唔唔，比目魚遊。上小樓來望你，不見你回頭。好姐姐傍粧臺，唔唔唔，無語嬌羞。朝也爲你憂，暮也爲你憂，兀的不是願情投花下死，唔唔唔，做鬼也風流。

五

五更裏，梅稍月，正照平川。菱花鏡照得奴，唔唔唔，瘦損容顏。想當初，賀新郎，曾發下誓海盟山。香閨內共羅幃，唔唔唔，鳳倒鸞顛。烏鴉啼，心痛想眞個熬煎，順水魚向東流，唔唔唔，不餌絲綸。愁也對誰言？悶也對誰言？兀的不是三學士憶秦娥，唔唔唔。衣錦還鄉。

又

香袋兒寄將來，四四方方，南京城，路州紬，故春橘，唔唔唔，點盡了合香。窗兒前，燈兒下，綉成一對鴛鴦。送情人，寄情齋，唔唔唔，地久天長。子弟們戴了他，薰透了衣裳。姐妹們戴了他，唔唔唔，引動了才郎。行也一陣香，坐也一陣香。只恐怕戴舊了不用我，唔唔唔，丟落在衣箱。

六

在天啓崇禎間，吳縣馮夢龍特留意於民曲，嘗輯掛枝兒及山歌，爲「童癡一弄」「二弄」，其中，絕妙好辭，幾俯拾皆是。玆先舉掛枝兒若干篇於下：

錯認

恨風兒將，柳陰在牕前戲，驚哄奴推枕起。忙問是誰？問一聲，敢怕是寃家來至。寂寞無人應，忙家問語低。自咲我這等樣的癡人也連風聲兒也騙殺了你。

五更天

俏寃家，約定初更到。近黃昏，先備下酒共肴。喚了鬟，等候他，休被人知覺。鋪設了衾和枕，多將蘭射燒，薰得個香馥馥。與他今宵睡個飽。〇二更兒，盼不見人薄倖。夜兒深，漏兒沉，且掩上房門，待他來彈指響，我這裏忙接應。怕的是寒衾枕，和衣在床上蹭。還愁失聽了門兒，也常把梅香來喚醒。〇鼓三更，還不見情人至。罵一聲短命賊，你擔擱在那裏？想寃家此際多應在別人家睡。傾潑了春方酒，銀燈帶恨吹。他萬一來敲門也，梅香且不要將他理。〇四更時，纔合眼，朦朧睡去。只聽得咳嗽响把門推，不知可是寃家至？忍不住開門看，果然是那失信賊。一肚子的生嗔也，不覺回嗔又變作喜。〇匆匆的上床時，已是五更雞唱。肩膀上咬一口，從實說留滯在何方？說不明話頭兒，便天亮也休纏帳。梅香勸姐姐：莫負了有情的好風光。似這般閒是閒非也，待閒了和他講。

同心

眉兒來，眼兒去，我和你一齊看上。不知幾百世修下來，和你恩愛這一場。便道更有個妙人完，你我也插他不上。人看着你是男，是女，怎你我二人合一付心腸。若把我二人上一上天平也，你半斤，我半兩。

說夢

我做的夢兒倒也做得好笑。夢兒中夢見你與別人調，醒來時依舊在我懷中抱。也是我心兒裏丟不下。待與你抱緊了睡一睡着。只莫要醒時在我身邊也，夢兒裏又去了？

分離

要分離除非是天做了地，要分離除非是東做了西，要分離除非是官做了吏。你要分時分不得我，我要離時離不得你，就死在黃泉也做不得分了鬼。

問咬

肩膀上，現咬着牙齒印。你是說那個，咬我也不嗔。省得我逐日間將你來盤問。咬的是你肉，疼的是我心。是那什麼樣的冤家也，咬得你這般兒狠！

寄信

梢書人出得門兒驟，鮭了聲喚轉來。我少分付了話頭：你見他時切莫說我因他瘦。現今他不好，說與他又添憂。若問起我身軀也只說災悔從沒有。

醉歸

俏冤家夜深歸，吃得爛醉。似這般倒着顛和衣睡，何以不歸。枉了奴對孤燈守了三更多天氣。仔細想一想，他醉的時節稀。就是抱了爛醉的寃家也，強似獨睡在孤衾裏。

打

幾番的要打你，莫當是戲。咬咬牙，我眞箇打，不敢欺！纔待打，不由我，又沉吟了一會。打輕了你，你又不怕我；打重了，我又捨不得你。罷，寃家也，不如不打你。

三心口相問

前日瘦，今日瘦，看看越瘦。朝也睡，暮也睡，懶去梳頭。說黃昏，怕黃昏，又是黃昏時候。待想又不該想，待丟時又怎好丟？把口問問心來也，又把心兒來問問口。

噴嚏

對粧臺忽然間打個噴嚏，想是有情哥思量我，寄個信兒。難道他思量我剛剛一次？自從別了你，日日珠淚垂。似我這等把你思量也，想你的噴嚏兒常似雨。

倦繡

意昏昏，懶待要拈鍼刺綉。恨不得拶快剪子剪斷了絲頭，又虧他消磨了此黃昏白晝。欲要丟開心上事，強將針指度更籌。綉到交頸的鴛鴦也，我傷心又住了我手。

査帳

爲寃家造一本相思帳，舊相思，新相思，早晚登記得忙，一行行，一字字，都是明白帳。舊相思銷得了，新相思又上了一大樁。把相思帳出來和你算一算，還了你多少也，不知不欠你多少想。

夢

正二更，做一夢團圓得有興。千般思，萬般愛，摟抱着親親。猛然間驚醒了，教我神魂不定。夢中的人兒不見了，我還向夢中去尋。囑付我夢中的人兒也，千萬在夢兒中等一等。

送別

送情人直送到花園後，禁不住泪汪汪滴個眼梢頭。長途全靠神靈佑。逢橋須下馬，有路莫登舟。夜曉間的孤單也，少要飲些酒。

又

送情人直送到無錫路，叫一聲燒窰人，我的□，一般窰怎燒出兩般樣貨？磚兒這等厚，瓦兒這等薄。厚的就是他人也，薄的就是我。（）勸君□休把那燒窰的氣。磚兒厚，瓦兒薄，總是一樣泥。瓦兒反比磚兒貴。磚兒在地下踹，瓦兒頭頂着你。你踹的是他人也，頭頂的還是你。

又

送情人直送到丹陽路，你也哭，我也哭，趕脚的也來哭。趕脚的，你哭的因何故？道是去的不肯去，哭的只管哭。你兩下裏調情也，我的驢兒受了苦。

又

送情人直送到黃河岸，說不盡，話不盡，只得放他上舡。舡開好似離弦箭，黃河風又大，孤舟在浪裏顛。遠望着舡竿也，漸漸去得遠。

負心

俏冤家，我待你似金和玉，你待我好一似土和泥。到如今中了傍人意。痴心人是我，負心人是你。也有人說我也，也有人說着你。

又

耽驚受怕我吃你的累，近前來聽我說向伊。來由你，去由你，怎麼這等容易！你把交情事兒當做耍。既是當做耍，又相交做甚的？得了手便開交也，又怕那頭上的不容你。

醋

我兩人要相交，不得不醋。千般好，萬般好，爲着甚麼？行相隨，坐相隨，不離你一步。不是我看得你緊，只怕你踋野往別處去波。你若怪我吃醋撚酸也，索性到撑開了我。

是非

俏冤家，進門來緣何不坐？曉得你心兒裏有些怪奴。這場冤屈有天來大！幫襯我的少，攛掇你的多。你須自立主意三分也，休得一帆風怪着我。

又

你耳朵兒放硬了，休聽那搬唆話。我止與他那日里，吃得一盃茶。行的正，坐的正，心兒裏不怕。是非終日有，搬鬪總由他。眞的只是眞來也假的只是假。

見書

這封書，看見了，不由人不氣。說來時，又不來，這話兒眼見得虛。那些個有緣千里能相會，親口的話兒還不作准。這幾個草字兒要他做甚的！寄語我薄倖的情郎也，把這巧筆舌兒收拾起。

呪

話冤家，受盡你千般氣，瞞得我，瞞得人，瞞不得天知。那一個負心的教他先歸陰去。我只指望一竹竿直到底，誰知哄得我上樓時，你便折去了梯。沒奈何你這冤家也只顧燒香呪駡你。

我們相信，其中一定有馮氏自作或改作的東西在內。「馮生掛枝兒」在當時是傳遍天下的。

山歌十卷，最近在上海發現了；以吳地的方言寫兒女的私情，其成就極爲偉大。這是吳語文學的最大的發見，也是我們文學史裏很難得的好文章。

最可喜的是，在山歌裏，有許多長篇的東西，這是掛枝兒裏所沒有的。（掛枝兒惜未得見其全部）。

山歌

笑

東南風起打斜來，好朵鮮花葉上開。後生娘子家沒要嘻嘻笑，多少私情笑裏來。

睃

思量同你好得場騃，弗用媒人弗用財。絲網捉魚盡在眼上起，千丈綾羅梭裏來。

又

西風起了姐心悲，寒夜無郎喫介箇虧。囉裏東村頭西郲頭南北兩橫頭二十後生閑來搭，借我伴過子寒冬還子渠。

熬

二十姐兒睏弗着在踏床上登，一身白肉冷如冰。便是牢裏罪人也只是箇樣苦，生炭上薰金熬壞子銀。

尋郎

搭郎好子喫郎虧，正是要緊時光弗見子渠。囉裏西舍東隣行方便，箇老官悄悄裏尋箇情哥郎還子我，小阿奴奴情愿熟酒三鍾親遞渠。

作難

今日四明朝三，要你來時再有介多呵難。姐道郎呀好像新筍出頭再喫你逐節脫，花竹做子繒竿多少班。

等

姐兒立在北紗窗，分付梅香去請郎，泥水匠無灰磚來裏等，隔窗趁火要偷光。

又

梔子花開六瓣頭，情哥郎約我黃昏頭。日長遙遙難得過，雙手扳窗看日頭。

模擬

弗見子情人心裏酸，用心摸擬一般般。閉子眼睛望空親箇嘴，接連叫句「俏心肝」。

次身

姐兒心上自有第一個人，等得來時是次身。無子餛飩麵也好，捉渠權時點景且風雲。

月上

約郎約到月上時，郲了月上子山頭弗見渠。咦弗知奴處山低月上得早，咦弗知郎處山高月上得遲？

又

約郎約到月上天，再喫個借住夜個閑人偺子大門前。你要住奴個香房奴情願，甯可小阿奴奴睏在大門前。

引

郎見子姐兒再來搭引了引，好像銅杓無柄熱難盛。姐道我郎呀，磨子無心空自轉，弗如做子燈煤頭落水測聲能。

又

爹娘教我乘涼坐子一黃昏，只見情郎走來面前引一引。姐兒慌忙假充螢火蟲說道『爺來裏娘來裏』，咦怕情哥郎去子喝道『風婆婆且在艸裏登』。

走

郎在門前走子七八遭，姐在門前只捉手來搖。好似新出小鷄娘看得介緊，倉場前後兩邊傲。

別

別子情郎送上橋，兩邊眼淚落珠拋。當初指望杭州陌紙合一塊，郤間拆散子黃錢各自飄！

又

滔滔風急浪潮天，情哥郎扳棹要開舡。挾絹做裙郎無幅，屋簷頭種菜姐無園。

久別

情哥郎春天去子不覺咦立冬，風花雪月一年空。姐道郎呀，你好像浮麥牽來難見麵，厚紙糊窗弗透風。

哭

姐兒子郎來哭起來，郁了你多時弗走子來？來弗來時回絕子我，省得我南窗夜夜開。

又

姐兒哭得悠悠咽咽一夜憂，郁子你恩愛夫妻弗到頭？當初只指望山上造樓樓上造塔塔上參梯升天同到老，如今箇山迸樓攤塔倒梯橫便罷休！

舊人

情郎一去兩三春，昨日書來約道今日上我箇門，將刀劈破陳桃核，霎時間要見舊時仁。

思量

弗來弗往弗思量，來來往往掛肝腸。好似黃柏皮做子酒兒呷來腹中陰落落裏介苦，生吞甏蜞蟹爬腸。

嫁

嫁出囡兒哭出子箇浜，掉子村中恍後生。三朝滿月我搭你重相會，假充娘舅望外甥。

怕老公

丟落子私情咦弗通，弗丟落箇私情咦介怕老公。甯可撥來老公打子頓，郁捨得從小私情一旦空！

新嫁

姐兒昨夜嫁得來，情哥郎性急就忒在門前來。姐道郎呀，兩對手打拳你且看頭勢，沒要大熱牽蹲做出來！

老公小

老公小，逼疸疸，馬大身高郵亭騎？小船上櫓人搖子大船上櫓，正要推扳忒子臍。

底下是長篇的吳歌：

籠燈

姐兒生來像籠燈，有量情哥捉我尋。因爲偷光犯子箇事，後來忒底壞奴名。（白）壞奴名，壞奴名！阿奴細說我郎君：『你正日介來張頭望頸，眼看奴身。你道是我短又弗局蹴，長又弗伶仃。因是更了我聽你有子箇情意，一日子月黑夜暗摸子我就奔。也弗管三更半夜，也弗管雨落天陰，也弗管地下箇溝蕩，挨過子多少箇巷門。也弗管箇更鋪里箇夜夫，也弗怕路上撞着子箇巡兵。金鑼一響，嚇得我冷汗淋身。一到到子屋裏，我方纔得箇放心。囉道是伴得你年把也弗上，你就要棄舊戀新！屈來囉裏說起？撞你介箇賊精』！郎道：『你弗要辭勞嘆苦，懊悔連聲。你當初白白淨淨，索氣騰騰。你郁間渾身好像箇油簍，滿面拌子箇灰塵。人門前全勿驚好，頭上箍子介條草繩。夜裏只好拿你來應急趟趟，日裏幹要箇正經？還有介多呵弗好，我一發說來你聽聽：（打棗歌）怕只怕你火性兒時常不定，照了前又照子後不顧自身。一身破損通風信，長與別人好，又與小人跟。轉一箇灣兒我這里見你的影』！（白）姐兒喝面介一啐，就罵：『箇負義薄情！你當初烨得火着介要我，一夜弗放我離

身』我也弗知光輝子你多少，也知弗替你瞞子幾呵箇風聲！你只獻我眼前箇腌潤，弗念我起初箇鮮明。（歌）你捉我提得
起來放得下，我只摟得你竈前火燭無一星』！

老鼠

郎兒生得好像老鼠一般般，夜裏出去偷情日裏閒。未到黃昏出來張了看，但等無人只一鑽。（白）只一鑽，只一鑽，阿奴歡
喜小尖酸：來去身鬆快便，兩隻眼睛谷碌碌會看會觀；聽得人聲一躲，火光背後就縮做子一團；能會巴簷上屋，又會掾柱爬
樑；也弗怕銅牆鐵壁，也弗怕戶閉門關；也勿怕竹簽笆隔，也弗怕直楞窗盤。一夜子鑽進子我箇屋裏，走到子我箇房前；扯着
子箇房帘上金鈴索聲能介一響，嚇得我冷汗直鑽！我裏箇阿爹慌忙咳嗽，我裏箇阿娘口裏開談，便話道：『阿囡耍響』？我
明明裏曉得你臭賊，做勢睏着弗敢開言。箇箇臭賊當時使一箇計較，立地就用一箇機關：口裏谷谷聲做介兩聲婆鷄叫活
像，連連聲數介兩聲銅錢。我裏阿爹說道：『老阿媽，你小心些火燭』！阿娘說道：『老老呀，沒介儜箇報應，明朝早些起來求
介一條蠹籤』。我裏臭賊聽得子一發膽大，連忙對子我被裏一鑽，就要搭小阿奴奴不三不四不四不三，一張嘴好似石塊，
一雙腳好像冰團！（黃鶯兒）兩腳像冰團，被窩中快快鑽。偷油手段把偷香按。雖然未安，得歡且歡。只愁五箇更兒短，囑付
俏心肝：他老人家睲睏須是悄悄好遮瞞。（歌）姐道：『我郎呀，你沒要爬爬懶懶介趁意利，驚動我裏門角落裏睏貓團』！

睏弗着

姐兒睏勿着好心焦，思量子我裏箇情哥只捉腳來跳。好像滽涇子箇文書失約子我，冷鍋裏篩油測測裏熬。（白）測測裏
熬，測測裏熬，姐兒口罵：『殺千刀！我蘿傳教寄信來叫你，你蘿好像箇討冷債箇能介有多呵今日了明朝？（皁羅袍）堪嘆

薄情難料，把佳期做了流水萍飄。柳絲暗結玉肌消，落紅惹得朱顏惱；情牽意掛，山長水遙；月明古驛，東風畫橋；郁人何事還不到』？（白）姐兒氣子介一氣，噎漫漫眼淚介雙拋。只見燈光連報，喜鵲連連又叫子介多遭。姐兒正在疑惑，只聽得窗外門敲。小阿奴奴連忙趕搭出去，來窗眼裏張着子箇臭賊了便膽喪了魂消。我便開勿及箇門閂，拔勿及箇門鎖。渠再一走走進子箇大門，對子房裏一跪，就來動手動腳揲住子我箇橫腰。我便做勢介一箇苦毒假意介箇心焦。（桂南枝）黃昏靜悄，我把被兒來薰了；看看等到月上花梢，杳冥冥全無消耗；聽殘更漏鼓，郁時你方纔來到！我把他兒變了。他跪在床前告，我假意焦。恨不得咬定牙，只是忍不住笑。（白）郎說道『姐兒，我勿是戀新棄舊，只是路遠山遙。今夜我來遲，失信望你寬洪姐姐饒饒』！姐兒雙手扶郎起來：『你勿要支花野味了嘮叨？（歌）姐道：『我郎呀，好像一腳踢開子箇繡毬丟落子箇氣，做介個脫衣勢子聽你跌三交』！

門神的一篇，寫得尤爲漂亮：

門神

結識私情像門神，戀新棄舊忒忘情。（白）記得去年大年三十夜，捉我千刷萬刷刷得我心悅誠服，千囑萬囑囑得我一板箇正經。我雖然圖你糊口之計，你也敬得我介如神。我只望替你同家日活，撐立個門庭。有介一起輕薄後生捉我摸手摸腳，我只是聲色弗動，並弗容介個閒神野鬼上你搭箇大門。我爲你受子許多箇烹風露水，帶月披星；看破子幾呵箇詹頭賊智，聽得子幾呵箇壁縫裏箇風聲。你當先見我顏色新鮮，郁亨介喝彩？裝扮得花喿加倍介奉承。郁間帖得筋皮力盡，磨得我頭髮蓬塵。弗上一年箇光景，只思量別戀箇新人。你看我弗像箇士女，我也道是你弗是箇善人。就要撚我出去，弗匡你起介一片箇毒心。逼着介箇殘冬臘月，一刻也弗容我留停。你拿箇冷水來潑我箇身上，我還道是你取笑；拿箇笼箒來支我，我也只弗做聲；扯破子我箇衣裳只是忍耐，擲破子我箇面孔方纔道是你認眞。我喫你刮又刮得介測賴，劃又劃得介盡情。屈來我喫你介榻擦刮了去，介，你做人忒弗長情。我有介隻曲子在裏，到唱來你聽聽：〔玉胞肚〕君心忒忍，戀新人渾忘舊人！想舊人昔日曾新，料新人未必常新；新人有日變初心，追悔當初棄舊人。（歌）姐道：『我箇郎呀，郞間我看你搭大門前個前船就是後船眼，算來只好一年新』！

破騌帽歌

有介一隻山歌唱你儂聽，新翻騰打扮弄聰明：（白）也弗唱蒲鞋，氈襪，也弗唱直裰．海青；也弗唱絹裙，綾袴；也弗唱香袋，汗巾；單題唱箇頭上帽子，歷代幾樣翻新。舊時作尖頂長號，後來改子平頂鼓墩，咦有纓子朗鎖密結瓦稜。惟有小張官人頭上帽子戴又戴得箇停當，盛又盛得介娉婷；光袖油露出子杭州了髻，亮晃晃插起重慶金簪；後頭換出子雙螭虎圈子，前頭推起子九針子網巾。帽巾帶得介長遠，年深月久成精。忽朝一日頭上說話叫聲：『小張官人，我一跟跟你兩三廵黃册，你一戴戴我二三十個清明。春秋四季並弗曾盛頂紵絲羅帽；寒冬臘月並弗曾盛頂絨帽氈巾。總成你相交子多少姹童棄子？陪伴子若干監生舉人？看子多少提偶，扮戲，游湖，踏青。唱船主人中顯貴，酒樓上鬧裏奪尊。捉箇猪膽去油，教我受子多少腌臢苦腦。捉箇百藥箭上色，教我喫子多少烏阜泥筋？板刷常常相會，引線弗曾離身。一日子修理得介停當，戴出子閶門，月城裏遇着子朋友說話，聚集子東西來往無數箇閒人：看呆子山東販騌侉子，立凝子江西販帽子個客人。江西老鄉談弗絕，蘇州歇後語連聲。十字街蟒龍玉烏紗冠石皮得介測瀨，老弗識波羅生荔枝圓重夕得介忒村。日頭照子好像走差來身頭上草帽；

雨落濕子好像壓匾介一箇老人頭巾。捻來手裏好像拳緊介一隻偷瓜蝎，落來地上好像蟲起來介一隻刺毛鶩。修騌帽見子一嚇，洗網巾喫子一驚。破靴羊毛換銅錢緝三問四，賣花換智豆弗曾離門』。小張聽得幾句言語，嚇得冷汗直淋立來無人烟所在，探下來看介一看：『眞當弗像，只得去貼舊換新』。欲要黃帽鋪裏去講講，嘆弗好戴子進渠大門。思量無些擺佈，只得郁借子一頂麻布頭巾；綳漫漫好像看墳箇董永，軟搭搭好像丁憂箇洞賓。遇着子承天寺裏箇和尚，定道請渠領喪，入木；撞見子玄妙觀裏道士，定道請渠退煞，念經。鄉隣趌趁子分子，朋友怕鬧子人情。小張道：『箇是我裏騌兄便服，弗消得列位介費心』。無些意思介一日。只得走轉家門。家婆道：『你出去子介一日，阿曾幹子帽子箇正經』？『咳，家婆，弗要話起！走腫子個脚底，擺痛子箇背心。餓過子箇肚裏，看花子箇眼睛！帽鋪家家走到，價錢箇箇弗等；只得反渠轉來假充一箇朗鎖戴戴，到下橋行市再尋。彈忒子齷齪，吹忒子箇灰塵上子盔頭盔介一盔，屈剛盔子三五六星。小張搥胸跌脚，說道：『弗匡你介一箇收成』！家婆道：『你也弗嚶大驚小怪，還幹若干正經：大塊頭兒改雙涼鞋着着；斜塊頭兒改子外公頭上束髮包巾，帽沿拿來做個紮額，我裏夏天恍恍；碎塊頭兒做子一頂細蜜綱巾：騌頭騌腦做箇刷牙來刷刷：零零碎碎做箇香袋薰薰』。帽子道：『我前世作盡子擠孽，你公婆兩箇擺佈得我介盡情！』小張道：『騌兄大哥，帽子大人！你儂弗要出言吐氣，我儂唱介一隻曲子你聽聽：（駐雲飛）帽樣新鮮，不復完，今剩缺連，一向承裝觀，今日堪埋怨：嗏，戴你不多年』！帽子道『儘勾你哉』！『如何稀爛？想是當初，修舊將咱騙，爲你寃家費我錢』！（白）帽子道：『鼓弗打弗響。鐘弗撞弗鳴；別人戴子風裏坐，你戴子我雪裏奔！憑你改長改短，我也無怒無嗔。捉我改子外公頭上束髮包巾，我也愍承你頂戴；捉我改子你家婆頭上紮額，我也當得奉承。（歌）捉我改子刷牙正要擢你臭賊箇張嘴；捉我改子涼鞋正要打碎你箇老脚跟』！

這一篇嘗見於游覽萃編，馮氏當是轉載的。

說山人，話山人，說着山人笑殺人：（白）身穿着僧弗僧俗弗俗箇沿落廠袖頭帶子方弗方圓弗圓箇進士唐巾，弗肯閉門家裏坐，肆多多在𠀋地堂裏去安身。土地菩薩看見子，連忙起身便來迎。土地道：『呸，出來！我只道是同僚下降，元來到是你箇些光斯欣！咦弗知是文職武職？咦弗知是監生舉人？咦弗知是粮長升級？咦弗知是謁晝老人？咦弗來裏作揖晝卯，咦弗來裏放告投文。要了鬧閧閧介挨肩了擦背，急逗逗介作揖了平身？轎夫個個儕做子朋友，皁隸個個儕扳子至親。帶累我土地也弗得安靜，無早無晚介打戶敲門。我弗知何爲儕個幹仔細替我說個元因』。山人上前齊齊作揖，『告訴我裏的的親親個土地尊神：我哩個些人道假咦弗假，道眞咦弗眞；做詩咦弗會嘲風弄月，寫字咦弗會帶草連眞。只因爲生意淡薄，無奈何進子法門。做買賣咦喫個本錢缺少；要教書咦喫個學堂難尋；要算命咦弗曉得個五行生剋；要行醫咦弗明白個六脈浮沉。天生子軟涑涑介一個擔輕弗得步重弗得個肩膊，又生個有勞勞介一張說人話人自害自身個嘴脣。算盡子個三十六策，只得投靠子個有名目個山人。陪子多少個蹲身小坐，喫子我哩幾呵黃酒餛飩，方纔通得一個名姓，領我見得個大大人。雖然弗指望揚名四海，且樂得榮耀一身，嚇落子幾呵親眷，蹚動子多少鄉鄰。因此上也要參參見佛，弗是我哩無事入公門』。土地聽得個班說話，就連聲罵道『個些窮說個猢猻；你也忒殺膽大，你也忒殺惡心？靡恥咦介掿地，鑽刺咦介通神。我見你一蜩進一蜩出，袖子裏常有手本；一個上一個落，口裏常說個人情。也有時節詐別人酒食，也有時節騙子白金！硬子嘴了了說道恤孤了仗義，曲子肚腸了說道表兄了舍親，做子幾呵腰頭㒺擦，難道只要鬧熱個門庭？你個㨾瞞心昧己，䣊瞞得灶界六神？若還弗信，待我唱隻駐雲飛來你聽聽：（駐雲飛）笑殺山人，終日忙忙着處跟。頭戴無些正，全靠虛幫襯。嗏，口裏滴溜清，心腸墨錠八句歪詩！嘗搭公文進。今日胥門接某大人，明日閶門送某大人」。（白）山人聽子，冷汗淋身，便道：「土地，忒殺顯赫。大家向前討介一卦，看道阿能句到底太平」？先前得子一個聖筶，以後再打子兩個翻身。土地說道：「在前還有齊罷上卦，去後只怕白虎纏身！你也弗消求神請佛，你也弗消得去告斗；詳星也弗消得念三官寶誥，也弗消得念救苦眞經。（歌）我只勸你得放手時須放手，得饒人處且饒人。

山人在萬曆以後，勢力甚大，但其醜態也殊令人作惡。這一篇「山人歌」，刻劃得是如何的有趣。沈德符看不起這些民歌，以爲「不過寫淫媟情態，略具抑揚而已」。但凌濛初卻比他高明，能够欣賞這些東西。凌氏道：「今之時行曲，求一語如唱本山坡羊、刮地風、打棗竿、吳歌等中一妙句，所必無也」。這便都足以說明在明代，俗曲是比文人曲更爲重要了。

七

但在文人學士們裏，也有不少人是不甘爲古舊的規則所拘束，寧願冒同輩的譏嘲而去擬仿俗曲的。馮夢龍比較的還是後起之秀。在很早的時候，已有金鑾、劉效祖及趙南星，他們起來，勇敢的把俗曲作爲自用的了。

金鑾用鎖南枝來寫「風情戲嘲」，幾無一語不佳：

風情戲嘲

〔鎖南枝〕浮皮兒好，外面兒光，頭髮稍兒裏使貫香，多大個倈兒也來學衝象。那些個揑着疼，爬着痒，頭上敲，脚下響。

堅如石，冷似冰，識不透你心腸兒橫豎生。只管裏滿口胡柴，倒把人拴縛定。誰撇虛？誰志誠？人的名，樹的影。

當不的取，算不的包，過的橋來還折橋。動不動熱臉子鎗白，冷鍋裏豆兒炮。不是煎，便是炒，瓜兒多，子兒少。

麵不是麵，油不是油，鴨蛋裏還來尋骨頭。瘦殺的羔兒他是塊眞羊肉。見面的情，背地裏口，不聽升，只聽斗。

閑言來嗑，野話兒劖，偷嘴的猫兒分外饞。只管里嚇鬼瞞神，喫的明，喫不的暗。搭上了他，瞞定了俺，七個頭，八個膽。

長二丈，闊八尺，說來的話兒葫蘆提。每日家帶醉佯醒，沒氣的還尋氣。假若你瞞了心，昧了己，一尺天，一尺地。

心腸兒窄，性氣兒粗，聽的風來就是雨。尙兀自撥火挑燈，一宻里添鹽加醋。前怕狐，後怕虎，篩破的鑼，擂破的鼓。

撒甚麼唔，賣甚麼乖，三尺門兒難自開。把我那一擔恩情都瀁做黃虀菜。說着不聽，罵着不采，山不移，性不改。

在劉效祖的作品裏，也已用到了掛枝兒、雙疊翠諸俗調：

掛枝兒

日初長，柳綠綻黃金模樣，雨纔過，桃杏花撲面清香。賣花人一聲聲喚起懷春情況，蝴蝶兒爭新綠，燕子兒語雕梁。打點出那小扇輕羅，也還要去流水橋邊賞。

又

新竹兒倚朱欄清風可愛，香几兒靠北窗雅稱幽齋。千葉榴，並蒂蓮，如相比賽。槐陰下清風靜，垂楊外月影篩。忽聽的幾個嬌滴滴的聲音也，笑着把茉莉花採。

又

秋海棠喜庭陰偏生嬌豔，桂花兒趁西風越弄香妍。金沙葉，銀扭絲，凌霜堪羡。開一尊新釀酒，打疊起繡花奩。聽一會窗兒外的芭蕉也，又把細雨聲兒顯。

又

水仙花嬌怯怯流香几案，綠萼梅清影瘦斜倚危欄。剪冰紋霎時間把青松不見，烹茶也自好，對酒且開簾。圖上那肉作的屏風也，偏覺的氣候兒煖。

又

我教你叫我聲，只是不應。不等說就叫我纔是眞情。背地裏只你我，推甚麼佯羞佯性！你口兒裏不肯叫，想是心兒裏不疼。你若有我的心兒也，如何開口難得緊？

又

我心裏但見你就要你叫，你心裏怕聽見的向外人學。纔待叫又不叫，只是低著頭兒笑。一面低低叫，一面又把人瞧。叫的雖然艱難也，意思兒其實好。

又

俏冤家，但見我就要我叫。一會家不叫你，你就心焦。我疼你那在乎叫與不叫。叫是提在口，疼是心想着。我若有你的眞心也，就不叫也是好。

又

俏冤家，非是我好教你叫，你叫聲兒無福的也自難消。你心不順，怎肯便把我來叫。叫的這聲音兒俏，聽的往心髓裏澆。就是假意兒的勤勞也，比不叫到底好。

雙疊翠

怕逢春，怕逢春，到的春來病轉深。捱不過困人天，懶看這紅成陣。行也難禁，坐也難禁，越說不想越在心。似這等枉添愁，可不辜負了春花信。

又

夏不宜，夏不宜，綠陰惱殺亂鶯啼。一般是解慍風，吹不散愁人意。暗數歸期，頻卜歸期，荷香空自襲人衣。最可憐是明月時，怕自往紗廚去。

又

怕逢秋，怕逢秋。一入秋來動是愁。細雨兒陣陣飄，黃葉兒看看驟。打著心頭，鎖了眉頭，鵲橋雖是不長留。他一年一度親，強如我不成就。

又

冬不宜，冬不宜，愁心只我與燈知。撥盡了一夜灰，盼不出三竿日。展轉尋思，顛倒尋思，衾寒枕冷夜深時，只得向夢兒中尋夢兒中又恐留不住。

又

春相思，春相思，游蜂牽惹斷腸絲。忽看見柳絮飛，按不下心間事。悶遶花枝，反恨花枝，鞦韆想着隔牆時。倒不如不遇春，還不到傷心處。

又

夏相思，夏相思，閒庭不耐午陰遲。熱心兒我自知，冷意兒他偏膩。強自支持，懶自支持，蘭湯誰惜瘦腰肢。就是捱過這日長天，又愁着秋來至。

又

秋相思，秋相思，西風涼月忒無知。緊自我怕淒涼，偏照著淒涼處。別是秋時，又到秋時，砧聲蛩語意如絲。爲甚的鴻雁來，不見個平安字？

又

冬相思，冬相思，梅花紙帳似冰池。直待要坐着捱，忽的又盡一日。醒是自知，夢是自知，我便如此你何如？我的愁我自擔，又就着你那裏也愁如是！

這可以說是破天荒的一種工作；我們想不到，在很早的時候，掛枝兒已和文人學士們發生了姻緣了。

效祖又有鎖南枝一百首，可惜我們所能見到的，只有十六首，但這十六首那一首不是絕妙好辭呢！

我們可以知道：凡是能够引用新嶄嶄的俗曲的，沒有不得到成功的。建安時代的五言六朝的新樂府，唐五代的詞，許多大作家們無不是從那裏得到了最大的成功的。

鎖南枝

團圓夢，夢見他笑臉兒歸來，連聲問我：我在外幾載經過，你在家盼望如何？說一會功名，敍一會閒濶。喚梅香把酒果忙排，與俺二人權作賀。萬種相思一筆勾抹，猛追魂三唱鄰雞，急睜眼一枕南柯。

又

團圓夢，夢不差。眼見他歸來，悄聲兒訴咱。非是我失業抛家，非是我戀酒貪花，非是我負義忘恩，兩頭騎馬。爲只爲書劍飄零，因此上負却臨行話。吐膽傾心，全無虛假。欲開言再問個端的，猛撞身那得個寃家！

又

團圓夢，夢的奇。一見寃家情同往昔。喜孜孜素手相攜，美甘甘熱臉相偎，共結綢繆，芙蓉帳裏。常言道：破鏡重圓，果不然也有相逢日。玳瑁貓撒歡他也來道喜。剛能勾半霎合諧，猛驚回依舊別離。

又

團圓夢，夢的眞。一會家心驚。忽聽的打門，喚梅香問是何人。我說道是我郎君。昨夜燈花，誠然有準。笑吟吟引入蘭房，把離情話兒閒評論。妾命雖薄，君心忒狠。整鴛衾恰待歡娛，醒來時還是孤身。

又

傷心事，訴與誰？一半兒思情一半兒追悔。想着你要和我分離，平白地起上個孤堆。用了塲心竹籃兒打水。雖然是你的情絕，也是我緣法上不對。胡昧了靈心，分明是鬼。幾時和你嚷上一塲，再不信你巧話兒相陪。

又

傷心事，有萬端，也是我前生業確子不滿。寔指望買笑追歡，倒惹的恨結愁攢。臥枕着床，犯了條款。你既然要和我分離，也須與個一刀兩斷。人說你情絕，眞個行短。瑞香花頭緒兒忒多，杖鼓腔兩下裏厮瞞。

又

傷心事，對誰說？仔細度量，都是我自惹。我爲你使破喉舌，我爲你費盡周折。誰想恩變爲讎，刀刀見血。雖然與你不久相交，一夜夫妻如同百夜。有甚麼虧心，下捹的抛捨。瞞着心只是你精細，吃殺虧認着我癡呆。

又

傷心事，對誰學？要見個明白惟天可表。你和我誰厚誰薄，誰情絕，誰性兒難調？誰把誰心全然負了？也是俺婦人家癡愚，好心偏不得個好報。瞎蟲蟻逃生，寔撞着你線索。雖不和你見識一般，殺人可恕，情理難饒。

又

長吁氣，恨滿腔，往事都勾，話也不須細講。巧機關你暗裏包藏，癡心腸誰做個隄防。捨死忘生，闖在你網。欲待和姊妹們擘說，只恐怕告個折腰狀。思之復思，想了又想，除非是命喪荒坵枉死城，再做個商量。

又

長吁氣，恨轉增，鬢亂斂橫無心去整。想只想你知熱知疼，想只想你識重識輕。誰知道意變心更，有形無影。起初時那樣言詞，到如今心口不相應。問着說不知，說着推不省。人說你有些兒糊塗，我看你全是個牢成。

又

寃家債，還他不徹，一節不了又添上一節。欲待要亂掩胡遮，怎禁他見鬼隨斜。恨只恨寃家心腸似鐵，經年家強自支吾，無人知我疼和熱。悶海愁山誰行去訴說？風月中請問個知音，閃賺人算甚麼豪傑！

又

寃家債，還他不及。舊恨纔消，新愁又起。想當初只說你心實，誰承望下的是活棋？面情相交，不知其裏。欲待要發狠蹬開，又怕食之無肉，棄之有味。這是賣了鮎魚誇不的大嘴。甫能勾央及回頭，過些時依舊王皮。

又

冤家債，還他不清。除了相思，無甚麼可頂。想當初徹底澄清，到今日無眼難明。相交了一場，銀瓶墜井。也是俺婦人家心慈，倒弄的人硬貨不硬。再和你相逢，除非是夢境。或長或短說個眞實，誰是誰非路見難平。

又

冤家債，還他不完。不是七長，就是八短。信別人巧話兒唆撥，倒把我假意兒擔瞞。糊塗蟲冤家，全不知冷煖。雖然你不把我留情，只怕藕斷時絲還不斷，叫一聲蒼天天如何不管！好共歹也是你着迷，長和短自有人傍觀。

又

情書至，笑臉兒開，可見我冤家情腸兒不改。件件事與我安排，句句話說的明白。滿紙春心，猶帶着墨色。他說我不久回還，你須擔把心腸兒耐。少只在旬朝，多不上半載。喚梅香兒淨了間隅，把冤家筆跡兒高擡。

又

情書至，用意兒讀。親手封緘，再拜上奴。路迢迢音信全疎，意懸懸想念如初。爲只爲功名歸期未卜。只要你柳色常靑，切莫把我名兒汚。天樣花箋，寫不盡肺腑。喚梅香你與我參詳，敢怕是謊話兒支吾？

趙南星的芳茹園樂府，其中俗曲也不少，這也使他得到了很大的成功：

銀紐絲五首

到春來難捱受用也慌，百花開遍滿林芳。具壺觴，知心一夥賽疎狂。鶯舌巧似簧，何須黃四娘。呀，大家齊把襟懷放。歡天喜地度韶光，也是俺前生燒了好香。我的天㗂，唱齊聲齊聲唱。

到夏來難捱受用也幽，藤牀睡起冷颼颼。慢凝眸，倚花池館看輕鷗。奔忙白汗流，提起我害愁。呀，長安市上紅塵臭，清閒自在要人脩。念一聲佛兒點一點頭。我的天㗂，穀咱心咱心穀。

到秋來難捱受用也撑，風吹紅葉小秦箏。月兒明，教人如何睡的成？快去請劉伶，合那阮步兵。呀，咱們吃酒胡行令。吼兒喇叫到天明，又賞荷花向小也亭。我的天㗂，興無邊無邊興。

到冬來難捱受用也喬，梅花帳暖足良宵。好清朝，天邊瑞雪正飄飄。烹茶滋味高，啣杯情性豪。呀，滿斟高唱咱歡樂，爭名奪利馬蹄勞。這樣寒天您怎也麼熬。我的天㗂，笑呵呵，呵呵笑。

一年家難捱受用也全，家私現有十畝園。菜蔬兒鮮，芹蒲虀鮓飽三餐。靜來坐會禪，客來頑一頑。呀，有時也把書來念，說咱閒來也不閒。說咱是仙來又是也麼仙。我的天㗂，占便宜把便宜占。

醉太平偶感

短和長闊起，白和黑休提。省些閒氣是便宜，別有個所為。香醪兒入口支支至，好花兒照眼嘻嘻戲，新曲兒逢場囉囉哩。這生涯忒美。

羊羔洒党家，雀舌茗陶家，一般消受莫爭差，只虧了有他。有了他苦茗堪清話，有了他美酒偏增價，有了他涼冰味絕佳，不貪他是假。

孝南枝二首

眼球兒裏覷肝葉兒上兜，撞到這其間怎做的了手？也是俺前世裏曾脩，霎時間韻脚兒相投。月老婚牒，預先裏註有。爲頭兒誤入桃源，誰知道姻緣巧湊。況是人物之尖，風情之首，實丕丕地久天長，美甘甘鳳友鸞儔。

章臺事，氣壞了人，越奪尖的姐兒越站不穩。一般有可意郎君，也只是玉石難分。比似名花，香紅嫩粉，蝴蝶兒採取應該，礠毒蟲齊來打混。既在風塵，須索死忍。會俏的定戀定豪傑，纔是您立命安身。

鎖南枝帶過羅江怨丁未苦雨

將天問，要怎麼？旱時節盼雨鬧定法，沒情雨破着工夫下溜街。忽流忽剌漏房屋，撲提撲塌濕□□。逃命何方遠？閻王殿擠壞了功曹，古佛堂推倒了那吒。神靈說：我也淋的怕。哭啼啼哀告天爺，肯將人盡做魚蝦。勾咧勾咧饒了吧。

一口氣有感于梁別駕之事

朝入衙門，夜尋紅粉，行動之間威凜凜，諕的妓者們似猴存。呼喚一聲跑得緊。先兒們，縱然有王孫公子，公子王孫，凐丁拉丁，都不如恁先兒們。

只怕房先兒。全輕府判兒，勉強相留沒個笑臉兒。陪着咱坐似針毡兒，只合先兒們，那們昝兒張三兒。饒你有伶俐聰明，彈唱聰明，凐丁拉丁，也還差點兒張三兒。

鎖南枝半插羅江怨

非容易，休當耍，合性命相連怎肘拉！這寃家委實該牽掛。除非是全不貪花，要不貪花，誰更如他！既相逢怎肯干休罷。不瞧他眼怕睜開，不抓他手就頑痲。見了他歡歡喜喜無邊話，一回家埋怨蒼天。怎麼來生在烟花？料麼他無損英雄價。

又

從初會，喜又驚，恨不早相逢苦痛情。得相逢□是三生幸。不遇你虧了我的心情，不遇我虧了你的儀容。月下老不許成孤另，翠紅鄉單愛奢華，女流家忒煞聰明，新詩小扇爲媒證。黃四娘萬朵花枝，陶學生一夜郵亭，說甚麼麒麟閣□標姓名。

山坡羊

寃業相逢，說不的從來心硬。針芥相投，都只是前生一定。寃家爲頭兒會你不敢興心妄想，也是俺運至時來遇緣法便能僥倖。是到而今我還只是昏迷不醒，半虛空掉下來的美滿前程。齊着今日今時，把風月牌消繳。再遇着任是何人，我的眞心不動。知感你好，便似頂戴龍天。□，咏嘌，使盡了慇懃，不當做奉承。章臺路要圖一個馳名，顯出你文雅風流，咱是個君子交情。

又

倆惶灑淚着說話，媽兒氣受他不下。他罵我不出門，單單只是爲你。罵的我是咧着張口兒說嘎。數落的事兒件件不差。等到而今怕他待怎麼？但捱的一好到底，那怕他終朝打罵。我捱的結果收圓噬，咏嘌，姊妹行中不把俺笑話。由他，風月中着迷不止是咱倆。由他，好合歹煞成□人家。

又

可意人兒，你使性兒教我害怕。你不喜歡要□做嗄，低着頭兒不言不語，手摟着裙棺兒滿□泪下。飛覺了一場，可吃了人假。小二人流言聽他待怎麼！欲說誓又只怕你疼我。恰想要跪下不敢跪下。我這回兒到喜你這樣性兒，睞睞看着我着疼，纔怕我情雜。冤家，再打回兒不□我命有差。冤家，瞞你也不打緊，就不怕神靈□察。

玉抱肚

合歡幾時，對金樽愁攢翠眉。飲不醉兩下情牽，喚不醒一點心迷。書齋滿地是相思，准備朝朝紅淚垂。他曾許我，約定在今宵會合。把銅壺二十五聲□天台半霎攛掇。鷄鳴鐘響亂喧聒，趕散鴛鴦可奈何？無端見了，頓忘却平生氣豪。縱難道莫莫休休，也還是密密悄悄。從他玉女下雲霄，休想教咱眼再瞧。

鎖南枝帶過羅江怨

猛然見，引動了魂，曾見人來不似這人！好教我眼花瞭亂渾身軟。他生的清雅無處，似一幅水墨昭君，非同世上尋常俊。未知他意下何如？俺將他看做個親親。從今交上相思運，憑着俺心坎兒上溫存，着憑着俺肐膝下懃懃，咱倆個終須着一陣。纔成就，又別離，耍鴛鴦剛剛兒一霎時，分明是一點鼻涯兒蜜。想的人似醉如癡，想的人夢斷魂迷，枕邊滴盡相思淚，眼睜睜拋斷同心，眼睜睜拆散連枝。癡心還想重相會，倘然得再入羅幃。倘然得再效于飛，舌尖兒上咬你個牙廝對。

參考書目

一、南宮詞記陳所聞編，有明刊本。
二、南音三籟凌濛初編有明刊本。
三、詞林一枝有明刊本。
四、玉谷調簧有明刊本。
五、詞臠，劉效祖著，有新刊本。
六、芳茹園樂府趙南星著，有新印本。
七、蕭爽齋樂府金鑾著，有董氏印本。
八、山歌，有新印本。
九、掛枝兒，有新印本（見於萬錦淸音者較多）。

第十一章　寳卷

一

當『變文』在宋初被禁令所消滅時，供佛的廟宇再不能够講唱故事了。但民間是喜愛這種講唱的故事的。於是在瓦子裏便有人模擬着和尚們的講唱文學而有所謂『諸宮調、』『小說、』『講史』等等的講唱的東西出現。但和尚們也不甘示弱。大約在過了一些時候，和尚們講唱故事的禁令較寬了吧（但在廟宇裏還是不能開講），於是和尚們也便出現於瓦子的講唱場中了。這時有所謂『說經』的，有所謂『說諢經』的，有所謂『說參請』的，均是佛門子弟們爲之。

吳自牧、夢粱錄（卷二十）云：

談經者，謂演說佛書；說參請者，謂賓主參禪悟道等事。……又有說諢經者。

周密武林舊事諸色伎藝人條裏也記錄着：

說經諢經，長嘯和尙以下十七人。

彈唱因緣，童道以下十一人。

這裏所謂「談經」等等，當然便是講唱「變文」的變相。可惜宋代的這些作品，今均未見隻字，無從引證。然後來的「寶卷」，實卽「變文」的嫡派子孫，也當卽「談經」等的別名。「寶卷」的結構，和「變文」無殊；且所講唱的，也以因果報應及佛道的故事爲主。直至今日，此風猶存。南方諸地，尙有「宣卷」的一家，佔着相當的勢力。所謂「宣卷」，卽宣講寶卷之謂。當「宣」卷時，必須焚香請佛，帶着濃厚的宗敎色彩，與一般之講唱彈詞不同。他們所唱的香山寶卷、劉香女寶卷等等，爲宣揚佛敎的最有力的作品。不知有多少婦人女子曾被他們所感動，曾爲「卷」中的女主人翁落淚、嘆息、着急、乃至放懷而祈禱着。

注意到「寶卷」的文人極少。他們都把寶卷歸到勸善書的一堆去了，沒有人將他們看作文學作品的。且印售寶卷的，也都是善書舖。但「寶卷」固然非盡爲上乘的文學名著，而其中也不無好的作品在着。

十年前我在小說月報的中國文學研究上，寫佛曲敍錄方才第一次把『寶卷』介紹給一般讀者。

相傳最早的寶卷的香山寶卷，爲宋、普明禪師所作。普明於宋、崇寧二年（公元一一〇三年）八月十五日，在武林上天竺受神之感示而寫作此卷，這當然是神話。但寶卷之已於那時出現於世，實非不可能。北平圖書館藏有宋或元人的抄本的銷釋眞空寶卷。我於前五年，也在北平得到了殘本的目連救母出離地獄升天寶卷一册。這是元末明初的金碧鈔本。如果香山寶卷爲宋人作的話不可靠，則『寶卷』二字的被發現於世，當以銷釋眞空寶卷和目連寶卷爲最早的了。

我在上海所得的寶卷，均爲淸末的刊本及現代的石印本。佛曲敍錄所載者不及其半；總數約在百本以上。

其後，很有幸的，乃在北平得到了不少的明代（萬曆左右）的及淸初的梵篋本寶卷。其中重要的有：

一、目連救母出離地獄升天寶卷（殘）
二、藥師如來本願寶卷（嘉靖刻本）
三、混元教弘陽中華寶經（二卷）
四、混元門元沌教弘陽法（二卷）
五、先天元始土地寶卷（二卷）
六、佛說彌勒下生三度王通寶卷（二卷）
七、福國鎮宅靈應竈王寶卷（二卷）
八、護國佑民伏魔寶卷（二卷）
九、佛說圓覺寶卷（一卷）
十、銷釋萬靈護國了意至聖伽藍寶卷（二卷）
十一、天仙聖母泰山源留寶卷（五卷）
十二、銷釋開心結果寶卷（一卷）

十三、巍巍不動泰山深根結果寶卷（一卷）
十四、嘆世無爲寶卷（一卷）
十五、正信除疑無修證自在寶卷（一卷）
十六、銷釋金剛科儀（一卷）
十七、普明如來無爲了義寶卷（二卷）
十八、太陰生光普照了義寶卷（二卷）
十九、佛說道德運世忠孝報恩寶卷（二卷）
二十、藥天救苦忠孝寶卷（二卷）
二十一、靈應泰山娘娘寶卷（二卷）

二

寶卷也和「變文」一樣，可分爲佛教的和非佛教的二大類。在佛教的寶卷裏，又可分爲：

一、勸世經文

二、佛教的故事

在非佛教的寶卷裏，則可分爲：

一、神道的故事

二、民間的故事

三、雜卷

雜卷所唱的多爲遊戲文章，或僅資博識，僅資一笑的東西，像百鳥名、百花名、藥名寶卷等等，茲姑不論。

佛教的寶卷在初期似以勸世經文爲最多；故寶卷往往被稱爲經。（例：嘆世無爲寶卷一作嘆世無爲經；香山寶卷一作觀音濟度本願眞經）。最早的一本宋或元抄本的銷釋印空實際寶卷，開卷便云：

夫印空寶卷者，能開解脫之門，妙偈功德，往入菩提之路——印空偈空二十四品，品品而奧意難窮。

正是用通俗的淺近的講唱文來談經說教的，和宋人之所謂『談經』正同。

像藥師本願功德寶卷（明嘉靖二十二年德妃張氏同五公主捨資刊刻）便是全演藥師本願經而不述故事的：

舉香讚

舉起藥師法界，來臨諸佛菩薩，顯金身五眼六通，接引衆生諸佛滿乾坤。

藥師佛菩薩摩訶薩（大衆同和三聲）

佛面猶如摩尼寶，　瑠璃照徹水晶宮，
清淨無爲玄妙法，　三世諸佛盡同行。

南無盡虛空遍法界過現未來佛法僧三寶

開經偈：

無上甚深微妙法，　百千萬刼難遭遇。
我今有緣得授持，　願解如來眞實意。

藥師如來

蓋聞一時佛在東震舉起，大地衆生無不瞻仰，充滿法界，放大光明，山河大地，無不照徹。上昇清淨無爲，下降火風，四生水山，盡在默然，言大地羣迷，妄認假相爲自根本，失其本來眞面目，而歸源流，派娑婆，墜落苦海，出竅入竅，轉轉不覺。藥師如來未法之代，至於今日，單恭白十方賢聖，現坐道場本師藥師如來諸大菩薩，滿空聖衆，一切神祇，虛空無縫金鎖藥師往來，常開慈愍，故慈愍故大慈愍，故信禮常住三寶。

歸命十方一切 ○法 ○佛 ○僧　法輪常轉度衆生

白文

切以藥師如來，能開無相之門，顯清淨妙體。悟者時時覩面，迷人如隔千山萬水。譬如淺水之魚，能知萬歸湖，不知當時之死。藥師如來廣開方便，接引有情，離苦生天，親觀諸境界。白雲罩定瑠璃殿，摩尼塞太虛空，八寶砌成九蓮池，硨磲運轉，瑪瑙往來，行行處排列，時時透海穿山，展則開萬民瞻仰，收來則寸步難行。諸佛子，會得這個消息麼？

庚辛盡上無縫鎖，
東震發起藥師來。

藥師寶卷纔展開，諸佛菩薩降臨來。天龍擁護尊如塔，保佑衆生永無災。

舉起如來一卷經，普天匝地放光輝。大地衆生皆有分，恒沙世界悉包籠。
虛空一朶寶蓮花，妙相莊嚴發靈芽。分明本是娘生面，借花獻佛莫認他。
普勸衆生早回心。莫待白髮老來侵。爲人若不明心性，轉世當來墮迷津。
藥師菩薩，透徹恒沙，法體遍天涯。當陽一朶無相天花，枝分九葉，八寶雲霞。若人會得，孤客親到家。

古佛在虛空，　接引衆瞽盲。
得度離苦海，　超生佛土中。

白文

藥師菩薩，自末世以來，苦惱難忍，時時五慾交煎，刻刻惡業來侵。思衣思食，不得現前。苦中更苦，迷之又迷。佛大慈悲菩薩，救苦拔衆類，離苦生天，度羣透，齊超苦海，五百刼漂舟到岸，萬萬年孤客還鄉。自從靈山散離佛祖，至如今嬰兒見娘，證無生再不輪轉，續長生永證金剛。咦！

爲法莊嚴佛國中，
戊巳玄關正當陽。

無相妙法在玄中，三心元滿正一心。刹那透出雲門外，三世諸佛盡同行。
古性彌陀正當陽，子午相衝放毫光。接引衆生歸淨土，直證諸佛古道場。
大地衆生好愚迷，不得脫殼串輪迴。忽然得遇無生母，脫苦嬰兒入蓮池。

虛空一盞無油燈，十萬八千答妙明。三身四智元一點，盤古混元至如今。

玄妙消息，不動巍巍，眞士立根基，齊生九品，七寶蓮池入母眞鉛，不墮輪迴無生地上眞性透玄機。

法身現娑婆，　妙相總一顆。

包藏三千界。　照徹滿恒河。

第一大願，願我來世：

掛金鎖

第一大願，願把衆生度。六道輪迴，來往無其數。末法堪堪，各人尋頭路。休等臨性命全不顧。

白文

定生龍華三會，接續長生，諸佛相逢，永不退屈。八十億劫不生不死之鄉，標名在極樂世界。思衣有綾錦千廂，思食有珍饈百味，修成舍利本體，煉就萬古金丹。照徹十方，百寶砌滿法界，會麼?咦!

目前現放西方境，

九轉當來古佛心。

瑠璃寶光照人間，救拔衆生離南閻。見在若不求出世，臨行失手最爲難。

菩薩法舡往東行，單度當來貼骨親。百千萬劫難相遇，靈山失散至如今。

娑婆迷子誓難量，時時發願自承當。分明目前一點現，忽然撥轉舊家鄉。

袖子叮嚀指示多，三世諸佛安樂窩。三花聚頂元不動，五氣朝元總一顆。

第一大願，對佛親說，古佛免遭刼。四流淚息六國寧貼。漂舟到岸，得本還鄉。分明指破，秤鎚原是鐵。

清淨現法身， 靈通答妙明。

打破三千界， 一點在孤峯。

第二大願，願我來世：

掛金鎖

第二大願，願洪誓重，苦海週流，往來常搬運，接引衆生，早早超凡聖。直證歸家，一點元不動。返本還源，妙體常清淨。

白文

當證佛果，過去境界，以成莊嚴，現在賢聖，諸佛掌教。未來菩薩，慈愍攝授。萬類齊超苦海，證菩提，龍華三會願相逢，八十億刼，同轉長生。咄！

諸佛親傳無爲法，

普度有緣上根人。

菩薩慈悲誓難量，苦海波中駕慈航。單度賢良親生子，恩實嬰兒見親娘。

子母相逢痛傷情，猶如枯木再逢春。靈山失散迷眞性，至今覿面不相逢。

如來四十八願深，普度恒沙世間人。歸家永證無生地，靈芽接續未來因。

法身清淨遍十方，一點靈明正當陽。本是如來玄妙體，至今不識未還鄉。

古佛如來誓願洪深，苦海救四生，往來搬運，普渡聾盲，還丹一粒，點鐵成金，玄妙法體，當來古佛心。

佛體似白雲，　法身滿乾坤。

本來眞面目，　塞滿太虛空。

（下文歷敍藥師如來十二願）

這完全是演說經文了，也有僅爲勸世的唱文而並不專演某某經的，像立願寶卷（敍的是十四大願，如孝順父母，勿溺女嬰，以至勿吃牛犬等）嘆世寶卷（勸人要趁早修行）等等都是。這也佔着一部分的勢力。

最奇怪的是，混元教弘陽中華寶經和混元門元沌教弘陽法二種，（恐怕還不止這二種）他們是宣傳一種特殊的宗教，卽所謂混元教的，這教門，後來成了徐鴻儒們的白蓮教，曾掀起了好幾次很大的教獄和風波。這二種是明萬歷間刊本，由太監們出資刊刻的。

三

敍述佛教故事的寶卷，所見極多，且也最爲民間所歡迎。目連救母出離地獄升天寶卷是其中最早且最好的一個例子。

這個寶卷爲元末明初寫本，寫繪極精，插圖類歐洲中世紀的金碧寫本，多以金碧二色繪成。（斯類寫本元明之間最多，明中葉以後，便罕見）。惜缺上半。以此與目連變文對讀之，頗可以知道其演變的消息。今坊間所傳目連寶卷，與此本全異，蓋已深受明人戲文及清代勸善金科諸作的影響了。

（上缺）尊者見了，心中煩惱。尋娘不見，就於獄前寂然禪定。獄中鬼使各各不樂，心意慞惶。遂命夜叉，出看是何祥瑞，或是陽間送罪人到。夜叉來至獄門，惟見一僧人身披三衣，端然而坐。夜叉回報獄主。

　不見陽間送罪到，
　獄前惟見一僧人。

尋娘不見好心酸，受苦親娘在那邊？聲聲痛哭生身母，恓惶煩惱淚如泉。
幾時得見親娘面？甚年子母得團圓？痛淚千行肝腸斷，就在牢前頓悟禪。
尋娘不見，痛淚心酸。想親娘在那邊？嘷淘痛苦，兩淚連連。何年月日，子母團圓。無人答應，牢前入定觀。

　尊者不見母，　牢邊身坐禪。

獄主前來問，　到此有何緣？

夜叉報知獄主，牢前無有罪人。有一聖僧，在牢門前坐禪。獄主聽說，出牢來看見。有一眞僧，方袍圓頂，入定觀空，頓悟坐禪，獄主向前，連叫數聲，驚醒尊者。獄主問曰：『吾師到此爲何？』尊者答曰：『特來尋我母親。』獄主言曰：『誰說師母在？』尊者曰：『釋迦文佛說我母在此。』獄主又問曰：『釋迦牟尼佛，是師何人？』尊者曰：『是我本師。』獄主聽說，低頭禮拜。『今日弟子有緣，得遇世尊上足弟子。』

便問我師何名字？

我去牢中檢簿尋。

尊者與說鬼王聽，吾是如來弟子身。道號目犍連尊者，惟我神通第一人。
特到此間來尋母。獄主聽說盡皆驚，連拜告師得知道，吾師老母是何名。

尊者告訴，『獄主須聽，母青提劉四身。』獄主聽罷，便入牢尋，從頭查勘，無有其名。獄主出獄，回告目連尊。

獄主出牢門，　告與我師聽。
牢內無師母，　前有鐵圍城。

獄主問：『師母何名姓？』尊者曰：『青提劉四夫人。』獄主問罷，入牢檢簿，無有此名。卽時出獄報尊者得知，牢中查勘無有師母。尊者曰：『此獄無有，却在何處？』獄主言曰：『前面還有阿鼻地獄，鐵圍山中，衆生若到，永劫不得翻身。』

只怕吾師娘在此，
還去獄中看虛眞。

鬼王啓告目連尊，吾師今且聽分明。爲師檢簿無名字，前有阿鼻地獄門。

尊者聽罷心煩惱，何年子母得相逢！辭別獄主尋娘去，無人作伴自行程。

獄主啓告，師且須聽，牢中無母親。尊者聽說，煩惱傷情。思想老母，何日相逢。人間養子，皆是一場空。

　爲救親娘母，　獨去簿中尋。

　目連辭獄主，　前至鐵圍城。

尊者辭別獄主，直至阿鼻城邊。見鐵墻高萬丈，黑壁數千層，半空中焰焰火起，四下裏黑霧騰騰，城上銅蛇口噴猛火，山頭鐵狗常吐黑烟。尊者看了多時，又無門而入。高聲大叫數百聲，無人答應。目連回還問前獄主。

　痛哭悲傷歸舊路，

　回轉牢前問鬼王。

尊者想母好恓惶，眼中流淚落千行！阿鼻地獄無門路，高叫千聲又轉還。

此座鐵城高萬丈，千重黑壁霧漫漫。衆生到此無回路，若要翻身難上難。

遊遍地獄苦痛難言，兩眼淚如泉；鐵圍城下，黑霧漫漫，無門而入，不免回還。火盆獄內，再問別因緣。

　尊者尋覓母，　回轉火盆城。

　悲哀告獄主，　此牢不見門。

尊者到鐵圍城，無門而入。高叫數聲，無人答應。回至火盆城，哀告獄主，『此乃爲何不開。』獄主答曰：『此阿鼻地獄。衆生在世，不信三寶，造下無邊大罪，死後墮此獄。內業風吹起，倒懸而入。若要翻身難哉，難哉！奈師法力微小，若開此獄，無過問佛。』

尊者聽說，思想母親，心中煩惱。辭別獄主，回至靈山，哀告如來。

金字經

般若波羅金字經，常把彌陀念幾聲，觀世音。不踏地獄門，身清淨。菩提路上行。

幽冥遊遍不見娘，思想尊者哭斷腸，淚兩行。高聲大叫娘，尋不見，靈山問法王。

尊者煩惱淚紛紛，不見生身老母親，無處尋。教兒苦痛心，難尋覓，靈山問世尊。

尊者駕雲，直至靈山，拜告如來。尊者言曰：『弟子往諸地獄中，盡皆遊遍，無有我母。見一鐵城，牆高萬丈，黑壁千層，鐵網交加，蓋覆在上。高叫數聲，無人答應。弟子無能見母，哀告世尊。佛說：『你母在世造下無邊大罪，死墮阿鼻獄中。』尊者聽說，心中煩惱，放聲大哭。

母墮長劫阿鼻獄，
何年得出鐵圍城？

玉兔金雞疾似梭，堪嘆光陰有幾何！四大幻身非永久，莫把家緣苦戀磨。
忽然死墮阿鼻苦，甚劫何年出網羅？若要脫離三塗苦，虔心聞早念彌陀。
光陰似箭，日月如梭，人生有幾多；堆金積玉，富貴如何，錢過北斗，難買閻羅，不如修福向善念彌陀。

一生若作惡，　身死墮阿鼻。
一生修善果，　便得上天梯。

世尊言曰：『徒弟，你休煩惱。汝聽吾言。此獄有門，長劫不開。汝今披我袈裟，執我鉢盂錫杖，前去地獄門前，振錫三聲，獄門自開，關鎖脫落。一切受苦衆生，聽我錫杖之聲，皆得片時停息。』尊者聽說，心中大喜。

饒你雪山高萬丈，
太陽一照永無踪。

世尊說與目連聽，汝今不必苦傷心。賜汝袈裟並錫杖，幽冥界內顯神通。
目連聞說心歡喜，拜謝慈悲佛世尊。救度我母生天界，弟子永世不忘恩。
投佛救母有大功能。振錫杖便飛騰，恩霑九有，獄破千層，業風停止，劍樹摧崩，阿鼻息苦，普放淨光明。

手持金錫杖，　身着錦袈裟。
寃親同接引，　高登九品華。

尊者聞佛所說，心中大喜，身披如來袈裟，手持世尊鉢盂錫杖，拜辭世尊，駕祥雲直至地獄門前。目連尊者，廣運神通，便將錫杖，連振三聲。只見阿鼻地獄開門兩扇，關鎖自落。獄中鬼神，盡皆失驚，尊者便入，被獄主推出。問曰：『你是何人？擅開獄門，有何緣故？』尊者告曰：『我是釋迦佛上首弟子，特來救母。』獄主問曰：『師母是何名字？弟子去牢中檢簿查勘。』

我母青提劉第四，
王舍城中輔相妻。

金環錫杖振三聲，振開阿鼻地獄門。一聲響亮驚天地，猶如霹靂震乾坤。
尊者便入牢中去，獄主將身推出門。吾是釋迦佛弟子，特來救母出幽冥。
手持錫杖連振三聲，鐵圍關兩下分，尊者便入，推出牢門，獄中神鬼無不心驚。是何賢聖，冲開地獄門？

尊者蒙法力，　廣運大神通。

地獄門粉碎，　牢中神鬼驚。

尊者告獄主曰：『我母青提劉四夫人。』獄主聽罷，便入牢中，叫青提夫人。連叫數聲，半晌纔應，獄主問曰：『我叫數聲因何才應？』夫人答曰：『恐怕獄主更移苦處，因此不敢答應。』獄主曰：『你有一子，隨佛出家，名號目連，特來尋你。』夫人告曰：『罪人一子，身不出家，名不目連。』

獄主聞得青提說，

出牢回與目連知。

說與青提劉四聽，汝有一子出家僧，見在大獄牢門外，直至阿鼻尋母親。

青提夫人回獄主，罪人一子不修行。出牢回報師知道，有一青提話不同。

獄主聽罷便出牢門，告師聽緣因。有一劉四青提夫人，言有一子，名不爲僧。目連聞說，正是我娘親。

父母皆存日，　羅卜號乳名。

雙親亡沒後，　道號目連尊。

獄主見青提說罷，卽時出獄，就與師聽。『有一青提夫人，他說有一子，不曾出家，名不目連。』獄主說罷，目連又告獄主。『慈悲，父母在日，小名羅卜。父母亡後，隨佛出家，改名目連。』獄主聽說，便轉回牢，說與夫人。『你在之日小名羅卜；你亡之後，改名目連。』夫人聽說，眼中流淚，告獄主曰：『若是羅卜，是我嬌生之子。』獄主聽說，令夜叉將鐵叉挑起檀林，打釘在地。夫人一陣昏迷，百毛孔中盡皆流血。

汝兒若不歸三寶，
怎能暫且出牢門？

青提兩眼淚汪汪，阿鼻地獄苦難當。渴飲鎔銅燒肝膽，飢食熱鐵盪心腸。
千生萬死從頭受，何由無罪片時閑。早知陰司身受苦，持齋念佛結良緣。

青提夫人，苦痛傷情，兩眼淚紛紛，通身猛火，遍體烟生，鐵枷鐵鎖，不離其身。生前造業，死後入沉淪。

青提受重罪，　皆因作業多。
若要離諸苦，　行善念彌陀。

獄主令夜叉將青提夫人項帶沉枷，身纏鐵鎖刀劍圍遶，送出牢前。獄主言曰：『不是你兒佛門弟子，怎得出獄門前，與兒相見。』獄主告目連師曰：『你認得你娘麼？』目連答曰：『一向不見我母面容眼中不識。』獄主手指前面遍身猛火，口內生烟，枷鎖纏身，『便是師母。』目連見了忽然倒地多時甦醒，扯住親娘，放聲大哭。

此下歷敍目連乞釋迦試法打開地獄之門，救了母親出來。但她卻又到了餓鬼道中去；後目連又求釋迦超度了她升天。最後便以青提的歸心正道爲結束：

七月十五啓建盂蘭，釋迦佛現瑞光，世尊說法，普度衆生。青提劉四，頓悟本心，永歸正道，便得上天宮。

目連行大孝，　救母上天宮。
諸佛來接引，　永得證金身。

世尊說法，度脫青提。目連孝道，感動天地。只見香風颯颯，瑞氣紛紛，天樂振耳，金童玉女，各執幢幡，天母下來迎接。青提超出苦海，昇忉利天，受諸快樂。目連見母，垂空去了，心中大喜。向空禮拜，八部天龍，母告目連：『多虧吾子，隨佛出家，專心孝道，今日我得生天！若非吾子出家，長劫永墮阿鼻，受諸苦惱。』普勸後人，都要學目連尊者，孝順父母，尋問明師，念佛持齋，生死永息，堅心修道，報答父母養育深恩。若人書寫一本，留傳後世，持誦過去，九祖照依目連，一子出家，九祖盡生天。

衆生欲報母深恩，
做傚目連救母親。

果然一個目犍連，陰司救母得生天。母受忉利天宮福，千年萬載把名傳。

念佛原是古道場，無邊妙義卷中藏。善人尋着出身路，十八地獄化清涼。

南贍部州，人戀風流，不肯早回頭。口喫血肉，惹罪無休。閻王出帖，惡鬼來勾。怎生回避？悔不向前修。

提起無生語，　思想早還鄉。
會的波羅蜜，　不怕惡閻王。

說一部目連寶卷，諸人讚揚。提起青提，個個心酸。諸大地獄，受苦艱難。皈依三寶，念佛燒香。知音方便，孝順爺娘。齋僧佈施，忙裏偷閒。聞經聽法，嬰兒見娘。經年動歲，不肯回光。遇着明師，接引西方。如來授記，親見法王。一句彌陀，原是古道場。

目連尊者顯神通，
化身東土救母親。

分明一個古彌陀，親到東去化娑婆。假身喚作羅卜子，靈山去見古彌陀。

如來立號目犍連，陰司救母坐金蓮。仗佛神通來加護，一點靈光不本源。

我今看罷，眞個心酸。只要戀家緣，不肯回光，惹下災愆墮在地獄。密語眞言，一聲佛號，端坐紫金蓮。

陰間惡地獄，　鐵人也難當，
聞說地獄苦，　拜佛早燒香。

目連尊者，原是古佛。因爲東土衆生不善，借假修眞。眞空而果實不空，眞空裏面聚眞空。要知自家西來意，刹那點鐵自成金。

清淨圓明一點光，無始已來離家鄉。有緣遇着西來意，一聲佛號還本鄉。

一動一靜不爲眞，
無形無像體眞空。

這句彌陀有誰知？曹溪一線上天梯。遇師通秀西來意，超生離死證菩提。
一念純熟歸家去，極樂國裏坐蓮池。三世如來同赴會，來赴盂蘭見彌陀。

道場圓滿，持誦眞經，大衆早回心。都行孝道，侍奉雙親。自然識破，返本還眞。但看念佛，定生極樂中。

聽盡目連卷，　個個都發心。
回光要返照，　便得出沉淪。

伏願經聲琅琅，上徹穹蒼；梵語玲玲，下通幽府。一願刀山落刃，二願劍樹鋒摧，三願爐炭收焰，四願江河浪息。鍼喉餓鬼，永絕饑虛。麟角羽毛，莫相食噉。惡星變怪，掃出天門；異獸靈魑，潛藏地穴。囚徒禁繫，願降天恩；疾病纏身，早逢良藥。盲者，聾者，願見願聞；跛者，啞者，能行能語；懷孕婦人，子母團圓；征客遠行，早還家國。貧窮下賤，惡業衆生，誤殺故傷，一切寃業，並皆消釋。金剛威力，洗滌身心，般若威光，照臨寶座。舉足下足，皆是佛地。更願七祖先亡，離苦生天，地獄罪苦，悉皆解脫，以此不盡功德，上報四恩，下資三有，法界有情，齊登彼岸。川老頌云，如飢得食，渴得漿，病得瘥，熱得涼，貧人得寶，嬰兒見娘，飄舟到岸，孤客還鄉，旱逢甘澤，國有忠良，四方拱手，八表來降，頭頭總是，物物全彰，古今凡聖，地獄天堂，東南西北，不用思量，刹塵沙界，諸羣品，盡入盂蘭大道場。

三塗永息常時苦，六趣休墮汨沒因，恒沙含識悟眞如，一切有情登彼岸。

乃至虛空世界盡，衆生及業煩惱盡，如是四海廣無邊，願今回問亦如是。

金字經

目連救母有功能，騰空便駕五色雲。五色雲，十王盡皆驚，齊接引，合掌當胸見聖僧。

自然善人好修行，識破塵勞不爲眞。不爲眞，靈山有世尊，能機巧，參破貪嗔妄想心。

今日最流行的東西，還是目連寶卷（另一異本和升天寶卷不同）和香山寶卷，劉香女寶卷，魚籃觀音寶卷，妙英寶卷，秀女寶卷，龐公寶卷等。有的是敍述菩薩的修道度世的；有的是敍述民間善男女修行的經過的。這種故事，對於婦女們最有影響。像香山寶卷，劉香女寶卷，妙英寶卷等都是同類的東西，描寫一個女子堅心向道，歷經苦難，百折不回，具有殉教的最崇高的精神。雖然文字寫得不怎麽高明，但是像這樣的題材，在我們的文學裏卻是很罕見的。

魚籃觀音寶卷，尤具有博大的救世的精神。此卷一名魚籃觀音二次臨凡度金沙灘勸世修行，寫的是，金沙灘住戶，爲惡多端，上帝欲滅絕之。觀音不忍，乃下凡來度他們。她變作妙齡女子到村中賣魚，哄動了全村。惡人之首的馬二郎欲娶她爲妻。她說，有誓在先。凡欲娶她的必須念熟蓮經，吃素行善。馬二郎和許多少年們都放下屠刀，在聲聲念佛。於是她和馬二郎結了婚。婚夕，她腹痛而亡。村中受了她的感化，竟成爲善地。關於同類的故事，還有鎖骨菩薩的一則。明末凌濛初有鎖骨菩薩雜劇，寫觀音竟化身爲妓女以普度世人。惜此故事，未見有寶卷。恐怕，寶卷的作者們只能把菩薩寫到了賣魚女郎爲止，他們還沒有勇氣去寫爲妓女的菩薩。

四

關於神道的故事，在寶卷裏寫的也不少。由寫菩薩、佛而擴充到寫神仙，寫道教裏的諸神，在中國是並不覺爲奇的。唐、宋以後，佛道二教差不多已是合流了。那一個佛寺裏沒有供奉着財神、藥王、土地等等神道呢？一般人最畏敬的關公（關帝），在佛寺裏，便也成爲『至聖伽藍』，爲重要的護法神之一了。

寫關公故事的寶卷不止一二本。這裏引清初刊本的銷釋萬靈護國了意至聖伽藍寶卷的一段爲例：

先凡後聖誠功玄妙修心品第二

耍孩兒

黃昏夜靜更深後，急令關平掌上燈。春秋左傳從頭論：先皇後代與世事，幾帝眞明幾帝昏。功勞十大成何用！如今奸謀當道，不顯忠臣。

想先主，恩義深。三兄弟，無信音。中原妄受奸賊奉，忽聞堦前關平報，見有伯母討信音。關某出戶迎接，敬到庭前坐下。二皇嫂茶罷一鍾，訴舊因，題起先主心中痛。奉勸皇嫂歸宅院，主有消息就起身。將車輦，安排定，不必遲慢，各用虔誠。

關皇叔辭曹公有孟德，不放松。修書一奉差人送，拜上丞相多用意，府庫金銀用鎖封；賜來美女不從用，點就五百梟刀手，傳與關平要起身將車輦圍隨定，寶纛旗上書金字。上造關王鬼怕驚誰人敢違吾軍令，赤兔馬踏碎曹公相府，崑吾劍剪草除根。

關王聖賢忠直心，合家眷等相當人。

全憑志剛爲根本，務要尋着主人公。

關聖賢。　令關平，　當知左右。　刀出鞘，　弓上弦，　各逞威風。

儹車輦，保家眷，小心在意。曹丞相，金銀器，休帶分文；
好綾錦，十顏女，盡都放下，花紅景，財色事，墜落黿根，
打一面，志剛旗，遮天映日，上寫着，關公號，鬼怕神驚。
甘梅妃，告皇叔，大行方便。粉面上，珍珠滾，濕透衣襟。
發誓願，合家眷，同緣一會。得步地，成證果，萬古標名。
在中原，身久住，通無音信。有孟德，生奸智，落而無功。
出中原，曹丞相，軍馬勢重。二皇叔，身孤單，怎與相爭？
關聖賢，既聽說，銀牙咬碎。量曹賊，兵百萬，掃蕩浮塵。
令關平，儹車輦，卽時就起。五百個，精兵將，前後隨跟。
放一個，襄陽炮，曹兵知會。關聖賢，辭曹公，直到相府。
千拜上，萬拜上，敬奉吾身。攙絲剛，赤兎馬，伴常去了。
二柳鬚，風擺動，一似天神。

關公聖賢勇猛直神，辭別曹操，出寨離營，中原殺氣，勇猛威風，忠心無二，逼退奸臣，直至橋邊，眷屬先行。關平在意，各人用心，認定線路，去找當人。關聖勒馬久住，等曹公，刀尖挑起絳紅袍，退曹兵。

聖賢勒馬站橋中，孟德定計生奸心，赤兎威武連聲吼，逼退貪嗔妄想心。

又有藥王救苦忠孝寶卷的，敍述醫士孫思邈事。思邈隋唐間人，居太白山，精於醫道，著有千金

要方。世尊之爲藥王菩薩。這裏敍的是思邈因救了白蛇，乃得受到諸助，成道爲藥王菩薩事。

思邈救白蛇分第五

山坡羊：

孫思邈虔誠參道，每日家收丹煉藥，時時下苦，將五氣一處烤，將六門緊閉牢，三昧火往上燒，煉就了無價之寶，還源路纔有着落，聽着出世人委實少，聽着把光陰休悮了。

話說思邈將家財捨盡，採百草爲藥。聖心有感，驚動東海龍王太子，出水遊翫，變一白蛇，落在沙灘。牧羊頑童，鞭牛童子，鞭棍亂打。多虧孫思邈救我一命。龍王聽說有恩之人，當時可報，巡海夜叉，速去請他進來。

夜叉聽說不消停，辭別龍王出龍宮。

小太子，遊翫時，落在沙灘。變白蛇，不得的，受苦艱難。
鞭的鞭，棍的棍，亂打太子。小太子，難展掙，跳跳鑽鑽。
不一時，孫思邈，採藥到此。叫小童，不要打，走到跟前。
急慌忙，將白蛇，托在筐內。到海邊，放在水，禱祝龍天：
是龍王，早歸海，父子相見，是白蛇，在水內，任意作歡。
小太子，得了水，洒洒樂樂，進龍宮，見父王，兩淚千行。
老龍王，問太子，因何煩惱？太子說，我出海，遭棍遭鞭；
多虧了，孫思邈，救我一命。若不是，孫思邈，怎的回還！

老龍王，聽的說，當得可報！得他恩，要忘了，怎行聖賢？
叫夜叉，出海岸，去窺思窺。有夜叉，出了海，來到岸邊；
告思窺，老龍王，着我請你。進海去，報你恩，謝你前緣。

思窺、夜叉進的龍宮，忽的把眼睜，看見龍王，諕一大驚。龍王開言，高叫先生，休要害怕，答報你恩情。

進得龍宮內，看見老龍王。
思窺心害怕，龍王問短長。

孫思窺進龍宮分第六

畫眉序

思窺進龍宮，忽的抬頭把眼睜，纔觀見龍宮海藏，諕一失驚。老龍王慌忙上前，告先生休要心動。你聽，我得你恩情重，多虧你搭救小龍。

思窺告龍王：累刼有緣遇上着。你本是眞龍帝主，海底包藏。我有緣進你海來，可憐見把我饒放。恓惶，把我母親望見，老母不忘龍王。

話說老龍王說：孫先生休要害怕！昨日救吾太子，得你大恩，不肯有忘。思窺聽說，雙膝跪下。肉眼凡胎，冲撞太子，望老龍王赦我無罪。王曰：罪從何來？得你大恩，我今答報與你夜明珠一顆，進上朝廷，加官贈職，永不採藥爲活。思窺告曰：藝人不富，富了不做。不爭收了寶貝，朝廷加我高官，不得捨藥，違父願心，忤逆之人！王曰：不用寶貝金銀，盡着你拿。思窺曰：不要寶貝，豈用金銀，王曰：不用金寶，我吃的珍饈百味，與天齊壽。你受天福罷。思窺曰：我三件事不全：第一件有母親在堂，第二件捨藥爲生，第三件重發重愿採百草救人。龍王說：將何報答？三太子跪下，有一本海上仙方，與孫先生拿去，看方捨藥，再不採草。孫思邈得仙方，辭別龍王，出離大海。

思邈搭救小龍王。

進海得了海上方。

孫思邈，東洋海，得了仙方；雙膝跪，眼流淚，拜謝龍王。
辭別了，老龍王，出離大海，急速走，來到家，拜見親娘。
老母見，孫思邈，開言動問：你因何，去三日？你在何方？
孫思邈，聽母說，回言告母；我昨日，採百草，遊到山場。
牧牛童，輪鞭棍，亂打太子。我有緣，將太子，送入東洋。
三太子，見親父，將我舉薦。老龍王，聖賢心，得恩不忘。
他把我，請入在，東洋大海。將寶貝，要與我，進上君王。
我再三，不受他，財帛寶貝。老龍王，他與我，海上仙方。
我如今，不採草，看方捨藥。不圖財，救天下，一切賢良。

得了仙方，辭別龍王，回家望親娘。老母從頭問，問家常一去三日今纔還鄉。思邈從頭說與母親娘．

思邈告親娘，得了海上方。
要救男和女，滅罪又消殃。

這一類道教的諸仙諸神的故事，和佛菩薩的故事相同，也是勸化世人爲善的，像藍關寶卷，寫的是韓湘子度其叔父愈事；呂祖師度何仙姑因果卷寫的是呂洞賓勸化何仙姑學道成仙事。

最有趣味的一個寶卷，乃是土地寶卷。（一名先天原始土地寶卷）把白髮蒼蒼的土地公公作爲一個與玉皇大帝鬬法的英雄，這是從來不曾有過的一個傳說。

這裏寫的是天與地的鬬爭；寫的是『大地』化身的土地神如何的大鬧天宮，與諸佛、諸神鬬法。他屢困天兵天將，成爲齊天大聖孫悟空以來最頑強的『天』的敵人。顯然的，這寶卷所敍述的受有華光天王傳和西遊記的影響。但在作風上卻完全成爲獨特的一派。作者描寫那玩皮無賴的小老頭兒土地，與他的如何制服天兵天將，以及兩方交鋒的情形，完全超出了一般的鬬法和戰爭的佈局之外。其中充滿了幽默的趣味。這一個寶卷，見到的人恐怕很少，故多引數節於下：

元始賜寶品第五

夫却說土地尋佛不見往前所行，見一老公。土地問曰：『老公見佛否？』答曰：『無見。』土地問曰：『這是何處？』公曰：『此是玉帝所居靈霄寶殿。』土地曰：『佛在天宮說法，我來尋佛，不知佛在何處？』公曰：『你往三清宮內問去。』土地曰：『三清宮在何處？』公用手一指。土地謝曰：『老公貴姓？』公曰：『金星是也。』土地辭別，逕到三清宮內，參見元始天尊。天尊一見，認的土地。『你是無極化身，如何到此？』土地答曰：『我來天宮尋佛，誤遇天尊。』天尊曰：『天宮最多，那裏尋問。』土地悲泣，身老年殘，千辛萬苦，尋佛不見。元始曰：『我和你貼骨尊親，源理一脉。我將如意與你作一拄杖，以爲後念。你今回去，不可尋佛，靈山等佛去罷。』土地告辭，還歸舊路而去也。

土地尋佛不得見，
誤與元始賜寶回。

我佛上居兜率天，廣演大法慈悲寬。玄言句句如甘露，信授塵勞盡除蠲：
土地尋佛到天宮，正遇太白李金星。問佛天宮說法處，金星一問指三清。
逕到三清問天尊，元始一見知原因。無極化身今到此，先天元氣貼骨親。
尋佛不見慟悲啼，身老年殘步難移。天尊賜與如意寶，手持拄杖舊路回。

元始賜寶拄杖，龍頭本是如意鈎，隨着土地，到處雲遊，戳了一戳，鬼怕神愁，敲了一上，音聲遍四洲。

拄杖非等閑，拿起走三千。
要問端得意，唱疊落金錢。

好一個如意鈎，是元始起根由。這個寶物誰參透？與土地做龍頭，龍頭。鬼怕神也愁。我的佛，拐杖一舉誰禁受！
老土地心喜歡。我今朝大有緣。我得元始寶一件，如意鈎妙多般多般！下拄地，上拄天，我的佛，邪魔見了心寒戰！

南天門開品第六

夫却說，土地得了如意，還歸舊路。前到南天門緊閉。土地自思：『三清宮隨喜了，不曾進南天門，隨喜龍霄殿。』遙望門首許多天兵神將。土地向前與衆使禮。土地曰：『乞衆公方便，將門開放，我今隨喜。』衆神聞言，諕一大驚。衆神大吒一聲：『你這老頭，斯不知貴賤，不曉高低！你在這裏，還敢撒野。』土地曰：『我從無到此，隨喜何礙！』青龍神將走將過來，揩着土地，連推待搡。衆罵老不省事，一齊擁推。土地怒惱，使動龍拐，望衆打去。衆將一躲，打在南天門上，將天門打開。天門開放，毫光普遍，六方振動。諸神忙齊奏上帝。

未從隨喜靈霄殿，
土地打開南天門。

老土地，纔得了，龍頭拐杖，心中喜，比旬寶，大不相同。
正走着，猛然間，抬頭觀看，遠望見，南天門，瑞氣騰騰。
三清宮，我隨喜，看了一遍。天宮境，世間人，難遇難逢。
靈霄殿，好景致，不曾隨喜。我看見，天門首，許多神兵。
老土地，走向前，與衆使禮。一件事，乞煩你，列位諸公。
你開放，南天門，隨喜遊翫。衆神將，聽的說，諕一失驚。
叫一聲，老頭子，你推無禮。推的推，搡的搡，罵不絕聲。
怒惱了，老土地，輪拐一打，打開了，南天門，振動天宮。

南天門開，神兵着忙，同啓奏玉皇：『一個老頭生的顚狂，手拿拐杖，力大無量。天門打開，上望仔細詳。』

土地好妙法，　龍頭拐一拉。

打開南天門，　聽唱耍娃娃。

老土地睜眼瞧南天門，影超超，霞光瑞氣祥光罩，乘鸞跨鳳空中舞，天仙玉女跨鸞鶴，神兵天將門前鬧。老土地上前使禮，開天門隨喜一遭。

老土地說一聲，衆天兵諕一驚，老頭不知名合姓，髮白面皺年高大，老來說話不中聽。連掐待搡往外送。輪拐打，天門開了，毫光放，振動虛空。

神兵大戰品第七

夫却說，衆神同奏玉帝：『有一白頭老公，不知何名，力大無窮，手拿龍頭拐杖，要開南天門，隨喜靈霄殿，衆神不從，推拉不動，使拐杖打來，衆皆躲避。一拐打在南天門上，將天門打開。緊奏上。』聖帝曰：『差衆神兵，左右天蓬率領天兵大將二十八宿，九曜星官，同去圍住，拿將他來。』衆神排陣，一擁齊來圍住土地，各使兵刃，踴躍前來。土地觀見，不慌不忙，一柄拐去，指東打西，遮前擋後。天兵雖多，不能前進，難得取勝。土地這拐使開，無有攔擋，萬將難敵，只打的個個着傷，頭破血流，天兵後退。

土地不知多大力！
天兵雖多實難敵。

土地廣有大神通，打開天門力無窮。衆神一齊奏玉帝，到把玉帝諕一驚。
傳令忙把天兵點，爲首左右二天蓬，二十八宿跟隨定。九曜星官不消停，
天兵天將排陣勢，土地圍住正居中。鎗刀箭戟齊着力，望着土地下無情。
土地使動龍頭拐，橫來直去不透風。天兵着傷難取勝，打的重了喪殘生。

神兵大戰各逞高強，英雄氣昂昂圍住土地，不慌不忙，使開拐杖，萬將難敵，大戰一場，天兵都着傷。

土地呵呵笑，　我把天宮鬧。

神兵不能敵，　聽唱鴈兒落：

土地廣有大神通，龍頭拐杖有妙用，使動了這寶物，神變無窮。行在凡來又在聖，參不透，這寶物神鬼難明，呀，舉起乾坤都攪動，有萬將也難敵，鬼怕神驚，聞聽天兵雖多難取勝，諕壞了大將軍，左右天蓬。天兵睜眼瞧一瞧，這個老頭也不弱，一個人一根拐，獨逞英豪，因何來把天宮鬧？俺若還拿着你，定不輕饒，呀，無理難得討公道，這場禍本無門，自惹自招。觀瞧，四下神兵都來到。你總然有手段，插翅難逃！

地金水泛品第八

大卻說，天兵難敵，衆將問曰：「老頭何名？」土地曰：「我是土地也。我來天宮尋佛，不知佛在那一天宮？」土地言罷，九曜星官上奏玉帝。玉帝聞知，忙傳敕令五方五帝，五斗神君，三十六天罡，七十二地煞，率領八萬四千天兵天將，去把土地拿將他來。衆位天兵圍住土地，土地觀看：「天兵無數，將我圍住。我今使個方法，戲他一戲。」土地曰：「衆兵多廣，一人難敵，我今去也！」往地裏鑽去。衆天兵說：「走了他了！」九曜曰：「他是土地。這地就是他的原形。」衆人刨地，掘自數尺，盡都是金。天兵歡喜，言還未畢，金化成水，漲湧漂泛。天兵着忙，各顯神通，水上遊行。土地將水一抽，天兵跌倒水裏，跑將起來，又是笑，又是惱。這個老頭，神通不小。俄然水乾，天兵都在泥內。土地出現：「你可認的我麼？」

土地生金金生水，

世人不解這神通。

老土地，鬧天宮，神通廣大。天兵多，層疊疊，圍遶週遭。
按五方，五帝神，威風抖擻。上天罡，下地煞，獨逞英豪。
領八萬，零四千，天兵天將，一個個，齊吶喊，鬧鬧訬訬。
土地說，使個法，鑽到地內。天兵說，齊下手，都把他刨。
刨數尺，土成金，個個歡喜。忽然間，金化水，漲湧泛漂。
衆天兵，使神通，水上行走。老土地，水一抽，神兵跌脚，
跁起來，又是笑，心中怒惱。這老頭，有手段，蹊蹊蹺蹺。
猛然間，水盡無，都在泥內。有土地，現出身，你可瞧瞧。

地金水泛，廣有神通，土地戰天兵。土能化金，金將水生。天兵天將，水上遊行。將水一抽，都倒在泥中。

天兵使神威，　都將土地追，
水上平跌脚，　聽唱駐雲飛。

天將天兵，個個猛烈抖威風。土地有妙用，天兵難取勝。佛，廣有大神通，變化無窮，通凡又通聖，獨自一個鬧天宮。
獨逞英豪，將身入地你是瞧。天兵呵呵笑，老頭到也妙。佛，一齊把地刨。金能生水，漲湧水勝茂，天兵水上平跌脚。

樹林火起品第九

夫却說，土地現出身來，衆兵圍住。天兵曰：『老頭子從你怎麼變化，也走不了你。』土地曰：『我一個小小的法，我着你當架不起。』天兵曰：『有甚麼法，使來俺看！』土地往地下搗了一把土，滿天一洒，衆天兵閉眼難睜，如沙石麼情，痛如釖剜，甚疼

難忍。土地笑曰：『可知我的利害！』却説那直神奏曰：『若得取勝，問佛借兵。』玉帝准奏，勑命求佛。佛即遣差四大天王，八大金剛來戰土地。兩家對敵，三晝三夜。土地一怒，將拐使開，百步打人，拐拐不空。天王金剛，一齊後退。土地笑曰：『略你衆將，非吾對手。我再使個方法。』土地曰：『極你不過，我今去也。衆兵後追。土地倒在地下，身化樹木，稠密深林。』天兵曰：『老頭子又變化了。這樹就是他的原身。告可伐樹。』無數天兵，齊動釖鋒，越砍越長。偶然林中四面火起，燒天燎地，大火無邊。天兵忙着無處躲避，只燒的袍破甲爛，少眉無鬚，奔走無門，各逃性命，天兵大敗。

一切天兵拿土地。

祕樹林中大火燒。

土地手段最高強，無數天兵都着忙。天兵又把土地叫，今朝莫當是尋常！
衆人今朝圍着你，插翅難飛那裏藏？土地攝土只一洒，天兵合眼痛難當。
玉帝求佛把兵借，四個天王八金剛，一勇齊來戰土地。土地抬頭細端詳。
兩家交鋒三晝夜，土地又使哄人方，倒在地下樹木長，稠祕深林遮日光。
天兵一齊伐來樹，四面火起亮堂堂，火燒衆將袍鎧爛，少眉無鬚都着傷。
樹林火起天兵着忙。四面起火光，各人奔走慌慌張張，手鑑掠甲，不顧釖鎗，燒眉燎鬚，個個都着傷。

土地鬧天宮，　兩家大交兵。
林中失了火，　聽唱一江風：

衆天兵不違天主命，各賭能，合勝抖威風，一勇齊來，四下相圍定。土地顯神通，神通，杖手中擎，一人能擋天兵衆。

細祥參，土地好手段。千化有萬變，妙多般。身化松林，將衆來滯賺。四下起狠烟，狠烟，天兵心膽寒。少眉無鬚各逃竄。

地搖物動品第十

夫卻說，天兵大敗，齊奏玉帝，『那土地神通變化，身化山林。天兵伐樹，四面火起，個個着傷，無能可敵。奏上聖定奪。』上帝曰：『領我勅旨，傳與南極，令衆羣仙來拿土地。』話說旨傳南極，領衆羣仙，通天大聖、齊天大聖，率領羣仙齊來交戰。那土地散者成風，聚而成形。天兵到此，不見土地。高聲大叫：『土地，你在那裏？出來受死！』那土地從地裏鑽將出來。齊天大聖一見土地：『就是你撒野：』行者舉棒，婁頭就打。那土地拐杖相還。練戰一處。後有通天大聖來掠陣。土地發威，使開拐杖，把通天大聖一拐戳倒。拐杖一拉，把齊天大聖拉了一跤。南極着忙，領衆羣仙，一勇齊來圍着。土地將拐戳在地下，手搬拐杖，搖了兩搖，地動山搖，一切神仙，站立不住，平地跌仙。衆仙着忙各駕祥雲，起在空中。土地將拐望空一舉，搖了幾搖。那神仙空中東倒西歪，站立不住。那土地一拐化了萬萬根拐，起在虛空，打的那神仙各人散去。

天兵大戰無能勝，
勅命又傳李長庚。

有玉帝，靈霄殿，忙傳勅令，命南極，率領着，一切神仙。
李長庚，見勅旨，不敢怠慢，各名山，洞府裏，去把書傳。
勅旨到，衆羣仙，一齊來到。惟獨有，齊天聖，越衆出班。
通天聖，黃石公，神仙領袖，燕孫臏，李道仙，鬼谷王禪。
衆神仙，叫土地，你在何處？那土地，從地裏，往外一鑽。

孫行者，　揚起棒，　斐頭就打。　有土地。　龍頭杖，　着架相還。
通天聖，　齊天聖，　不能取勝，　衆神仙，　把土地，　圍在中間，
龍頭拐，　戳在地，　挠了幾挠，　山又搖，　地又搖，　動地驚天。
一個個，　都倒跋，　立站不住。　顯神通，　駕祥雲，　起在空懸。
一根拐，　多變化，　望空打去。　衆神仙，　難着架，　各奔深山。

地搖物動，乾坤失色，天地仈兩仈，神仙着忙，東倒西歪，平地跌跋，爬不起來。從也無見蹊蹺好怪哉！

土地拐一根，　搖動挠乾坤，
神仙敵不住，　聽唱柳搖金：

土地手段誇不盡土地手段，一根拐變化多般，天兵難取勝，神通廣無邊。行者大戰，土地與行者大戰，誌壞了衆位神仙。這個老土地誰人敢向前。齊使手段，神仙們齊使手段，俺合你怎肯善辨！呵呵大笑老土地呵呵大笑；四下裏瞧了一瞧，天兵無其數，神仙遶週遭。拐杖玄妙，說不盡拐杖玄妙，戳在地搖了兩搖，乾坤都撼動，神仙齊跌跋。騰空謅鬧，神仙們騰空謅鬧，這老頭子手段不弱。

問佛因由品第十一

夫卻說神仙敗陣，行者曰：『咱若敗了，着那土地誇口。你看着，我去合他見個高低。』行者回來，叫聲土地：『我合你使使手段。』土地說：『你有甚麼手段使來我看！』行者變化一個變十個，十個變百個，百個變千個。土地笑曰：『你看我變來。』你看土地一變無邊無岸，撐天拄地，一個大身，把一切天兵衆位神仙都在土地身內包藏。行者着忙，東走西跑，只在土地身內。

玉帝聞知靈山問佛告白如來，土地撒野大鬧天宮，是何因由？佛言：土地神者，無極化身也。未有天地，先有無極。無極以後生天化地，有了天地纔有佛祖。一切菩薩羅漢聖僧，一切神仙天人四衆，言也不盡，何物不從地生，何人不從地住。土地之神，只可尊敬，不可冒犯。冒犯土地，我也難敵。天尊聞罷，自悔不及。善哉，善哉。

土地廣有神通大，
玉帝求佛問因由。

土地神通不可量，大鬧天宮逞高強。一切神仙都散了，行者回來戰一場。
各顯手段能變化，土地傍裏細端詳。行者變了千千個，土地一身總包藏。
撐天拄地是土地，行者見了也着忙。玉帝靈山把佛問，佛說混沌劫數長。
無極分化天和地，土生土長養賢良。諸佛菩薩地上住，從地修道轉天堂。
尊敬土地休冒犯，惱了土地實難當。玉帝聞言心自悔，謝佛指教拜法王。
問佛因由起立原根，無極顯化身安天立地，置下乾坤萬聖千賢土上安身。尊敬土地，知恩當報恩。

行者調天兵，　神仙賭鬪爭。
玉帝去問佛，　聽唱金字經：

土地行者大交兵，各使手段顯神通。孫悟空變了許多猴兒精，土地笑，土地笑，一身變化總包籠。
衆僊神仙睜眼觀，土地法身廣無邊。體量寬遍滿三千及大千。土地大，土地大，包着地來裹着天。
玉帝靈山問世尊；土地起初是何因？不知根。佛說無極立乾坤，三千界，三千界，萬物都從土出身。

佛說土地功德多，大千沙界一性托。運娑婆，普覆大地及山河。生萬物，生萬物，先有土地，後有佛。

以下敍述土地顯盡了神威，玉帝無法制伏他，便去問佛祖。最後，佛祖到了；像他的收伏齊天大聖一般，也以無邊的法力，制伏了土地。土地被擄到靈山，給投入爐火中焚斃。但土地的肉體雖死了，他的靈魂卻是永在的，無往而不在的。佛祖遂遣使者遍遊天下，使窮鄉僻壤，大家小戶，無不建立土地祠與土地神位。

這個寶卷爲明、淸間的刊本，惜未能知其作者。

五

民間的故事，在寶卷裏也佔着很大的一個成分，正像唐代變文裏很早的也便有着王昭君、伍子胥，以及舜等的故事一樣。

這一類的故事，有的還帶些「勸化」的色彩，有的簡直是完全在說故事，離開了寶卷的勸善的本旨很遠。

今所見到的，有：

孟姜仙女寶卷（這是勸善的）

鸚兒寶卷

鸚哥寶卷

這二卷情節很相同，是一個故事的異本。寫的是一隻靈鳥，——白鸚鵡的成道的故事。

珍珠塔（這顯然是重述那著名的彈詞的）

梁山伯寶卷（其中祝英臺改扮男裝去讀書，爲其嫂嫂所譏刺的一段，寫得很不壞。）

還金得子寶卷（寫呂玉、呂寶事，有話本。）

昧心惡報寶卷（寫金鐘事，亦見於小說。）

趙氏賢孝寶卷（寫蔡伯喈、趙五娘事。）

金鎖寶卷（寫竇娥事：她臨刑被赦，終於和父親及丈夫團圓。）

白蛇寶卷（寫白蛇、許宣事。）

還金鐲寶卷（寫書生王御的事）

雌雄盃寶卷（寫蘇后、梅妃事。戲文有蘇皇后鸚鵡記。）

希奇寶卷

現世寶卷

後梁山伯祝英臺還魂團圓記（這是一個荒唐的故事，寫梁山伯、祝英臺死後還魂，成爲帶兵的將官。後來功高名就，山伯被封爲定國王，且於英臺外，復娶二女爲妻。故亦名三美圖。）

花枷良願龍圖寶卷（包拯斷獄事）

正德遊龍寶卷

何文秀寶卷（戲文有何文秀玉釵記）

我自己所有的還不止此，但都在『一二八』的戰役裏被燬失了，一時也不易重行購集。這些寶卷都不是很難得的；寫更詳細的寶卷研究的人在搜集材料上還不會很感到困難的。

參考書目

一、中國文學論集，鄭振鐸著，開明書店出版。
二、變文與寶卷選，鄭振鐸編，中國文選之一，商務印書館出版。
三、西諦藏書目錄第三册，爲講唱文學的目錄。
四、一九三三年的古籍發見，鄭振鐸著，見文學二卷一號。
五、三十年來中國文學新資料的發現史略，鄭振鐸著，見文學二卷六號。
六、刊印寶卷最多者爲上海翼化堂及謝文益二家，都是專售善書的。

第十二章　彈詞

一

彈詞爲流行於南方諸省的講唱文學。在福建有所謂『評話』的；在廣東，有所謂『木魚書』的，都可以歸到這一類裏去。

彈詞在今日，在民間佔的勢力還極大。一般的婦女們和不大識字的男人們，他們不會知道秦皇、漢武，不會知道魏徵、宋濂，不會知道杜甫、李白，但他們沒有不知道方卿、唐伯虎，沒有不知道左儀貞、孟麗君的。那些彈詞作家們所創造的人物已在民間留極大深刻的印象和影響了。

彈詞的開始，也和鼓詞一般，是從『變文』蛻化而出的。其句法的組織，到今日還和『變文』相差不遠。其唱詞以七字句爲主，而間有加以『三言』的襯字的，也有將七字句變化成兩句的三言的。

加三言於七言之上的，像：

常言道，惺惺自古惜猩猩。（珍珠塔）

把七言變化成兩句的三言的，像：

方卿想，尙朦朧，元何相待甚情厚。（珍珠塔）

這便和『鼓詞』之十字句有些不同了。在一般的彈詞裏，總是維持着七字句的。鼓詞的句法組織，便有些變化多端了。特別是所謂『子弟書』的，差不多變得很利害，恣其筆鋒所及，已不復顧及原來的七字或十字的限制了。

凡彈詞都是以第三身以敍述出之的；卽純然是史詩或敍事詩的描敍的方法。但到了後來，又分出不同的組織的體式來。大約受了很深的戲曲的影響吧，在吳音的彈詞裏每每的註明了：

生白（或旦白，丑白）

生唱（或旦唱，丑唱）

表白（即講唱者的敍事處）

表唱（即講唱者的以敍事的口氣來歌唱處。）

等等，但在一般的彈詞裏卻都是全部出之於講唱者之口，並沒有模擬着書中主人翁或特別表白出主人翁的說唱的口氣的地方。

最早的彈詞，始於何時，今已不可知。但刻元曲選的臧晉叔在萬曆時曾經刻過元末楊維楨的四遊記彈詞。（俠遊、仙遊、冥遊、夢遊，他僅刻其三，）這當是『彈詞』之名的最初見於載籍的。（臧序見他的文集中。但其體裁如何，卻不可知。）正德嘉靖間，楊愼寫二十一史彈詞，其體裁和今日所見的彈詞已很相近。

二十一史彈詞每段，必先之以臨江仙等曲，後有『詩曰』數段，然後入本文。

本文爲散文的敍述，都是歷史的記載。其次纔爲唱文三首，那唱文，全部是十字句，和鼓詞極相近，而和一般的彈詞不甚同。且引其一段爲例：

滾滾長江東逝水，浪花淘盡英雄，是非成敗轉頭空。青山依舊在，幾度夕陽紅？ 白髮漁樵江渚上，慣看秋月春風。一壺濁酒喜相逢；古今多少事，都付笑談中。

詩曰：

戰敗與亡古至今……

記得東周併入秦……

剪雪裁冰詩有味，降龍伏虎事曾聞……春去春來人易老，花開花落可憐人！不如忙裏偷閒好，再把新聞聽一巡。

昨序說夏、商、周三代，到周赧王被秦昭王逼獻國邑，旋滅東西周而周亡。

秦之先，原姓嬴氏……秦始皇至漢獻帝，通共四百三十三年。中間覆雨翻雲，幾場興廢，談論間不能細說，略將大概品題。

底下便是唱文的部分了：

戰七國秦昭王英雄獨霸，奪周朝取世界遷徙周氏。

昭王死子孝文纔登三日，奄然間無疾病做了亡人。……

秦楚滅漢龍興二十四帝，轉回頭翻覆手做了三分。

底下又結之以一詩（或二句或四句）及西江月：

前人創業非容易，後代無賢總是空。回首漢陵和楚廟，一般瀟灑月明中。

落日西飛滾滾，大江東去滔滔。夜來今日又明朝，驀地青春過了。千古風流人物，一時多少英豪！龍爭虎鬬漫劬勞，落得一場

談笑。——西江月，

明朝整頓調絃手，再有新文接舊文。

所謂『整頓調弦手』，正指彈詞是件以弦索來歌唱的。鼓詞也用弦索來伴唱，惟多一面鼓。

今所知最早的彈唱故事的彈詞爲明末的白蛇傳。（與今日的義妖傳不同。）我所得的一個白蛇傳的鈔本，爲崇禎間所鈔。現在所發現的彈詞，無更古於此者。

明末柳敬亭的說書，不知所說的是否卽爲彈詞。但桃花扇餘韻一折裏，柳敬亭所彈唱的一段秣陵秋卻確爲彈詞無疑：

（丑彈弦介）六代興亡，幾點清彈千古慨；半生湖海，一聲高唱萬山驚。（照盲女彈詞介）

（秣陵秋）陳隋煙月恨茫茫，井帶胭脂土帶香。駘蕩柳綿沾客鬢，叮嚀學舌惱人腸。……全開鎖鑰淮、揚、泗，難整乾坤左、史、黃。

建帝飄零烈帝慘，英宗困頓武宗荒。那知還有福王一，臨去秋波淚數行。

二

彈詞大別之爲國音的與土音的二種。

國音的彈詞最多，體例也最純粹，像大規模的安邦志、定國志、鳳凰山和天雨花、筆生花、鳳雙飛等等均是。

土音的彈詞，以吳音的爲最流行，像三笑姻緣、玉蜻蜓、珍珠塔等均是。他們大約是模擬着南戲的吧，在敍述及生旦說唱的部分，多用國語，而於丑角的說唱部分則每用吳語。

廣東的木魚書，則每多雜入廣東的土語方言。

彈詞爲婦女們所最喜愛的東西，故一般長日無事的婦女們，便每以讀彈詞或聽唱彈詞爲消遣永晝或長夜的方法。一部彈詞的講唱往往是須要一月半年的，故正投合了這個被幽閉在閨門裏的中產以上的婦女們的需要。她們是需要這種宂長的讀物的。

漸漸的，有文才的婦女們便得到了一個發洩她們的詩才和牢騷不平的機會了。

她們也動手來寫作自己所要寫的彈詞。她們把自己的心懷，把自己的困苦，把自己的理想，都寄託在彈詞裏了。詩、詞、曲是男人們的玩意兒，傳統的壓迫太重，婦女們不容易發揮她們特殊的才能和裝入她們的理想。在彈詞裏，她們卻可充分的抒寫出她們自己的情思。

於是在彈詞裏，便有一部分是婦女的文學；爲婦女們而寫作，且是出於婦女們之手。

三

今日所見國音的彈詞，其時代很少在乾隆以前。除白蛇傳外，我尚得有綉香囊一種，爲乾隆三十九年的鈔本，其寫作時代當在乾隆以前。這是小型的一種彈詞，分訂上下二册，不分卷。全部是唱文，沒有講文。在彈詞裏，這種的體式也間有之。大約有些作者們已覺得這講文是不必要的了。

大宋中宗永相年，孝宣皇帝坐金鑾。九省華夷歸一統，八方寧靜四海安。
六龍有慶千家樂，五穀豐登萬姓歡。七旬老叟不負戴，三尺孩童知遜謙。
二氣陰陽同舜日，十分清泰比堯年。天下奇聞難盡數，單表個英才出四川。
成都府有一個金堂縣，縣內的居民有幾千。出了西門關鄉內，長街一代有人烟。
牌坊匾額文風地，聯芳及第廣旗杆，無多買賣庄農戶，半是舉監共生員。
街心路北一宅舍，奎□翰墨透門闌。內中住着個文林客，姓何名質號天然。
才過司馬文章重，貌比元龍品格賢。二八登科標名早，三七入試舉孝廉。
結髮的妻兒于月素，德貌言恭都占全。娘家本是在農戶，他父持家勤儉有銀錢。

產業雖多人本分，不曉得讀書專會種田。小姐生來天資秀，超羣出衆不同凡。
多虧他母舅高學士，丁憂守制在家園。愛惜甥女如珍寶，七歲上攻書教訓的嚴。
詩書禮義深通悟，描鸞刺綉不須言。年方二八十六歲，高學士親自擇配與天然。
自從洞房花燭夜，至今不覺過三年。眞個是夫妻和順如魚水。郎才女貌校鳳鸞。
知音識趣調琴瑟，情深義重慶芝蘭，舉案齊眉加遜讓，甘苦同心相愛憐。
這時節何生方交二十單一歲，娘子青春少二年。使縱的書童名何旺，還有秋露少丫嬛。
他夫妻持家人端正，並無個俗客到門前。風花雪月同玩賞，詩畫琴棋共笑談。
天然晝夜讀書史，小姐常觀列女篇。那年正逢春秋冬，又到清明三月三。
此處有一個鸞棲嶺，正南十里有名山。果然是奇峯峻嶺山疊翠，樹有蒼松水有泉。
地脉與隆開旺像，藏風聚氣有根源。風水無窮來龍好，廣生白璧在藍田。
有幾家鄉紳修塋地許多的士宦把墳安。年年春季來祭掃：家家都來掛紙錢。
這一日何生夫妻同早起，安排祭禮也來祭祖先。收拾已畢出門戶，重門緊閉上鎖門。
僱了乘小轎娘子坐，後跟秋露小丫嬛。天然騎馬頭裏走，書童何旺把擔擔。
一路上佳景無窮眞清雅，果然是天工點綴不非凡。只見那春梅春杏春光好，春樹春林春鳥喧。

春山春水春如畫，春氣春光春景天。前芽出土陽和艷，萬物發生暖氣暄。
野草無心滿荒徑，山花有意動人憐。樹樹杏花紅繞眼，行行嫩柳綠垂烟。
蕩蕩和風吹人面，絲絲細雨洒庄田。對對粉蝶穿花徑，雙雙紫燕舞林間。
嚦嚦黃鶯如喚友，哀哀鵲鳥韻幽然。涓涓不斷溪澗水，滾滾石冲上下番。
曲曲小路通幽徑，層層盤道轉山灣。平坦坦坡綫橋寬烟村近，碧沉沉水遠山傍野寺連。
霧濛濛雲橫嶺外千層樹，嘩拉拉水流聲響瀑布泉。這正是天展畫圖開景運，春遍山河起壯觀。
青陽送暖芳菲節，碧水光搖錦綉山。笑哈哈無非公子王孫戲，喜孜孜盡是佳人士女頑。
咯吱吱香車輾動石子響，青菸菸綠草引的寶馬歡。忙碌碌捧打黃鶯無非是樵夫子。亂紛紛扇撲粉蝶盡都是小丫鬟。
喘吁吁白髮老叟拄拐杖，跳鑽鑽黃口兒童把柳扣兒編。說不盡日煖風和清明景，觀不盡水秀花香錦翠山。
穿林越嶺多一會，他的那古墓先塋咫尺間。于氏佳人出了轎，書生棄騎下了鞍。
轎夫閃在石橋下，書童拉馬在林內拴。他夫妻設擺香花供，秋露忙來鋪拜毡。
雙雙跪倒忙奠酒，視死如生心秉虔。他夫妻至至誠深深拜，見墓思親甚慘然。
恨不能眼看先人親飲酒，最可嘆一點何曾到九泉。祭祀已畢忙站起，隨即親身化紙錢。
叫書童祭物擺在松陰下。夫妻對坐在林間。秋露執壺斟上酒，天然月素把詩聯。

官人說木有本兮水有源，娘子說父母恩同天地寬。天然說哀哀生我劬勞意，月素說昊天罔極報恩難。
才子說親死如生長存敬，佳人說春霜秋露祭綿綿。何生說慎終追遠誠為本，于氏說百般行善孝為先。
這正是夫唱婦隨談大道，你吟我咏把詩聯。酒過三巡用過飯，吩咐收拾轉家園。
他夫妻這番舉動無防備，那知暗地有人觀。只因上墳來祭掃，勾起風波惹禍端。
有一個土豪浪子名許豹，原是為非作歹的男。強盜出身魚漏網，洗手為良隱四川。
不義之財成富戶，冒名充作假生員。改姓為言更名午，到處人稱言午官。

這彈詞寫的是何天然為許豹所危害，歷經困苦；後來「上方劍下斬許豹，明彰報應顯循還」，他們夫妻方纔團圓。

雖說是海市蜃樓懸空假設非實有
亦可以觸目驚心善惡賢愚果報全

這是作者的解嘲了。

大規模的國音彈詞，當以安邦、定國、鳳凰山的三部曲為最弘偉；全部凡六百七十四回，恐怕要算是中國文學裏篇幅最浩瀚的一部書了。

安邦志別題爲晚唐遺文，寫的是，趙匡胤一家，經歷唐末五代的興衰的故事。『補綱目之遺，修史篇之失。高賢睹之而噴飯，閨媛閱之而解頤。』（學海主人序）作者不知爲誰何，刊者則爲學海主人。最早的刊本爲道光己酉的一本。（即學海主人所刊）我曾得鈔本數部，別名爲七夢緣、玉姻緣，其間字句異本頗多。在沒有這刊本以前，鈔本的流傳一定是很廣的。

趙家的龍興，始於趙春熹。二十冊的安邦志，二十冊的定國志，三十二冊的鳳凰山，所敘的事都是以趙家爲主人翁的。

> 筆應春風費所思，玩之如讀少陵詩，句多艷語元无俗，事做前人却有稽。
> 但許蘭閨消永晝，豈教少女動春思，書成竹紙須添價，絕妙堪稱第一詞。

這是這部巨大的故事書的開場白。這部書全以七字句組成，講文所佔的地位很少，正和升菴的二十一史彈詞相同。

同樣的巨部的彈詞，又有西漢遺文、東漢遺文（此書未見）及北史遺文等，都是彈唱歷史故事的。

這一類彈唱歷史故事的彈詞和講史沒有多大的區別，不過其主要的部分爲唱文，而講史則以「講文」爲其主幹耳。

這些歷史的彈詞，乃是升菴二十一史彈詞的放大。二十一史彈詞的唱文全爲十字句，他們卻都是七字句。

姑舉北史遺文的首段爲例。這部彈詞似還只有鈔本，沒有過刻本。

「北史」是最難讀的，五胡十六國的事尤爲複雜。北史遺史卻從元魏統一北方後，北中國的地方略爲平靖，其第五君孝文帝年十五登位說起，直寫到隋的統一；其主人翁則爲北周，北齊的二皇家的故事，全書凡四十册。

> 自從漢末三分後，世上干戈不住停，司馬先王行聖德，照師二子便欺君。
> 武王始起承曹氏，滅蜀平吳四海寧，賈氏梟惡王子怨，劉肖乘亂起胡塵。
> 一朝懷愍蒙塵去，洗爵青衣在虜邊，元帝渡江來稱帝，晉臣王導奉爲君。
> 偏安江左東都地，撫力中原取歸京，讓豫作孽寧吞炭，河洛生靈苦已深。
> 後魏托出讓豫氏，其君文武盡賢能，征誅五胡殘孽散，雲中建國號金陵。

萬里江山成帝業，華夷賢士盡爲臣。道武功成身棄世，明元皇帝二朝君。
三世昇遐傳文武，文成皇帝四朝君，五帝獻文羣早位，孝文即位幼年人。
年登十五爲天子，天性聰明不可倫，讀書小自就文字，招納賢才入內門。
高允催光爲宰輔，輕糧薄賦養黎民，聖音寬洪天下治，九州社稷得安寧。
國姓改元爲漢主，百官盡改漢朝人，南遷國在河南府，重修禮樂化夷民。
光允在京修理政，添增聖主讀書文，三十三年爲君主，一朝龍化棄羣臣。
東宮太子名元穀，代主稱爲宣武君，宣武爲君十七歲，守文梁主亦稱賢。
天生雅意眞無比，容貌端姸好個君，下筆成章如流水，臨□尊重一如神，
王親貴妾皆端正，文武官員盡俊英，兄弟六人兄早喪，宣家第二得爲君。
京兆王愉三太子，清河王懌四儲君，廣平穆武王第五，六王元悅汝南君，
弟兄恂好元間阻，百姓黎民盡太平。國泰民安當興日，半分天下各爲君。
江東晉絕歸劉氏，南宋南齊二主人，齊氏有忙肖氏繼，梁王武帝自爲君，
立國南京建康府，金陵爲主數年春，君正臣賢民安樂，風調雨順布用春。
長江兩處分南北，南北爲君各守城，兵戈接界彭城郡，常起塵灰要戰征，
古語一天無二日，良臣勇將未甘心。肖衍自在金陵地，却說元王魏聖人。
說這魏世宗宣武。

帝年十七歲卽位改元年。帝容貌端妍，臨朝承重，有人君之量。帝母高夫人，生帝未久，被馮王后害而死。帝旣卽位，追懷舊恨高夫人追薦文昭王后。景明二年，帝勅令重錄高氏親族在者。詩曰：

南北驅馳國事分。秦人何意築長城。離宮別院春成夢，玉樹傳奇鬼入神。

河洛已非秦歲月，雁門無復漢將軍。自從二帝青衣去，荆棘蓬蒿幾度新？

叔姪二人同受職，一朝衣紫出金門，一女入宮貴九族，況爲天子舊家人。
高氏入朝多休說，却說天子後宮人，不立朝陽正后主，未生太子小儲君。
充華妃內于宅子，受寵承恩化貴人，容貌端妍多清雅，情性溫和又可人。
靜默寬容不妬忌，年登十四正青春，喜得君王多愛惜，禮容敬愛冥諸人。
梁明二年秋九月，立爲王后正宮人，天子在朝朝大赦，娘娘受册謝天恩。
又封于家兄和弟，盡在朝中化貴人，好好宮內爲王后，左了三千第一人。
三宅六院皆欽敬，展上君王喜十分，生得俱全才貌好，寬洪不妬衆妃嬪。
娘娘有德天心寵，因此于家有大恩，休言宮內于王后，却說元王帝王身。
孝文王帝親兄弟，今日爲王化大人，咸陽王子元思永，獻之親子二儲君。
封氏昭儀親生子，孝文次弟至親人，官爲太保王公職，執掌經綸在魏廷。
大王天性多貪色，愛色貪花喜美人，造成宮府靈華美，廣納名妃美貌人。
太尉全軍名于烈，與王結怨二年春，一朝姪女爲王后，兄弟朝中做大臣。

次子于登天子喜，官封直閣內宅門，父子兄弟多顯職，咸陽面上占仇深。
因此大王心不悅，有心怨望在朝廷，于登一一朝前奏，天子聞知不喜忻。
親情面踈上皆忌，不喜咸陽王子身、大王宮內心煩惱，怨恨朝中聖主人。
你重妻家亡母黨，忘了先王面立恩，吾身亦是官家子，你便為君欺負人。
休說大王身不悅，再言天子在朝門，一日聖人親有旨，要行射獵出朝門。
鸞幸北邙觀野景，就要離戲小平津，勑令領軍于烈相，京城留守管三軍。
御廐之中點好馬，天子離朝出內門，于登侍駕離金殿，輕弓短箭一齊新。
殿下羣臣多去了，其時巳至小平津，只為君王親去了，咸陽王子自平侖。
朝內空虛君不在，乘時意欲起謀心，妃是隴西李輔女，其兄伯尚李官人。
官受黃河侍郎職，天生相貌甚清奇，便把其情來告訴，告言王子聽元因。
我當直取天家府，焚香立誓要誠心，大王去到城西宅，却往城西野外遊。
引其愛妾申屠氏，王姬張氏少年人，心腹數人來飲酒，流連一日到黃昏。
有志無謀反作禍，世間有此大呆人，却有武興王陽集，出入咸陽西府門。
便知此事先成了，早上邙山告反臣，上馬飛鞭鞭得快，看看來到小平津。
來到王前忙下拜，臣是咸陽府內人，只因大王來造反，結連侍衛害朝廷。
天子聞言親失色，帳前侍御盡驚心，今日咸陽王子反，朕今在野靠何人。

世宗王室生煩惱，聖意沈沈有懼心，他是先王親兄弟，獻文王帝御儲君，
今日一時生反意，京城文武未知因，在成北海彭城主，盡是咸陽親弟兄。
此事如今難解救，恩良朝內並無人，在內于登忙啓告，我王今且放寬心。
臣父令兵爲留府，保無他故在朝門，天子便交車馬起，四更時後盡登程。
五更來到王城外，于烈迎門接聖人，君王只入王城內，勑令王親于合軍。
今日元僖逃走了，必在黃河路上行，卿可令兵來追捕，及早興兵捉此人。
若還走了眞消息，走入京陵作禍根，于烈兄弟親受命，羽林點起五千人。
分頭河下來投捉，休走咸陽王子身，所在官員盡奉命，看他王子怎逃生。
大王卻在黃河內，又有名姬二個人，心腹數人同飲酒，夜深方始各安身。
洪池亦又咸陽府，王造離宮別院門。已宿帳中方夜半，忽聞左右報來因，
報說洪池西路上，馬軍數百好京人。金鼓不聞无火把，想是朝廷有蜜情。
王子聞知忙便起，穿衣只出內宮門，只空日間清由露，此間何故往來人。
走出正堂堂下看，誰省爭強捨命人，愛妾數人皆上馬，府中心腹盡行呈。
此日大王逃命起，追兵卻在後頭跟，有人認得咸陽主，大喝三聲莫要行。
大王馬上如非走，魂魄飄飄不在身，一衆官員多下馬，一齊下馬告追兵。
二個夫人多掠去，皆盡拿到進朝廷，告說咸陽王走了，羽林于烈令三軍。

正是大王身得脫，回頭失了二夫人，鎭守將軍名武虎，馬前說與大王聽。
殿下一時爲逆事，如今何處去安身，兵卒衆人多散了，小人怎保大王身。
不如就此投梁去，逃得殘生再理論，咸陽王子心中苦，說與將軍姓尹人。
吾身在此爲王子，走去梁家作反臣，尋思只爲朝中主，寵任于家薄吾身。
因此一日小短見，豈知今日走無門，說罷大王心中悶，馬前煩惱尹將軍。
王子無心梁國去，此生性命不留存，臣受皇恩中不捨，死生必定一同行。
道了二人衣細作，加鞭拍上馬途呈，行過一條高嶺山，前邊洛水大河津。
白浪滔滔不見岸，行人見了越傷心，水流中去無回日，浪花迷盡往來人。
大王見此心煩惱，懊悔當初枉用心，前有大河來阻隔，後有這兵趕近身。
今朝欲走從何處，只得從河水上行，于烈于忠親父子，領兵來趕大王身。

說這于烈父子追及大王龍武俱被捉之咸陽，渴之大甚。王帝下令與他水漿。看看渴及，只私與勺，王含之而吸。

休說衆人心上事，再說咸陽王子身，王子一身居最長，第三趙郡大王身，
第四廣陵王元羽，第五高陽王子身，第六彭城王元魏，北海王洋第七人。
盡是各宅姬子出，不是同娘一母生，趙郡廣陵身死了，廢兄立位在朝門。
數中卻有彭城主，交義親情分外深，大王知得咸陽反，一旦憂心有悔臨。
不道我兄生此意，如今雖保自前呈，天子凝定咸陽罪，妃子孩子廢庶人。

龍武將軍皆斬了，殿前號令衆王親，彭成王子心中苦，來到咸陽王殿門。
大王入進宮中去，洞府仙宅盡不成，二兄枉受榮華貴，卻做亡家敗國人。
幼子姣妻保不得，天利已及悔無門，大王此時忙移步，直入神仙內院門。
果見咸陽王斂手，週遍防備已多人，月貌花容諸美女，雙眉鎖定盡愁心。
大王見了添煩惱，可惜哥哥枉用心，帝子王生孫貴子，求其大禍害其身。
聽了少人之言語，今日災來怨甚人，煩惱咸陽王流泪，叫聲賢弟聽原因。
我身失卻先王禮，苦了姣兒幾個人，家亡國破誰爲伏，兄弟今朝可用心。
王子煩惱雙流泪，美人侍側泪沾襟，忽報孝文王帝妹，平女宮主到宅門。
公主已招馮駙馬，獻文王帝女兒身，奉王聖主來辭別，要見哥哥一個人。
姐妹數人多來到，盡來辭別大王身。

說這人盡來相兄大王，朝廷聖賜咸陽王死。其前妃子王氏生世子元通，通年十五，后妃李氏生元曄方二歲，妃亦賜死。平安公主憐憫，告其逡密引入車中而歸去矣。

作者以二首詩爲結，其情懷和二十一史彈詞是極相同的：

堪嘆人生在世間，爭名爭利不如閒，古來多少英雄輩，盡喪幽魂竟不還。
不信但看高王傳，到今那有一人存，圖王霸業今何在？多做南柯夢裏人。

又詩曰：

爲看青山日倚樓，白雲紅樹兩悠悠，秋鴻社燕催人老，野草閒花滿地愁。

和升菴的漂亮的詩語比較起來，一望而知其爲出於通俗的文人之手。

四

吳音的彈詞，今傳者，以玉蜻蜓、珍珠塔、及三笑姻緣爲最著。

玉蜻蜓寫申貴升和女尼志貞戀愛，死於尼菴。後其子元宰狀元及第，乃迎養志貞事。至今申家還是蘇州的大族，故這部彈詞曾被禁止彈唱。後乃改爲芙蓉洞。（爲道光間，一位專門改編彈詞的作者陳遇乾所改編。他又改編過義妖傳，雙金錠等等）。

果報錄一名倭袍傳，也以淫穢被禁止。但其文辭是比較的寫得很雅馴的。

珍珠塔一名九松亭。山陰周殊士序云：『雲間、方茂才元音，先得我心，於俗本盧爲改正。惜未成書而歿。余所見僅十八回。……余因爲之完好，凡掛漏處稱綴靡還，又增之二十四回。』是此書原爲舊本，其成爲今本的式樣，乃是周殊士的手筆。

三笑姻緣在吳語文學裏是不可忽視的。其中保存了無數的方言俗語。這是一部『別開生面』之作，刊於嘉慶癸酉。作者是一位金山張堰人吳毓昌（字信天）。他以爲『近來彈詞家專工科諢，淫穢褻狎，無所不至，有傷風雅，已失古人本意。至字句章法，全未講求，』因『戲作三笑新編全本。』開場的鷓鴣天，他明白的說道：

何許先生吳毓昌？近來不做猢猻王。

是他本是訓蒙爲生的三家村學究了。這部彈詞頗具特長，特錄一節於下：

鷓鴣天

何許先生吳毓昌？近來不做猢猻王。吹竽聲曼訊千古，彈鋏歌慚走四方。番舊譜，按新腔，權將嘻笑當文章。齊諧荒誕供噴飯，才撥冰絃鬨一堂。

唐詩唱句未能免俗，聊復爾爾。

才撇了殢雨尤雲風月場，緣何離卻便思量，笑巫山十二難求迹，神女如何壓衆芳。說甚的七夕牽牛邀織女，藍橋搗藥遇裴航。吹簫弄玉同騎風，金盌重逢窈窕娘，這多是鬼怪仙妖成匹配，看將來無憑無據卻荒唐。怎及得我那人兒生就輕盈兒好一個風流俊俏，他是素口蠻腰妃子步，號眉華髮壽陽裝。獨愛他一雙媚眼勾魂魄，細嫩肌膚白似霜，每日裏玉鏡曉裝花並美，呼郎常做畫眉郎。閑來愛把謠琴操，也學焚香按工與商，效區區一曲鳳求凰，燈花夜落敲棊子，布就連杯把羅網張。殺的俺拋車棄馬屢孢鎗，還待要直抵垓心那肯降，一筆京人直可愛，雖然小楷卻端方，還要戲作相思字幾行，道我戀新棄舊曾裝腔。白描卻仿龍眠筆，畫一幅男女憑欄納晚涼，看蓮開並蒂睡鴛鴦，指點分明要我去詳。到晚來淺斟低酌銷金帳，宛似那曉月籠暈海棠曼曼的深入不毛交頭宿，妙不過舌尖兒只管送來嘗，微微還逗口脂香，卻叫我如何遏得住魂蕩，怎不由人情興狂。到如今待要拋時難以撇，甘心情愿做楚襄王，守住陽臺永不忘，好共他爲雲爲雨去過時光，自號溫柔老此鄉。

〔憶秦娥〕（生）天生我如何卻占風流座。風流座，春藏花塢，天生惟我。

滿耳蕭騷夢不成，殘雲涼月夜凄清，等閑吹落長林葉，盡是離情別緒聲。小生唐寅，字稱子畏，號呼伯虎，金閶人也。溶金作骨，濯錦爲腸，青黎光照日前畫，盡扶羽陵之祕，班管豈拈牙後語，須翻稷下之詩。雖只已登龍虎，奈何未夢羆熊，只是風魚情癡，頗酣詩癖。金釵環繞，胸懷賈午之香，銀管標題，花吐文通之穎。似這般合歡金屋，調笑鴛房，果然曲盡綢繆，無異人間天上。自從娶得九之簇成八美。珠聯合璧，名擅無雙。那九空女也皈依釋教，帶髮修行。卻被我歪纏不過，情難共，卻又得奇緣。不意掌合蓮花也做了豔桃穠李，這都不在話下。誰想端陽佳節，我家陸氏大娘道我浪蕩無休，功名有礙。約齊衆美，送區區書館孤眠，要我去黃卷留心，以待青雲得路。光陰迅駛，不覺又是中秋了。年年秋到粲花軒，秋色平分景景最佛。看那玉宇無塵秋月，秋螢點點掛朱簾；當此秋月一簾，秋光萬頃，目甚的秋來只管心頭悶。唉，功名事小，可文章讀他則甚呢？看將來只好讀南華秋水篇，自從書館攻書，每日裏不過唐興與唐桂，早晚常川，毫無心緒。今日早上那老祝有書來約我同去游河。誰奈煩同他玩耍，已經回覆他去了。想他們呢，指望我紆秋獨紫，誰知反撇了何口偎行。擔格我秋胡常獨宿，害得咱秋窗獨倚悶懨懨，想文章都是古人的糟粕，看他則甚！好笑他們還要五申三令哩。說什麼，秋闈既折帖宮挂，及應該此三秋去讀聖賢，巴得秋風雲□健，須待要春秋無間去細鑽研，又誰知反做了悲秋客，只落得爽氣橫秋意惘然，獨恨那蟋蟀鳴秋那裏睡得穩，秋聲不住在枕函邊。傷秋宋玉偏同調，同甚的夏去秋來還未見憐，空叫秋蝶舞翩遷。想他們呢看得功名事大，因而各愿愆期。但是娘子吓，你卻意會差了，我與你是鶼鶼的鳥吓。說甚的一百五十名第一仙，害得我朝思暮想被情牽，我本是溫柔鄉里情多客。怎如你偏要分開並蒂蓮。全不想殢雨尤雲情最密，夜來挨次換新鮮，枕邊調笑言難盡，被底繆情更粘妙，不過醋意微含常作弄，歡心復動又留連，這是愛海情河本是無邊界，卻被我占盡風流雪月纏，唉想不到擁孤衾依舊夜如年，介自從大老官娶子九空進了門，郎才女貌，女愛郎貪，沉迷酒色，無事無時。滿了月，出之房，大娘娘看看大老官個滿眼介面黃肌瘦，意懶神昏，明知他房勞過度，變了藥渣勒里哉。因而決計約齊衆美，送他去書館孤眠，以待他靜養攻書，巴圖上進。個個是大娘子好意吓。大老官羅里得知介。生唉向來秦晉交歡，不料他們竟如吳越了。到如今書房逼勒我勤攻苦，卻叫我那里按得住心頭意萬千。娘子呀可憐我杜牧風流久已慣，劉郎最愛伴花眠。到如今，求晴未得先求雨，阻隔巫山悶越添，一腔心事向誰宣，想到其間頭亂點。哈哈哈被俺猜着了，一定我家娘子道我有什麼偏向之心，枝分南北，因而佈就牢籠之計，送區區書館孤眠，遂其所欲。不信他特來要離間我麼？他只道棄舊戀新成薄倖，自然是舊絃那得及新絃，與其被底分新舊，莫若同居離恨天，若果如此，卻是錯怪卑人了。

五

女作家們寫的彈詞，其情調和其他的彈詞有很不相同的地方。她們脫離不了閨閣氣；她們較男人們寫得細膩、小心、乾淨，絕對沒有像倭袍傳、三笑姻緣等不潔的筆墨。

第一個寫彈詞的女作家是陶貞懷。她自署爲梁溪人。生平不可考知。她所作的天雨花彈詞，爲家傳戶誦之作。這是一部政治的文學作品，寫成於順治八年以前（據自序）。這個時候正是大難方平，痛定思痛的時候。作者的環境，又是『令者風木不甯矣！生我，知我，育我，授我，我何爲懷！寄秦嘉之扎，遠道參軍；悼殞褓之殤，危樓思子。』其情緒是異常的沈痛。在這樣的一個時候，作者『爰取叢殘舊稿，補綴成書。』而她自己又是纏綿病榻，久疾不愈。『嗟乎！烽烟旣靖，憂患頻澹看春蚓之痕留，自嘆春蠶之絲盡。五載藥爐，一宵蕉雨。行將花石以去，其能使頑石點頭也乎！』（自序。）但在天雨花裏卻不曾沾染作者的悲觀的情緒。天雨花前半寫男主角左維明的與權奸的鬬法，後半寫女主角左儀貞的忠烈智勇，不屈於權奸的壓迫；都是以很機警的智術，不僅逃脫了危險，而且還給權奸以很重大的打擊。但到了最後，國運已盡，無可挽回。連左維明那樣的智勇雙全的人，也不得不將全家載於舟中，鑿沈了船，殉節以死。這死節的舉動寫得異常的悲壯。遺民的沈痛，悉寓於此。雖以左氏升天，受上帝的優禮，且以審判流寇等罪人爲結束，而讀者的悲感，卻永遠不能泯滅。所以作者是一位民族意識很濃厚的人；天雨花是一部遺民的悲壯的作品，不僅僅是供閨閣中人消遣閒日而已。天雨花第一回裏，有幾句話說道：『欲帝遣一位星君下世爲臣，……做一個忠臣而兼智士，再不爲奸臣所害，以爲後世忠良做一個榜樣。』但這位『忠臣而兼智士』，只能對付權奸的鄭國泰，卻不能挽救危亡的國運。『明朝氣數今已絕，王氣全消輔不成。』（第三十回）這是無可奈何的嘆息，這是號咷之後的飲泣吞聲。

再生緣、筆生花等彈詞，都是處處爲女性張目的，在天雨花裏雖然也誇張的寫着左儀貞的智勇雙全，爲國除奸的事，卻沒有那樣的寫作的態度；作者歌頌左維明更過於他的女兒儀貞。所以有人懷疑，這部彈詞並不出於婦人之手。陶貞懷是一個僞託的名字；爲了作者有難言之隱，所以纔這樣的將男作女。小說考證續編（卷一）引閨媛叢談云：『天雨花彈詞，共三十餘卷，而一韻到底，洵乎傑作也。其署名爲梁溪女子陶貞懷。而近人謂實出浙江徐致和太史之手。爲其太夫人愛聽彈詞，太史作之，以爲承歡之計。則所謂陶貞懷，似係子虛烏有，未知然否。』這個懷疑頗有可信的地方。遺民的著作，為了避免『時忌』往往是有意的迷離惝怳，故作欺人之舉的。陳忱的後水滸傳便是託名於古宋遺民，託時於『元人遺本』，託序的年月為『萬曆』某年的。

關於左儀貞事曲阜孔廣林有女專諸雜劇（有清人雜劇二集本）作於嘉慶五年，其序云：『浙中閨秀某，取明三大案，用一人貫穿之，成天雨花彈詞三十卷』，是天雨花在那時流行已久。

最可信的婦女寫的彈詞，當始於再生緣。再生緣為陳端生所作未完成而端生死；後來又由梁德繩續成的。閨媛叢談（小說考證續編卷一引）云：

> 相傳泉唐、陳勾山（按勾山名兆崙）太僕之女孫端生女士，適范氏，壻以科場事，為人牽累謫戍。女士謝膏沐，譔再生緣彈詞。託名有元代女子孟麗君男裝應試，更名酈君玉，號明堂，及第為宰相，與夫同朝而不合并，以寄別鳳離鸞之感。曰：『壻不歸，此書無完成之日也。』後范遇赦歸，未至家而女士卒。許周生駕部與配梁楚生恭人足成之，稱全璧。吾國舊時婦女之略識之無者無不讀此書焉。楚生名德繩，晚號古春老人。駕部卒後，遺集皆其手定。二女雲林、雲姜皆能詩。

端生著有繪影閣集；德繩也著有古春軒詩鈔、詞鈔。再生緣後由侯香葉改訂刊行。

再生緣凡八十回，分二十卷。陳端生寫到第十七卷便絕了筆；以下三卷是梁德繩續成的。因為二人的環境不同，所以作風也便不同了。端生的性格很傲慢，一開頭便說：『不願付刊經俗眼，惟將存稿見聞儀。』（第三卷）德繩的續稿，卻說道：『怎同戛玉敲金調，聊作巴辭里句聽。』（第二十卷），又說道：『如遇知音能改削，竟當一字拜為師。』（第十九卷），在每一卷的開端，作者都有一段類乎自敍的引言。像第一卷：

閨幃無事小窗前，秋夜初寒轉未眠，燈影斜搖書案側，雨聲頻滴曲欄邊。
閒拈新思難成日，略檢微辭可作篇，今夜安閒權自適，聊將彩筆寫良緣。

她們都是為了要消遣閒暇，方纔着筆寫作的。所以端生說道：『清靜書窗無別事，閑吟纔罷續殘篇。』（第四卷）德繩也說道：『終朝握管意何為？藉以消困玩意兒。每到忙時常擱筆，得逢暇日便抽思。』（第十九卷）不僅她們二人如此，一切寫彈詞的女作家都是在這樣的環境裏寫作的。

端生寫到第九卷的時候，又因隨親遠遊而擱筆。

五月之中一卷收，因多他事便遲留，停毫一月工夫廢，又值隨親作遠遊。
家父近家司馬任，束裝迢遞下登州，蟬鳴叢樹闌河岸，月掛輕帆旅客舟。
曉日晴霞恣遠目，青山碧水淡高秋，行船人雜仍無續，起岸匆匆出德州。
陸道艱難身轉乏，宦程跋涉筆何搜，連朝耽擱出東省，到任之時已仲秋。

今日清閑官舍住，新詞九集再重修。

寫到十七卷的時候，她的生活上一定遇到很大的刺激作者的情緒突然的淒楚起來：

搔首呼天欲問天，問天天道可能還？盡嘗世上酸辛味，追憶閨中幼稚年。……

僕本愁人愁不已，殊非是拈毫弄墨舊如心。

以後便絕了筆。像這樣的情緒在前十六卷裏，我們是得不到一點消息的。也許她在這時有了難言之隱，便驟然的離去人間了吧。

德繩卒時年七十一。她續作再生緣時，總在六十歲左右。所以她一再的說：

怎才那老去名心漸已淡，且更兼夜來勞頓不成眠（第十八卷）。

年來病骨可支撑，兩卷新詞草續成，嗟我年近將花甲，二十年來未抱孫。

藉此解頭圖吉兆，虛文紙上亦歡欣。

以自己『暗作氤氳使』，把孟麗君和皇甫少華結了婚，且使之生子，『藉此解頭圖吉兆』，其心境殊爲可笑。

再生緣以孟麗君爲主角。她許配給皇甫少華。但少華爲奸人劉奎璧所害，逃到山中學道。奎璧又謀娶麗君。其婢映雪代她出嫁。麗君自己改名爲酈君玉，中了狀元，做宰相。少華改名應試，也中了武狀元；主試官卻是麗君。後來少華平了寇亂，娶了劉奎壁妹燕玉爲妻；但麗君始終不肯認他爲夫。但她的矯裝，卻爲皇帝所知，要想娶她爲妃子。麗君方纔奏明始末。賴太后的維護，方得無罪而和少華團圓了。

端生的原文，沒有寫到少華和麗君的相認；那團圓的局面是續作者梁德繩寫的，故她有『暗作氤氳使』之語。

再生緣原是續於玉釧緣之後的，玉釧緣敍謝玉輝事。玉輝是：『少年早掛紫羅衣，美貌佳人作衆妻。畫戟橫挑胡虜懼，繡旗遠佈姓名奇。人間富貴榮華盡，膝下芝蘭玉樹齊。美滿良緣留妙跡，過百年，又歸正果上淸虛。』（再生緣第一卷）但他卻『尙有餘情未盡題』。再生緣便是寫謝玉輝等再世的姻緣的。

玉釧緣的作者爲誰，今不可知。後來也經侯香葉改訂過。全書凡三十二卷。第三十一卷的開頭有『女把紫毫編異句，母將玉緒寫奇言。篇篇已就心加勝，事事俱成意倍欣』，似亦爲母女二人之所作。

侯香葉爲嘉慶道光間人：她喜改訂彈詞。今所知的經她改訂的凡四種，一、玉釧緣，二、再生緣，三、再造天，四、錦上花。再造天一名續再生緣，寫再生緣中之郞必凱投生爲皇甫少華女名飛龍，後爲英宗右妃，因欲報前世之仇，便任用奸臣，傾害忠良，幾至亡國。皇甫少華乃再出而重整江山：飛龍被賜死。再造天的作者不知爲誰。侯香葉她自己有『近改四種，錦上花業已梓行』語，則再造天當然不會是她自己所作的了。

錦上花前半爲錦箋緣，後半爲金冠記，原爲二書，而被合編爲一者。錦箋記敍宋王曾因拾得錦箋，竟得和劉舜英結合事。金冠記則敍王曾子王鐸和宋蘭仙的結合事。作者最後說道：

莫笑女流無訓話，病中歲月代呻吟，閨中士女休草草，永晝長更仔細吟。

是亦爲閨秀所作的了。

和再生緣同樣的流行於閨閣中的，有邱心如的筆生花。筆生花的故事顯然受有再生緣的很大的影響。主角姜德華，活是孟麗君的化身。德華被點秀女，投水自殺，終於得救，改換男裝，入京應試，中了狀元，官至宰相。其前半的故事，是把麗君和映雪二人的事合而爲一的。其後，德華和她的未婚夫文少霞也經了許多的波折和試探，方才露出眞相，結了婚。

只有一點，筆生花較再生緣不同，便是作者倫理的觀念更加重了；對於女的，要求更堅貞、更無瑕的操守。但可怪的是，對於男子的三妻四妾卻反不以爲奇。恰可和天雨花裏所寫的男子不娶二妻的情形成爲很有趣的對照。在邱心如這個時代，片面的貞操的觀念已是根深柢固的，連女子們也以爲當然的了。

作者邱心如是淮陰人。她的生活很淸苦。在每一回的開頭，都有關於她自己的話。我們藉此可以知道她的生平。她嫁給一位姓張的儒生。她自己是『多病慵妝閒寶鏡』，她的家境是『療貧無計質金釵。』她的丈夫是：『雖則敎良人幼習儒生業，怎奈是學淺才疏事不諧。到而今潦倒平生徒碌碌，止落得牛衣對泣歎聲偕』。（第六回）她的父親死了；她的一個妹妹也撫孤守寡。母家的境遇也一天天的壞了。她在夫家又是『毫無善狀遇迍邅。備嘗世上艱辛味，時聽堂前詬誶聲。』到了後來，她的一個兒子死了，女兒也出了嫁。而她的長兄病逝後，又家徒四壁，雙孤無恃，更令她焦慮不已。最後，她的舅姑死去，兒子又娶了親，她和她老母同聚一堂，開始享受着天倫的樂趣。雖然家境還不充裕，還要賴她設帳授徒爲生，卻和早年的『詬誶』時間很不同了。

沒有一個女作家曾像她那樣留下那末多的自傳的材料給我們的。

筆生花刊行於咸豐七年。

後半寫姜德華的矯裝爲人識破，不得不露出眞面目時的憤激淒涼之感，最爲動人；洩露出了無數的有才能的女子們的慟哭的心懷：

欲修奏摺無心緒，鋪下黃箋筆懶揮，硯匣一推身立起，繡袍一展倒羅幃。心輾轉，意敲推，想後思前無限悲。

咳，好惱恨人也！

老父既產我英才，爲什麼不作男兒作女孩。這一向，費盡辛勤成事業，又誰知依然富貴棄塵埃。枉枉的，才高北斗成何用，枉枉的，位列三台被所排。（第二十二回）

恐怕作者也在這裏也便寄託着她自己的憤激吧。和再生緣的後半比較起來，邱心如的寫作的技術和情緒，要較梁德繩高明得多了。

有鄭澹若的，在道光間也寫了夢影緣彈詞四十八回。吹月吹笙樓主人娛萱草的序說：「昔鄭澹若夫人撰夢影緣，華縟相尙，造語獨工。彈詞之體，爲之一變，」其實這部彈詞只是逞展着作者的才華而已；其故事敍莊夢玉和十二花神的姻緣，並無多大的意義。澹若於咸豐庚申杭州失陷時，飲鹵以死。

在近十餘年流行最廣的，尙有鳳雙飛彈詞一種。這部彈詞出現很晚，大約在民國十年左右，但作者在光緒二十五年前便已完成了。作者名程蕙英，「系出名門，姓耽翰墨。」小說考證（卷七）引缺名筆記云：

> 陽湖程蕙英茝儔，著有北窗吟稿。家貧，爲女塾師。曾作鳳雙飛彈詞，才氣橫溢，紙貴一時。其所爲詩，純乎閱世之言，亦非尋常閨秀所能。小說界中有此人，亦佳話也。自題鳳雙飛後寄楊香畹云：「半生心跡向誰論？願借霜毫說與君。未必笑啼皆中節，敢言怒罵亦成文。驚天事業三秋夢，動地悲歡一片雲。開卷但供知己玩，任教俗輩耳無聞。……」

她的最後二語的口氣，和陳端生的「不願付刊經俗眼」的心境有些相同。所謂鳳雙飛者，指書中的二主人翁郭凌雲與張逸少而言。故事的經過，複雜離奇，重要的二主人翁都是男人，和再生緣筆生花等之爲女子張目者又有些不同。不過供閨中人的消遣閒日而已，並沒有什麼特殊可注意的地方。

夢影緣的作者鄭澹若夫人有女周穎芳，字蕙風，亦作了精忠傳彈詞。坐月吹笙樓主人娛萱艸序云：『逮吾嫂蕙風氏，演述宋岳忠武事，撰精忠傳，盡洗穠豔之習，直抒其忠肝義膽。雖亦彈詞，而體又一變也。』精忠傳寫成於光緒二十一年；寫成以後，作者便死了。刊行的時候卻已在民國十七八年了。

周穎芳嫁給嚴太守。（名謹）太守死後，歸居海寧。李樞有一序，寫她的生平很詳細。『迨同治乙丑，太僕公治苗匪，陣亡於石阡府任內。太夫人捨生不遂，乃奉君姑，幷攜六月孤兒，件櫬回浙。賃居於海寧桐木村舊戚馬氏之見遠山樓。自此含冰茹蘗之中，惟曲盡其事長撫雛之責矣』。又云：『惟此書之成，自同治戊辰至光緒乙未，二十八年中，或作或輟。風雨逢廬，消遣窮愁幾許。不意此書告成之日，卽爲太夫人仙去之年。』全書凡三十六卷七十三回，其情節和精忠傳小說沒有多大的不同；其最重要的修改惟在删去大鵬鳥和女土蝠的寃寃相報的一段因果。『周夫人痛夫子沒於王事，暇日排悶，偶檢閱精忠傳說部。因內有俗傳大鵬女土蝠寃怨相報等事。不然其說，嘆曰：「從古邪正不幷立。小人道長，君子道消。若再飾以果報，則將何以辨是非而勵名節？」』（徐德升序）

作者的文筆很謹嚴，有時也很動人。在一般彈詞裏，這一部確是彈出一個別調的。

此外，所知的尙有朱素仙作的玉連環；映淸作的玉鏡臺（未刊全）等等，均不能在此一一的敍述着了。

六

最後，流行於各地方的彈詞，也應一敍及。福州傳唱最盛者爲『評話』，也卽彈詞的別稱。中多雜以方言。但多爲鈔本，很少刊印出來的。閨閣中人往往向專門出賃這種『評話』的舖子去借閱。有榴花夢評話一種，最負盛名。聞有三百餘册，可謂爲最冗長的一種了。惜未得一讀。

廣東最流行的是木魚書。余所得的不下三四百本；但還不過存十一於千百而已。其中負盛名的有花箋記，有二荷花史。花箋記被稱爲『第八才子書』。原作者不知何人。有鍾戴蒼的仿金聖嘆之批評水滸、西廂法來批評花箋記。全文凡五十九段，敍梁亦滄及楊淑姬的戀愛的始終。作者寫這兩個少年男女的戀愛心理，反復相思，牽腸掛肚，極爲深刻、細膩。文筆也很清秀可喜。

自古有情定遂心頭願，只要堅心寧耐等成雙。

山水無情能聚會，多情唔信肯相忘。

作者以這樣的情意開始去寫，正和玉茗、還魂之以：

但是相思莫相負，牡丹亭上三生路。

開始相同。

二荷花史被稱爲『第九才子書』，凡四卷、分六十七則。敍的是少年白蓮因讀小青傳有感，夢小青以雙荷花贈之。後遂得和麗荷、映荷二女等成爲眷屬事。作者評者俱未知爲何人。

倒罷清樽理瑤琴，偶行荒徑見苔陰。

正係日來無事貧非易，老去多情病自深。

作者似乎也是窮愁之士了。

參考書目

一、西諦所藏彈詞目錄，見中國文學論集。
二、巴黎國家圖書館中之中國小說與戲曲，見中國文學論集。
三、一九三三年的古籍發見，見文學二卷一號。
四、三十年來中國文學新資料的發現史略，見文學二卷六號。
五、中國女性的文學生活，譚正璧編，光明書店出版。
六、彈詞選，趙景深編，商務印書館出版。
七、小說考證合編，蔣瑞藻編，商務印書館出版。
八、海市集，阿英著，北新書局出版。

第十三章　鼓詞與子弟書

「鼓詞」爲流行於北方諸省的『講唱文學』，正像『彈詞』之流行於南方諸省的情形相同。彈詞以琵琶爲主樂；鼓詞則以鼓爲主樂。

鼓詞的來源，亦始於變文。至宋，變文之名消滅，而鼓詞以起。趙德麟的商調蝶戀花鼓子詞爲最早的鼓詞之祖。陸放翁小舟遊近村詩，也道：

> 斜陽古柳趙家莊，負鼓盲翁正作場；身後是非誰管得，滿村聽說蔡中郎。

則在南宋的初年，已有負鼓的盲翁，在鄉裏村說唱蔡中郎的故事了。

水滸傳第五十一回插翅虎枷打白秀英記着白秀英上了戲台，『參拜四方，拈起鑼棒，如撒豆般點動。拍下一聲界方，念了四句七言詩，便說道：「今日秀英招牌上明寫着這場話本，是一段風流韞籍的格範，喚做『豫章城雙漸趕蘇卿』。說了開話又唱，唱了又說。合棚價喝采不絕』。她雖然用的是鑼棒，但『拍下一聲界方』，又唱又說這恐怕是說唱鼓詞一類的東西吧。——至少是最近於鼓詞的講唱文學的一類。像這樣性質的伎藝，在宋元二代是極爲流行的。（到了明清這流風還未泯）。

但至明末始有鼓詞的傳本。我在北平曾到得一部大唐秦王詞話，（一名秦王演義）殆爲最早的鼓詞。此書始名『詞話』，實卽鼓詞，寫唐太宗李世民征伐諸雄，統一天下事。所述和小說『隋史遺文等）相差不遠，不過用十字句的唱文和一部分的散文的說白組成而已。像：

> 唐太子急拈香低聲禱告，李世民忙下拜恭敬參神；我乃是大唐國高皇次子，父李淵，祖李昞，李虎玄孫。憶往歲煬帝崩九州鼎沸，隋恭皇禪寶位讓以爲君。普天下起烟塵一十八處，剪強梁誅賊寇放赦安民。

這是鼓詞的唱文的一般式樣。但也有將句法略加變更的，像大明興隆傳：

> 無奈何傳師正傾人與馬，查點傷損八九萬兵。仰面朝天嘆又多，不由得又氣又惱又傷心。

第二句爲八言，第三句爲七言，這樣的例子並不罕見。

明末清初又有賈島西鼓詞的，不演故事，全寫作者的不平的胸懷，且不用說白，全是唱詞，和一般的鼓詞不同。

明代的鼓詞，決不止這寥寥的一二種；像大明興隆傳、亂柴溝等等，多頌聖語，恐怕也是明代的東西。

二

鼓詞所敍述的，大都爲金戈鐵馬，國家興亡的故事，故多是長篇大幅的。對於戰爭的描寫，兵將的對壘特別的加以形容：這大約是北方人民的特嗜之所在吧。

大明興隆傳，我所得者爲鈔本，坊間未見有刻本。這部鼓詞凡一百〇二册，規模很大，寫的是朱元璋統一了天下之後，見皇孫懦弱，放心不下。欲請劉伯溫設計，如何的能夠保持得江山萬世。他們得到了方孝孺爲皇孫的輔佐，大爲高興。但當元璋死後，建文即位，卻信用了幾位臣下的話，欲減削諸王的兵力，因以引起了燕王的靖難的一役。

這裏寫朱元璋，這位流氓皇帝的患得患失的心理，遠沒有打天下的時候的豪邁的氣概，甚爲入神。當元璋將死之際，留連不捨，放心不下的情形，和劉邦的枕戚夫人膝，相對涕泣，以趙王如意爲慮的情景，恰好是相類似。那末潑辣無賴的流氓，到了功成名就，天下爲家的時候，想不到會變成了那樣的一個無可奈何的末路的人物！這不是一部凡品，幾乎每一個地方都寫得很細膩而又不貧弱。姑引第二册的一節於下：

話說劉伯溫方才一聞太祖爺傳旨，昨日在昭陽正院將皇孫建文封爲太子，不由的暗暗說道：『這位少爺福分有限，只怕不能長久，難保大明，從此天下紛紛，刀兵四起』！又聽皇爺要在金殿大放花燈，由不得唬得一跳！連忙望駕進禮，口尊：『陛下！臣有本章奏主』。太祖爺說：『卿家有事，只管奏來』。伯溫見問，口尊：『陛下！微臣非爲別故，聞聽我主要在這金殿前大放花燈，與民同樂』。

劉伯溫，往上進禮將頭叩，口尊皇爺納臣音。爺在金陵如堯舜，不比前朝亂姓爲君。不是爲臣攔臣駕，只怕內裏有變更。臣知臣等不細奏，有負皇命算不忠。再者前朝是傍樣，爺上聽臣細奏明。隋朝天子行無道，信寵奸賊放花燈。長安城內眞熱鬧，與民共樂太平春。偏與李素他慶壽，天下各省納臣封。州城府縣會盡禮，山東省差遣捕快叫秦穷，押解壽禮將城近，那知與見衆綠林私闖禁門代賊寇，下在招商旅店中。歸與煬帝將燈放，正月十五放花燈。也是天意該如此，天下荒荒起刀兵。花燈已來過十五，歸與招災九個人。玄塡與見柴駙馬，持標打死宇文通。李如輝一同王伯黨，刼牢搭救薛應登。秦穷雖衆動了手，七雄大鬧長安城。煬帝不聽忠臣勸，才有凶煞鬧花燈。我主也要將燈放，到只怕，金陵軍民不安寧。

朱太祖聞聽軍師伯溫所奏，不由龍心不悅。叫聲成義伯。『臣伺候聖駕』。太祖說：『你如何將朕比作隋朝煬帝那無道的昏君！還有一說，寡人在金陵城，不比那一省的州城，朕的文武衆家公卿大臣，一般均是治國安邦，調河鼎鼐，胸藏錦繡，腑隱珠璣之輩，又有卿家善曉陰陽，能斷吉凶，何況還有許多的文武，也都是能爭慣戰，遠略近韜，絕勝千里，勇似重童，猛如呂布，又有足智多謀的老元帥，定國公徐達，有何懼哉！還有一說，那前朝的君王無道，行事昏憒，才生出那些逆事來。又兼外有賊寇，攪亂世界。先生，莫非寡人有甚昏憒之處，怕有那四處逆黨羣寇，都要到我金陵城內攪亂我朕的世界』？

太祖爺說罷一往前後話，伯溫進禮又奏君。口尊殿下容臣奏，並非爲臣攔主公。皆因爲臣觀天相，北極冲犯斗口中。只怕金陵出怪事，外省日走數條龍。正月又是凶煞日，正照皇宮禁地中。不是爲臣攔爺駕，只怕相訪一輩人。朱滉也曾俱文武，傳旨長安放花燈。鷄寶山前交戰兵，梁唐征鬬惡交鋒。差遣趙塤誆糧草，正與朱溫放花燈。趙塤私把長安圍，犬鬧西地不太平。故此臣攔聖主駕，免在金陵放花燈。皇爺聞奏微微笑，叫聲先生劉伯溫。雖說梁唐交兵戰，也是無道草頭君。叫寡人，如何比作朱溫輩！越發胡言不通情！先生不必往下奏，我朕定要放花燈。與民同樂齊慶賀，羣臣筵宴在朝中。伯溫一聞皇爺話，付又進禮尊主公。臣有一事在奏主，爺上聽臣細奏明。聖主要把花燈放，須得傳旨在皇宮。鳳子龍孫與太監，嬪妃彩女與各宮，十三十四十五日，不許自擅出宮門。若是能勾不出禁地，保管無事保太平。太祖聞聽說准奏，寡人傳旨在宮中。伯溫叩頭忙站起，太祖俯下自沉音。雖說伯溫陰陽準，細想來，有些玄虛未必靈。

太祖爺聞聽，也舊分付：『先生平身，寡人准本』。伯溫叩頭，爬起歸班。且說太祖爺在寶座上，龍心暗想：『劉伯溫雖然陰陽有準，看起來，也有應驗之處，也有有算不準之時。這些言詞也難以憑信。方才我朕也曾問過他的夢景。他說有應夢之人。我想抱日升，他的福分一定不小。料想滿朝文武，也無有這樣大命之人』。洪武爺正自心下猜疑，就有那御書館的宮官，朝上跪到，說：『奴婢啟奏：今日乃是衆殿下與太子，講讀書的日期。有那伴讀的先生方孝孺，特請皇爺的聖駕至御書館內。方先生好與衆殿下講書』。太祖聞聽，座上傳旨：『今日寡人不能親臨館舍，叫先生與衆兒將太孫代來，一同在金鑾殿上講書，與朕解悶』。哦，宮官答應，忙忙平身，飛傳到御書房，就將皇爺口傳的聖旨，傳說了一篇。方孝孺不敢怠慢，連忙代領九位殿下，還有建文太子，一齊來到朝剛金鑾殿上。方孝孺領頭，一齊的望聖駕朝參進禮。座上的太祖在上面傳旨平身。方先生一同十位鳳子龍孫，各自站起，分在左右。太祖爺望下觀看，齊齊整整的弟兄九個，一個皇孫。萬歲看罷，龍顏大悅，高聲叫道：『皇太孫上殿？』小千歲忙忙答應說道：『臣孫伺侯』。建文言罷，來至龍書案前站住。太祖說：『建文，你先生所教的是那部書』？小千歲見問，忙忙回奏說：『是，臣孫讀的是經書』。太祖說：『但不知所講的事那一章』？小千歲回答說：『乞上皇祖，臣孫所讀的是書經，講的是周公輔佐成王，叔倚殷造反』。太祖聞聽，龍心大悅，高聲說好，好一個周公輔佐成王。方先生就將這段故事講將上來。衆皇兒與太孫沒得用心，聽那方先生講論。

太祖爺，寳座之上傳下旨，方先生遵旨不消停，金殿就把聖經講，鳳子龍孫兩邊分。個個躬身兩邊站，立存龍書案傍存。孝孺尊旨把書講，講的是：武王伐紂正乾坤。當今萬歲歸蒼海，應當是子擎父業坐龍墩。怎奈成王年幼小，就有那，叔父周公保幼君。姪男金鑾聚武文，叔父站立願稱臣。上殿行的是君臣禮，遵守國法令人欽。又與見，管蔡兩個恩叔父，倚大欺小安歹心。思想要篡侄兒位，攪亂朝綱亂烘烘。私投外國心不正，勾到外人反邊廷。後來天報全拏住，循還遭誅喪殘生。周公忠心人人敬。當殿受封魯國公。可敬國公懷赤膽，壽活百歲得善終。只爲平生行正直，萬古千秋落美名。夫子看道賢慧處，造再書經成聖文。太祖聞聽龍心喜，往下開言把話云。皇爺叫聲衆殿下，你等着義仔細聽。能學周公行忠正，莫學管蔡起虧心。久后寡人辭了世，你等須要秉忠心。建文皇孫年幼小，以後全仗叔父親。扶保皇孫坐天下，我朕死後也閉睛。天子言罷訓子語，殿傍氣壞一個人。四殿下心煩暗痛恨滿怨，孝孺方先生。老牛當殿胡言講，似這等，無要緊言詞信口云。古書上面事稽處，豈不耽悞正事情。方孝孺你今胡言講，後來咱兩把賬清。有朝一日時運轉，俺要穩坐九龍墩。執掌天下爲皇帝，一定不饒老畜生！剜眼摘心不算賬，敲牙割舌不容情。今日個，殿下發恨不要緊，到後來，果應其言在金陵。太祖賓天，建文登位。燕王吊孝發大兵。孝孺當殿駡殿下，千歲想起今日情。立刻敲牙取了齒，先生痛死盡了忠。閑言少敘書歸正，且說北極宮內龍越聽越氣心煩悶，忙忙下殿不稍停。金殿之上拉架式，雄糾糾，頑耍去拳，要作應夢那條烏龍。

亂柴溝是繼續着大明興隆傳寫下去的。大明興隆傳終止於建文的失國，永樂帝的登極及方孝孺的被殺。亂柴溝則開始於永樂帝由金陵凱旋北歸。他有一天坐朝，要令北番入貢，不料因此惹起兵戈，他便發大軍前去討北，也大得勝利而回，故全書名是：

通俗大明定北皦打亂柴溝全傳。

其中寫番將的勇猛異常，正襯托着永樂帝的兵將的英武。

胡總鎭，垜口以內往下望，麾前的，副參遊守細觀瞧。但只見無數番兵臨城下，亂恍恍盔纓雉尾飄，身披明甲如凶虎，一個個，項短脖粗猛又肖。羊皮袄下藏利刃，沙魚鞘內代順刀。馬似歡龍宗尾乍，人顯威風殺氣高。天降野人生口北，時常的，侵犯邊界搶南朝。總鎭看罷將頭點，付內多呼兩三遭。怪不得，大元不肯來納進，所仗着將勇兵多呈雄威。兩國這一打上仗，勝敗輸贏往後瞧。

這是第一戰，已看出番兵是如何的壯健了。

像這一類大規模的講唱戰事的鼓詞，我所得到的還不在少數，像：

一、北唐傳。

二、呼家將。

三、楊家將。

四、平妖傳。

五、三國志。

六、忠義水滸傳。

七、西唐傳。

八、北唐傳。

九、反五關。

等等，這些都是每部在五十冊以上的。馬偶卿先生曾得有明末清初刋的孫武子雷炮興兵救孔聖，那是其中規模較小些的，只有數册而已。刊本的鼓詞爲了易於分册流傳之故，往往每册或每數册別立一名目，像忠義水滸傳第三十九部，其別名是：

劉快嘴誆哄宋江。

其下又有兩個標題，道是：

二次降招安。
劉能洩機密。

這一册便是四卷，可以獨立成爲一部分的。其第四十卷的標題則爲：

濟州城陣亡節慶。

也分四卷，其小標題則爲：

玉麒麟拒捕，
显道神大戰。

現在再引呼家將的一段，做爲這種戰事鼓詞的又一例。

呼家將亦有小說；這是和粉粧樓、薛家將同類的東西，寫北宋時，呼延贊子丕顯被宋仁宗西宮龐妃之父龐文所害，全家遭難；後來，其子呼延慶來祭坟，大鬧京城，終於替呼家報了仇事；文筆很流暢有力。疑小說係從此出。

且說衆官兵官將，有人給他們付了音信，因此大家手忙脚亂，各持兵刃前來。走至離墳不遠，只聽得炮竹之聲。大家往前緊走了幾步，只見墳前烈火飛騰。借着火光看見有一個十一二歲的頑童在那里撫掌大笑。衆官兵一見，忙忙的往上一裏登時把小爺圍在垓心。應聲威唬說：「呔！那個黑小子，你可是呼門的後代？你好大膽子！竟敢前來上墳！快給我據實說來。我定然放你逃生。你若不說實言，立刻叫你性命難存。」且說呼延慶聽見他等來到，但見有一百餘人將他圍住，一個個手執兵刃，全是官兵打扮。有在馬上的，有在步下的。單有兩個爲首的，一個使刃，一個使斧，騎在馬上，與他講話，叫他說實話。小爺由不得又惊又氣。暗說：『我可如何答對於他？』正然低頭思想，又聽見馬上的二人開言問話。

小英雄，正然低頭心思想，可對他是怎樣云。又聽二人開言問，叫一聲，黑小頑童你是聽。方才老爺問你話，爲何不言是何音？難道說你的耳聾沒聽見，快說休叫我動嗔。姓甚名誰何處住？誰人叫你來上墳？你們還有人幾個？可是呼家後代根？再若是，代受巡探你不講，叫你立刻命歸陰。小爺聞聽這些話，他的那腹中展轉自沈音。只得與他講嘴硬，假作癡呆哄衆人。倘若是，哄過他們好走路，早早的我好回家見母親。想罷有語開言道，假意堆歡面代春。對衆人口中連連呼列位，你等仔細請聽云。小可我在城外住，離城三里有家門。家中父母全在世，我家好善本姓金。我父母前年一同生災禍，是我神前許愿心。若得父母均安好，我情愿各廟之中把香焚。若到清明這一日，城中各處救孤魂。果然是孝心感動天合地，父母全然病離身。我本照會還香愿，焉不敢虛言失信哄鬼神。

衆位請想神鬼的跟前，如何敢失信？口愿已出，不能不還。因此今往城內各處普濟孤魂。我見這裏有坐大坟，知道此處叫作萬人坑，定然無人祭掃，故此與他燒帋。此乃善事，衆位何必嗔怪，話已說明，天可也不早咧，我還要出城家去呢。小爺說着話，只見他答里答山邁步想走。

呼延慶說罷答山想走路。二人一見那相容！在馬上，兵刃一指開言道：微微冷笑兩三聲。叫聲頑童眞膽大！小小的，英爾也敢把人蒙，分明你是呼家後，亂語胡言不說明。料着你可又能有多大鬼，想要瞞人萬不能！好好與我說實話，我們放你去逃生。再若用言來支吾，叫爾立刻赴幽冥。呼延慶聽言不由心不說，說：你這人好不通：我說盡是實情話，爲什麽會故攔我不叫行？什麽叫做呼門後，此乃閑言我不聽。我的話，憑你愛信與不信，天晚我是要出城。誰肯與你說閑話，白白躭悞我的工！倘然若是回去晚，父母必定卦心中。我走了，不與你們白扯臊。說罷答訕又要行。二人一見冲冲怒，不由得，一齊無名往上攻。只說幼爾眞萬惡！料你不肯講實情！必須得拿住用繩上了綁，還得拷打動官刑，那是你才說實話，善善如何肯應承。說罷一催坐下馬，舉大刀形如惡煞那相容。

這二人乃是龎賊的心腹家將。使斧的叫作刁奇，使刀的叫作王賓，二人俱有幾分本領。仗着主人的勢力，終日欺壓百姓。這王斌見呼延慶年幼，故此輕視小爺。說話間，心中一怒，催開坐騎，舉起刀來，樓頭就剁。

呼延慶一見時下不代曼。小爺元本體太伶，又有神人親傳授。他本是王敖老祖一門生，雖說學藝年分淺，奈何根行不非輕。他乃是遵奉勅命臨凡界，報仇之中頭一名。來歷實實非小可，自然與衆不相同。看見大刀離不遠，小爺連忙縱身形。嗖一聲，閃至旁邊朵過去，王斌剛刀砍在空。使得力大身一探，這個賊，吸呼栽下馬能行。付又樓馬身一挺，坐下征駒往前冲。他付又，旋轉回來心大怒，只聽他口內吆喝喊一聲、大叫幼爾眞可惡！定要送你赴幽冥。說着話，雙手又把刀一舉，照定小爺下絕情。呼延小爺不代曼。他又邁步往上迎，却是留神加仔細，二目圓睜不錯睛。但見那，刀離自已頭不遠，這才設下巧牢籠。將身一閃躲過去伸虎爪，抓住王賓斬將鋒。用力便往懷中掖，小爺力大是天生，叫一聲，拿過來罷快給我，不由王賓把手鬆。兵刃竟叫人奪去，王賓他又惊又臊又飛紅。

小爺呼延慶，乃是天生的神力，那王賓可又能有多大力量。一刀砍空，就知有些不好。果然被小爺將刀桿抓住，用力一拽，竟自奪去。由不得心下着忙，暗說：『我連一個小孩子鬬不過，叫人家赤手空拳將刀奪去。況且他還是在步下』！登時間臊得滿臉通紅。口中大嚷。『快拿我的兵刃來！我好殺你』！呼延慶聞聽，微微冷笑說：『我把你這該死的囚徒！世界上那有那等的呆人！我還了你的兵刃，好叫你將我殺死！這倒罷了，我這裏正要還你呢』。說着，一個箭步趕上前去，雙手一甩，樓頭就剁。

呼小爺說話之間身一縱，雙手一甩斬將鋒，照定王賓樓頭剁。這個賊，一見着忙魂吓惊，手無寸鐵難招架，只得代馬閃身形。偏偏呵馬失前蹄多背氣，也是奸賊惡滿盈。剛刀來的多急快，只聽礚叉響一聲，代背連肩着了衆，這一傢伙眞不輕，可笑他，只爲痴心將功力，不料先歸枉死城。死尸一仰栽下馬，那邊廂，刁奇一見惱又惊！大叫一聲氣死我，好個萬惡小畜生！你敢在禁城之中衆撒野，刀傷將官命殘生。情如謀反一般樣，豈肯輕饒擅放鬆！言罷馬上忙傳令，分付手下衆軍兵，去一個，先到各門去付信曉諭他等快關城。再到帥府去報信，速調那人馬前來莫消停。大家先將他圍住，看他可往那里行。衆軍卒，內有兩名人答應，又分頭，付信關城去調兵。此且按下我不表，再說呼延小英雄。他聽見刁奇傳下這將令，不由英雄魂唬京。暗暗腹內說不好，今日裏倒只怕性命殘生保不成。

三

但小規模的鼓詞，從二本到十本左右的，也還不少。這些，大都是講唱風月的故事的。不過也雜有像東郭野史一類的諷刺鼓詞，斬竇娥一類的講唱民間流行的故事的鼓詞，和平定南京鼓詞一類的講唱時事的東西。

我曾得有舊刊本的：

蝴蝶盃（四册）
巧連珠（四册）
鳳凰釵（四册）
滿漢鬬（二册）
紅燈記（二册）
三元傳（六册）
紫金鐲（十本）
二賢傳（四册）

珍珠塔（四本）

千金全德

雙燈記

等等。而新出（或舊本新印）的鼓詞有如江湖的洶湧，雨後春筍的怒茁，幾有舉之不盡之概。差不多每一個著名些的故事都已有了鼓詞。這可見北方民衆是如何的愛讀這類的東西。不一定聽人講唱，卽自己拿來念念也可以過癮了。姑舉二十種於下，實不過存十一於千百耳。（但也有的是大部鼓詞裏的一册或數册）

饅頭巷　施公案　方玉娘產子滴血　寶蓮燈　孽姻緣

雍正八義　白良關父子相會　紅拂傳　迷魂陣　唐宮鬧妖記

鄭元和蓮花落　迷人館　鐵公鷄　俠鳳奇緣　騷翁賢媳

霸王娶虞姬　雷峯塔　俠女伶　封神榜　雙合桃

張松獻地圖

像這一類的鼓詞，其組織和金戈鐵馬的大部鼓詞沒有多大的區別，描寫的也不見疏忽粗率。且舉二賢傳的一段於下爲例：

人間私語，天聞若雷。暗裏虧心，神目如電。

上本書說張子春將三兩青絲撥開綁了個結實。佳人不能動轉。

佳人躺在塵埃地，打馬的鞭兒手中拿。用手指定開言罵，罵了聲烟花柳巷下賤人。我到有心台愛你，你這賤人情性歪！三聲若是跟我回南去，一筆勾消兩分開。牙崩半字說不去，管叫你一命苦哀哉。打死你賤人臭臭一塊地，料想着無人刨一土把你埋。佳人說：你殺了罷！老蠻子聞聽下絕情。只見他一鞭一下往下落，鞭鞭着人甚可憐！打的佳人難禁受，撲漱漱泪珠染香腮。眼望北京將頭點，暗叫兄弟陳欽差。你只知奉旨河南把巡案坐，那曉得姐姐此處有難災！瞞怨保兒心太狠，竟自賣與子春他。欲待跟客河南去，從今後姐弟兩分開。欲待不跟他河南去，老蠻子毒打我情實難挨。這佳人出在無計奈，叫了聲張爺貴手高抬。

佳人受打不過，口尊：『張爺息怒！賤人跟你回南去就是了』。老蠻子聞聽，把手內鞭子往扔邊一旁，說：『賢妻眞獃氣！既愿跟我回南，何不早說？若是說了，我怎肯打你這些馬鞭子呢？張洪，把馬拉拉，抱扶侍我愛娘上了牲口』。張洪聞聽，把馬代過，先侍候主人上馬。老蠻子上得馬來，頭前東南角上，相離佳人有十數多步的光景，在那等候。張洪一回身，又往樹林拉馬，忙的佳人停身站起，把頭上的青絲挽了一挽，用烏綾手帕包緊，有一條青衣汗巾束腰，朝着張洪把手一擺，說：『掌家的，你且站住，我有話問你』。張洪說：『你這女子還有什麼講的』？佳人說：『掌家，我有許多心事，有意告稟你家東主。雖想張爺不容我說話，竟把我打了一頓。你雖是主僕，却像父子一樣。你要說話，你東主無有不聽之禮。掌家的，奴借你口中言，傳心腹事。

你對張爺說明：你主僕只當積點陰功，把我送到河南開封府，找着我兄弟。銀子還你個本利相停。這個如何？』張洪聞聽，把手一擺，說：『你這女子，醒醒罷！』佳人說：我『不是睡覺不成，怎麼叫我醒醒呢！』張洪說：『你雖然無有睡覺，你竟說都是些夢話。你當我家爺費了一兩半兩的嗎？也費許多銀子。他在富春院使了一千二百兩銀子，才買你來身邊爲妾。要送你河南，見了你兄弟，銀子還我們個本利相停。這要算起來足約貳千四百兩。你當少呢！』佳人說：『這到河南，不見我兄弟也不費難。只當談笑之中，易如反掌。』張洪說：『怎麼的，你在烟花柳巷，你還有這們個好兄弟麼？我且問你令兄弟在河南作什麼買賣呢？』佳人說：『你猜一猜。』張洪說：『我何用三猜二猜！我一猜就猜着了。想你令兄弟在河南開當鋪。』佳人說：『不是。』『哦，想來是販賣紅蘭紫草的。』佳人說：『不是。又遠了，更不是咧。』『哦，是販蜜燭香茶的。』『可也不是。』張洪說：『這個我可猜不着咧！令弟在河南又不是開當鋪，又非販賣紅蘭紫草香茶蜜燭，那有這宗銀子買你出水從良呢？』佳人說：『張洪，要不提起我那兄弟到還可矣！若是提起我那兄弟來可也不小！想你在他跟前站着跪着地方也是無有的。』張洪說：『這話不然！說我張洪是我家東主僕人，不過敬尊我家的太爺，並天下財主雖多，他都不能管我。我再說你兄弟就有撥天勢力，我與他無干，也管不着我在這個地方！我偏在這里坐下，又攙何方！』張洪一邊說着話，一屁骨坐下在佳人面前，仰着臉單聽女子講話。佳人說：『張洪，你當我那兄弟是買賣客商麼？不是！哦！他本是今年正德皇爺御筆親點頭名狀元，皇爺又點河南八府代天都巡按。我實對你說罷，如今河南奉旨按院陳奎，那就是我兄弟喲！』張洪聞聽，那裏還有魂呢。不扶塵埃，爬起來撥開脚步往東北角下，咕嚕咕嚕的直跑。這個話幸虧老蠻子未曾聽見，在馬上如何坐的住呢，要是滾下馬來，就送了他這條老命。爲什麼他就無有聽見呢？書要說個明白。在坐明公，聽書也要聽個細致，方才說過，老蠻子八十來歲了，耳陳眼慢，看也看不眞，聽也聽不見，又再東南角下，相離佳人有十數多步開外的光景。這女子與張洪講話，他可如何聽的見呢？他若聽見，有見識的，自然也不害怕了。他是無從聽見，只看見他的僕人，往東北角下飛跑，他還不知到打那頭所來呢。在馬上把鞭子一擺，用聲招手。『張洪，你往那裏去？你與我回來！』要是別人，想叫他回來，再也不能的。張洪正往東北上直跑，聽見有人指名叫他，回頭看了一看，是他的東主，忙反面來至老蠻子馬前，大驚小怪：『大爺不好了！方才那女子講的語，你老無有聽見麼』？老蠻子說：『哦！是了！想是不跟咱們走回南去，口出怨言，罵起我來麼』？張洪聞聽，把脚一跺，仰面長吁！『大爺，你當眞沒有聽見麼？方才那女子說的明白，叫咱主僕二人只當積點陰功，叫咱爺兒們把他送到河南開封府，見了他的兄弟，銀子還咱爺們本利相停。我問他兄弟在河南作何買賣呢？他說他兄弟並不是個買賣客商，本是個狀元出身，今奉那正德皇爺御筆親點，現任八府巡按。如今那河南按院大人陳奎，就是他的兄弟咧』。老蠻子聞聽得將項梁股上吱的一聲，冒了一股涼氣，把手一扎，險些吊下馬來。在位的爺想情，方才說老蠻子八十多歲的人了，要是從馬上吊下來，焉能有他的姓命呢。多虧了他的僕人張洪，正在精壯年少，扯上一步，挽扶在馬上，說：『大爺醒來』！老蠻子定神良久，到抽一口涼氣，吱呀一聲，自已叫着自已說道：『張子春，你活了八十多歲了，老來無有才料！花費了一千二百兩銀子，買了一個心愛的花娘子。何從是心愛的娘子，分明是比作剌蝟一樣！捧着他罷，又扎手；欲得仍了罷，可惜我那一千二百兩銀子呀』！

老蠻子爬伏在那鞍轎上，唬得他渾身打戰戰兢兢，良久還過一口氣，腹內展轉自顛奪。我今年枉活八十多歲汗，這是我少智無謀缺欠通。我比作乞丐得病把父母想，賴蛤蟆要想吃天鵝，我就說老來作個風流客，不承跳進是非坑。這一去河南路過開封府，遇見欽差難逃脫，倘若是得罪陳巡按，到只怕我這老命活不成！雖然後悔悔得晚，事到其間莫奈何。老蠻子他在馬上神不定，張洪，你可怎樣行？

二賢傳寫的是明代正德時，書生陳奎和李三姐的悲歡離合事。

四

到了清代中葉以後，大規模的鼓詞，講唱者漸少，而『摘唱』的風氣以盛。所謂『摘唱』便是摘取大部鼓詞的一段精華來唱的。這似是一種自然的趨勢，南戲的演唱由全本而變成『摘齣』，鼓詞也便由全部的講唱而變成『摘唱』。這種趨勢是原於社會的和經濟的原因的。以後，成了風氣，便有人專門來寫作這種短篇的供給『摘唱』的鼓詞了。

近代所唱的鼓詞有京音大鼓，奉天大鼓，梨花大鼓（即山東大鼓）等等分別，但在大體上，其彈唱的方法是很相同的。

趙景深先生以爲近日流行的大鼓書和鼓詞不是同物。這見解是錯誤的。近日的大鼓書誠然很少夾入說白；但每次講唱時，唱的人，仍要來一段開場的。因爲『短』，所以以下便也容納不下講說的一部分了。這便是『講』的部分漸漸被淘汰了的原因。零段的鼓詞，今所傳的並不十分多。最重要的是所謂『子弟書』。『子弟書』的組織和鼓詞很相同，雖然沒有說白，但還可明白看出是從鼓詞蛻變出來的。

所謂「子弟書」，是指八旗子弟的所作。八旗子弟漸浸潤於漢文化，游手好閑，鬬雞走狗者日多，遂習而爲此種鼓詞以自娛娛人。但其成就，卻頗不少。

子弟書以其性質分爲西調，東調二種。「西調」是靡靡之音，寫「楊柳岸曉風殘月」一類的故事的。東調則爲慷慨激昂的歌聲，有「大江東去」之風的。

西調的作者最有名的是羅松窗，惜未能詳其生平；他所作的，今知有大瘦腰肢、鵲橋、出塞、上任、藏舟及百花亭六種。（總不止此數，但不易再得到）。他所寫的，不盡爲故事，也有純然是抒情的，像大瘦腰肢。松窗的文學修養的工夫很深，故其風格便和一般的鼓詞敻然有異，像出塞的一段：

羣山萬壑赴荆門，生長明妃尚有村。一去紫臺連朔漠，獨留青塚向黃昏。畫圖省識春風面，環珮空歸夜月魂。千載琵琶作胡語，分明怨恨曲中論，傷心千古斷腸文，最是明妃出雁門。南國佳人飄雉尾，北番戎服嫁昭君。宮車掩淚空回首，獵馬出關也斷魂。今日還非胡地妾，昨宵已不是漢宮人。風霜不管胭脂面，沙漠安知錦繡春。幸有聰明知大義，敢將顏色繫終身。爲救蒼生離水火，甘教薄命葬煙塵。殘香膩粉人一個，野地荒煙雁幾羣。自嘆說到處沙場多白骨，又誰知今朝小妾弔英魂！爾等是俠氣雄心眞壯士，偏遇奴斷腸流淚苦昭君。我嘆爾白骨縱橫在這荒草地，爾嘆奴一身流落莽乾坤。爲甚麼爾嘆奴家奴嘆謝？只因都是漢家臣。爲國精忠是臣子的事，封妻蔭子聖皇恩。莫向黃昏哭鬼火，須從白日傲精魂。伸自神而屈自鬼，況爾等盡是英雄俠義人。休嫌風雪胡天地，自有鶯花故國墳。這佳人想念爹娘不知安康否，也是蒼蒼白髮六旬的人。大略著也模糊了兒的面貌，可憐空對我的朱門！一自孩兒歸內院，但從魂夢見雙親。實指望二八青春歷六院，三千寵愛在一身，萬兩黃金充小妾，千方白璧慰親心；又誰知一朝去國纔十八歲，萬里投荒二九春。這娘娘命取琵琶彈馬上，眼望南朝兩淚淋。彈的是斷腸商調湘妃怨，唱的是慟耳傷心故國音。君王雨露霑天下，並非獨吝在昭君。自恃容顏羞行賄，也非愛小省黃金。妾身也不怨毛延壽，都爲我前世的昭君是造了孽的人。不行好事纔折了奴的福，可怨誰來是自己尋！只因我父母堂前缺孝道，君王座下少忠心，無故的斷送毛延壽，總死胡邦也是結了怨的魂。這如今一身柔弱有誰來問！天哪，教我走投無路，進退無門。奴本是守禮讀書節烈女，此身已是漢宮人，豈肯失身於草莽，難道說就不念南朝舊主恩！憶君王臨別不忍與奴分手，龍目紛紛兩淚淋，哭濕了龍袖還揩奴的淚，口喚卿卿莫怨寡人。這而今茫茫野草煙千里，渺渺荒沙日一輪。數團毡帳連牛廠，幾個胡兒牧馬羣。回頭盡是歸家路，滿目徒消去國魂。向晚來胡女番婆爲妾伴，那渾身糞氣哎就熏死人。這一日忽見道傍碑一統，娘娘駐馬看碑文。看罷低頭一聲嘆，呀，原來是飛虎將軍李廣墳！

不是大手筆是寫不出這樣流麗宛曲的唱文來的。韓小窗在周西坡裏說道：『閒筆墨小窗竊擬松窗意，降香後寫羅成亂箭一段缺文』，則松窗也曾寫過東調的了。

東調的作者，以韓小窗爲最重要。他屢次的在鼓詞裏提到自己的名字，但在其中，對於他自己的生平，卻一點消息也沒有。他所作的有托孤、千鍾祿、寧武關、周西坡、長板坡等，風骨粦粦，讀之如啖哀家梨，爽快之至！至今還是大鼓書場裏爲羣衆所愛好的東西。他寫些西調，像得鈔傲妻、賈寶玉問病等，但不是嬉笑怒罵皆成文章，便是沈鬱悽涼，若不勝情。他是不會寫輭怯無力的調子的。且舉其寧武關的一段爲例：

小院閒窗潑墨遲，牢騷筆寫斷魂詞。可憐孝母忠君將，偏遇家亡國破時。怨氣悲風凝鐵甲，愁雲慘霧透征衣。一腔熱血千秋恨，甯武關苦死了將軍周遇吉。這將軍代州已被流賊破，也是那國家氣數人力難支。出重圍一念思親情切切，幾回欲死復遲遲。一路兒紛紛塵滾銀鎗冷，慘慘風吹戰馬嘶。奔到了甯武關中自家門首，見依稀風景似當時。老家將請安已畢接鎗馬，勇忠良把銀𠩺整整抖抖征衣。進儀門腳踏花磚行甬路，到庭前英雄擧目心內驚疑。但只見萱親堂上開瓊宴，妻子筵前捧玉巵。呀，這是我爲國忘家把心都使碎，竟忘了太太是今朝壽誕期！太夫人一聞傳報將軍至，說快喚來早見堦前跪倒了遇吉，說請太太萬福金安無恙否？太太說：溫存殘喘難爲兒媳吾兒免禮。忠良站起見夫人萬福深深問起居。小公子向父請安垂手立，這將軍千般悲慟只好一味支持。看看娘親瞧瞧自己，瞧瞧愛子望望嬌妻，暗思量此際團圓少時何在？一家兒須臾對面傾刻分離。這將軍滿腹愁腸強忍耐，命家童把殘席撤去重整新席。遇吉說老母的千秋兒來拜壽，太太說每年今日教你大遠的奔馳。公子夫人雙侍奉，旁華筵壺傾玉液，酒泛全樽。周遇吉膝前跪奉了三杯酒，無奈何把牙關緊咬作祝壽的言詞。說：娘啊，聲氣兒倒噎紅滿面，淚珠兒在眼中亂轉不敢悲啼。說：兒願母眉壽喜同山岳永，洪福長共海天齊。這將軍拜罷平身把身倒背偷擦得素羅袍袖血淚淋漓。太夫人看破將軍悲切切，急問道：吾兒何故慘淒淒？周遇吉強硬着心腸陪笑臉，說：兒見母霜鬢垂白不似舊時，桑榆暮景年高邁，兒不能承歡膝下侍奉朝夕。太太說：你爲此含悲麼？忠良說：正是。太太搖頭說：未必是實！可是吓，聞得代州有流賊犯境，你爲何自回甯武，撇下了城池？周遇吉驚流滿面含糊應，說曾打仗是孩兒得勝，那流寇失機。太太見忠良變色聲音慘，老人家疑心之上更添疑。喚遇吉，忠良答應，說兒在。太太說：莫非你把代州失？周遇吉半晌驚獃說：兒來拜壽。太太見情眞事確，就站起了身軀，說：好遇吉！還敢支吾說來拜壽！你瞧你一身甲冑，遍體征衣。忠良見萱堂震怒連聲的問，無奈何一身跪倒，兩淚淋漓，悲切切說：流賊的勢衆，代州的兵少，因此上孤城失守，獨力難支。兒遇吉欲從陣上酬君死，爲只爲先到家中報母知。這忠良磕頭血濺花磚地，慟淚成行戰袄濕。忽見老家將驚慌氣喘在堦前跪，說：不好了，流賊的兵將圍困城池。一片哭聲遠近聞，軍民逃竄各紛紜。滿城怨氣黃塵起，四野狼煙白晝昏。流淚斷眼周總鎭，冰肝鐵膽太夫人。老家將渾身亂抖中庭跪，不住的報說流寇督兵打四門。太夫人眼看着忠良說：還不快去！大丈夫血濺在疆場纔是報君。遇吉說：孩兒愿做軍前鬼，但是老家將隻身怎樣護送娘親？

這裏還嫌引得不多！

李家瑞的北平俗曲略說子弟書的作者，於羅松窗、韓小窗外，尚有鶴侶氏、雲崖氏、竹軒、漁村、煦園等人，惜皆未詳其生平。（他們的生平當然是不會見之於文人學士們的記載裏的。）

參考書目

一、中國俗曲總目稿，劉復等編，中央研究院出版。
二、北平俗曲略，李家瑞編，中央硏究院出版。
三、世界文庫第四册，鄭振鐸編，中選羅松窗、韓小窗二八之作十餘種。
四、大鼓研究，趙景深著，商務印書館出版。
五、一九三三年的古籍發見，鄭振鐸著，見文學二卷一號。
六、三十年來中國文學新資料的發現史略，鄭振鐸著，見文學二卷六號。
七、大鼓書詞彙編，楊慶五編。
八、刊行鼓詞最多者，爲北平二酉堂等民衆的書坊。初爲小型的木版本，最近多改爲石印本。木版本幾已絕迹市上。又乾嘉以下的鈔本也不時的可以遇到。
九、西諦藏書目錄第三册。這一册全載講唱文學，自『變文』以下的諸門類的目錄，間附說明。

第十四章　清代的民歌

一

清代的散曲也和明代的一樣，已成了文人的作品，不復是民間的東西了。明代的南北曲，倘是和『南宋的詞』相同的東西，雖已達老年，而還能生存，還能被歌唱，還能流行於民間；但清代的散曲卻像『明代的詞』了。除了少數的例外，大多數的南北曲都已不能被之弦歌，都已不能流行於民間。散曲作家們的氣魄也不復像元、明二代之豪邁。他們不是過於趨向尖新鮮麗之途，在一字一句之間爭奇鬬勝，便是拘守格律，不敢一步出曲譜外，變成了死氣沈沈的活屍。

清代的重要的散曲，自當求之於民間歌曲而不能在文人學士們的作品裏見到。

明人大規模的編纂民歌成為專集的事還不曾有過，都不過是曲選或『雜書』的附庸而已。

——除了馮夢龍的掛枝兒和山歌二書之外。但到了清代中葉，這風氣卻大開了。像明代成化刊的駐雲飛、賽賽駐雲飛的單行小册，在清代是計之不盡的。劉復、李家瑞編的中國俗曲總目稿所收俗曲凡六千零四十四種，皆爲單刊小册，可謂洋洋大觀。其實，還不過存十一於千百而已。著者昔曾搜集各地單刊歌曲近一萬二千餘種，也僅僅只是一斑。（惜於『一二八』時全付刼灰）誠然是浩如煙海，終身難望窺其涯岸。而綜輯民歌的工作，也不斷的有人在做。其規模雖沒有比馮夢龍的更大，卻比他更爲小心謹愼。他的山歌、掛枝兒等集，究竟有多少是民間的本來面目，很可懷疑。他一定曾大膽的加以删改，加以潤飾，好像把魏唐石刻，敷以近代的泥粉一樣，未免有些走樣或失眞。其中，且更有許多的他自己或他友人們的擬作在內。但清代的民歌搜集者，編訂者卻甚爲忠實，其來源也甚爲可靠。像白雪遺音的編者差不多便費了一年多的編輯工夫。

> 曲譜四本，乃多方搜羅，曠日持久，積少成多，費盡心力而後成者。
>
> ——華廣生自記

在高文德的序上，也記着編者華廣生的話，道：

> 初意手錄數曲，亦自作永日消遣之法。迨後各同人皆問新覓奇，筒封函遞，大有集腋成裘之舉。

所以，他的搜羅的範圍是很廣泛的，並非出於一人之力，而是出於許多人的協助。其中，搜集的人或難免有偶加潤飾的地方，但大多數可信其爲本來面目，有許多且是很新鮮的從民衆口頭上採集下來的。

霓裳續譜的來源比較複雜。但在實際上也是伶工們的口頭相傳的東西。王廷紹序云：

三和堂顏曲師者，津門人也。幼工音律，彊記博聞。凡其所習，俱覔人寫入本頭。今年已七十餘。檢其篋中，共得若干本。不自秘惜，公之同好。諸部遂醵金謀付剞劂，名曰霓裳續譜。

這是霓裳續譜的來歷了。雖然『其曲詞或從諸傳奇拆出，或撰自名公鉅卿，逮諸騷客，下至衢巷之語，市井之諺，靡不畢具，』但究竟以衢巷市井之歌爲最多。像這樣慎重的編訂，乃是明人所不能及的。

二

今所知的最早的民歌集，乃是乾隆九年（公元一七四四年）『京都永魁齋』所梓行的時尙南北雅調萬花小曲。永魁齋只題着梓行的年月：『歲在甲子冬月』，但馬隅卿先生所藏的一本，（我的藏本卽從此出）封面前有維寬氏的『乾隆三十九年吉立』字樣，由其版式看來可知此『甲子』，必是乾隆九年。如果是再前六十年的刊本則便是康熙二十三年（公元一六八四年）的『甲子』了，但其版本卻全然不是康熙時代的，更不是明代的。故可斷定其刊行年代必爲乾隆九年。

這本時尙南北雅調萬花小曲並不怎麽厚。所錄凡：

（一）小曲　三十六首

（二）劈破玉　五十三首

（三）鼓兒天　五更一套

（四）吳歌　五更一套

（五）銀紐絲　五更十二月

（六）玉娥郎　四季十二月

（七）金紐絲　四大景

（八）十和偕　三十首

（九）醉太平　大風流

（十）黃鶯兒　風花雪月

（十一）兩頭忙　恨媒人

不過是一百餘首的一個小集子。永魁齋題云：

此集小曲數種，盡皆合時，出自各家規式。本坊不惜重金，鐫梓以供消閑清賞。

其中所選，俱未註明來源。但有一部分，像劈破玉、黃鶯兒等，皆可知其爲明代以來的遺物。最可珍貴的部分乃是三十六首的小曲，這裏有很粗野的東西，但也有極眞誠的作品；有極無聊的辭語，也有極雋永的篇章。

小曲

日字兒多似猛松雨，既要相交那在乎一時！要是要你有情來我有義，再別拿着丹田的話兒任我心坎上遞。也自是柴重人

多不湊咱兩個的局也罷了，另擇個日子把佳期敍。又

天下最明不過就是你，你怎麽這般樣着迷！墻有風，壁有耳，非兒戲。受困那一因一着機不密。雖有一個別途未否是你偕老的佳期，候伊允我這裏自然有主意。又

自己的心腸勸不醒當局者迷旁觀者就清。勸我的人金石良言咱不聽，大端是未曾害過相思病。有一句話兒你牢牢的記在心，常言說是花兒也自開一噴。又

不必你老表心事，我眼裏有塊試金石。一見了你就知道你是疼人的，初相交就與我個捨不的。人人道你最出奇，也是我三生有幸今朝你把遇。又

你不必好歹跟着人家樣子兒比，人有好歹物有高低。痴心的人到處裏聞名深感及負義的使盡了機關情不密。我雖然眼底下不齊後會有期，那其間上了高山你纔顯平地。又

似你溫良眞少有，望攀有意碍口失羞。久聞着你件件疼人眞情厚，但不知佳期能勾不能勾？雖然說會着你一遍留下一遍念頭，無憑據自恐怕其中不實受。又

學不會的溫良眞可喜疼人的訣竅難得難習。行情處情意顯然投我的意，又觀人眉目之中自望心坎上遞。但與你交接無不着迷，留下的好魂夢之中教人長影記。又

一見乖乖把念頭起，又不知投你的機來不投你的機。風月中滑脆脆的人兒如心膩，不似你件件椿椿合上我的意。從合着你傍花野草掛口兒不題，說不想不由的念你不知是咱的。又

向日的眞心蒙慨允，何來的字兒欽此欽遵。感你的情時刻懸思念不盡，我怎肯在你身上爽全信。怕只怕下玷干你蠢莽愚

村，不過是交情泛好投緣分。又

雖然合你相交淺，如同相交好幾年。從離了你再不把別人戀。我的心實實伏在你身上。有兩句碍口的說兒不好和你言，又未知親人情願不情願。

這兩日不曾見，未知親人安不安。從離了你泪珠兒就何曾斷，數歸期十個指尖都掐遍。你遇着有竅的人兒儘着和他頑。歡娛去對着鏡兒把我念一念。

做了一個蹊蹺夢夢兒中會我親人。那親人說的話兒知輕重，又未知親人心順不心順，覷着你俊龐兒一似鸞鸞，喜殺了我把衾兒枕兒安排定。

從南來了一行雁，也有成雙也有孤單。成雙的歡天喜地聲嘹亮，孤單的落在後頭飛不上。不看成雙只看孤單，細思量你的凄涼和我是一般樣。

既有眞心和我好，再不許你要開交，再不許你人面前兒胡撕鬧，再不許你嫌這山低來望那山高，再不許你見了好的又把槽來跳。

小親人兒心上愛，愛只愛情性乖。因此上懨懨病兒牽纏害，一見你魂靈兒飛在雲霄外。一刻兒不見你放不下懷，要不想除非你在俺不在。

你在那裏朝朝想，我在這裏夜夜思。思只思親人待我的好情意。愁只愁熱香香的人兒分離去。雖然說去了還有個來時，怕只怕眼下凄涼無人緒。

隔着桌子把瓜子兒打，三番五次看着咱。斟一盃酒兒說了幾句在行話，臨起身大腿兒上掐一下。掐的我腰兒酸來骨頭麻。天晚了今夜不如歇了罷。

成就佳期恭喜賀喜展放開愁眉皺眉。有勞你費盡心機多累有累，幸今宵百年和偕身遂意遂。無罣礙再不去疼誰想誰，深感激痴心未退邪心退。

實不欺心災少禍少，從無天理前瞧後瞧。聖人言在上不驕當拗別拗，所謂修身在正其心愼要謹要。你別說自誇其能心高志高畫虎不成反惹得旁人不笑也笑。又

知己投機最少而可少，情性溫良不交也交。但有些餘下的工夫候教領教，你行的事百中百發玄妙奧妙。只因你美目上傳情教我胡猜亂猜，俊龎兒思想起來不愛也愛。

實意眞心疼你爲你，要我的無常千移萬移。既許下欲待虧心何必不必，因此上着意留神叫你心細仔細。朋友面前克要你隨機應急。放寬心勿要拗爭氣賭氣。

頻墜燈花結綵報綵，昨宵驚夢奇哉怪哉。他與我訴離情就耐敏耐，我回答因痴心少待等待。幸今宵獨對和景音來信來，喜相逢從整佳期眞愛可愛。

沉墜宮花結彩映彩，今夜凄涼難捱怎捱。夢兒中訴離情急壞想壞，醒來時自落得話在人不在。幸遇着乖乖音來信來，喜團圓二次佳期眞愛可愛。

爲去煩難怕有偏有，恩愛牽連欲休不休。現放着盆沿上佳期一就難就，又無一個幫襯的人兒成湊弗得湊。心坎上堆累着新愁舊愁，似你多鬼病懨懨憔瘦體瘦。

我爲你招人怨，我爲你病懨懨，我爲你清減了桃花面，我爲你茶飯上不得周全，我爲你盼望佳期把眼望穿。親人若團圓淨

手焚香答謝天，怎能勾手攙手兒同還願。

河那邊一隻鳳，我怎麼叫他不應。大端是我親人少緣分，僱一隻小船兒把我來撐。撐到那河邊問他一聲，他若是不應承。轉

回身來跳在水中，你教我有名無實終何用。

人害相思微微笑，我只說故意兒粧着。誰承望我今入了你這相思套，懨懨瘦損我命難逃。海上仙方嘗盡了，急的我雙跌腳。

親人罷了我了，要病好除非是親人在我懷中抱。

久別尊容可安否，失親敬面帶着僥。從離了你諸般樣的事兒無心料。他那里怎麼兒樣溫存對着我來學，我這里照着樣兒

侍奉我那年紀小的嬌嬌。你閃我我不惱，愁只愁把你牽連壞了，又我定要復整佳期鸞鳳効。

洛陽橋上花如錦，偏我來時不遇春。大端是君子人兒時不正，遇着一個疼我的人兒不把我來親，親近我的人兒不會溫存。

你也是個人，我也是那十個月的懷胎八個字兒所生。又

大端是前世前緣少緣分，晝夜家牽連不閉眼。愁只愁心事難全，慮只慮恩人不得到頭眞可嘆。我怎麼自是相與個人兒乍

會新鮮，乍會情濃比蜜兒還甜。哄的我托心和他好，腳蹉着這山眼又望着那山。又怎麼來幾番家決斷則是決不斷。又

一別經年無經慣，兩次相思誰人敢躭。三不知的你去的一個音絕斷，似有如沒盼不到我跟前。五行書裏命犯着孤鸞。六月

連陰天，凄凄涼涼敢向誰言。又八不能閃了我和他行伴。又

叫一聲誰答應？叫二聲有誰應承？叫三聲乖親兒去的一個無音信。叫四聲走近前來着着意兒聽。叫五聲年小的乖乖有影

無形。叫六聲我的人，細想想，白叫了七聲。又叫八聲乖乖不來傾了我的命。又

不在行誰把你來想，因爲你在行惹下牽連。巴不得常攙手來和你明陪伴。交情兒容易拆情兒好難，提起一個離別的字兒

摘了我的心肝。凡事無心戀時時刻刻搯不斷的牽連，又若凄涼搶着手兒和你願從願。又

像其中『有一句話兒你牢牢的記在心，常言說是花兒也自開一噴』，『但與你交接無不着迷，留下的好魂夢之中教人長影記』，『一刻兒不見你放不下懷，要不想除非你在俺不在』。『親人罷了我了，要病好除非是親人在我懷中抱』；『交情兒容易拆情兒好難！提起一個離別的字兒摘了我的心肝』！都是以極淺顯的話來表達最深摯的情意的，這確是衢巷市井裏的男女們的情辭。有的想像和情語乃是元、明曲裏所未曾見到的。

十和偕目錄上寫着三十首，實際上只有二十首，但每首都是粗鄙不堪的，都是最惡俗的赤裸裸的性的描寫；大約連妓女們也不會唱得出口的吧。

最可注意的是西調鼓兒天，這是『一套』詠思婦的最好的篇什。『西調』之名，第一次見於此。這『西調』，在霓裳續譜裏是極重要的曲調，可見當時是極流行於『京都』的。

西調鼓兒天

一更鼓兒天，又我男征西不見回還。早回還與奴重相見，了呀！叫了一聲天，哭了一聲天，滿斗焚香祝告着天。老天爺保佑他

早回還，早回還，奴把猪羊獻。了呀！

二更鼓兒多，又我男征西無其奈何沒奈何叫奴實難過！了呀！叫了一聲哥，哭了一聲哥。我想我哥哥淚如梭，泪如梭，不敢把兩脚錯。了呀！

三更鼓兒催，又月照南樓奴好傷悲。一張象牙床教奴獨自睡。了呀！獨守孤幃，又南來孤雁，一聲一聲催。雁兒，你落下來。奴與你成雙對。了呀！

四更鼓兒生，又我男征西在路徑。在路徑，叫奴身懷孕。了呀，你好狠心！又是男是女早離了娘的身。山高路又遠，誰人稍書信。了呀！

五更鼓兒發，又夢兒裏夢見我的寃家。手攙手說了幾句衷腸話。了呀！夢裏夢見他，又架上金雞叫喳喳，驚醒來忽聽見人說話。了呀！

雙手把門開，又過路的哥哥帶將書來。忙接下我這裏深深拜。了呀！二哥請進來，又忙叫丫鬟把酒篩。你那裏篩熳了酒，我這裏定下菜。了呀！

滿滿斟一甌，又我替我二哥磕上二個頭。二哥，你在外邊想與我男兒厚。了呀！慌忙斟一甌，又我替我二哥吃上幾甌。二哥，吃知你不吃齋，我這里熬上肉。了呀！

一齊往上端，又薄餅卷子一替一替的端。先上了肉粉湯，後上大米子飯。了呀！其實不中看，又丫鬟調湯不知鹹酸，二哥，你不美口，權當家常飯。了呀！

嫂嫂我來摟，又有一句話兒不好對你說。守貞節不與旁人笑，了呀！不必你叮嚀，又我男征西掌團營。他本是大丈夫，奴怎肯掃他的興。了呀！

送出前堂，又回進後房弓箭什物掛在兩墻。手拿着纓幞頭，弓弦無人上，了呀！打開櫃箱，又，關東靴兒四針四針行。我男兒不在家再有誰穿上！了呀！

巴到黃昏又忙叫丫嬛掌上銀燈。照的奴影兒斜，自有身子正。了呀！手抱小嬰孩。又，問着你爹爹幾時回來？臉兒手好像黃花子菜。了呀！

上的床來，又脫吊了綉鞋換上睡鞋。我男兒不在家，小腳兒誰來愛。了呀！巴到天明，又日頭出來一點一點紅。叫丫嬛抬餚粧，取過青銅子鏡。了呀！

對面相逢，又照的奴一陣一陣昏來一陣一陣明。明明的害相思，不覺的憂成病。了呀。上的樓來瞧，又，滿州的哥哥過去了。腰掛着簡金刀頭帶着貂子帽。了呀！

可不到好！又轉過灣來不見了。好叫我那塊瞧？自是乾急躁！了呀！抬頭往上瞧，又八洞神仙過去了。前頭是漁鼓響，後頭是簡板子鬧。了呀！

雲裏逍遙，又王母娘娘赴着蟠桃。韓湘子飲仙酒，大家同歡樂。了呀！相思害的慌，又青銅鏡照的臉帶子黃。拿過了鴛鴦枕，倒在牙床上。了呀！

兩眼泪汪汪，又夢兒裏夢見我的情郎。醒來時獨自在牙床上，了呀！想得悶懨懨，又拿過烟鍋吃上袋子烟。吃袋子烟，好似重相見。了呀！

奴好心焦，又忽聽門外一聲一聲高。開門瞧，却是兒夫到。了呀！擺擺搖搖，又十指尖尖摟抱着進門時不覺微微笑。了呀！

攜手上高廳。又忙叫丫嬛把酒斟。擺上了新鮮酒，與我郎同歡慶。了呀！寬衣到銷金，又自從你稍書摘了奴的心。臉皮黃，身子又成病。了呀！

〔清江引〕說來說來來不到，相會在今朝。欲待口兒噲，又要懷中抱，但不知那一些纔爲是好！

末以清江引爲結束，這是萬花小曲裏的散套的通例。銀紐絲的一套如此，玉娥郎的一套也是如此，兩頭忙的一套也是如此。

兩頭忙題爲閨女思嫁，乃是全集裏最有情趣的一篇。閨女思春之作，湯若士牡丹亭傳奇寫得最好，但還欠大膽，姑尼思凡頗能寫出懷春的少女的情思，但也嫌不怎樣投合於一般人的心意。但這裏卻極爲大膽而顯豁，言人所不能言，所不敢言。我曾得到單刊本的豔陽天，爲陝西所刊，其內容完全相同。想不到這篇東西很早的時候便已流傳到『京都』裏來了。這篇開頭有西江月的引辭，乃是別的套曲所不見的。

閨女思嫁

〔西江月〕話說閨女思嫁。春天動了慾心。爹娘婚配是前因，留在家中說甚！ 男女願有家室，長成當嫁當婚。央媒說合去成親，千里姻緣分定。

〔兩頭忙〕豔陽天，又，桃花似錦柳如烟。見畫梁雙雙燕，女孩兒淚漣漣，又。奴家十八正青年，恨爹娘不與奴成姻眷。

淚如梭，又，春貓兒房上去起窩，奴在繡房中懶把生活做。嫂嫂與哥哥，又，二人說話情意多，到晚來想是一頭臥。

怨爹媽，又，李二姐，張大姐，都嫁人家養孩兒過把大。他也十八，奴也十八，爹媽傷蹇沒大薩，正青春怎不將奴嫁！

園林折花，又，雙雙媒人到我家，險些兒把奴歡喜殺，爹到在家，又，若是門當戶對好人家，望爹爹發了帖兒罷。

帖兒去了，又，不覺兩日並三朝，急得奴雙脚跳。不見來了，又，想必是帖兒看不好，到晚來不由人心急躁。

點上燈，又，燈兒下慢慢細沉吟，媒人來就是我婚姻動。不見回音，又，想必是帖兒不曾與人思量起，把媒人恨！

恨媒人，又，討了帖兒沒回音，成不成叫奴將誰問！雁杳魚沉，又，等閑捱過好青春，說不出心中悶。

媒人來，又，只得佯羞到躲開，待要聽又怕爹娘怪。惹得疑猜，又，梅香歡喜走將來，說道：是將插戴。

婆婆相，又，忙施脂粉換衣裳，越顯得精神長。站立中堂，又，低頭偷眼把婆張，這婆婆到也善佛相。

忒粧嬌，又，往我門前走了幾遭，小厮們就把姑爺叫。我也偷瞧，又，儀標俊雅又風騷，正相當都年少。

眼巴巴，又，巴得行禮到奴家，怕去看行盒下寶玉金花。又，我心兒裏着實的不喜他，喜則喜將奴嫁。

好長天，又，捱過了一日似一年。快雖快還有兩日半。喜上眉尖，又，催裝擔兒更新鮮，尋下些柔纕絹。

嫁裝舖，又，有些事兒兜殺了奴，安穩些床和舖。坐下圍爐，又，滚湯接力不可無，想着席子香，定把精神助。

洗浴湯，又，偏生的今日用些香，怕人張故把門拴上。仔細思量，又，鮮花今夜付新郎，到明朝又怕別一樣。

起來時，又，渾身換了些色新衣，沉檀降速香滋味。淡粉輕施，又，人人說我忒標致，做新人不比尋常的。

把頭梳，又，根兒挽緊不比當初，鬆髻兒也要關得住。少戴釵梳，又，今日晚來要將除，只怕手兒忙全不顧。

日頭西，又喜歡的茶飯懶得吃，我精神已在他家去。燈燭交輝，又，叮咚一派樂聲齊，好婆婆親來至。
月兒高，又都到房裏把奴搖，一擁着忙上轎。鼓樂笙簫，又，爆竹起火一齊着，怕不成只是微微笑。
到門前，又踹堂的鞋兒軟如綿，下轎來行不慣。瞥見裝奩，又，寃家站立在踏板兒前，同坐上床兒畔。
坐床時，又安排熱酒遞交盃，兩齊眉坐富貴。就扯奴衣，又，惟有這會等不的，卻有些眞淘氣。
插房門，又燈下看得忒分明，他風流奴聰俊。摟定奴身，又，低聲不住的叫親親，他叫一聲奴又痲一陣。
門外呼，又媽媽叫醒把頭梳，下床時難移步。心上糊塗，又，問着話兒強支吾，媽起身我也無心顧。
打扮衣，又打扮的就像個謝親的，叫几聲方纔去。把奴將惜，又，糖心雞子補心虛，手兒酸難拿住。
〔清江引〕女愛男來男愛女，男女當斷配。女愛男俊俏，男愛女標致，他二人風情眞個美。

三

霓裳續譜刊於乾隆六十年（公元一七九五年），較萬花小曲晚了五十多年，但其內容卻豐富得多了，凡選凡西調二百十四首，雜曲三百三十三首，總凡五百四十七首。在雜曲這一部分，內容甚爲複雜，有寄生草、有剪靛花、有揚州歌、有玉溝調、有劈破玉、有銀紐絲、有落金錢、有歷津調、有北河調、有馬頭調、有秧歌、有南詞彈簧調、有岔曲、有平岔、有單岔、有數岔、有平岔帶戲、有蓮花落、有邊關調、等等。這裏馬頭調並不重要，但到了白雪遺音裏、馬頭調便是極重要的一個曲調了。

在那二百十四首的西調裏，最大部分是思婦懷人之曲，其餘的一小部分是應景的歌曲及詠唱傳奇小說裏的故事的。在其中，當然以懷人的情歌寫得最好，像：

紅鋪間砌

紅鋪間砌，綠擁盧窗，恰正值嫩晴初夏。雛鶯越柳，乳燕穿簾，惹起了無限驚訝。心事兒，亂如麻！強支持，身兒倚偏荼蘼架。觸景關心，一聲聲，一片片，煩聹聒耳，絮搭搭，猛聽得笑語喧嘩。隔牆兒嬌音頻送，卻是誰家？沒來由摧挫咱，不管人寂寞盈懷，偏向我唧唧喳喳？欲避卻無暇。目斷天涯，盼蕭郎，坐想眠思，難消難罷。淚偷彈，柔腸寸結，空懸望。（疊）

菊枝香老

菊枝香老，竹葉聲乾，早則是乍寒天氣。人兒去，清秋百病，拖逗的我意倦情癡。終日裏總沒情思，獨坐空閨，冷冷清清，尋尋覓覓，金爐中獸炭頻添，薰不煖紅紅衫袖，冷透冰肌，蹙損仙眉。這情思懨懨細細，除卻梅花，又訴與誰？怕黃昏，忽見樓角月兒起。空將這被兒溫着，便是那鸚鵡驚寒也睡遲。（疊）盼春歸，盼得春歸，人不歸來，待怎生的？（疊）

恨別後纖腰瘦損

恨別後，纖腰瘦損，羅衣寬褪。那更堪花翻蝶夢，柳鎖鶯魂？情緒紛紛，覺柔腸怎當得新愁舊恨？起初時，歸期准在新春，到而今，

病紅漸老，瘦綠成林。袖梢兒疊疊啼痕！最難禁繡屏獨倚，寂寞黃昏，（疊）皓月如銀，照孤幃轉添一番憂悶。（疊）

黃昏後倚欄干

黃昏後倚闌干，手托香腮，惱恨紅顏多薄命。露濕霓裳，風擺羅裙，怎當得蟾光瘦影共伶仃？又聽得落葉梧桐，簷前鐵馬咭叮噹，攪亂愁人成病。可憐我一捻腰肢，幾縷柔腸，悲愁恨秋，身似風中柳絮輕！長空皓月，不照那綉閣香幃，偏照得凄凄孤影，負你多情！滿懷心事難去覓知音，把玉笛梅花悠揚宛轉，一聲聲吹斷深更。（疊）這一番無限心情，都被那碧天涼月，迷卻相思神不定。（疊）

願郎君

願郎君，荼蘼架下牢牢記：休爲那風兒雨兒，誤了佳期。長念着夜兒深，花陰有個人兒立。緊防着花兒柳兒，引逗的你意醉心迷。再叮嚀此事兒言兒語兒不可輕提，須教那月輪兒不空移！莫抛的鶯兒獨喚，燕兒孤栖！（疊）須要你情兒密，盟兒誓兒，切莫將人棄！（疊）

啞謎兒

啞謎兒，原約下荼蘼架。夙願兒，又成在豔陽天。着緊的風流事兒，郎獨占。你不怕鴉鷺枝上，犬吠花間。我不受綉鞋兒着苦露冷，羅袂兒楊柳風寒。響叮噹好姻緣，我伴你琴彈綠綺，你與我筆畫春山。（疊）風光美滿，千金一刻不肯輕相換！（疊）

晚風前

晚風前，柳梢鴉定，天邊月上。靜悄悄，簾控金鈎，燈滅銀缸。春眠擁繡床，麝蘭香散芙蓉帳。猛聽得脚步響到紗窗。不見蕭郎，多

管是要人兒躲在迴廊啓雙扉欲罵輕狂，但見些風篩竹影，露墜花香。（疊）嘆一聲癡心妄想，添多少深閨魔障。（疊）

乍來時

乍來時，蘭麝薰香，綺羅鋪地。到而今，花殘月冷，葉落林凄。病根兒從何起？這樁事兒分明記，月明時綠楊堤畔，白板橋西。早被他窺破了，使性兒軟玉偎兒低。悔當初風流路兒迷！對蕭郎粉臉堆羞，背蕭郎翠袖含啼，（疊）自惹凄涼，青春怎怨人拋棄！（疊）

鬅首兒

鬅首兒認不出雲鬟雲髻。血淚兒擦不乾新痕舊痕！斷腸兒着不下多愁多恨？苦口兒道不出癡意癡心！舊事兒惱不出花陰柳陰。爐篝兒薰不透寒枕寒衾。驚魂兒持不定春深夜深。（疊）病身兒留不住珠沉玉碎。誰憐誰問。（疊）

莫不是雪窗螢火無閒暇

莫不是雪窗螢火無閒暇。莫不是賣風流宿柳眠花？莫不是訂幽期，錯記了荼蘼架？莫不是輕舟駿馬，遠去天涯？莫不是招搖詩酒，醉倒誰家？莫不是笑談間惱着他？莫不是怕暖嗔寒，病症兒加？（疊）萬種千條好教我疑心兒放不下！（疊）

以上都還是帶着比較濃厚的雅詞陳語的；但也有意思很新鮮，而文詞又活潑而更近於口語的，像：

離別時

離別時，落紅滿地；到而今，北雁南飛。央賓鴻，有封書信煩你寄：他住在白雲深山紅樹裏，流水小橋略向西。一派楊柳堤，紫竹蒼松斜對柴扉。（疊）那就是薄倖人的書齋內！（疊）

聽殘玉漏

聽殘玉漏展轉動人愁苦淒涼。怕的是黃昏後獨對銀燈，暗數更籌，奴比作（疊）牆內的花兒，潘郎比作牆外的游蜂。花心未採來來往往，採去了花心，飄然兒不回！就是這等丟人！（疊）天呀！我把玉簪敲斷鳳凰頭，平白的將人丟！要說來就說來；要說是不來就說是不來。哄奴家怎的要奴家怎的了？潘郎你看這般樣時候，月兒這不轉過了西樓：（疊）這事兒反落在他人後！（疊）

盼不到黃昏後

盼不到黃昏後，恨不能打落了日頭！羅帕上寫着暗把佳期湊。更深夜靜冷颼颼，忽聽城頭交四鼓，喚奴下重樓。且漫說是金釵，就是鳳帽也是難尋。（疊）小姐呀！待奴把燈兒提着，提着燈兒走進園頭。風擺動池邊柳。似這等寅夜之間，月色當空，那裏有個人行，正是疑心生暗鬼，眼亂更生花了。小姐呵！月起樓，只當人走。（疊）怕只怕隔牆有耳防洩漏！（疊）

相伴着黃荊籃

相伴着黃荊籃，向烟波中求利，終日裏苦奔忙，只爲了身衣口食。我將這羅帕兒，高挽青絲髻，臉兒上輕鋪浮粉，淡點胭脂。奴只爲了這蠅頭利，顧不得人羞恥。手提着竹籃兒，轉過清溪。過村莊來到了繁華市。則見那往來的人，挨挨擠擠。見幾個輕薄子弟，一個個眼角眉梢將人戲。〇說來的話兒忒蹺蹊：他倒說：恁娘行怎落在風塵裏！他還說：俊龐兒人乍比，可惜落在漁人手，反把明珠陷汚泥。若生在繡閣羅幃，也算得千金女，怎肯拋頭露面受驅馳？卻被他引的人意醉心迷！奴奶今也顧不得鸞儔燕侶，也是我五行中命合當如此。這其間怎免人輕品格低○我怎敢恨天怨地！可惜奴花容月貌，女工鍼黹！有誰人曉我心腹事？羞答答怎肯向人提？萬種千條苦自知！教人怎不悲啼？又不曾汚了身軀，似我清白女被人輕視！哎！天呀何日是我趁心時？只落得長吁氣。要隨心在幾時？料應這捕魚兒爲活計，有什麼終始？不知到後來那是我的歸期○那是我的歸期，若要我隨心遂意，除非把竹籃兒棄了，另彈別調，早定佳期！那時節穿綾羅着錦衣，口食珍饈，身居華閣，任意施爲！我也去春游芳草，夏賞荷池，隨時消遣，舉案齊眉；也強如吃淡飯黃虀，朝早起夜眠遲，冲風冒雪，受累擔飢。有一日洞房纔整合歡杯，那時纔配風流夫壻。（疊）

乍離別

乍離別，難割難捨，要待要走，回頭又看，慟淚兒揩了又流，由不的勾起那恩愛牽連。罷，罷，罷，趁蚤登程，免的又在陽關路上頻嗟嘆。見了些黃花滿地，草木凋零，離人對景更惹愁煩。下在旅店之中，更深寂寞，愁怕孤枕懶去安眠，寒蛩不住聲鬧喧，孤雁兒陣陣哀鳴，叫得我好心酸。（疊）冷清清只有那穿窗斜月將我伴。（疊）

其中，相伴着黃荊籃以四首合成，是最可注意的較長篇的東西。

俺雙親看經念佛把陰功作

俺雙親，看經念佛把陰功作。每日裏佛堂中燒鉢火，生下奴疾病多，命裏犯孤魔。把奴捨入空門，削髮爲尼，學念佛，薦亡靈，敲動鐃鈸，衆生法號，不住手擊磬搖鈴擂鼓吹螺，平白的與地府陰曹把功果作。多心經也曾念過，孔雀經文（疊）好教我參不破，惟有九蓮經卷最難學，俺師傅精心用意也曾教過。念一聲南無佛，哆呾哆囉娑波訶，般若波羅，念的我無其奈何。〇遶迴廊，把羅漢數着：一個兒抱膝頭，口兒裏便念着我。一個兒手托腮，心兒裏想着我。惟有布袋羅漢笑哈哈，他笑我時光錯過，青春躭擱，有一日葉落花殘，有誰人娶我這年老的婆婆？降龍的惱着我，伏虎的他還恨我。長眉大仙瞅着我，他瞅只瞅，到老來那是我的結果？（疊）〇奴把這袈裟扯破，藏經埋了，丟了木魚，我摔碎了鐃鈸，學不到羅刹女去降魔，學不到水月觀音作。夜深沉獨自臥，醒來時俺獨自個，這凄涼（疊）誰人似我？總不如將鐘樓佛殿遠離卻，拜別了佛像，辭別了韋馱，下山去，（疊）尋一個年少的哥哥，我與他作夫妻永諧合。任他打我，罵我，說我，笑我，一心心不願成佛，我也不念彌陀，願只願生下一個小孩兒，夫妻到老同歡樂。願只願夫妻到老同歡樂。

這篇也是以三首西調組織成的；這是用了時曲裏的尼姑思凡的一齣故事來改作唱詞，內容並沒有什麼變更，文句也多沿襲着那齣戲文的原語。大約便是王廷紹所謂『其曲詞或從諸傳奇拆出』的一個例子吧。

寄生草的許多首都寫得很成功，有許多逼肖掛枝兒，有許多竟比山歌、掛枝兒和劈破玉等更溫柔敦厚，更富於想像力，更有新穎的情語，像：

三更月照湘簾外

〔寄生草〕三更月照湘簾外。密密花影，露濕了蒼苔。回香閨衾寒枕冷人何在，呆呆默默為誰解下了香羅帶？恨煞人的薄倖，想煞人的多才，總有那溫存語，（隸津調）咳喲！魂靈兒赴陽臺。盼斷了肝腸。淚珠兒滾香腮，貪戀着誰？相思爲誰害。貪戀着誰？奴的相思是爲誰害？

望江樓兒觀不盡的山青水秀

（寄生草）望江樓兒觀，不盡的山青水秀。錯把那個打魚的舡兒，當作了我那薄倖歸舟。盼情人的眼凝睛存細把神都漏！暗追思愛情的人兒情無彀。人說奴是紅顏薄命，奴說奴是苦命的了頭。低垂粉頸，隨心的事兒何日就？當日那王魁臨行何必叮嚀咒？

心腹事兒常常夢

（寄生草）心腹事兒常常夢，醒後的凄涼更自不同。欲待成夢難成夢。恨那薄倖的郎，你若在時，又何必夢！我將這個窗戶洞兒一個一個一個遮住，莫教那個月兒照明。嘆氣入羅幃，似這等煨不暖的紅綾可怎不教人心酸痛？偏與那不做美的風兒，吹的簷前鐵馬兒動。

人兒人兒今何在

（寄生草）人兒人兒今何在？花兒花兒爲誰開？雁兒雁兒因何不把書來帶？心兒心兒從今又把相思害，淚兒淚兒滾將下來。天吓天吓，無限的凄涼教奴怎麼耐？

自從離別心憔悴

〔寄生草〕自從離別心憔悴，滿腹心事訴告與誰？口兒說是不傷悲，眼中常汪傷心淚。嘆氣入羅幃，翠被生寒，教我如何睡。廢寢忘食，瘦損腰圍，低聲恨月老怎不與我成雙對？靑春去不歸，虛度一年多一歲。

得了一顆相思印

〔寄生草〕得了一顆相思印，領了一張相思憑。相思人走馬去，到相思任，相思城盡都害的相思病。新相思告狀，舊相思投文，難死人，新舊相思怎審問？（重）

熨斗兒熨不開的眉頭兒皺

〔寄生草〕熨斗兒，熨不開的眉頭兒皺。剪刀兒剪不斷腹內的憂愁。對菱花照不出你我胖和瘦。周公的卦兒準算不出你我佳期湊。口兒說是捨了罷，我這心裏又難丟，快刀兒割不斷的連心的肉。（重）

一面琵琶在牆上掛

〔寄生草〕一面琵琶在牆上掛，猛擡頭看見了他。叫丫鬟摘下琵琶彈幾下。未定絃，淚珠兒先流下。彈起了琵琶，想起寃家，琵琶好，不如寃家會說話。（重）

佳人獨自頻嗟嘆

〔寄生草〕佳人獨自頻嗟嘆，狠心的人兒去不回還，他那裏野草閒花長陪伴，奴這裏懨懨消瘦了桃花面。他那裏成雙，奴這裏孤單。〔隸津調〕凄涼煞了我，病兒懨懨；摘下琵琶解下愁煩。纔拿起又把那絃來斷，淚兒連連。（重）左沾右沾沾也是沾不乾，怨老天怎不與人行方便，老天爺怎不與人行方便。

相思牌兒在門前掛

〔寄生草〕相思牌兒在門前掛，買相思的來問咱借問聲：「這相思你要多少價？」「這相思得來的價兒大。」買的搖頭賣的把嘴咂：「請回來奉讓一半與尊駕。」（重）

一對鳥兒樹上睡

〔寄生草〕一對鳥兒樹上睡，不知何人把樹推。驚醒了不成雙來不成對，只落得吊了幾點傷心淚。一個兒南往，一個兒北飛。是姻緣飛來飛去飛成對，是姻緣飛來飛去飛成對。

昨夜晚上燈花兒爆

〔寄生草〕昨夜晚上燈花兒爆，今日喝茶茶棍兒立着，想必是疼奴的人兒今日到。慌的奴拿起菱花我照一照，玉簪兒在鬢邊上戴着。忽聽的把門敲！（重）放下菱花我去瞧瞧。開門卻是情人到！喜上眉梢，「情人你來了，你今來的眞眞的湊巧！昨夜晚卻是燈花兒爆，入羅幃咱倆且去貪歡笑！」

剪靛花的一首二月春光實可誇大似上所引的閨女思嫁裏的一節，可見民間的歌曲，常是互相鈔襲的，往往是已經不能明白其如何輾轉鈔襲的痕迹的。

二月春光實可誇

〔剪靛花〕二月春光實可誇，滿園裏開放碧桃花，鳥兒叫喳喳。（重）驚動了房中思春女，若大的年紀不許人，背地裏怨爹媽，暗暗的恨爹媽。東家的女西家的娃，她們的年紀比我小，盡都配人家。去年成了家，急煞了。我看見她，懷中抱着一娃娃，又會吃咂咂，又會叫大大。傷心煞了我，泪如麻，不知道是孩子的大大，奴家的他，將來是誰家，落在那一家？

在霓裳續譜裏，馬頭調選得還不多，但就所選的看來，實在已孕育着不少的偉大的前途，像：

朔風兒透屋

〔馬頭調〕朔風兒透屋，雪花兒飄舞。郎君在外面享受福，貪花戀酒不嫌俗。你在外辜負了奴，恨情人心忒毒。奴把香茶美酒豫備的停停當當。你爲何把奴的情辜負？無義的郎啊！你爲何哄奴？將急等候音信全無，了鬟說姑娘啊！你這裏淒涼還好受，可憐我這小了鬟，十冬臘月裏怪冷的，忽搭忽搭，白搧了一夜水火壺。

緣法未盡

〔馬頭調〕緣法未盡難捨難離，一霎時你在東來我在西。千些樣的冷落，我向着誰提？心兒亂，意兒迷，暗滴淚，有誰知？奴這裏訴不盡的淒涼苦，他那裏陪伴着旁人頑耍笑戲。合眼朦朧方纔睡，醒來不見情人。你在那裏？你那裏歡樂，把奴忘記。似奴這望梅止渴，渴還在，沒人疼的相思，我害的不值。

這兩篇的結尾都出人意外的尖新。在民歌裏常有這樣奇峯突起的新境地的。

岔曲往往是散套，也有『岔尾』；且多半是問答體的東西，頗近於小劇本，這是很可怪的一種漂亮的新體的詩。像：

佳人下牙床

〔岔曲〕（正）佳人下牙床，呀呀喲！（小）丫環侍奉巧梳粧，這個樣的人兒缺少才郎，〔翦靛花〕（正）休得胡說少輕狂，在我的跟前，誰許你嘴大舌長？這兩日太不像。（小）雖然我們下人生的愚魯言差語錯冲撞着，你擔諒也是該當。我爲的是姑娘！（正）唗！誰許你假裝腔？從今以後再不可提什麽郎不郎要你隄防。〔岔尾〕（小）這一個蜜桃未有喫着。（正）再要如此叫你跪到天黑了，也不肯放起來罷！（小）挫磨的我成了一個小孽障。

泪漣漣叫了聲丫環

〔岔曲〕（正）泪漣漣叫了聲丫環。（正）姑娘想必有些不耐煩。（正）不知什麽病兒把我害了個難？〔倒搬槳〕（小）姑娘莫怪我嘴頭兒尖，想此事姻緣不周全。（正）佳人聞聽紅了臉，小小的東西你膽包着天！（小）尊聲姑娘，莫把臉來翻。千萬擔待着我小丫環。（正）呀！似你這東西誰和你頑？〔岔尾〕（小）我這兩日就活倒了運？（正）牛心的蹄子敢在我跟前來強辯！（小）是了，我就成了一個萬人嫌。

這兩篇還是比較短些的，只寫小姐丫環二人的問答。像：

女大思春

〔岔曲〕（正）女大思春，果是眞撅嘴。膀腮不稱心，扭鼻子扯臉就嘔死人。（白）這孩子吃的飽飽兒的，不知往那裏去了，待我去尋尋他煞。（小上）香閨寂靜，悶昏昏瞞怨爹媽老雙親。（白）閨門幼女常在家，不見提親未吃茶。心想意念由不已，我那爹媽話口兒也不提！我呀今年二八一十六歲。我阿爸在湖下使船，長上蘇杭來往，留下我母女二人，長伴在家，教我等到多偺。〔翦靛花〕阿二背地自沉吟，瞞怨阿爹老娘親。糊塗老雙親就誤我正青春！（正白）啊！你背地自言自語，敢是瞞怨我哩？（小白）不瞞怨你瞞怨誰？（正白）我和人家說過幾次，人家都不要你，教我怎樣煞！（小白）不要我，我頭上脚下，人才比誰平常嗎？（正白）好！樣樣都是好的，人家就是不要你。（小）不要我，要你要你。（正）人家要我這大老婆子做甚子！（小）要你燒火吃飯。（同唱）母女房中把理分，（正）茶飯不喫為何因？這兩日你短精神，瞪着兩眼光出神。（小）今年我二八一十六歲。那先生算我正當婚，怎不教我出門？那姑爹是何人？（正）媽媽開言道：我那疼疼子，你是聽十五十六還年輕，不該你出門，為娘害心疼。（小）阿二開言道：媽媽你是聽！我是秤鉈雖小壓千斤。我一定要出門，顧不的娘心疼。（正）媽媽開言道：我那疼疼子，你是聽！怕在那裏啊哼哼，娘替你揪着心，那也都是利害人。（小）阿二開言道：媽媽你是聽！我是初生的牛犢兒不怕虎，滿屋裏混頂人，任憑他是什麼人？（正）媒婆子再來說，我就許了親。（小白）有理。（正）說嫁子人家，跟他去再也別上我的門，打斷了這條子根。（小）叫聲養兒的娘，我的老親親！時常走動來看母，我也報不盡娘的恩。我與你抱一個小外孫孫。（正白）什麼猫娃子，狗娃子，這麼現成的嗎？（小白）這不難，一年抱三個，抱五個何妨？（正白）人家孩子臉大，沒有我們孩子臉大，腦大，腦袋又大。（小白）腦袋大得爐兒吃。〔楊柳條〕（正唱）瞧瞧街坊家，看看兩隣家。誰家女孩不似過他！他又不害羞，臉有這麼大！〔前腔〕（小唱）諄悔老親娘，糊塗老人家！留在我家裏做什麼？我若狠一狠，可就偷跑了罷。跑去出了家，削去頭髮。（正白）當女僧成嗎？（小唱）禪堂打坐，禱告菩薩，叫他保佑我尋一個好女壻罷，（正白）那菩薩管咱家務嗎？（正唱）〔前腔〕女大不中留！（小）留下咱，就結寃仇。（正）沒廉恥的呀不害羞！替娘打盡了嘴！教人儘够受！（正下）〔寄生草〕（小唱）又哭又悲。心酸慟。詩晦父母！不下雨的天！好傷感，我的命苦，敢把誰瞞怨？那月老兒心偏？我那世裏惹的你。不愛見前思後，想進退兩難。罷，罷，罷尋一個自盡，我就肝腸斷，斷肝腸，閉眼伸腿，把拳來揝！（正白）這孩子爲想婆家得了痰氣了罷。罷，說嫁人家，推達去罷。（小白）你別哄我啊？（正白）我哄得你過麼？（小白）你哄過不是一次了，哄過好幾次了哪。（正）罷啊，隨我後頭吃個湯圓點心去罷。（正下小白）我媽這老娼根，等着我咬不動大豆腐，纔給我尋婆家。（唱）〔岔尾〕不論窮富，找一難個主兒嫁。天招主，吃碗現現成飯。又有地來又有田，終身有靠，樂了我個難。（下）

這裏連說白也有活是一篇劇本，只是『坐說』而不上台表演耳。

又有所謂『起字岔』，『平岔』『數岔』的也都是『岔曲』的支流。

潘氏金蓮

〔起字岔〕潘氏金蓮呀，呀，喲！年紀不過二十二三。他的干淨爽利非等閑。心煩悶，挑窗簾，西門慶偷眼兒觀。潘金蓮一見了腮含着笑，說道是你爲甚麼呆呆獃獃把把我來看？似你這涎臉的人兒討人嫌！

月滿闌干

〔平岔〕月滿闌干，款步進花園。慢閃秋波四下裏觀。但只見敗葉飛空百花殘。慢剪鬆花仰面長嘆兩三番。獨對着明月哀告蒼天，不由的淚漣漣自語自言。只爲兒夫離別的久，急速速蚤些催他回還，敍敍心田訴訴溫寒。佳期從新整，破鏡復團圓。兒的奴終日裏思間，想間，情間，恨間，憂間，愁間，魂間，夢間，魂夢之間，盼你回還，常把你掛牽。咳喲！我可度日如年，〔岔尾〕忽然一陣西風起，霎時間月被雲遮，明光不得現，似這等人兒不能週全，這月兒怎得圓？

好凄涼

〔數岔〕好凄涼呀，呀，喲！情人留戀在他鄉，拋的奴家守空房。菱花懶照，永淡殘妝，牙床懶上，不整羅裳。霎時間恨不能請情郎至，銷金帳裏合他比鴛鴦，相呼相喚同相應，如同輭玉配溫香。越思越想斜倚着枕，似醉如癡心內忙。猛聽得窗外脚步兒響，有個不懂眼的丫鬟他走了房。雙手捧定了茶湯，把姑娘讓。是我錯把丫鬟叫了一聲郎。

『平岔』有時也有『岔尾』，像這裏所引的，但大多數是沒有『岔尾』的。我們或可以說『岔曲』是相當於『套數』，而『平岔』『數岔』『起字岔』等則是小令。

霓裳續譜裏又選有幾篇秧歌。秧歌在今日還是北方民衆最流行的一種歌曲，實際上往往是演搬了來唱的；是民間的重要娛樂之一，往往作為迎神賽會的附屬節目。秧歌所唱的，以故事曲為多，但大部分是沒有什麼意義的，往往有七八人乃至十餘人在互唱着；像：

正月裏梅花香

〔秧歌〕正月裏梅花香，張生斟酒跪紅娘。央煩姐姐傳書信，快請鶯鶯會西廂。二月裏杏花開，五娘煎藥為誰來，剪髮又把公婆葬，身背琵琶找伯喈。三月裏桃花開，山伯去訪祝英臺。杭州讀書整三載，不知他是個女裙釵。四月裏芍藥香，必正偷詩陳妙常。你貪我愛恩情好，二人哭別在秋江。五月裏石榴紅，孟光賢德配梁鴻，夫妻相敬人間少，舉案齊眉禮貌恭。六月裏賞荷花，昭君馬上彈琵琶。心中惱恨毛延壽，出塞和番離了家。七月裏秋海棠，李氏三娘在磨房。狠心哥嫂無仁義，劉郎一去不還鄉。八月裏桂花香，玉郎追趕翠眉娘。難割難捨多恩愛，幾時纔得會鴛鴦。九月裏菊花黃，楊妃醉酒在牙床。眠思夢想風流事，只爲情人安祿山。十月裏款冬花，越國西施去浣紗。花容月貌人間少，送與吳王享榮華。十一月水仙香，爲母臥冰是王祥。好心感動天和地，得尾活魚奉親娘。十二月蠟梅多，日紅割股孝公婆。葵花井下將身葬，書房托夢與夫郎。月月開花朵朵鮮，多少古人在裏邊。一年四季十二個月，五穀豐登太平年。

這是頗爲典型的秧歌，祇是數着典故而已。定縣的平民教育促進會曾編有秧歌二大册，那是集秧歌之大成的一個集子了。底下的一篇，乃是鳳陽歌的一個變相：

鳳陽鼓鳳陽鑼

〔秧歌〕鳳陽鼓鳳陽鑼鳳陽姐兒們唱秧歌。好的好的都挑了去，剩下我們姐兒們唱秧歌。從南來了個小二哥，紅纓子帽兒歪戴着，撒拉着鞋兒滿街上串。家中娶了個拙老婆，提起來委實的拙，告訴爺們請聽着：那一日買了粗藍布，教他與我裁裁裸襬。燒餅吃了一百五，燒酒喝了十來斤多，一做做了兩三月，那一日拿起來試試裸襬。前襟只褡脖臁蓋兒，後頭就是一拖羅。兩隻肐膊三隻袖，問聲爺們這是怎麼說。拾起棍子纔要打，唬的他就戰多索，叫聲咳呀我的哥，你煞煞氣兒聽着我說。前襟只褡你的脖臁蓋，教你走道迎風甚是利落。後頭就是一拖羅，教你擲骰子游湖你好舖着。兩隻脖膊三隻袖，那一隻與你裝餑餑。小二聞聽忍不住的笑，拙老婆嘴巧能會說。（岔尾）唱了一個又一個，一連唱了倒有七八個，把些爺們喜歡的笑呵呵。

唱鳳陽花鼓的人們到了北方，便也只好採用了北方的秧歌調子來唱着了。

尚有蓮花落也和秧歌同樣的無甚意義，也祇是數數典故而已。

霓裳續譜裏諸曲調的搜集者顏曲師，只知道他是天津人，可是連他的姓名也考不出了。編訂者的王廷紹字楷堂，金陵人。生平亦未知。盛安的序說：『先生以雕龍繡虎之才，平居著述幾於等身。制藝詩歌而外，偶寄閒情，撰為雅曲，纏綿幽豔，追步花間。』是其中，必定也間有廷紹他自己的擬作在內了。

四

白雪遺音刊於道光八年（公元一八二八年），離開霓裳續譜的刊行，又有三十多年了。這是馬頭調風行一時的時候。編訂者為華廣生。廣生字春田。他在嘉慶甲子（公元一八〇四年）的時候，已經是在編纂着這書了，直到二十多年後方纔出版。他是住在濟南的，故所收的歌曲，以山東（濟南）爲中心，也間及南北諸調。也許王廷紹是在北平天津一帶搜輯的，故馬頭調所選不多，而華廣生則似是在馬頭調最流行的地方搜輯的，故此曲遂所選獨多。——在第一二卷裏所選近四百首。

「馬頭調」的解釋，也許便是「碼頭」的調子之意吧，乃是最流行於商業繁盛之區，賈人往來最多的地方的調子。歌唱這調子的，當以妓女們爲中心。馬頭調所歌咏的簡直是包羅萬象，無所不有。霓裳續譜裏的西調，寄生草，平岔等，都以歌詠思婦的情懷爲主題。馬頭調雖也以此爲重要的題材，卻更歌詠着：（一）小說戲曲裏的故事和人物；（二）應景的歌詞；（三）游戲文章像古人名、美人名、戲名等等；（四）格言式的教訓的文字像鴉片煙等。（五）歷史上或地方上的故事和案件像爭台灣、李毓昌案等。（六）引經據典的東西像詩經注、四書註等。可見華氏的搜集是極爲愼重極爲廣泛的；幾乎是「取之盡珠璣」。實是民間的多方面的趣味的集成，也便是未失了眞正的民間作品的面目。

當然，在這裏，我們所要引的，還是情詞一類的東西。在那裏，漂亮的情語，尖新的文句，是擷之不盡的。這裏且引十餘首：

凄涼兩字

凄涼兩個字實難受，何日方休。恩愛兩個字兒，常掛在心頭，誰肯輕丟。好歹兩個字，管叫傍人猜不透。別要出口。相思兩個字，叫俺害到何時候，無限的焦愁。牽連兩個字兒，難捨難丟，常在心頭。佳期兩個字，不知成就不成就，前世無修。團圓兩個字，問你能𣪍不能𣪍，莫要瞎胡謅。

露水珠

露水珠兒在荷葉轉，顆顆滚圓。姐兒一見，忙用線穿，喜上眉尖。恨不能一顆一顆穿成串，排成連環。要成串，誰知水珠也會變，不似從前。這邊散了，那邊去團圓，改變心田。閃殺奴，偏偏又被風吹散，落在河中間。後悔遲，當初錯把寶貝看，叫人心寒。

魚兒跳

河邊有個魚兒跳，只在水面飄。岸上的人兒你祇聽着，不必望下瞧。最不該手持長竿將俺釣，心下錯想了。魚兒小，五湖四海都游到，也會弄波濤。你只管下釣引線，俺閉眼兒不瞧，極自心焦。不上你的釣，我看你臉上臊不臊，是你自招。速速走罷，心中妄想，你瞎胡鬧，不必把神勞。

好事兒

好事兒多磨難成就，前世裏無修。度過一日，如同三秋，晝夜憂愁。怕只怕日落星出黃昏後，淚珠先流。盼佳期，但只見銀河斗轉，一輪明月把紗窗透，轉過西樓。可嘆俺這紅顏薄命難得自由，悶氣在心頭。俺只得強打着精神，耐着心煩往前受，不必強求。到幾時，薄倖的人兒回歸故里，悲喜交集，滿懷惱恨難以出口，不打不罵不肯咒，既往不咎。

寫封書兒

寫封書兒袖裏藏，暗縐眉頭。未曾舉筆，淚珠兒先流，紛紛不休。稍書人千萬莫說奴的容顏瘦，牢記心頭。出外的人兒苦，誰是他的知心肉，自度春秋。說奴瘦了，他也是憂愁，如何能去。他愁我，豈不連他也愁瘦，無有掛心鈎。再叮嚀，說奴的容顏還照舊，昔日的風流。

豈有此理

豈有此理那裏話，不要照奴發。先有你來後有他，何必爭差。這都是傍人告訴你的話，主意自已拿。那些人巴不得偺倆不諴話，是些冤家、怎肯疼他將你撇下，又不眼花。奴豈肯一條腸子兩下掛，半眞半假。你不信，我捨着身子把誓罵，屈殺奴家。

連環扣

解不開的連環扣，蜜裏調油。放不下的掛心鈎，常在心頭。快刀兒割不斷的連心肉，無盡無休。偺二人恩情，到比天還厚，天然配就。海誓山盟直到白頭，誰肯分手。魂靈兒不離你的身左右，情意兒相投。願結下來生姻緣，再成就，燕侶鶯儔。

其二

從今解開連環扣，聽我說緣由。休要提起掛心鈎，悔恨在心頭。快刀兒割去這塊連心肉，用手往外丟。俗二人一派虛情，我全瞧透，順嘴胡謅。海誓山盟，付水東流，恩情一筆勾。我今去，會疼你的人兒還照舊，照樣寃大頭。實對你說了罷，再想我來不能彀，從今丟開手。

大雪紛紛

大雪紛紛迷了路，糊裏糊塗。前怕狠來後怕是虎，嚇的我身上酥。往前走，盡都是些不平路，怎麼插步？往後退，無有我的安身處，兩眼發烏。你心裏明白俺心裏糊塗，照你身上撲。既相好，就該指俺一條明白路，承你照顧。且莫要指東說西將俺誤，誤俺前途。

傷心最怕

傷心最怕黃昏後，似這等風月無情，何日方休？在人前強玩笑來強講究，無人時淒淒涼涼實難受。朝朝暮暮，歲月如流，對菱花誰是保奴的容顏常照舊？恨只恨花殘葉落，要想回頭不能彀。

我今去了

我今去了，你存心耐。我今去了，不用掛懷。我今去，千般出在無其奈。我去了，千萬莫把相思害！我今去了，我就回來。我回來，疼你的心腸仍然在。若不來，定是在外把想思害。

人人勸我

人人勸我丢開罷，我只得順口答應着他。聰明人豈肯聽他們糊塗話，勸惱我反倒惹我一場罵。情人愛我，我愛寃家，冷石頭煖的熱了放不下。常言道，人生恩愛原無價。

又是想來

又是想來又是恨，想你恨你一樣的心。我想你，想你不來反成恨。我恨你，恨你不該失奴的信。想你的從前，恨你的如今。你若是想我，我不想你，你想你，你恨不恨？我想你，你不想我，豈不恨！

其中，有一部分是和掛枝兒、銀紐絲、寄生草、劈破玉一類的古曲舊詞情意乃至文詞相同的。這也是民間歌曲的特質之一，其詞意常是互相借用，輾轉鈔襲的。

嶺頭調在第一卷裏收的凡三十四首，好的很多。比之馬頭調，這調子的變化卻多了；一是長短不一定，像豔陽天一類便很長；二是可以插入『說白』，像日落黃昏，註明是『帶白』。（這和霓裳續譜裏的岔曲相同）。但題材方面卻比較的簡單，所取用的，祇是思婦懷人之什和傳奇小說的故事而已。

獨坐黃昏

獨坐黃昏誰是伴，默默無言手掐着指頭算一算：離別了幾天？長夜如小年。念情人縱有書信，不如人見面，一陣痛心酸。走入羅幃難成夢，欲待要夢見偏又夢不見，後會豈無緣。倒枕翻身，想起了前言，句句在心間。噯，我想迷了心，恨不能變一隻寶濕鴈飛到你跟前。輾轉睡朦朧，夢見情人將手攙，醒來是空拳。

豔陽天

豔陽天，和風蕩蕩，楊柳依依，聽的那燕兒巧語鶯聲叫，勾惹起奴心焦。乜呆呆盼郎不回。縱有那嫩柳鮮花，桃李芬芳，我也無心去觀瞧，辜負好良宵。恍惚惚，蛾眉緊鎖，手兒托着腮，輕輕倚在妝臺上，對菱花，猛然一照，但只見烏雲散亂，病懨懨，瘦損奴的花容貌，粉黛兒全消。不由一陣好悲傷。對東風傷心的淚珠兒，一點兒一滴兒一點點，一滴滴，恰似那了斷線的珍珠，撲簌簌的朝下落，衫袖兒濕透了。無情無越，低垂粉頸，盼想我那在外的薄倖冤家去不回。閃的奴淒涼，相思病兒害的奴止不住那麼一聲兒一聲兒，哎喲哎喲害害害害死奴了！這病兒可蹊蹺。是偺的神魂飄蕩，奴的身子兒軟，無奈何輕搖玉體，慢款金蓮，一步兒一步兒走進繡房，上了牙床，意懶心灰，又把紗窗靠，寂寞好難熬。眼睜睜，一輪明月當空照。怕只怕更兒深夜兒靜，愁聽那簷前鐵馬叮呤兒噹啷兒，叮呤噹啷勾惹起奴的千思萬慮止不住；一條兒一條兒一條一條撇不吊，睡也睡不着。

日落黃昏帶白

日落黃昏，玉兎東昇人靜。秋香手提銀燈進繡房，說是姑娘安歇了罷，奴去睡，那人不歸回。（白）佳人惱皺雙眉，你拿誰兒尅搭，誰不睡。不睡偏不睡，獨自一人打個悶盹罷喲。這佳人悶悠悠獨坐香閨，思想起盼郎不歸回，淒淒涼涼，淚珠兒雙垂，越思越傷悲。(白)好傷悲，痛傷悲，拿過酒來斟上一杯，自斟自飲，悶解個悶，酒中好似玉郎陪，罷喲！(唱)一更裏，秋風刮，刮的簷前鐵馬兒叮噹響，細聽聽，孤雁過南樓，梧桐葉落紛紛，不斷朝下墜，細雨兒紛飛。(白)細雨飛，細雨飛，心中好似玉郎回。手扒着窗櫺，將他問了一聲誰，呀！卻無誰，罷喲！一更一點，正好意思眠，忽聽的蚊蟲叫了一聲喧。蚊蟲，我的哥蚊蟲，我的哥你在外面叫，奴在繡房聽，叫的奴家傷情，叫的奴家痛情。枕邊的想思，越思越傷情。娘問女孩：這是甚麼叫？一更裏的蚊蟲，嗡嗡子嗡嗡，叫到二更。(唱)二更裏，梆鑼響，閃得我孤孤單單，冷冷清清，怕入羅幃，獨自一人懶去睡，用手把枕推。(白)懶去睡，懶去睡，相思害的兩眼黑，四肢無力難扎掙，身子好似涼水帔，罷喲！二更二點，正好意思眠，忽聽的寒蟲叫了一聲喧。寒蟲，我的哥寒蟲，我的哥你在外邊叫，我在繡房聽，叫的奴家傷情，叫的奴家痛情。枕邊的相思，越思越傷情。娘問女孩：這是甚麼叫？二更裏的寒蟲喁喁子喁喁，叫到三更。(唱)三更裏，靜悄悄，意懶心灰，呆獃獃，緊縐着蛾眉，譙樓更鼓催。(白)更鼓催，更鼓催，夢中好似玉郎陪，二人正把巫山會，狸猫撲鼠，碰倒酒杯，驚醒奴家南柯夢，思量一回，嘆一回，罷喲！三更三點，正好意思眠，忽聽蛤蟆叫了一聲喧。蛤蟆，我的哥蛤蟆，我的哥你在外邊叫，我在繡房聽，叫奴家傷情，叫奴家痛情。枕邊的相思，越思越傷情。娘問女孩：這是甚麼叫？三更裏的蛤蟆，哇哇子哇哇，叫到四更。(唱)四更裏，明月照紗窗，唬的奴神虛膽怯，勾惹起相思病兒，害的奴如癡如呆如酒醉，這卻埋怨誰。(白)如酒醉，如酒醉，酒不醉人人自醉。自古紅顏多薄命，好似雪裏飄玉梅，罷喲！四更四點正好意思眠，忽聽的鴿子叫了一聲喧。鴿子，我的哥鴿子，我的哥你在外面叫，奴在繡房聽，叫的奴家傷情，叫的奴家痛情。娘問女孩！這是甚麼叫？四更裏的鴿子，呱呱子呱呱，叫到五更。(唱)五更裏金雞叫的天明亮，眼睜睜日出扶桑，盼郎不回，忙下牙牀，無奈何喚聲丫鬟來與我疊起這牀紅綾被，從今把心回。(白)五更五點正好意思眠，忽聽金雞叫了一聲喧，金雞，我的哥，金雞，我的哥你在外面叫，奴在繡房聽，叫的奴家傷情，叫的奴家痛情。娘問女孩：這是甚麼叫？五更裏的金雞，喀喀子喀喀。四更裏的鴿子，呱呱子呱呱，三更裏的蛤蟆，哇哇子哇哇，二更裏的寒蟲，嘚嘚子嘚嘚，一更裏的蚊蟲，嗡嗡子嗡嗡。嘚嘚子嘚嘚，哇哇子哇哇，呱呱子呱呱，咯咯子咯咯，叫到大天明。

盼多情

盼多情，奴的病兒懨懨。高一聲歎，低一聲歎，長一聲歎，我可短一聲歎，誰把心事傳？傷心的淚珠兒，淌不斷，流不斷，左沾不乾，右沾也是不乾，哭的兩眼酸。繡花鴛鴦，繡對小繡枕，裏一半，外一半，枕一半，我可閑一半，衾冷枕寒。紅綾被，冷一半，熱一半，有人伴，可是無人伴，孤燈自已眠，想起了情人，恨一番，怨一番，欲捨一番，我可難捨一番，無人把書傳。囑咐奴家的溫存語，有年半，無年半，記一半，忘一半，想也是想不全。想當初離也是難，別也是難，到而今見面更難，可是難見面，何日得團圓？

在第二卷有滿江紅二十餘首，下註『並岔曲及湖廣調』。其中幾乎全是情詞。在那裏，我們分不出那一篇是岔曲或是湖廣調。從今後一首是『集曲』，變一面乃是閒情賦的複述：

變一面

變一面青銅鏡，常對姐兒照，變一條汗巾兒，常繫姐兒腰，變一個竹夫人，常被姐兒抱，變一根紫竹簫，常對姐櫻桃，到晚來品一曲，纔把相思了，纔把相思了。

從今後

從今後，從今後，從今以後把心收，把心收，且把心來收，依然舊，依然舊，依然還照舊。當初何等樣的好，如今反成仇。（銀紐絲）

淚似湘江水，涓涓不斷流，這相思叫我害到何時候？（起字調）別人家的夫婦，四面飄遊，奴家的命苦，前世裏未曾修。（亂彈）姻緣事莫強求，強求的人兒不得到頭。（馬頭調）恨將起一口咬下你那腮邊肉。（正詞）好一似向陽的冰霜，候也是候不久，候也候不久。

在第二卷的最後，有『銀紐絲並岔曲及湖廣調』凡八篇。這八篇都是很長的。兩親家頂嘴也見於霓裳續譜。母女頂嘴及婆媳頂嘴都是很漂亮的文字，可惜太長，不能引在這裏。這一類的『頂嘴』曲，大約是從快嘴李翠蓮記一脈相傳下來的吧。

所謂湖廣調，只有繡荷包和繡汗巾的二篇，都是以五更調的格式出之的。

越思越想好難丟，情人只在奴的心頭，我為情人纔把荷包繡。快快的給他罷喲，喝喝咳咳，方算把情留。快快的給他罷喲，喝喝咳咳，方算把情留。

這是其中的一節。以『喝喝咳咳』為助語，乃是湖廣調的特色。

在第三卷裏，有九連環一首，小郎兒四首，剪靛花三十五首，七香車一首，起字呀呀喲三十五首，八角鼓四十九首，南詞一百零六首。濟南正居於南北的中心，故可網羅南腔北曲於一處。

在其中，剪靛花、起字呀呀喲、八角鼓及南詞均有很可讀的東西在着。南詞比較的長。八角鼓至今還流行，但除了本書以外，別的地方還不曾見到有選錄八角鼓這樣的東西的。

剪靛花

春三二月

春三二月，桃花兒鮮，雙雙紫燕，落在眼前，叫奴好喜歡，哎喲！叫奴好喜歡。清早一個都飛出去，到晚來雙雙落眼前，恩愛兩相連。哎喲！恩愛兩相連有心學此鳥，郎不在跟前。奴好似繡球花兒落在長江裏，要團圓不得團圓，在淚兒裏顚，哎喲！折散了並頭蓮。

小金刀

小小金刀，帶在奴的腰裏，又削甘蔗，又削梨，又削南薺薺，哎喲！又削南薺薺。削一段甘蔗，遞在郎的手，削一個薺薺，送在郎的口裏，甜如蜂蜜，哎喲！甜如蜂蜜。郎問姐兒：因何不把秋梨喲？你我的相與，忌一個字，梨子兒不要提，哎喲！怕的是分離。

撲蝴蝶

姐兒房中自徘徊，一對蝴蝶兒，過粉牆飛將過來，哎喲！姐兒一見，心中歡喜，用手拿着紈扇將他撲。繞花階，穿花徑，撲下去，飛起來。眼望着蝴蝶兒飛去了，只是個發獃。我可是爲甚麽發獃？

起字呀呀喲

雨過天涼

雨過天涼，涼夜難當，當不住月兒穿簾照畫堂，堂上缺少個畫眉郎。（詩篇）廊設古畫，畫在堂，堂前桂花陣陣香，香煙噴出櫻桃口，口外的賓鴻叫的悲傷，傷心懶觀西斜月，月照紗窗，恨更長，長愁悶精神少，少一個知心的人兒可意的郎。（尾）郎不歸，精神少，少不得懷抱着琵琶低低聲兒唱，唱的是紅顏薄命受淒涼。

正盼佳期　劈破玉

正盼佳期，貓兒洗臉，又搭上那喜鵲亂叫，忽聽的門兒外梆梆的不住的連敲，慌的我翻身滾落下牙牀，走着我好不心焦。吱嘍嘍將門開放，卻原來是貓咬尿胞，只當是冤家，不承望是稍書人到。那人兒撩背躬身尊一聲夫嫂，不是你的冤家，是替你冤家把書信兒稍。羞的我面紅過耳，接過書來瞧瞧，上寫着情郎頓首拜上那年少的多嬌。有心和你相逢，阻隔路遠山遙，帶來的烏綾手帕，還有汗巾兩條，珐瑯戒指八個，下綴着紅絨絲綫，木梳攏子一套，還有煙袋荷包，雖然是禮物不堪，冤家你暫且收了。要問我多早歸期，八月中秋到了。看罷了一回，我心中好焦，有心將書扯碎，又恐怕來人去說，打發來人去後，我可[illegible][illegible]的撕成紙條，用手團個了蛋兒，放在口裏嚼了又嚼。既有那真心想我，挪點工夫你來瞧瞧。既無真心想我，稍書不如不稍。三番兩次帶信，你可活活的做弄死我了。何必你之乎者也這般勞神，再思你再想，縱有那百封情書，不如你親自兒來倒好。

起字呀呀喲有「尾」，乃是套曲。正盼佳期下註劈破玉，大約是用這調子來唱的。

八角鼓

怕的是

怕的是梧桐葉降，怕的是秋景兒淒涼，怕的是黃花滿地桂花香，怕的是碧天雲外鴈成行，怕的是簷前鐵馬叮噹響，怕的是淒涼人對秋殘景，怕的是鳳枕鸞孤月照滿廊。

夏景天

夏景兒天，開放了紅蓮，池塘裏秀水嘟嘟的翻，佳人害熱進花園。（四大景）手拿一把垂金扇，前行來在河岸邊，兩河岸邊柳千條垂金線，清水兒照定奴家芙蓉面。出了水的荷花顏色更鮮，蝴蝶兒戀花心，飛來飛去飛的慢，飛來飛去飛的慢。（尾）採花心，悠悠蕩蕩團花轉，一陣陣蘭麝噴香，撲着芙蓉面，奴這裏慢閃羅裙，款金蓮，纔待要撲蝴蝶，身背後轉過一個小丫鬟，拍手打掌便開言，他說道：姑娘呀，回去吧，姑爺還。

應節寫景的東西，寫得像夏景天那末樣的是很少，末了一結，尤足振起全篇的精神，使之成為一首不同凡品的東西。

南詞

私訂又折

和風陣陣蝶花飛，最苦私情要別離。才子佳人紛紛淚，姐姐啊，我與你再要相逢無會期。恨只恨月下老人眞無禮，怨只怨三生石上少名題。惱只惱你家爹娘無分曉，悲只悲你的終身另改移。數載恩情成畫餅，今生休想效于飛。我後來若有功名分，我把這饒舌的媒人活剝皮。姑娘聽淚悲啼，寃家呀！奴自怨紅顏命運低，前番約你身早到，那知你爲着功名誤日期。到如今爹娘作主難更改，恩愛私情要兩處離。今宵還在陽臺會，只怕明日分開各慘淒，蒙君贈奴一對金事記，奴是表記留情一件貼肉衣，今晚與你來分別，以後是好比巫山雲雨各東西。倘若奴家身出閣，勸君不必苦悲啼。倘把身軀來愁壞，卻不道心病還須心藥醫。你回家勤把書來讀，自然金榜有名題，常言道書中有女顏如玉。這些粉面裙釵稀甚奇。奴奴積的銀三百，贈你回家娶一位絕色妻，比着奴奴還好些。寃家呀！恩情一樣的。

其二

折看多嬌一幅箋，頓然嚇的膽魂偏，慌忙略把衣冠整，舉步斜行到後園。見牡丹亭上嬋娟坐，看他是未訴衷腸先淚漣。佳人一見書生到，椅內擡身忙把衣袂牽。小妹是未接君家恕我罪，請君到此有心事言。賢妹吓，昔蒙幾度恩情重，你我是立誓如山訂在前。曾說道：你不嫁來我不娶，天長地久永纏綿。爲何平地風波起，你家令尊翁將你出帖配高賢？呀，我也理會得了。想必你我今生緣分淺，姻緣簿上少名添。我一見你來書，忙到此有幾句肺腑之言要記心間。你臨期出嫁到夫家去，孝敬翁姑要當先。客往親來須和睦，三從四德要完全。姑嫂相看如姐妹，待這些僕婦丫鬟量要寬。你不要自道娘娘身體重，使這些下人背地要憎嫌。只望你夫唱婦隨朝共暮，不要將我苦命的寒儒心掛牽。多嬌聽，淚珠連，倒在郎懷難語言。非是奴棄舊戀新將你撇，只因父命三從苦萬千。我是左思右想無良策，只得修書約你到後園間。我今無物來相贈，繡囊一只表心田。這香囊是奴親手作，留在閨中有半年。請君常帶胸前掛，見囊如見我容顏。赤金鐲一對來相贈，還有黃金數兩寬湖珠幾粒，休嫌細卻是奴家親手穿。還有得意紫金釵一隻，哥哥拿去放身邊。不忘舊日相戀意，好友跟前不可言。望你用心勤把書來讀，自然有日登雲步九天。書中自有顏如玉，娶一個美貌千金德性賢。望你花燭洞房魚水合，早生貴子接香煙。到後來你我生男女，還可央媒求帖把姻聯。我與你私情不斷長來往，以後相思斷復連，苦後又生甜。

第四卷所收的全是南詞，凡收散曲（南詞）二十一首，玉蜻蜓九節。連那末浩瀚的彈詞也被收入，可見其包羅之廣了。

五

把民歌作為自己新型的創作的，像元代諸家，像明代的金鑾、劉效祖、趙南星、馮夢龍諸家的，在清代還不曾有過什麼人。他們只知道把宋詞元曲，只知道把唐詩宋文，乃至把魏漢六朝辭賦作為模擬的目標；諸散曲作家也只知道追擬於元明二代的南北曲之後，而絕少注意於在民歌裏找新的刺激的。有之，不過招子庸、戴全德寥寥三數人而已。清末有黃遵憲的，他也曾擬作或改作了若干篇的流行於梅縣的情歌，得到了很大的成功；其內容卻全是運之以五言詩的。

其最早的大膽的從事於把民歌輸入文壇的工作者，在嘉慶間祇有戴全德，在道光間僅有招子庸而已。

戴全德爲瀋陽人旗籍，曾任九江権運使，著有潯陽詩稿。他自己說：「余以習國書，入直內廷。於漢文初未究析。已而恭承帝簡，巡醝視権，歷仕於外，凡案牘皆漢文。因而留心講習。乘二十年，稍得貫串」。只有他本來不通漢文的旗人，纔有勇氣，在古典主義全盛的時代，第一個人脫出了這個古典的陷阱，到民間來找新的材料。我在他的潯陽詩稿裏見到了整整兩本的「西調小曲」。最可注意的，他的一部分西調小曲，竟是滿、漢文合璧的，凡搖曳作姿的地方都用滿文。今僅能引錄無滿文的數首於下：

〔馬頭調〕正大光明宇宙間，人人皆被利名纏。讀書的雪窗螢火望高中，莊稼漢愁水愁旱盼豐年，手藝之人要得大工價，作客商想賺加倍重利錢。〔弋腔戲〕有些個守本分甘貧窮，能行那孝弟忠信禮義廉恥令人愛，有些個作高官擁富貴，不忠不孝。不仁不義討人嫌。自古道：積善之家多餘慶，行惡之人有餘殃。只見那天鑑煌煌，善惡昭彰。〔馬頭調尾〕須知道天地無私終有報，休疑慮，勸君試看天何言。

〔馬頭調〕世上愚人貪心重，爲名爲利苦經營。卻不道壽夭窮通皆有分，得失難量，聖人去來之：不善，去之亦易，貨悖而入，亦悖而出。總不如〔疊斷橋〕樂天知命守分安常，榮華花上露，富貴草頭霜，大數到，難消禳。自古英雄輪流喪，看破世事皆如此。

〔馬頭調尾〕名利何必掛心腸！

〔平調〕春夏秋冬四季天，有人勞苦有人閒。不論好和歹，都要過一年。〔花柳調〕春日暖，有錢的桃紅柳綠常遊戲，無錢的他那裏天明就起來忙忙去種地。夏日炎，殷實人賞玩荷池消長晝，受苦人雙眉皺挑擔沿街串，推車走不休。秋日爽，有力的發樓飲酒賞明月，無力的苦巴竭莊家收割忙，混過中秋節，冬日冷，富貴人紅爐煖閣銷金帳，貧窮人在陋巷衣單食又缺，苦的不成樣。〔淸江引〕一年到頭十二個月，四時共八節，苦樂不均勻，公道是誰說！世上人惟白髮高低一樣也。

〔泛調〕大江東去永不停，廬山正對潯陽城。陶淵明不作官，願把那菊花種，白居易送客，留下了琵琶行。〔弋腔戲〕有一個名英布，據潯陽稱王覇業；有一個晉庾亮，鄱陽湖訓練操兵。宋時節岳王武穆忠良將，威名大雄鎭九江。更有那明太祖督兵鏖戰陳友諒，臨陣枕壞多虧元將軍。你看那鄱陽潯陽，古時戰場。〔泛調尾〕手擎着筆管仔細追想，長江有，廬山在，人似後浪催前浪，長江有，廬山在，人似後浪催前浪。

〔馬頭調〕常言幕友架子大，毫無區別不成話。紫檀木書架雖小，人貴重，楊柳木架子極大，誰愛他〔花柳調〕紫檀架內裝着五經四書，心貫串，變化高，文章能治國，韜略平天下。楊木架內裝着美酒肥肉，喫下肚，變化出淸者，卽是屁，濁者臭巴巴。〔馬頭調尾〕請幕友不論架子大與小，只要他行爲體面居心正，將公事辦的妥當，寫的又好，纔稱得錢不虛花頭不大。

粵謳爲招子庸所作；只有一卷，而好語如珠，卽不懂粵語者讀之，也爲之神移。擬粵謳而作的詩篇，在廣東各日報上竟時時有之。幾乎沒有一個廣東人不會哼幾句粵謳的，其勢力是那末的大！

解心事

心各有事，總要解脫爲先。心事唔（「唔」方言「不」也）安，解得就了然。苦海茫茫，多半是命蹇。但向苦中尋樂，便是神仙。若係愁苦到不堪眞係惡算，總好過官門地獄更重哀憐。退一步海闊天空，就唔使自怨。心能自解眞正係樂境無邊。若係解到唔解得通，就講過陰隲個便唉。凡事檢點積善心唔險，你睇遠報在來生，近報在目前。

弔秋喜

聽見你話死，實在見思疑。何苦輕生得咁擬！你係爲人客死心唔怪得你。死因錢債叫我怎不傷悲！你平日當我係知心亦該同我講句，做乜（「乜」方言甚麼也）。交情三兩個月都有句言詞。往日個種恩情丟了落水。縱有金銀燒盡帶不到陰司。可惜飄泊在青樓孤負你一世，種花場上冇（「冇」音世方言無也）日開眉。你名叫秋喜，只望等到秋來還有喜意。做乜纔過冬至後就被雪霜欺？今日無力春風唔共你爭得啖氣，落花無主敢就葬在春泥？此後情思有夢你便頻須寄，或者盡我呢點窮心慰吓故知。泉路茫茫你雙脚又咁細，黃泉無客店問你向乜誰棲？青山白骨唔知憑誰祭，衰楊殘月空聽個隻杜鵑啼。未必有個知心來共你擲紙，清明空恨個頁紙錢飛。罷咯不着當作你係義妻來送你入寺，等你孤魂無主仗吓佛力扶持。你便哀懇個位慈雲施吓佛偈，等你轉過來生誓不做客妻。若係寃債未償再對你落花粉地，你便揀過一個多情早早見機。我若共你未斷情緣重有相會日子，須緊記：念吓前恩義。講到銷魂兩個字，共你死過都唔遲！

以上兩篇是最盛傳的。但解心事還不過一種格言詩。弔秋喜卻是一篇悽楚的抒情的東西了。據說秋喜實有其人，是一個妓女，子庸曾眷戀之。像弔秋喜這樣溫厚多情的情詩，在從前很少見到。

子庸字銘山，南海人。嘉慶舉人，知濰縣，有政聲。後來坐事去官。他對於繪事很有心得，畫蟹尤有名於時畫蘭行也爲時人所重。但今所見者多係冒他的名的假作。

篴江居士題粵謳云；『莫上銷魂舊板橋，橋頭秋柳半飄蕭。無人解唱烟花地，苦海茫茫日夜潮』。荷村漁隱題云：『應是前身杜牧之，慣將新恨寫新詞。十年不作揚州夢，容易秋霜點鬢絲』。這都可見粵謳是爲妓女而作的；故在樂院間傳唱最盛。石道人的序道：

居士曰：三星在天，萬籟如水。華妝已解，薌澤微聞。撫冉冉之流年，惜厭厭之長夜。事往追惜，情來感今。乃復舒復南音，寫伊孤緒，引吭按節，欲往仍迴，幽咽含怨，將斷復續。時則海月欲墮，江雲不流。輒喚奈何，誰能遣此！余曰：南謳感人，聲則然矣。詞可得而徵乎？居士乃出所錄，漫聲長哦。其音悲以柔，其詞婉而摯。此繁欽所謂悽入肝脾，哀感頑豔者。不待河滿一聲，固已青衫盡濕矣。

這些話把粵謳的感人的力量已說得很明白了。

此外，擬作民歌，輯集民歌的，還有李調元（粵風）黃遵憲（山歌）諸人。李調元的粵風，恐怕潤改的地方不會很少。黃遵憲的山歌，雖也說是從口頭筆記下來的，（他自己說『土俗好爲歌，男女贈答頗有子夜、讀曲遺意。採其能筆於書者得數首。』）但作者必定不會沒有所潤色的。

人人要結後生緣，儂只今生結目前。一十二時不離別，郎行郎坐總隨肩。

一家女兒做新郎，十家女兒看鏡光。街頭銅鼓聲聲打，打着中心只說郎。

第一香櫞第二蓮，第三檳榔個個圓。第四夫容五棗子，送郎都要得郎憐。

這些山歌確是像夏晨荷葉上的露珠似的晶瑩可愛。

遵憲自己說道：『僕今創為此體，他日當約陳雁皋、鍾子華、陳再薌、溫慕柳、梁詩五分司輯錄。我曉岑最工此體，當奉為總裁。彙錄成編，當遠在粵謳上也。』但遵憲的大規模輯錄山歌之舉，終於未成。而隔了數十年後，梅嶺情歌搜集者卻大有其人，像李金髮便是很有成就的一個。

六

『道情』之唱，由來甚久。元曲有仙佛科；元人散曲裏復多閒適樂道語。道家的詞集在道藏裏者不少。曲集亦有自然集等。到清代，『僅存時俗所唱之耍孩兒、清江引數曲』。（泗溪道情自序）而鄭燮、徐大椿、金農諸家卻起而復活了這個體裁。或創新曲，或循舊調。金農所作，已離開『道情』本旨很遠。鄭燮最得其意。徐大椿所作，以教訓為主，也還近之。今僅引述鄭、徐二家之作。鄭燮道情，傳唱最廣。乾隆中，厲鶚附刻之於喬、張小令之後。

老漁翁，一釣竿，靠山崖傍水灣，扁舟來往無牽絆。沙鷗點點輕波遠，荻港蕭蕭白晝寒，高歌一曲斜陽晚。一霎時波搖金影，驀抬頭月上東山。

老樵夫，自砍柴綑青松，夾綠槐，茫茫野草秋山外。豐碑是處成荒塚，華表千尋臥碧苔，墳前石馬磨刀壞。倒不如閒錢沽酒，醉醺醺山徑歸來。

老頭陀，古廟中自燒香，自打鐘，兔葵燕麥閒齋供。山門破落無關鎖，斜日蒼黃有亂松，秋星閃爍頹垣縫。黑漆漆蒲團打坐，夜燒茶爐火通紅。

水田衣，老道人，背葫蘆戴袱巾，樓鞢布襪相廝稱。修琴賣藥般般會，捉鬼拏妖件件能，白雲紅葉歸山徑。聞說道懸岩結屋，卻教人何處相尋?

老書生，白屋中說唐虞，道古風，許多後輩高科中。門前僕從雄如虎，陌上旌旗去似龍，一朝勢落成春夢。倒不如蓬門僻巷，教幾個小小蒙童。

儘風流，小乞兒，數蓮花，唱竹枝，千門打皷沿街市。橋邊日出猶酣睡，山外斜陽已早歸，殘杯冷炙饒滋味。醉倒在迴廊古廟，一憑他雨打風吹。

掩柴扉，怕出頭，剪面風，菊徑秋，看看又是重陽後。幾行衰艸迷山郭，一片殘陽下酒樓，栖鴉點上蕭蕭柳。撮幾句盲辭瞎話，交還他錢板歌喉。

嘆唐虞，遠夏殷，卷宗周入暴秦，爭雄士國相兼并。文章兩漢空陳迹，金粉南朝總廢塵，李唐趙宋慌忙盡。最可歎龍盤虎踞，儘銷磨燕子春燈。

弔龍逢，哭比干，羨莊周，拜老聃，未央宮裏王孫慘。南來薏苡徒興謗，七尺珊瑚只自殘，孔明枉作那英雄漢。早知道茅廬高臥，省多少六出祁山！

撥琵琶，續續彈，喚庸愚，警懦頑，四條絃上多哀怨。黃沙白草無人跡，古戍寒雲亂鳥還，虞羅慣打孤飛雁。收拾起漁樵事業，任從他風雪關山。

風流家世元和老，舊曲翻新調。扯碎狀元袍，脫卻烏紗帽，俺唱這道情兒歸山去了。

把世情看得涼淡無聊之至，而以個人的享樂爲主，所謂安貧樂道，無榮無辱，便是其宗旨。這樣的人生觀，在貴族文學和平民文學裏都同樣的佔着勢力。

徐大椿字靈胎，吳江人，作有洄溪道情和樂府傳聲。他是一位音樂家，自己會作曲，所以他憤於時俗所唱之道情『卑靡庸濁，全無超世出塵之響』，便『即今所存耍孩兒諸曲，究其端貌，推其本初，沿其流派，似北曲仙呂入雙調之遺響。乃推廣其音，令開合弛張，顯微曲折，無所不暢。聲境一開，愈轉而愈不窮。實有移情易性之妙』。（自序）但其譜今已不傳。他的道情，題材甚廣，但多半還以教訓爲主。茲錄其數曲於下：

讀書樂

要爲人，須讀書。諸般樂，總不如。識得聖賢的道理，曉得做人的規矩。看千古興亡成敗，盡如目見耳聞；考九州城郭山川，不必離家出戶。兵農醫卜方書雜錄，載得分明；奇事閒情小說稗官，講的有趣。讀得來滿腹文章，一身才具。收了心省得些妄念淫思，束了身斷絕那胡行邪路。這是讀書的樂。更說那不讀書的苦：記姓名寫不出趙李張王，登帳目纏不清一三四五。聽見人說故事，顛顛倒倒，記了回來；聽見人論文章，急急忙忙，跑將開去。更有那有錢的閒不過，只得非嫖卽賭。到後來敗了家私，遭了刑戮。我見他不但心情慘戚，又弄得體面全無。

時文歎

讀書中，最不齊，爛時文，爛似泥。本來原爲求賢計，誰知變了欺人技。看了半部講章，記了三十擬題，狀元塞在荷包裏。等到那歲考日，鄉試期，房行墨卷，汪汪念到三更際。也不曉得三通四史是何等的文章，也不曉得漢祖唐宗是那樣的皇帝。讀得來口角離奇，眼目眯萋，脚底下不曉得高低。大門外辨不出東西。更有兩個肩頭，一聳一低，直頭喫了幾服迷魂劑。又不能穩中高魁，只落得昏沉一世。就是做得官時，把甚麼施經濟！得趣的是衙役長隨，只有百姓們精遭晦氣。勸世人何不讀幾部有用經書，倘遇合有期，正好替朝廷出力；若遭逢不偶，也還爲學校增輝。

泛舟樂

駕扁舟，水上飛，活神仙，不讓伊。東西來往無拘繫，琴書寶玩憑緣寄，衣裘飲饌諸般備。到春來綠柳環隄，紅桃映水，錦帳千層逐處迷。到夏來萍花隨櫓，荷香撲鼻，滿天涼雨掛虹霓。到秋來孤蒲藏雁，蘆花映月，遠浦漁歌繞釣磯。到冬來千山霽雪，披裘小酌，玉樹瓊林兩岸垂。樓臺城郭朝朝異，名山巨壑隨時憩，更希奇百里家鄉，一望雲迷。只半夜輕風，兩幅征帆，一枕黃粱未已，朦朧地聽說道：老子歸來，似稚兒口氣。推蓬看已到我草堂西。

游山樂

到山中，便是仙。萬樹松風，百道飛泉。更有那野鳥呼人，引我到僧房竹院。異草幽花香入骨，奇峯怪石峭嶙天。一步一回頭，景象時時變。越走得路崎嶇，越騙得精神健。到了那山窮水轉，又是個別有洞天。清風吹我塵心斷，不知今夕是何年。遙望着牧豎樵夫，洗足清泉，與他言，竟不曉得唐宋明元。直說到日落虞淵，借宿在草閣茅軒。雨前茶澆一椀青晶飯。擡頭看，只見藤蘿月卻掛在萬峯尖。

弔何小山先生

蕭瑟秋風，木落寒江，典型云謝，非爲私傷。想先生博雅胸腸，烱烱目光，把亡經僻史，疑文奇字，考究精詳。不論夏鼎商彝，唐碑宋畫，眞與贋難逃鑒賞。普天下文人那一個不問小山無恙。到今朝耆舊云亡，空了襄陽，許大一座蘇州，又少個人相撐仗。想生前也有怕他說短論長，也有怪他罵李呵張。從今後，倘有那年少猖狂，鴟梟鴟張，有誰人再管這精閒帳？今日裏，鴉叫枯楊，月照空梁，只有半部校殘書，攤在塵筵下。如此淒涼，任你曠達襟懷，也不禁淚灑千行！況我半世相隨，一朝永訣，落落狂生，向誰人更覓知音賞？思量只得譜一首商調道情詞，代做招魂榜。望先生來格來臨，嗚呼尚饗！

題山莊耕讀圖

祖父兒孫，聚首一堂，免不得做一首道情詞，教爾曹都來聽講。我是個樸魯寒儒，有甚麼相依傍。除非是奮志勤修，方能像個人兒樣。因此口不厭粗糲糟糠，身不恥敝垢衣裳。打起精神，廣求博訪。有時敦詩說禮，有時尋書採藥，有時徵宮考律，有時舞劍輪鎗。終日遑遑，總沒有一時閒蕩。嚴冬雪夜擁被駝綿，直讀到雞聲三唱。到夏月蚊多，還要隔帳停燈映末光。只今日，目暗神衰，還不肯把筆兒輕放。難道我對爾曹說謊。今日裏置個山莊，造座書堂，雇幾個赤脚長鬚，種植些米麥高粱。你若是喫飽飯，東遊西蕩，定做些敗壞身家的勾當。所其無逸，稼穡艱難，這兩句載在尚書上，怎麼不思量？斷不可矜才炫智，也不望身顯名揚，只要你謙恭忠厚人皆敬，節儉辛勤家自昌。才守得這幾畝稻田，數間茅舍，年年歲歲，徐姓完糧。

道情的作用，至靈胎而大廣。但究竟還以勸世為主。經了乾隆「十全老人」的時代，清室漸漸的衰弱下去了，變亂不斷的來。鴉片戰爭之後，不久便來了太平天國之亂。同時，便有了英法聯軍陷北京的事。自此以後，海禁大開，中國的古老的社會的基礎根本的發生了動搖。像道情的那樣情調的東西便永遠不再會有人去寫作了。嶄新的描寫變動的大時代的東西，不久便起來。不僅舊的正統文學被拋棄，即舊的所謂通俗文學也漸漸的顯得不合時宜了。故五四運動不僅結束了正統文學的歷史，同時也結束了通俗文學的歷史。而要把他們重新的估定價值。

參考書目

一、中國俗曲總目稿，劉復、李家瑞編：中央研究院出版。
二、粵風，李調元編：有函海本。
三、時尙南北小調萬花小曲，有乾隆間刊本。
四、霓裳續譜，王廷紹編：有原刊本，有國學珍本文庫本。
五、白雪遺音，華廣生編：有道光間原刊本。（西諦藏）
六、白雪遺音選，鄭振鐸編：開明書店出版。
七、白雪遺音續選，汪靜之編：北新書局出版。
八、潯陽詩稿，戴全德撰：有嘉慶原刊本。
九、粵謳，招子庸撰：有道光原刊本。
十、八境廬詩草，黃遵憲撰：有近刊本數種。
十一、鄭板橋集，鄭燮撰：坊刋本甚多。
十二、徐大椿的泗溪道情有原刋本，有散曲叢刋本。

中國文化史叢書

中國俗文學史 二冊

主編◆王雲五 傅緯平
作者◆鄭振鐸
發行人◆王學哲
總編輯◆方鵬程
美術設計◆張士勇

出版發行：臺灣商務印書館股份有限公司
台北市重慶南路一段三十七號
電話：(02)2371-3712
讀者服務專線：0800056196
郵撥：0000165-1
網路書店：www.cptw.com.tw
E-mail：ecptw@cptw.com.tw
網址：www.cptw.com.tw

局版北市業字第 993 號
初版一刷：1938 年 08 月
臺一版一刷：1965 年 06 月
臺一版十三刷：2010 年 03 月
定價：新台幣 500 元

978-957-05-0613-6

中國俗文學史／鄭振鐸著. --臺一版. --臺北
市：臺灣商務, 民54
冊； 公分. --(中國文化史叢書)
ISBN 957-05-0613-X(一套：平裝)

1. 民間文學 - 中國 - 歷史

858.09 81004971

讀者回函卡

感謝您對本館的支持，為加強對您的服務，請填妥此卡，免付郵資寄回，可隨時收到本館最新出版訊息，及享受各種優惠。

姓名：______________________________ 性別：□男 □女

出生日期：_____年_____月_____日

職業：□學生 □公務（含軍警） □家管 □服務 □金融 □製造

□資訊 □大眾傳播 □自由業 □農漁牧 □退休 □其他

學歷：□高中以下（含高中） □大專 □研究所（含以上）

地址：□□□ ____

____

電話：（H）______________________（O）______________________

購買書名：____

您從何處得知本書？

□書店 □報紙廣告 □報紙專欄 □雜誌廣告 □DM廣告

□傳單 □親友介紹 □電視廣播 □其他

您對本書的意見？（A/滿意 B/尚可 C/需改進）

內容_______ 編輯_______ 校對_______ 翻譯_______

封面設計_______ 價格_______ 其他______________

您的建議：____

____

____

臺灣商務印書館

台北市重慶南路一段三十七號 電話：(02) 23713712轉分機50～57

讀者服務專線：0800056196 傳真：(02) 23710274・23701091

郵撥：0000165-1號 E-mail：cptw @cptw.com.tw